러셋
지구

리셋 지구
ⓒ 이재일 2012

초판 1쇄 인쇄	2012년 10월 30일
초판 1쇄 발행	2012년 11월 6일
지은이	이재일
펴낸이	박대일
편집	이문영 · 임수진 · 임유리 · 신지연 · 손수지
마케팅	송재진
표지디자인	이미정
펴낸곳	새파란상상(파란미디어)
출판등록	2004년 9월 14일 제313-2004-00214호
주소	121-886 서울시 마포구 성지1길 32-39
전화	02. 3141. 5589(영업부) 070. 4616. 2011(편집부)
팩스	02. 3141. 5590
전자우편	paranbook@gmail.com
블로그	paranbook.egloos.com
트위터	@paranmedia

ISBN 978-89-6371-056-3(03810)

*이 책의 판권은 지은이와 새파란상상(파란미디어)에 있습니다.
 이 책 내용의 전부 또는 일부를 재사용하려면 반드시 양측의 서면 동의를 받아야 합니다.

*잘못된 책은 구입하신 서점에서 바꾸어 드립니다.

리셋 지구

이재일 장편소설

새파란상상

차례

인천공항 § 7
단골 술집 § 10
뉴욕 맨해튼 브로드웨이 § 20
단골 술집 § 39
뉴욕 맨해튼 브로드웨이 § 46
집 § 50
놀이터 § 62
집 § 89
여의도 의사당대로 § 100
아시아나 OZ701기 트래블 클래스 객실 § 108
아시아나 OZ701기 조종실 § 122
제주도 상공, 한라산 정상 § 137
집 1 § 153
집 2 § 166

집 3 § 184
놀이터 § 193
차원 통로 § 204
아시아의 소박한 마을 § 235
입국 심사장, 미지의 통로 § 259
프레젠테이션장 1 § 272
프레젠테이션장 2 § 282
프레젠테이션장 3 § 303
프레젠테이션장 4 § 312
프레젠테이션장 5 § 329
인간이 볼 수 없는 어느 포털 사이트의 배너 광고 § 345
단골 술집 § 346

작가 후기 § 355

인천공항

"아, 글쎄 한국에서도 들고 다니던 핸드백이라니까요!"

얼굴을 가리기 위해 자외선 차단용 캡으로도 모자라 커다란 깜장 선글라스까지 동원한 통통한 여자가 어깨에 멘 빨간 숄더백을 겨드랑이 뒤로 숨기며 목청을 높였다. 하지만 검색대 건너편에 서 있는 세관 직원은 표정 하나 바꾸지 않고 앞서 한 말을 반복했다.

"핸드백을 검색대에 올려놔 주십시오."

통통한 여자가 도리질을 했다.

"들고 다니던 핸드백이라는데 자꾸 왜 이러시는 거예요!"

"확인해 보고 말씀이 맞으시면 곧바로 돌려 드리겠습니다."

사람들이 웅성거리는 소리가 들려왔다. 조윤호는 슬쩍 고개를 돌려 자신의 뒤쪽에 여러 줄로 나눠 서 있는 입국 심사 대기자들을 쳐다보았다. 그들 대부분은 호기심 어린 표정으로 검색대 앞에서 벌어진 통통한 여자와 세관 직원 간의 승강이를 구경 중이었다. 어느 쪽을 응원하는지 알기 위해 굳이 물어볼 필요는 없을 것 같았다.

"샤넬 페이던트 마드무아젤, 새것이군요."

세관 직원이 핸드백을 감정하는 데 든 시간은 30초도 걸리지 않았다. 사람들이 웅성거리는 소리와 통통한 여자가 도리질을 하는 속도가 정비례로 높아졌다.

"짝퉁이에요."

"정품 같은데요."

"도, 동대문! 동대문에서 산 거라니까요."

세관 직원은 핸드백을 검색대 한쪽에 밀어놓은 뒤 앞서보다 강압적인 톤으로 말했다.

"소지하신 트렁크를 이리 올려놓으십시오."

"트렁크는 왜요?"

통통한 여자는 쥐고 있던 캐리어 트렁크의 손잡이를 뒤로 돌리며 엉덩이를 빼기 시작했다. 그 모습을 본 세관 직원이 뒤쪽으로 눈짓을 보냈다. 검색대 안쪽에서 대기 중이던 다른 세관 직원 두 명이 먹음직스러운 사냥감을 본 하이에나들처럼 그녀에게 다가갔다.

"저희가 도와 드리겠습니다."

"내 가방에 손대지 마요!"

승강이는 쉬 끝날 것 같지 않았다. 조윤호는 슬슬 짜증이 나기 시작했다. 홍콩 첵락콥 공항에서 인천공항까지 비행하는 데 걸린 시간은 3시간 40분. 거기에 앞뒤로 붙은 대기 시간까지 합치면 거의 6시간을 담배 없이 보냈다. 특별히 골초까지는 아니더라도 니코틴이 그리워질 만한 시간인 것이다. 그는 대한민국의 관세법이 저 통통한 여자에게 어떤 처분을 내리든 전혀 신경 쓰고 싶지 않았다. 그저 눈앞의 검색대를 빨리 통과한 다음 공항 건물 밖으로 나가 한 모금 느긋하게 빨고 싶을 뿐이었다.

그러나 자신의 앞줄에 대기 중인, 지금 막 검색대 위에 트렁크를 올려놓는 통통한 여자와 일행으로 보이는 두 여자가 쥐고 있는 트렁크 손잡이를 엉덩이 뒤로 숨기는 모습을 본 조윤호는 살의에 가까운 절망에 사로잡히고 말았다.

정말이지 이번 홍콩행은, 마지막까지 최악이었다.

단골 술집

 화장실에 간다며 자리를 비운 후배는 담배 두 개비가 꽁초로 변할 때까지도 돌아오지 않았다. 바 위에 올려놓았던 휴대폰을 챙겨 가는 눈치였으니 볼일보다는 제수씨와 통화하는 일이 주목적인 것 같았다. 하긴 몇 잔 더 마시려면 제수씨의 허락이 필요한 시간이긴 했다. 후배는 조윤호 못지않은 공처가로 유명했고, 두 사람이 3차로 이곳 'BAR-21'에 들어올 때는 이미 자정에 가까운 시각이었으니.

 "엄처라도 곁자리에 있어 주는 게 얼마나 고마운 일인지 넌 모를 거다."

 자리에 있지도 않은 후배에게 조언한 조윤호는 시계를 찾아 두리번거리다가 이 가게 안에는 원래 시계가 걸려 있지 않았다는 사실을 기억해 냈다. 자신처럼 자정 가까운 무렵에 들어온 2, 3차 손님들이 예상을 훌쩍 넘겨 버린 시간에 놀라 스트레이트 한두 잔으로 자리를 파하고 얼른 귀가하는 사태를 방지하기 위한 사장의 술책이 아닐까 의심되었다.

조윤호는 시간을 알기 위해 바지 주머니에서 휴대폰을 꺼내려다 왼쪽 손목에 손목시계가 채워져 있음을 깨달았다. 13년 전 결혼 예물로 아내에게서 받은, 하지만 휴대폰 액정 화면 시계에 익숙해진 다음부터는 좀처럼 차고 다니지 않던 물건인데…….

연상의 고리가 그 손목시계를 차도록 만든 어제의 홍콩 미팅 테이블로 이어지더니, 공항에서 곧바로 호출당해 들르게 된 회사 사장실로 자연스럽게 넘어갔다. 친절한 미소를 머금은 사장의 살진 얼굴이 눈앞에 어른거리는 것 같았다.

"젠장."

조윤호는 신경질적으로 담배를 빼어 물었다. 분노를 가장한 수치심이 또다시 고개를 들고 있었다.

"이메일로 보낸 보고서는 읽었지만 그래도 직접 보는 쪽이 나을 것 같아 공항에서 곧바로 오라고 했네."

직접 보는 쪽이 나을 것 같다고 말한 사장은, 그러나 퍼팅 연습기 위에 놓인 골프공에서 시선을 떼지 않았다.

틱. 또르르르. 똑.

라인을 따라 똑바로 굴러간 골프공이 홀컵을 두드렸다. 퍼팅 연습기에 장착된 똑똑한 센서가 툭, 소리와 함께 골프공을 퍼팅 위치로 돌려보냈다. 퍼터의 넥 부분을 올려 잡고 뻐기듯이 목을 좌우로 풀어 대는 사장을 보며 조윤호는 박수라도 쳐 줘야 하나를 잠깐 고민했다. 싱글 골퍼라고 늘 큰소리치고 다니는 사장이지만, 사실은 싱글에서 10타수 가까이 더해야 한다는 점을 모르는 임원은 아무도 없었다. 아, 사장도 임원에 포함되니 한 사람만 빼고 다 안다고 해야 하나. 어쨌거나 아랫사람 앞에서 폼 잡으려고 사장실 안에서까지 퍼터를 휘두를 실력은 아니라는 뜻이다.

사장은 그제야 조윤호에게 눈길을 주었다. 방에 들어온 지 10분은 지난 것 같았다. 작은 눈구멍 사이에 자리 잡은 사장의 눈동자는 학창 시절 도시락 반찬통 구석을 항상 차지하던 조그맣고 새까만 콩자반을 떠올리게 했다. 딱딱하고, 그래서 싫고.

"그래, 간 일이 잘 안 됐다고?"

"예."

"출국 전에 잘될 거라고 얘기한 것으로 기억하는데."

잘될 거라는 얘기를 한 사람은 사장이었다. 하지만 이 순간부터 그 얘기를 한 사람은 조윤호가 되었다. 조윤호는 고개를 숙였다.

"죄송합니다."

"죄송, 죄송. 요즘 들어 조 부장에게서 자주 듣는 소리 같군. 난 자네가 하는 그 죄송하다는 소리가 참 듣기 싫어. 그 소리를 들을 때마다 나도 본사 회장님께 똑같은 소리를 해야 하거든. 그러면 회장님께서 뭐라고 말씀하시는 줄 아나?"

물론 안다. 사장이 회의 때마다 전가보도傳家寶刀로 인용하는 '말씀'이니까. 그러나 조윤호는 잠자코 사장의 무릎만 내려다보았다. 재작년인가 이탈리아 여행 때 샀다는 반질반질한 실크 바지. 이름도 외우기 힘든 어떤 유명 디자이너의 작품이라나. 그러나 쥐색. 참 싫은 색깔이었다. 그 순간 사장의 고함이 터졌다.

"내가 그따위 개소리나 들으려고 그 연봉 주고 네놈을 데리고 있는 줄 알아!"

깡!

사장이 내리친 퍼터가 조윤호의 구두코에서 한 뼘 정도 떨어진 바닥을 찍었다. 조윤호는 꼼짝도 하지 않았다. 씨근거리는 사장의 콧김 소리가 서서히 잦아들었다. 이어진 것은 푸우, 하는 한숨 소리.

"회장님께서 그렇게 말씀하실 때마다 나는 참 난처해질 수밖에 없단 말일세."

동감이란 말을 해 주고 싶지만 조윤호는 고개를 숙인 채 묵묵히 듣고만 있었다.

"그래, 보고서 내용을 읽었으니 중국 애들 요구가 뭔지는 얘기할 필요 없고. 이제 어쩔 생각인가?"

조윤호는 고개를 천천히 들어 사장의 얼굴을 쳐다보았다. 호흡은 용케 가라앉혔지만 홍조는 여전히 가시지 않은 둥근 얼굴 위에는 실수를 빙자하여 그의 발등을 내리찍지 못한 것을 아쉬워하는 기색이 역력히 남아 있었다. 조윤호는 마음을 가다듬고 준비해 둔 말을 꺼내 놓았다.

"출국 전 회의 때 이미 말씀드렸습니다만, 중국 GOG사는 우리 회사에서 매각하려는 '블러드 레이블 온라인Blood Label Online'에 큰 관심을 보이지 않고 있습니다. 지금으로써는 다른 퍼블리셔를 물색하는 쪽이……."

사장이 지겹다는 표정으로 손사래를 쳤다.

"아! 또 퍼블리셔 교체하자는 소린가? 반드시 GOG여야 한다고 몇 번 말해야 알아듣겠나?"

"하지만 GOG 측에서 제시한 인수 조건은 우리 측에서 받아들이기에 너무……"

"오케이."

아무 데나 써도 통하는 짤막한 영어로 조윤호의 말허리를 자른 사장은 성난 걸음걸이로 창가로 다가가 대형 유리창 너머 펼쳐진 강남 시내를 내려다보았다. 조윤호는 와이셔츠의 옆구리 부분이 항아리처럼 불룩 삐져나온 사장의 뒷모습을 바라보며 그 번들거리는 입술에서 '됐으니 그만 돌아가 보게.'라는 말이 나오기를 인내심을 갖고 기다렸다.

그러나 조윤호의 인내심은 보상받지 못했다. 1분쯤 지나 그의 앞으로 돌아온 사장은 그가 세상에서 가장 보고 싶어 하지 않는 친절한 미소를 짓고 있었다. 사장이 저런 미소를 지으면 부하 직원 누군가는 곤경에 빠진다. 이건 사장만 모르고 온 직원이 다 아는 이 회사의 규칙이었다.

"이제 알겠군. 뭔지는 모르지만 GOG에서 조 부장을 섭섭하게 만든 모양이지?"

"예?"

"GOG가 블러드 레이블 온라인에 관심 없다고 했나? 그건 자네가 잘 모르고 하는 소리야. 중국 애들은 그 게임에 관심이 아주 많아. 다만 자네가 들고 간 서류에 관심 없을 뿐이지."

조윤호는 사장이 한 말의 진의를 파악하기 위해 머리를 열심히 굴려야 했다. 사장은 마치 '그렇게 머리 굴릴 필요 없네.'라고 말하는 듯 그의 어깨에 손을 척 올렸다.

"내가 GOG의 치우 사장에게 전화 한 통 넣어 주지. 오늘이 금요일이니까 내일 가 봐야 소용없을 테고, 일요일 밤 비행기나 월요일 아침 비행기로 홍콩으로 가도록 하게. 아니, 기왕이면 베이징 본사로 직접 가는 게 낫겠군."

조윤호는 잠시 생각하다가 물었다.

"그런다고 GOG에서 조건을 바꿀 리는 없을 텐데요."

"바뀌는 건 중국 애들이 아닐세. 바로 자네지."

사장이 조윤호의 두 눈을 똑바로 들여다보며 덧붙였다.

"이번 매각 건의 실무 책임자인 자네가 중국 애들의 조건을 받아들이기만 하면 해결되는 문제 아닌가."

조윤호도 사장의 두 눈을 똑바로 들여다보았다. 사장은 지난달 갑자기 베이징으로 출장을 다녀왔다. 일반적으로 사장의 중국 출장에는 중국 스튜디오와의 미팅 건으로 서해 바다 위를 수없이 오간 해외사업부장 조윤호나 개발실장 이찬엽이 따라가는 게 관례였는데, 사장은 개인적으로 처리할 용무도 있다는 이유로 단독 출장을 고집했다. 중국말이라고는 '좋다', '싫다', '예쁜 여자로 바꿔 달라'는 뜻의 '하오', '뿌야오', '메이뉘환바' 세 마디밖에 할 줄 모르는 사장이 말이지.

조윤호는 당시 사장이 단독 출장의 이유로 내세운 '개인적인 용무'라는 게 무엇인지 비로소 알 것 같았다. 애써 버티던 어깨에서 맥이 탁 풀렸다. 문득 궁금해졌다. 얼마나 받았을까? 삼억? 오억?

"이건 오직 자네만이 할 수 있는 일이야."

사장이 조윤호의 귓가에 대고 속삭이듯 말했다.

"그런 것입니까?"

조윤호가 착 가라앉은 목소리로 물었다. 사장의 얼굴에 떠오른 미소가 더욱 짙어졌다.

"그런 것이지."

"그런 것입니까?"

후배가 흥분한 목소리로 물었다.

"그런 것이지."

조윤호는 씁쓸하게 대답한 뒤 온더록스 잔에 담긴 위스키를 입에 털어 넣었다. 목구멍을 타고 넘어가는 차가운 위스키가 대답만큼이나 씁쓸했다.

"헐값이라고도 부를 수 없는 조건으로 블러드 레이블……."

후배가 말을 멈추고 조윤호의 눈치를 살폈다. 조윤호는 신경 쓰지 않는 척 빈 잔만 내려다보았다. 후배가 끊었던 말을 조금 바꿔 이어 갔다.

"피스 레이블 온라인Peace Label Online을 GOG에 넘기고, 그 책임을 선배님께 홀랑 떠넘기겠다는 수작 아닙니까? 아니, 사장이란 작자가 자기가 경영하는 회사를 상대로 그런 말도 안 되는 짓을 저질러도 되는 겁니까?"

"자기 회사는 아니잖나. 이 바닥의 계약제 사장이란 게 다 그렇지, 뭐. 계약 기간은 끝나 가는데 해 놓은 실적은 변변치 않아 재계약은 힘들 것 같고, '에라, 모르겠다. 챙길 수 있을 때 열심히 챙기자.' 대충 그런 거 아니겠어."

진짜 납득할 수 없어서인지는 모르지만 후배는 그쯤에서 멈추려 하지 않았다.

"챙기는 데도 정도란 게 있는 거죠. 다른 나라 퍼블리셔로부터 뒷돈 받고 걔들 유리하게 매각 조건을 바꿔 주는 게임 회사 사장이 세상에 어디 있어요?"

어디 있긴, 여기 있지. 조사해 보면 저기도 있을 거고. 손가락으로 콧등을 긁던 조윤호는 7년 차 경력으로도 이 바닥의 더러운 생리를 완전히 체득하지 못한 순진한 개발자를 진정시키기로 마음먹었다.

"목소리 낮춰. 증거도 없잖아."

사장이 중국에서 뒷돈 받은 증거는 없었다. 증거는 전혀 다른 곳에서 나올 것이다. 아마도 GOG에서 조윤호의 월급 계좌로 몇천만 원 꽂아 주겠지. 입막음까지 고려하면 한 일억 꽂으려나.

문제는 그다음이었다. 시말서로 때울 수 있는 성격의 일은 아니고 매각 조건을 임의로 바꾼 것에 대한 본사의 징계가 반드시 뒤따를 텐데, 지난 3년간 조윤호가 쌓은 눈부신 실적이라든가 공범으로서 사장이 취해 줄 조치 등을 고려하면 파면까지는 안 당할 것 같았다. 하지만 그게 전부가 아니었다. 대학 졸업 후 개발실 기획 보조 일부터 시작해 장장 16년간 몸담아 온 게임 바닥이었다. 그런데 이번 일이 터지고 나면 중국 애들에게 매수당해 게임을 헐값에 넘긴 배신자로 완전히 낙인찍힐 테니, 회사와 계약이 끝나는 대로 이 바닥에서는 낙동강 오리알 신세가 돼 버릴 게 분명했다. 그러면 뭘 하지? 대한민국 은퇴자들의 무덤이라는 프랜차이즈 치킨집이라도 차려야 하나?

"선배님, 본사에 찌르죠. 대학 동기라는 분이 본사 경영기획본부에 근무하고 있다면서요. 내일이라도 한번 통화해 보세요. 상식적으로 말이 되는 짓이라야 말이죠."

후배가 말했지만 조윤호는 씁쓸히 웃기만 했다. 사장이 하려는 일은 상식적으로 말이 안 되는 짓이 맞았다. 그런 짓을 부하를 앞세워 하려는 데에는 그 부하가 자신의 지시를 감히 거부하지 못하리라는 확신이 있기 때문일 것이다.

'결국 이럴 때를 위한 떡밥이었나.'

지난해 여름 사장이 그의 입에 넣어 준 달콤한 떡밥을 생각하자, 그 떡밥을 문 대가로 지금 이역만리 필리핀에서 잠들어 있을 아들 준영의 얼굴이 자연스럽게 떠올랐다. 영어가 좀처럼 늘지 않는다고 아내가 투덜거리던데, 가을이 되어 학년이 올랐으니 조금 나아지려나.

띵띵.

바지 주머니에 넣어 둔 휴대폰에서 문자가 도착했다는 신호가 울렸다. 휴대폰을 꺼내 보니 액정 화면에 '새끼기러기'라는 이름과 함께 야구 모자를 삐딱하게 쓴 아들 준영의 사진이 떠 있었다. 핏줄끼리는 뭔가가 통하는 걸까. 방금 머릿속으로 떠올린 아들이 때마침 문자를 보낸 것이다. 조윤호는 자신도 모르게 빙긋 웃으며 문자 화면을 열었다.

아빠, 지금 테레비 봐?

조윤호의 입가에서 웃음기가 사라졌다. 핸드폰 상단의 시계는 자정을 훌쩍 넘긴 12시 53분을 가리키고 있었다. 서울보다 1시간 빠른 필리핀은 11시 53분. 열한 살짜리가 텔레비전을 보기에는 너무 늦은 시간이라는 생각이 들었다. 엄마 허락은 받고 보는 거냐고 답 문자를 두드리는 도중 띵띵, 신호음이 다시 울리며 새로운 문자가 열렸다.

빨리 테레비 켜 봐. 끝내주는 거 나와. 빨리!!!

스마트 세상이라지만 아직 휴대폰으로 영상을 보는 데에는 익숙하지 않은 조윤호였다. 그는 바 끝 쪽에 서서 마른 수건으로 와인잔의 물기를 닦고 있는 여자 바텐더에게 손짓을 보냈다. 이제는 이름을 직접 불러도 될 만큼 친해진 여자 바텐더가 핑크레이디를 연상시키는 달짝지근한 미소를 지으며 다가왔다.
"부르셨어요?"
조윤호는 가게 벽면에 걸려 있는 대형 스크린을 턱짓으로 가리키며 말했다.
"미안한데 텔레비전 좀 켜 주겠어?"

뉴욕 맨해튼 브로드웨이

페르난도의 기억이 정확하다면 맨해튼 타임스스퀘어에서 가장 큰 옥외 전광판인 TSQ가 첫 번째 타깃이었다. 지금 그 TSQ의 한가운데에는 직경 4미터가 넘는 구멍이 뚫려 있고, 가장자리를 이루던 단단한 알루미늄합금 프레임도 엿가락처럼 휘어져 있었다. 프레임에 간신히 매달린 액정 화면의 잔해 위로 동화 속 요정처럼 보이는 작은 스파크들이 간헐적으로 튀어 올랐다.

따르릉.

'럭키-칠리타코'의 대시보드 위에 붙여 둔 낡은 자명종에서 나이만큼이나 오래된 알람 소리가 울려 나왔다. 페르난도는 자명종을 끄기 위해 팔을 뻗으며 시간을 확인했다.

12시 30분.

다른 날 같으면 중심가인 브로드웨이와 그 브로드웨이를 자르고 지나는 많은 애버뉴들을 따라 늘어선 수백 개의 빌딩들이 '오늘 점심은 무엇으로 해결할까?'라는 엇비슷한 고민에 빠진 수만 명의 직장인들을 거리로 쏟아 낼 시간이었다. 페르난도의 일곱 식구 생계를 책임진 이동식 음식점 럭키-칠리타코의 주방이 본격적으로 바빠지는 시간이기도 했다.

그러나 오늘은 다른 날과 달랐다. 오늘은 직장인들이, 그들을 쏟아 낼 빌딩들이, 나아가 그 빌딩들을 품은 브로드웨이 전체가 박살 나 있었던 것이다.

"통제에 따라 주십시오! 이동! 이동!"

확성기에 대고 지시 사항을 외치던 군인들 중 한 명이 럭키-칠리타코 쪽으로 다가왔다. 럭키-칠리타코의 운전석에 앉아 넋 빠진 눈으로 그 군인이 목에 걸어 멘 자동소총의 총구를 쳐다보던 페르난도는 확성기가 운전석 옆 유리창을 탕탕 두드리는 소리에 퍼뜩 정신을 차렸다.

"여기는 통제구역입니다. 어서 이 블록 밖으로 차량을 이동시키십시오."

"아, 알았습니다."

페르난도는 오른손에 쥐고 있던 솜브레로를 얼른 머리에 쓴 뒤 시동을 걸고 기어를 후진으로 바꾸었다. 보닛 아래에서 부르릉, 엔진 소리가 울려 나오자 트럭 옆쪽 아스팔트를 뚫고 들어간 길쭉한 강철판을 살펴보던 군인이 경직된 표정을 풀고 운전석을 돌아보며 웃었다.

"이 난리 통에도 유리창 하나 깨지지 않고 온전한 걸 보니 정말

'럭키'하군요. 나중에라도 이 트럭에서 파는 칠리타코를 꼭 먹어 봐야겠습니다."

그러나 럭키-칠리타코가 무사할 수 있었던 것이 단순히 '럭키' 하기 때문만은 아니라는 사실을 저 군인은 알지 못했다. 페르난도는 지금으로부터 1시간 30분 전인 오늘 오전 11시, 저 군인이 서 있는 자리에 나타난 그 백인 남자의 얼굴을 죽는 날까지 결코 잊지 못할 것 같았다.

결 좋은 금발에 갈색 눈동자 그리고 유난히 하얀 이를 가진 그 백인 남자가 럭키-칠리타코 앞에 처음 모습을 드러냈을 때, 페르난도는 집에서부터 쓰고 나온 뉴욕 메츠의 야구 모자를 멕시코 전통 모자인 챙 넓은 솜브레로로 바꿔 쓰던 중이었다.

그 백인 남자는 타원형의 세계 전도가 흰 줄로 그려진 짙은 갈색 티셔츠에 얼룩무늬가 들어간 카키색 카고 바지를 입고 있었다. 페르난도의 눈길을 특별히 끈 것은 허리에 찬 커다란 벨트. WWE 소속 프로레슬러가 차면 어울릴 만큼 폭 넓고 무거워 보이는 그 벨트의 버클 위에는 한 몸통에 머리가 둘 달린 괴상한 동물이 양각되어 있었다. 페르난도는 그 동물을 바라보며 생각했다. 하나는 코브라 같고, 다른 하나는…… 도마뱀인가?

"헬로우 브라더."

스무 살 가까이 어려 보이는 백인에게서 뜬금없이 브라더 소리를 들었으니 유쾌할 리 없다. 하지만 고객은 어디까지나 왕. 페르난도는 애써 웃으며 인사를 건넸다.

"어서 오슈. 오늘 첫 손님이시네."

백인 남자는 여기 럭키-칠리타코에서 제일 잘 나가는 음식이 뭐냐고 물었다. 치즈칠리타코라고 대답해 주자, 남자는 호리호리한 체구에 어울리지 않게 빅 사이즈를 주문했다.

"잠시만 기다리세요, 손님."

길거리 음식의 장점은 뭐니 뭐니 해도 속도가 아닐까. 페르난도는 빅 사이즈 토르티야tortilla(얇게 구운 옥수수빵)를 간이 조리대 위에 얹고 그 위에 특제 살사 소스와 사워크림을 발랐다. 거기에 쇠고기 토마토 볶음과 다진 양파를 넉넉히 얹어 반으로 접고, 마지막으로 노란색 액상 체더치즈를 듬뿍 뿌리면 페르난도의 20년 노하우가 담긴 빅 사이즈 치즈칠리타코 완성이었다.

"여기 있습니다."

백인 남자는 주문이 들어간 지 1분 만에 나온 따끈따끈한 빅 사이즈 치즈칠리타코를 페르난도가 지켜보는 자리에서 맛있게 먹어 치운 다음 손가락에 묻은 빨간 살사 소스까지 남김없이 핥아 먹었다.

"정말 맛있군요."

남자가 페르난도를 향해 왼손 중지를 위로 올려 보이며 말했다.

"잉?"

페르난도가 눈을 찌푸리자 백인 남자는 중지가 올라가 있는 자신의 왼손을 돌아보았다.

"아, 이게 아니랬지."

남자는 어색한 웃음을 지으며 중지를 엄지로 바꾼 다음 다시 말했다.

"정말 맛있군요."

말과 행동이 비로소 일치되긴 했지만 찜찜한 기분은 좀체 나아지지 않았다. 페르난도는 팔짱을 끼며 심드렁한 목소리로 물었다.

"거참, 코미디 하는 분이시우?"

"노우, 그저 암기력이 조금 나쁜 유저입니다."

"유저? 뭘 사용하는데?"

백인 남자는 뭔가 설명하려는 듯 입을 한두 번 들썩거리다가 결국 포기했는지 어깨만 으쓱거렸다. 사실 페르난도의 입장에서도 알고 싶은 마음은 그다지 없었다.

"어쨌거나 맛있게 잡쉈다니 다행이오."

"음식값으로 얼마를 내면 됩니까?"

페르난도는 대답 대신 턱짓으로 트럭 옆문 위에 크게 써 붙인 가격표를 가리켰다.

백인 남자는 암기력만이 아니라 시력까지 나쁜 것 같았다. 고개를 꺾어 올리고 가격표를 한참 들여다보던 남자가 카고 바지의 양쪽에 달린 건빵 주머니에서 지폐와 동전을 한 움큼씩 꺼냈다.

"2달러…… 99센트라."

그런 다음 양철로 만든 간이 테이블 위에 쫘르륵 쏟아 놓고 빅 사이즈 치즈칠리타코의 가격인 2달러 99센트를 헤아리는데, 3달러를 꺼내 두고 그냥 가는 손님들을 주로 상대해 온 페르난도로서는 상당히 낯설면서도 짜증 나는 광경이 아닐 수 없었다.

"3달러 주쇼. 1센트 거슬러 줄 테니."

"아하! 그런 방법이 있었군요."

백인 남자는 깜짝 놀랐다는 제스처를 과장스럽게 해 보이더니 1달러짜리 지폐 세 장을 내밀고 1센트를 돌려받았다. 그런 다음 그 1센트를 양철 테이블 위에 올려놓고는 오른손 검지로 지그시 눌렀다.

　이번엔 또 무엇을 하려고 저러나, 싶은 마음에 쳐다보던 페르난도는 '어?' 하며 눈을 깜빡였다. 남자의 오른손 검지 끝에 금빛이 일렁거리는 것을 본 듯한 기분이 들어서였다. 하지만 그 금빛은 이미 사라진 뒤였다. 잘못 봤나 싶어 고개를 갸우뚱하는 그에게 남자는 오른손 검지로 누른 1센트를 쭉 밀어 보냈다.

"받으세요."

"그게 뭔데?"

"팁."

"팁?"

"'럭키'한 가게에 어울리는 '럭키'한 팁이죠."

　그 '럭키'한 팁을 고맙다고 받아야 할지 화를 내고 팽개쳐 버려야 할지 심각하게 고민하는 페르난도에게 백인 남자가 작별 인사를 건넸다.

"다음에 또 오겠습니다."

　길거리 음식을 파는 사장들의 대부분이 그렇듯 페르난도는 마음이 넓은 편이었다. 하지만 저 백인 남자가 럭키-칠리타코에 다시 온다면 반갑게 맞아 줄 자신이 없었다.

　그리고 그로부터 정확히 1분이 지난 뒤, 그 백인 남자가 럭키-칠리타코에 두 번 다시 오지 않기를 진심으로 바랄 수밖에 없는 상황이 페르난도의 눈앞에 펼쳐졌다.

"자, 한번 놀아 볼까!"

럭키-칠리타코가 주차되어 있는 7번가 모퉁이를 떠나 차들이 어지럽게 오가는 브로드웨이 도로 한가운데로 성큼성큼 걸어 들어간 백인 남자가 쾌활하게 외쳤다. 다음 순간, 페르난도는 틱 장애가 있는 막내아들처럼 두 눈을 열심히 끔뻑거려야 했다. 타임스스퀘어를 둘러싼 전광판들이 시도 때도 없이 틀어 주는 할리우드 블록버스터 영화 예고편에서나 볼 수 있을 법한 신기한 광경이 백인 남자에게서 시작되었기 때문이다. 트레일러트럭이 바퀴 달린 커다란 강철 외계인으로 변하는 영화였던가? 아니면 시건방진 재벌 이세가 하늘을 나는 빨간 깡통 로봇으로 변하는 영화였던가? 영화를 좋아하지 않아 정확히는 모르겠지만, 그 비슷한 일들이 지금 백인 남자에게서 벌어지고 있었다.

쩔꺽! 주우웅! 쩔꺽!

폭 넓고 무거워 보이는 허리 벨트가 풍선껌처럼 죽죽 늘어나더니 남자의 팔다리 관절 부위 위에서 금속 소리를 내며 맞물렸다. 남자는 순식간에 실버크롬색 장갑에 둘러싸이게 되었다. 이어 남자가 십자로 교차시킨 양 손목을 허리 벨트의 버클 앞에 가져다 대자 버클에 양각되어 있던 도마뱀과 코브라가 마치 살아 있는 생명체처럼 스르르 기어 나와 좌우 손목 위에 자리를 잡았다. 그다음에는 양어깨 부위 장갑이 네모난 상자 모양으로 뭉치더니 2기의 미사일 런처로 바뀌었고, 마지막으로 목을 둘러싼 장갑이 밀가루 반죽처럼 얼굴 쪽으로 밀려 올라와 둥근 헬멧을 만들어 냈다.

"괜찮은걸."

페르난도는 스스로를 내려다보며 만족스러워하는 백인 남자의 혼잣말 소리를 똑똑히 들을 수 있었다. 주위를 둘러보니 거리를 지나는 다른 사람들도 그와 마찬가지로 남자의 혼잣말 소리를 들은 눈치였다.

"하여튼 요즘 기업 하는 놈들이란."

입으로는 구시렁거렸지만 페르난도는 내심 감탄하지 않을 수 없었다. 겉보기만 요란한 게 아니라 헬멧의 스피커 장치 같은 부분까지 세세히 신경 쓴 것을 보니 꽤나 돈 많은 기업에서 준비한 광고 이벤트인 것 같았다. 전자 기계와 관련된 장비라면 제너럴일렉트릭일까? 아니면 마이크로소프트나 애플 같은 IT 기업?

그러나 백인 남자는 대기업이 준비한 광고 이벤트에 등장하는 모델이 아님을 곧바로 증명해 보였다.

"렛츠 고우!"

풍!

직경이 10센티미터밖에 되지 않는 미사일 런처 구멍에서 당나귀 허벅지만큼이나 굵은 미사일이 발사되는 광경은 꼭 마술 같았다. 하얀 연기를 꼬리처럼 매단 미사일은 지상에서 2미터 높이로 약 100미터가량을 수평비행한 뒤 포물선을 그리며 비스듬히 솟구쳐 타임스스퀘어에서 가장 큰 TSQ 전광판 한복판에 꽂혔다. 요즘 한창 유명세를 타는 백인 여가수가 아시아의 작은 나라에서 만든 얇고 넓적한 휴대폰을 들고 교태를 부리는 영상이 해머에 얻어맞은 감자 칩처럼 산산이 으스러졌다. 귀청을 찢을 듯한 폭음이 울리고 주변 빌딩의 유리창들이 수억 개의 파편으로 터져 나온 것은 다음 순간의 일이었다.

꽈앙!

호기심 어린 눈으로 백인 남자를 쳐다보던 사람들이 일제히 몸을 움츠렸다. 끼이익, 꽝! 브로드웨이를 오가던 수십 대의 자동차들이 잿빛 아스팔트 위로 새까만 스키드 마크를 남긴 채 부딪치고 멈췄다. 러시아워를 따로 구분할 필요 없는 많은 교통량 덕분에 그나마 가벼운 접촉 사고들이 대부분이었지만, 그 점을 다행으로 여기기에는 너무 일렀다.

"오우! 타깃!"

무장, 혹은 변신을 한 백인 남자가 눈을 빛내며 자동차들이 멈춰 선 도로 쪽으로 상체를 돌렸다. 남자의 오른쪽 손목에 채워진 도마뱀 머리 모양의 장치에서 붉은 불꽃이 번쩍였다.

펑!

백인 남자에게서 10미터쯤 떨어진 곳에 서 있던 버스 한 대가 화염에 휩싸이며 허공으로 솟구쳐 올랐다. 승객들이 한목소리로 내지른 찢어지는 비명은 버스가 공중제비를 넘는 짧은 시간 사이에 사그라졌다. 이상하리만치 느린 속도로 공중 일 회전을 마무리한 버스가 바로 뒤에 서 있던 두 대의 세단 위로 떨어졌다. 지붕이 빈 깡통처럼 우그러든 세단들 위로 화염이 번져 내려오고 그중 한 대에서 폭발이 일어났다. 도로 위에 대혼란이 시작되었다. 수백 개의 차 문이 한꺼번에 열리고, 겁에 질린 사람들이 도로 위로 쏟아져 나왔다.

"진짜로 이런 걸 해 보고 싶었다고."

백인 남자가 이번에는 가슴 높이로 올린 왼손을 수평으로 천천히 그었다. 그의 왼쪽 손목에 채워진 코브라 머리 모양의 장치에서 머스터드소스 같은 노란 액체가 소방 호스를 벗어난 방화수처럼 맹렬한 기세로 뿜어 나왔다.

지이익!

가슴 높이를 횡으로 그으며 돌아가는 노란 밧줄은 그것에 걸린 모든 것들을 삽시간에 물렁물렁하게 녹여 버렸다. 이해할 수는 없지만 외국 관광객들이 포토 존으로 즐겨 찾는 신문 가판대, 시 당국에서 올해부터 교체하기로 결정한 낡은 가로등, 워싱턴 DC 캐피탈 벨트웨이의 러시아워처럼 도로 위에 멈춰 서 버린 각종 모델의 자동차들, 그리고 그 사이를 죽을힘을 다해 달리던 수많은 사람들까지도. 잿빛 아스팔트 위가 온갖 색깔의 용액들로 알록달록 물들었다.

"으라차차!"

백인 남자가 기합을 내지르며 허리를 한껏 젖혔다.

풍! 풍! 푸푸푸푸풍! 남자의 어깨 위에 장착된 미사일 런처 2기가 수십 발의 미사일들을 연달아 쏘아 올렸다. 하얀 연기를 매달고 하늘로 날아오른 미사일들이 어느 순간 비행 궤도를 아래로 꺾었다. 브로드웨이 극장들이 왕관처럼 머리에 쓰고 있던 광고판들 위로 미사일의 소나기가 퍼부어졌다.

"이번에는 롤리팝Lollipop이다! 아로로로로!"

오래된 서부영화에서 인디언들이 지르면 딱 알맞을 함성이 백인 남자가 쓴 헬멧 스피커에서 터져 나왔다. 그러면서 남자는 왼쪽 다리를 꺾어 무릎 높이로 올리더니 그 자리를 맴돌기 시작했다. 야구 이외의 스포츠는 전부 애들 장난이라고 치부해 온 페르난도의 눈에도 동계 올림픽 피겨스케이팅 금메달리스트보다 훨씬 잘 도는 것처럼 보였다. 그리고 남자의 회전이 절정에 이르렀을 때.

슈슈슈슝!

일렉트릭 뮤직의 전자음이 울리고 붉은 불꽃과 노란 액체가 백인 남자를 중심으로 나선을 그리며 회오리쳐 나갔다. 그것은 말 그대로 롤리팝이었다. 그러나 절대로 달콤하지는 않았다. 붉은 줄과 노란 줄이 교대로 들어간 막대사탕은 무서운 속도로 몸집을 부풀렸고, 거기에 부딪힌 물체들은 코크스처럼 불타오르거나 버터처럼 녹아내렸다. 남자를 중심으로 반경 10미터 안쪽 구역이 순식간에 지옥으로 변해 버렸다.

탕!

갑자기 총성이 울렸다. 다른 때 같으면 고개부터 처박고 볼 그 총성이 반가운 까닭은 10분 남짓 사이 페르난도의 뇌로 흘러든 모든 감각들이 현실과 너무 동떨어진 것들이었기 때문이리라.

총성의 여운이 사라질 무렵, 백인 남자가 회전을 멈추고 자신의 가슴팍을 내려다보았다. 정력에 좋다는 할라페뇨를 날마다 먹어서 그런지 페르난도는 나이답지 않게 시력이 좋았다. 덕분에 남자가 걸친 실버크롬색 장갑 가슴 부위에 작고 새까만 탄흔 하나가 찍힌 것을 볼 수 있었다.

누가 쏜 것일까? 주위를 두리번거리던 페르난도는 백인 남자로부터 20미터쯤 떨어진 보도블록 위에 엉거주춤한 자세로 권총을 겨누고 있는 경찰 한 명을 발견했다.

탕! 탕! 타타탕!

사격이 이어졌다. 그 경찰은 권총의 탄창을 모조리 비울 때까지 쏠 작정인 것처럼 보였다. 틱. 틱. 틱. 틱. 실버크롬색 장갑 여기저기에서 작은 불꽃들이 연속적으로 피어났다. 그러나 정작 장갑에 의해 보호받는 백인 남자에게는 어떤 충격도 주지 못하는 것 같았다.

"뉴욕 경찰, 레벨 3, 권총 사격술에 능한 경찰도 있으니 특히 엄폐물이 많은 도시 지역에서 마주칠 경우 주의할 것? 주의할 것 없답니다. 하하하!"

알아듣기 힘든 말 끝에 쾌활한 웃음을 터뜨린 백인 남자가 그대로 입을 쩍 벌렸다. 남자가 머리에 쓴 헬멧이 살아 있는 문어처럼 아래로 흘러내리더니 입 부근에 이르러 트럼펫처럼 길쭉하게 늘어났다. 트럼펫의 벨 앞쪽 공간이 성에라도 낀 듯 뿌옇게 흐려졌다.

……!

페르난도는 자신도 모르게 어깨를 움츠리며 두 귀를 틀어막았다. 긴 바늘로 양쪽 고막을 찌르는 듯한 이물감이 엄습했기 때문이다. 정신을 차려 보니 보도블록 위에서 권총을 쏘던 경찰은 어디론가 사라진 뒤였다. 그 자리로부터 10미터쯤 뒤쪽에서 불타고 있는 가로수에 처박힌 흑청색 덩어리가 그 경찰의 현재 모습이 아닐까 짐작될 따름이었다.

트럼펫처럼 변한 헬멧이 소리 없이 원상태로 돌아갔다. 백인 남자는 왼손으로 헬멧의 턱 부분을 문지르며 투덜거렸다.

"제기랄, 부부젤라붐Vuvuzela-Boom을 쓰면 턱뼈가 아프다는 얘기는 매뉴얼에 왜 안 나와 있는 거야."

그때 요란한 사이렌이 브로드웨이 저편에서 울려왔다. 경찰차 다수가 출동한 것 같은데, 도로 위를 메우고 있는 수많은 자동차들로 인해 백인 남자가 있는 브로드웨이 중심부로는 진입하지 못하는 모양이었다. 범죄자의 입장에서는 무척 다행스러운 일일 텐데도, 남자는 전혀 그렇게 생각하지 않는 듯했다.

"거치적거리는 것을 뭉개는 데엔 이게 제격이랬지?"

백인 남자가 손바닥을 아래로 향한 양손을 머리 위로 들어 올렸다. 손바닥에 붙어 있는 얇은 금속 원반이 은은한 자줏빛을 발하기 시작했다. 남자는 열정에 사로잡힌 피아니스트처럼 두 눈을 지그시 감더니 양손을 힘차게 내리눌렀다.

둥!

페르난도는 운전대를 힘껏 움켜잡았다. 먹먹한 소리와 함께 지진이 일어난 것처럼 대지가 진동했기 때문이다. 진동은 금방 멈췄다. 만일 출동한 경찰차들과 백인 남자 사이에 놓여 있던 모든 물체들이 프레스에 눌린 종이 상자처럼 납작해져 있지 않았다면, 페르난도는 진동이 발생한 것 자체를 믿지 않았을지도 모른다.

도로를 따라 길게 깔린 물체들에 눈길을 주지 않으려고 노력했지만, 잔인한 호기심은 페르난도로 하여금 그 물체들을 쳐다보도록 만들었다. 모든 것들이 납작해져 있었다. 망가진 자동차, 멀쩡한 자동차, 죽은 사람, 심지어 살아 있는 사람까지.

"이런, 이런. 메가프레스Mega-Press는 겨우 한 번 쓰고 나면 끝인 거야?"

백인 남자는 양 손바닥에서 떨어져 아스팔트 위를 굴러가는 두 장의 금속 원반을 보며 혀를 찼다. 하지만 그다지 실망하는 기색은 아니었다. 허리 벨트의 뒷부분에서 태어나 남자의 등줄기를 타고 오른 후 헬멧 위로 고개를 쳐드는 주황색 거대 지렁이는 자신이 할 일이 남아 있음을 오히려 기뻐하는 것처럼 보였다.

"즉시 무기를 버리고 바닥에 엎드려라!"

브로드웨이 저편에서 울려온 경찰들의 단골 멘트는 페르난도의 귀에 너무 한심하게 들렸다. 이신전심인지, 백인 남자는 한마디 대꾸도 없이 어깨 미사일을 풍, 풍, 두 발 발사했다.

쾅! 콰앙!

요란한 폭발음이 두 번 이어지며 경찰 측에서 바리케이드로 세워 둔 경찰차들이 트램펄린 종목에 출전한 체조 선수처럼 공중으로 펄쩍펄쩍 뛰어올랐다.

탕! 탕! 타탕! 드륵! 드르르륵!

경찰국 건물 위에 몇 년째 걸어 놓은 '전 미국을 통틀어 가장 우수한 경찰'이라는 플래카드의 문구가 자화자찬만은 아닌 듯, 뉴욕 경찰의 대응 사격이 즉시 시작되었다. 특히 자동화기로 무장한 특수기동대의 집중사격은 백인 남자로부터 제법 멀리 떨어진 페르난도까지 운전석 밑으로 숨어들게 만들었다.

페르난도는 운전대 밑에 고개를 처박은 채 생각했다. 저처럼 빗발치는 총알들 속에서 살아남을 존재가 있을까? 아프리카 코끼리라도 불가능할 것 같았다. 하지만 1분 가까이 이어진 총성이 멎은 뒤 운전대 위로 고개를 내민 페르난도는 저 백인 남자와 아프리카 코끼리의 차이점이 무엇인지 깨닫게 되었다. 아프리카 코끼리와 달리 저 백인 남자에게는 불가능이란 처음부터 존재하지 않았던 것이다.

백인 남자 앞에는 직경이 2미터에 가까운 주황색 반투명한 방패가 세워져 있었다. 그리고 경찰 측에서 발사한 총알들로 추정되는 수천 개의 금속 알갱이들이 그 방패 표면에 물려 있었다. 방패를 구성하는, 액체도 아니고 고체도 아닌 정체불명의 물질은 남자의 헬멧 위로 고개를 내민 주황색 거대 지렁이의 주둥이로부터 흘러나왔다. 권총에서 발사되었든 자동화기에서 발사되었든, 총알이라면 종류를 불문하고 저 백인 남자를 곤란하게 만들지 못하는 것 같았다. 정작 남자를 곤란하게 만드는 문제는 따로 있는 모양이었다.

"레벨 3이 마흔두 마리에 레벨 7이 스무 마리. 어라? NPC도 두 명 끼어 있잖아. 뭐가 이래?"

헬멧의 스피커를 통해 흘러나오는 백인 남자의 짜증 섞인 말소리를 들으며, 페르난도는 괴상한 놈이 괴상한 소리만 지껄인다고 생각했다. 레벨이니 NPC니 죄다 모를 소리뿐이었다.

우두두두!

머리 위에서 우박 떨어지는 소리가 들려왔다. 고개를 들어 보니 세 대의 헬리콥터들이 42번가 빌딩들 사이를 위풍당당하게 날아오고 있었다. 군대 경험은 전혀 없는 페르난도지만 그것들이 공격용 헬리콥터라는 점은 금방 알아볼 수 있었다. 동체 양 측면에 위협적으로 뻗어 나온 로켓포 날개가 그것을 증명해 주었다.

하늘을 올려다본 백인 남자가 갑자기 욕설을 터뜨렸다.

"쉿트! 아파치 AH-64D에 왜 NPC가 타고 있는 거지?"

그때, 브로드웨이 저편에 진을 친 경찰들로부터 사격이 재개되었다.

드르륵, 드득! 드르르륵!

자동화기의 요란한 소음이 울릴 때마다 백인 남자를 보호하는 반투명한 방패가 진저리를 쳐 댔다.

"피라미들이 귀찮게……."

백인 남자는 방패 뒤에 바짝 붙어서더니 왼손을 방패 위로 뻗어냈다. 코브라 머리 모양의 장치에서 발사된 노란 액체가 높은 포물선을 그리며 20미터가량을 날아가 경찰들 머리 위로 떨어져 내렸다.

지이익!

불에 달군 무쇠 추를 아이스크림 케이크 위에 얹어 놓듯 일정 공간 안에 있는 모든 것들이 노란 액체를 뒤집어쓴 채 용해되었다. 그 범위 안에는 몇 대의 경찰차와 십여 명의 경찰이 포함되어 있었다. 그러던 어느 순간, 45도 각도로 솟구치던 노란 액체가 뚝 끊겼다. 백인 남자는 왼쪽 손목에 끼워진 장치를 내려다보고 벌컥 짜증을 부렸다.

"NPC 하나 죽였다고 포이즌 노즐Poison Nozzle의 마나 포인트Mana Point(캐릭터가 스킬을 사용할 때 소모되는 포인트)가 0으로 떨어져? 이건 너무 쩨쩨하잖아!"

후두두둑! 후두두둑!

공격용 헬리콥터들 중 한 대로부터 기총 사격이 시작되었다. 샛

노란 불줄기가 하늘과 땅 사이에 가로놓이고, 백인 남자의 주위로 쪼개진 아스팔트 조각들이 어지럽게 튀어 올랐다.

퍼버벅!

백인 남자가 걸친 실버크롬색 장갑의 윗부분이 둔탁한 충격음과 함께 움푹움푹 우그러들었다. 그 자리에서 휘청거리던 남자는 결국 한쪽 무릎을 바닥에 꿇고 말았다.

"이런 개새끼가!"

거친 욕설과 함께 백인 남자의 오른손이 공중을 가리켰다. 손목 위 도마뱀 머리 모양의 장치에서 불꽃이 번뜩이는가 싶더니, 샛노란 불줄기를 뿜어내던 공격용 헬리콥터가 별안간 화염에 휩싸여 부근에 있던 고층 빌딩에 부딪쳤다.

"으아아! 조종사가 NPC라는 게 무슨 소리야! 이젠 샐러맨더 스파크Salamander Spark도 못 쓰는 거야?"

단신으로 수천만 달러짜리 공격용 헬리콥터를 격추한 사람치고는 어울리지 않는 반응이었다. 그때 남은 두 대의 공격용 헬리콥터들도 기총 사격을 개시했다.

후두두두둑! 쩡!

기총 사격의 위력은 무시무시했다. 백인 남자 앞을 막아 주던 반투명한 방패가 5초도 못 버티고 주황색 분말로 흩어졌다. 남자는 공격용 헬리콥터들이 쏟아 내는 샛노란 불줄기에 그대로 노출되었다.

퍼버벅! 퍼버버벅!

샛노란 섬광에 포위된 백인 남자는 단독으로 스포트라이트를 받은 댄서처럼 요란하게 몸을 흔들었다. 어느 순간 남자의 몸통에서 떨어져 나온 팔 하나가 건너편 보도블록까지 굴러가는 것이 보였다. 남자는 더 이상 버티지 못하고 그 자리에 털썩 주저앉았다. 페르난도는 비로소 안도의 숨을 내쉬었다. 이것으로써 모든 상황이 끝난 것 같았다. 하지만 남자는 페르난도를 놀라게 만들 한 가지를 아직 남겨 두고 있었다.

"플리스 점핑Flea's Jumping!"

백인 남자가 하늘을 향해 무서운 속도로 솟구쳐 올랐다. 페르난도는 남자가 신고 있는 실버크롬색 부츠 전체가 담청색의 빛무리에 뒤덮인 것을 볼 수 있었다. 그렇게 20미터가량을 뛰어오른 남자가 허리를 힘껏 뒤채며 하나 남은 주먹을 휘둘렀다. 남자의 근처를 비행하던 공격용 헬리콥터의 꼬리 부분이 우지끈, 소리를 내며 부러져 나갔다. 남자는 그 한 번의 펀치로 중심을 잃고 아래로 추락했다.

쿵!

백인 남자의 몸뚱이를 받아들인 아스팔트가 1미터 깊이로 움푹 꺼져 들어갔다. 이어 한쪽 더듬이를 잘린 나방처럼 허공을 맴돌던 공격용 헬리콥터가 6번가와 7번가 사이 도로 위에 처박혔다.

꽝!

천둥 같은 폭음과 시뻘건 불길이 반 블록 떨어진 곳에 있는 페르난도를 겁먹게 만들었다. 휘리리릭! 토네이도를 떠올리게 하는 날카로운 바람 소리가 가까워지더니, 럭키-칠리타코의 운전석에서 2미터쯤 떨어진 아스팔트 위에 길쭉한 무엇인가가 쩡, 소리와 함께 꽂혔다. 페르난도는 운전대에 처박은 고개를 조심스럽게 쳐들었다. 추락한 헬리콥터에서 떨어져 나온 것이 분명한 메인 로터의 강철 날개 하나가 어느 전위예술가가 만든 철제 상징물처럼 아스팔트 위에 기괴한 형태로 꽂혀 있는 것이 보였다.

"헉! 허억!"

수많은 소음들이 나타났다 사라지는 과정에서 생긴 절묘한 공백기를 뚫고 백인 남자의 거친 숨소리가 울려 나왔다. 하나뿐인 팔을 휘저어 어떻게든 구덩이로부터 빠져나오려 애를 써 보지만 다른 부위에 입은 손상도 가볍지 않은지 번번이 실패하고 있었다.

삐이이이.

그런 백인 남자를 향해 공중으로부터 긴 휘파람 소리가 떨어져 내렸다.

"국지 타격용 소이탄? 이건 반칙이잖아. 아직 개발 중이랬는데."

구덩이 안쪽에서 백인 남자의 투덜거림이 흘러나왔다. 그것이 페르난도가 오늘 들은 그 남자의 마지막 말이었다.

번쩍!

구덩이에 작렬한 섬광은 눈 덮인 삼나무 같은 백색 불꽃을 5층 높이까지 올려 보냈다.

백인 남자가 럭키-칠리타코의 간이 테이블 위에 놓고 간 '럭키' 한 팁이 금빛 모래로 바스러져 사라진 것도 바로 그 순간이었다.

단골 술집

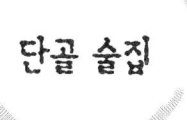

와이셔츠 차림에 넥타이도 매지 못한 금발의 리포터는 알아듣기 힘들 만큼 격앙된 영어로 상황이 종료되었다는 멘트를 반복해 외치고 있었다. 화면이 바뀌더니 지난 1시간 동안 무수히 보여주었던 장면들이 무작위로 재생되기 시작했다. 화면 하단 브레이킹 뉴스 자막에는 '브로드웨이의 참변'이라는 표제 하에 방송을 시청하는 동안 스무 번도 넘게 지나간 문구가 다시 올라와 있었다.

맨해튼 중심가 피습. 테러리스트인가, 외계인인가.

"와우."
방송국 헬기가 잡은 브로드웨이 교전 장면을 한 번 더 지켜보던 후배가 낮고 쉰 탄성을 내뱉었다. 은백색 갑옷의 남자가 지상에서 쏘아 올린 붉은 불꽃이 기총 사격을 가하던 아파치 헬기를 격추시킬 무렵이었다.

"게임보다 더 게임 같네. 양키 애들이 진보한 거예요, 아니면 우리가 미개한 거예요?"

"저게 미국 기술로 보여?"

심각한 얼굴로 콧등을 긁던 조윤호가 반문했다.

"미국이 아니면 어디 기술이겠어요? 설마 찌라시들이 극찬하는 북한 기술이겠어요?"

운동권 끝물 학번답게 후배는 대한민국에서 대표적으로 잘나간다는 몇몇 신문사들에 깊은 적개심을 품고 있었다. 적당히 맞장구쳐 주고 싶은 마음이 없지는 않았지만 대화의 주제가 그 방향으로 흘러가는 것은 내키지 않았다.

"내 생각에는 이 세상에 뭔가 벌어진 것 같아."

조윤호의 무거운 말에 후배가 눈을 홉뜨며 물었다.

"정말로 외계인이라고 생각하시는 거예요?"

벼룩처럼 공중으로 뛰어오른 은백색 갑옷의 남자가 아파치 헬기의 꼬리 부분을 맨주먹으로 부러뜨리는 장면을 지켜보던 조윤호가 고개를 끄덕였다.

"그럴지도 모르지."

"에이, 선배님도."

후배가 코웃음을 치다가 조윤호의 표정이 바뀌지 않자 설득 조로 말했다.

"생각해 보세요. 9·11 때하고 똑같잖아요. 장소도 똑같은 맨해튼이고요. 모두 미국의 음모라니까요. 저는 오히려 걱정되는걸요. 9·11 때는 아프간과 이라크가 타깃이었잖아요. 이번에는 북쪽 애들 조지려고 저런 수작을 부리는 게 아닐까 걱정되네요."

2001년 뉴욕 맨해튼에서 발생한 9·11 테러는 유명 다큐멘터리 감독이 영화로 제작하여 전 세계에 고발할 만큼 음모론이 개입할 여지가 많은 사건이었다. 사건 발생 육 주 전에 체결된 세계무역센터 건물의 거액 보험, 사건 발생 전주에 급증한 항공사 파생 상품 거래량, 비행기의 측방 충돌로 인한 것이라고는 보기 힘든 균등 붕괴 과정, 건물 지하에서 사라진 엄청난 양의 금괴 그리고 사건 발생 직후 기다렸다는 듯이 추진된 아프가니스탄과 이라크에 대한 미국의 군사작전 등등.

그렇다면 이번 사건도 미국 혹은 미국을 움직일 수 있는 소수의 비밀 그룹이 정치, 경제, 군사 등 전 지구적인 패권을 추구하기 위해 꾸민 자작극이라고 볼 수 있을까?

조윤호는 그 가능성에 대해 궁리해 보았지만 아무래도 아니라는 생각을 떨칠 수 없었다. 원거리 공중촬영이라 자세한 상황은 파악하기 어렵지만, 은백색 갑옷의 남자가 보여 준 능력은 미국을 포함한 지구상의 모든 국가들이 보유한 과학기술을 합친다고 해도 구현할 수 없는 초과학적인 것임에 분명했다. 굳이 밀리터리 방면의 전문가가 아니라도 군대를 다녀온 대한민국 남자라면 누구나 이 판단에 동의할 것 같았다.

조윤호는 옆자리 빈 의자 등받이에 걸쳐 놓은 양복 윗도리 안주머니에서 만년필을 꺼내 보드지로 만든 네모난 잔 받침 뒷면에 자신이 본 것들을 메모하기 시작했다.

> 태권V만큼 강한 인간이 과연 존재할 수 있을까?
> 1. 휴대가 가능한 화염탄 반사 장치
> 2. 자동화기의 연사도 막아 내는 반투명 방패
> 3. 20m 가까이 점프할 수 있는 부츠

3번 항목까지 메모한 조윤호가 코를 벌름거렸다. 딸기 향을 닮은 은은한 향기가 후각으로 스며들어 온 것이다. 익숙한 향기, 자극적인 향기이기도 했다. 그는 천천히 고개를 들었다.

"또 그러신다. 자꾸 그러시면 유미 화낼 거예요."

바 맞은편으로 다가온 여자 바텐더가 곱게 눈을 흘기며 조윤호를 나무랐다. 그 눈 흘김에 담긴 은밀한 색기가 조윤호로 하여금 잠시 에로틱한 상상에 빠지게 만들었다. 저런 눈으로 저런 말을 하며 내 옆자리에 앉은 다음 상체를 슬며시 기대 오면서…….

"부장님?"

여자 바텐더가 눈썹을 쫑긋거리며 불렀다. 조윤호는 퍼뜩 정신을 차렸다.

"응?"

여자 바텐더가 바 위로 눈짓을 보냈다. 조윤호는 그제야 비로소 자신이 메모지가 아닌 곳에 메모를 하고 있다는 사실을 깨달았다. 그는 태권V 따위의 유치한 단어들이 메모된 잔 받침을 슬그머니 뒤집으며 여자 바텐더를 향해 계면쩍게 말했다.

"미안. 번번이 혼나고도 이 모양이네."

"부장님 때문에 버린 코스터가 몇 장인 줄 아세요?"

여자 바텐더가 입술을 삐쭉였다. 이곳 BAR-21은 바텐더별로 전용 잔 받침을 두도록 하는 다소 특이한 영업 방침을 가지고 있었다. 아마도 뜨내기 술손님들을 빠른 시간 안에 단골손님으로 만들려는 고도의 전략인 듯. 방금 조윤호가 메모한 잔 받침 앞면에는 심플한 검은색으로 디자인된 바의 로고와 함께 여자 바텐더의 영문 이름이 명함처럼 인쇄되어 있었다. '사진까지 박아 놓으면 더 좋잖아.'라는 말에 '어머, 그러다 혼처 막히면 부장님이 책임져 주시게요?'라는 대답이 돌아와 공연히 가슴 두근거린 기억이 있었다.

조윤호는 뒷주머니에서 뺀 지갑에 메모한 잔 받침을 끼우고는 오만 원짜리 한 장을 꺼내 잔 받침이 있던 자리에 올려놓았다.

"앞으로도 이 버릇 못 고칠 것 같으니 내 몫으로 여러 개 주문해 두라고."

"정말요? 그 코스터들 다 채우실 때까지는 매상 걱정 안 해도 되겠네요."

BAR-21에서 제일 인기 좋은 여자 바텐더 오유미가 눈초리를 초승달처럼 접으며 생긋 웃었다. 양 볼에 옴폭 들어간 보조개가 바 위에 낮게 걸린 노란 조명 아래에서 섹시한 그늘을 만들고 있었다. 조윤호는 아랫배 어름에서 고개를 쳐드는 남자의 본능을 감추기 위해 엉덩이를 의자 깊숙이 빼야만 했다.

"안주도 안 시키는 나 같은 짠돌이 손님이 매상을 올리면 얼마나 올린다고."

다행히도, 혹은 불행히도 이때쯤 홀 손님 중 하나가 오유미를 불렀다. 오유미가 자리를 떠난 다음 자세를 고쳐 앉는 조윤호에게 후배가 말했다.

"한번 대시해 보시지 그래요? 미스 오도 은근히 선배님을 좋아하는 눈치던데."

"쓸데없는 소리. 멀쩡한 처녀 앞길 망칠 일 있어?"

조윤호는 만년필의 뚜껑을 닫으며 후배를 나무랐다. 그러고도 계속 능글맞은 눈길을 보내던 후배는 조윤호가 정색하고 노려본 뒤에야 비로소 화제를 돌렸다.

"그 만년필 아직 잘 나와요?"

"잘 나오지."

"10년도 더 된 거라고 하셨잖아요."

"정확히 15년이야. 이 바닥 2년 차 때 받은 물건이니까."

"와우, 좋은 만년필이네요. 파커? 몽블랑? 어디 건지 좀 알려주세요. 저도 하나 장만하게."

조윤호는 만년필의 클립 부분을 손바닥 안으로 슬그머니 감추며 애매한 웃음으로 대답을 대신했다. 만년필의 상표는 파커Parker에서 철자 하나만 바꾼 포커Porker. 아마 오래전에 간판을 내렸을 미국의 어떤 회사에서 만든 짝퉁일 것이다. 명품이라 오래 쓰는 것이 아니다. 어떤 명품보다 소중하게 다루었기 때문에 오래 쓰는 것이었다. 그에게 있어 이 만년필은 초심을 잃지 않게 해 주는 증표인 동시에 15년 게임 일을 하는 동안 많은 행운을 가져다준 부적이기도 했다.

만년필 뚜껑의 단단한 질감을 손바닥으로 느끼며 조윤호는 소망했다.

한 번만 더 행운을 가져다줄 수 있겠니?

그러다 조윤호는 픽 웃고 말았다. 맨해튼에서 수백 명이 죽어 나가는 화면을 보면서도 다음 주 베이징에서 있을 게임 매각 일이나 걱정하고 있다니. 조금 전 지구 반대편에서 벌어진 전 인류적인 사건보다 다음 주 자신에게 닥칠 게임 매각 일이 더 걱정되는 것을 보면 자신은, 나아가 인간은 어쩔 수 없이 이기적인 존재라는 생각이 들었다.

"1시가 넘었네. 더 앉아 있다가는 제수씨에게 미움받을 것 같군."

조윤호는 만년필을 꽂은 양복 윗도리를 집어 들고 의자에서 일어섰다.

뉴욕 맨해튼 브로드웨이

"후우우!"

럭키-칠리타코가 언제나 차지하던 7번가 모퉁이에는 군용 트럭들이 줄지어 주차되어 있었다. 통제선 바깥 멀리 떨어진 곳에서 그 모습을 쳐다보던 페르난도는 야구 모자의 챙을 푹 눌러쓰며 길게 한숨을 쉬었다.

오늘은 그만두라는 아내의 간곡한 만류에도 불구하고 혹시나 하는 미련을 버리지 못해 찾아온 20년 일터요, 생계의 텃밭이었다. 하지만 결과는 이 모양. 눈에 보이는 입 달린 물건이라고는 경찰과 군인 그리고 머리 꼭대기에서 구두 뒷굽까지 공무원 냄새를 풀풀 풍기고 다니는 양복쟁이들뿐이었다. 저들이라도 불러 모을 수 있다면 하루 매상은 어떻게든 올리겠지만, 분위기가 어찌나 심각한지 경적 한 번 울릴 엄두조차 생기지 않았다.

"젠장, 보통 이런 사건에는 기자들이 개떼처럼 꼬여야 정상 아닌가?"

사실 페르난도가 내심으로 기대한 것은 지금쯤 통제선 안으로 마이크를 들이밀며 취재에 열을 올리고 있어야 마땅한 수많은 기자들이었다. 미국은 물론 전 세계를 놀라게 만든 사건인 만큼 그래야 정상이 아니겠는가.

그러나 어찌 된 영문인지 NBC나 CNN 같은 거대 방송국에서 나온 유명한 기자들은커녕 1년 내내 외계인 얘기만 떠들어 대는 「News of the World」 같은 황색지에서 나온 사이비 기자 하나 찾아볼 수 없었다.

페르난도는 트럭 대시보드 위에 붙여 놓은 자명종을 쳐다보았다. 11시 5분 전. 문득 어제 이맘때 나타나 치즈칠리타코 빅 사이즈를 맛있게 먹어 치운 다음 그로서는 상상조차 못 할 엄청난 사건을 저지르고 죽어 버린 백인 남자가 떠올랐다.

그 백인 남자가 지껄인 알아듣지 못할 용어들, 예를 들면 유저니 레벨이니 NPC 따위의 의미는 어젯밤 큰아들에게 물어 알아낼 수 있었다. 하나같이 요즘 젊은것들이 푹 빠져 사는 컴퓨터게임에서 사용하는 용어라는데, 유저는 게임을 하는 플레이어, 레벨은 플레이어나 몬스터의 등급, NPC는 플레이어에게 제어당하지 않는 캐릭터Non Player-controlled Character의 약자라나.

게임도 아닌 멀쩡한 현실 세상에서 그따위 용어들을 지껄이며 집단 학살을 자행한 그 백인 남자는 굳이 정신병원에 끌고 가지 않아도 심각한 정신병자인 게 확실했다. 근데 뭔 놈의 정신병자가

리셋 지구 47

그렇게 세담. 속으로 이렇게 중얼거릴 때, 럭키-칠리타코 트럭 옆에서 페르난도의 귀가 번쩍 트일 소리가 들렸다.

"믿어 보라고. 여기 타코 정말 맛있다니까."

"흐음, 냄새가 진짜 좋은데."

연달아 들린 남녀의 목소리에 페르난도는 반사적으로 쓰고 있던 야구 모자를 벗고 조수석에 올려 둔 솜브레로를 집어 썼다. 멕시코 전통 음식을 팔 때에는 멕시코 전통 모자를. 20년 동안 지켜 온 그의 영업 전략이었다.

"거 남자분이 뭘 좀 아시네. 우리 가게에서 파는 칠리타코로 말할 것 같으면……."

신 나게 주워섬기며 고개를 돌리던 페르난도는 석상처럼 굳어 버렸다.

"헬로우 브라더."

백인 남자가 페르난도를 향해 밝게 웃었다.

"다, 다, 당신……."

머릿속이 하얗게 변해 말을 잇지 못하는 페르난도에게 백인 남자가 왼손을 내밀었다. 어제 공격용 헬리콥터의 기총 사격에 잘려 나간 그 손에는 지금 1달러짜리 지폐 여섯 장이 들려 있었다.

"어제 먹은 것과 같은 걸로 두 개. 시간 없으니 빨리 만들어 줘요. 오늘은 질릴 때까지 놀아 볼 생각이니까."

"내가 왔으니까 어제보다 훨씬 재미있을 거야."

곁에 있는 금발 미녀가 생긋 웃으며 말했다. 페르난도는 비명을 지르고 싶어졌다.

덜덜 떨리는 손으로 만든 빅 사이즈 치즈칠리타코를 맛있게 먹은 두 사람은 정말 맛있다는 칭찬과 함께 거슬러 받은 1센트짜리 동전 두 개를 '럭키'한 팁이라며 밀어 놓은 다음 럭키-칠리타코 앞을 떠나 100미터쯤 떨어진 통제선 안으로 태연히 걸어 들어갔다.
"자! 다시 한 번 놀아 볼까!"
"오키도키!"
무장, 혹은 변신을 마친 두 사람이 경악한 눈으로 그들을 바라보는 경찰, 군인, 공무원 들을 향해 미사일을 난사할 때, 페르난도는 더 이상 참지 못하고 비명을 지르고 말았다.

집

조윤호는 한 주에 일곱 번 찾아오는 아침들 중 일요일 아침이 가장 싫었다.

기억이란 게 새겨지기 시작한 이후, 조윤호는 아무도 없는 방에서 혼자 눈을 뜬 기억이 너무나도 많았다. 남편 없는 홀몸으로 가계를 꾸려 나가야 했던 어머니는 꼭두새벽같이 노량진 수산 시장에 나가 비린내 나는 어물 궤짝들을 날랐다. 어머니 없는 빈 단칸방에서 잠 깬 그를 기다린 것은 신문지에 덮인 앉은뱅이 밥상. 그는 차갑게 식은 국에 밥을 말아 먹고, 마찬가지로 신문지에 싸인 양은 도시락을 들고 등굣길에 올랐다. 태풍이라도 올라온 아침이어야 어머니의 얼굴을 볼 수 있었다. 하루 일감을 날린 어머니는 우울한 얼굴을 하고 있었다. 그래도 아침에 눈을 떠 어머니의 얼굴을 볼 수 있는 게 행복하기만 했다.

아침마다 어머니의 얼굴을 보게 된 것은 고등학교 2학년 겨울방학 때부터였다. 그저 가벼운 몸살감기라고 여기던 어머니의 병은 폐부종으로 밝혀졌다. 가난 때문에 병원도 제대로 못 다니고 1년 반을 앓던 어머니는 조윤호가 재수하던 해 여름에 영원히 눈을 감았다. 그날부터 지금의 아내와 결혼하기 전까지, 그는 아무도 없는 방에서 홀로 아침을 맞이해야 했다. 예외라면 군대에서 복무한 2년 몇 개월 정도. 고아라도 열세 살 이전에 양친을 여의지 않으면 면제 사유에 해당되지 않는다는 야박한 병역법이 오히려 고마웠다.

아내는 그다지 좋은 여자가 아니었다. 박색이고 드셌다. 하지만 아침에 눈을 떴을 때 옆자리에 잠든 그녀를 바라보는 일은 조윤호로 하여금 커다란 행복을 느끼게 해 주었다. 혼자가 아님을 확인하는 것만으로도 그는 충분히 만족할 수 있었다. 그리고 준영이 태어난 뒤 그런 행복은 더욱 커졌다.

혼자서 눈을 뜨는 아침이 다시 시작된 것은 아내가 준영을 데리고 필리핀으로 떠난 작년 여름부터였다. 다니는 교회 여전도사로부터 조기 유학의 당위성을 전도당한 아내는 남편의 의견 따위는 안중에도 없었다. 사대가 맞으려는지 모자의 만만찮은 체류비를 마련할 방도도 생겼다. 사장이 조윤호의 입에 슬며시 물려 준 작고 네모난 떡밥을 아내는 천국에서 내려온 구원의 동아줄로 여겼다.

속속 진행되는 유학 절차 속에서 남편이자 아버지로서의 조윤호는 완벽하게 배제되었다. 결국 그는 배식구를 통해 들어오는 식기를 그저 받아들일 수밖에 없는 죄수의 심정으로 혼자서 눈을 뜨는 아침과 마주하게 되었다.

그런 아침들 중에서도 일요일 아침이 특히나 싫은 것은 혼자라는 생각을 덮어 줄 수 있는 일상의 의무로부터 자유로운 날이기 때문이다. 아, 주5일제가 시행된 지 오래니 토요일도 포함시켜야겠군.

"엿 먹어라, 주5일제."

조윤호는 한국의 모든 샐러리맨들에게 지탄받을 엄청난 대사를 뇌까리며 침실을 나섰다.

사실 눈뜰 때만 제외하면 휴일 전체가 싫은 것은 아니었다. 아주 드물기는 하지만 혼자라는 점이 장점으로 작용하는 경우도 있었다. 지금처럼 거실에 나와 첫 담배를 당당히 피워 물 수 있다는 것이 대표적인 장점이다. 겨울방학을 맞은 아들을 데리고 아내가 귀국할 때까지는 2개월 넘게 남았으니, 한 보름쯤 전에 커튼과 소파 패브릭을 빨면 되겠지. 일주일 전에 빨아도 되려나?

첫 모금을 깊이 빨아들이며 이 소박한 즐거움을 누릴 시간이 제법 남아 있음에 기뻐하던 조윤호는 소파 앞 원목 테이블 위에 놓인 빈 맥주 캔들 밑에 깔린 전단지 한 장을 보고 얼굴을 일그러뜨렸다. 어젯밤 편의점에서 맥주 몇 캔을 사 오는 길에 아파트 엘리베이터 벽면에 붙어 있는 것을 보고 뜯어 온 전단지였다.

> 입주민께 호소드립니다. 거실이나 베란다에서 창문을 열고 흡연을 하시면 그 담배 연기가 고스란히 윗집으로…….

결국 담배를 끊든지, 정히 피우려거든 폐 속에 담배 연기를 정화

시키는 공기청정기라도 달든지 하라는 내용이었다. 몇 해 전부터 공공장소에서의 금연이 의무화되고 요사이는 흡연을 규제하는 거리까지 생겼다는데, 다 좋다 이거다. 인간은 사회적인 동물이라는데, 사회가 피우지 말라고 규정한 곳에서까지 굳이 피워야 할 만큼 담배에 대한 충성도가 높은 것도 아니니까. 하지만 사회가 아직 규정하지 못한 장소에서는 자유롭게 피울 수 있도록 해 주어야 하는 게 아닌가? 이럴 거면 아예 담배 자체를 마약 같은 반사회적 유해 물질로 금지시키든지 말이지.

그러나 조윤호는 곧 후회했다. 금연 구역에 대한 해석상의 차이를 떠나 남이 애써 만들어 붙인 전단지를 함부로 떼어 온 것은 자신의 잘못이라는 생각이 들었기 때문이다.

담배를 크리스털 재떨이에 비벼 끈 조윤호는 전단지를 집어 들고 잠시 노려보았다. 가져다가 도로 붙여 놔야 하나? 하지만 맥주 캔의 바닥 면 동그라미 두 개가 그대로 울어 찍힌 전단지를 보니 그 짓도 못 하겠다는 생각이 들었다. 프린터로 똑같이 뽑아 볼까? 이런저런 생각을 하던 조윤호는 한숨을 푹 쉬었다.

"소심하다, 소심해."

조윤호는 소심했다. 밖으로 펼쳐 낸 분노도 제대로 오므리지 못할 만큼. 그는 그런 자신의 소심함이 싫었지만 그것이 자신임을 부정하지는 않았다.

창밖의 하늘이 우중충했다. 비가 올 것 같지는 않지만 날씨가 궁금하긴 했다. 늦은 시간 BAR-21에서 나와 택시를 기다리며 후배는 '주말에 할 일 없으면 캠핑이나 갈래요?'라고 제안했는데, 월요일 아침에 비행기를 타야 한다는 이유로 거절했다. 후배는 조윤호 먼저 택시에 태워 보내며, 그러면 솔캠단독 캠핑이라도 가겠노라고 했다. 솔캠을 하다가 장비 걷을 무렵에 비라도 만나면 곤란할 텐데, 하는 생각이 들었다.

날씨 정보를 볼 생각으로 뉴스 채널을 틀자 익숙한 화면이 나왔다. 난리가 난 브로드웨이. 토요일인 어제 하루 내내 본 화면이라 조금 지겨워지기도 해서 채널을 돌리려다가 화면 하단 브레이킹 뉴스 자막을 보고 손길을 멈췄다.

반복된 재앙이 미국을 패닉에 빠트리다.

반복? 뜻하지 않은 단어에 조윤호가 의아해하는 순간 자막이 바뀌었다.

두 사람 중 하나는 어제 '브로드웨이의 참변'을 일으킨 바로 그 남자? 목격자 진술.

조윤호는 자신도 모르게 상체를 텔레비전 쪽으로 기울였다. 자막 위로 떠오르는 뉴스 화면은 그가 못 본 장면들을 보여 주고 있었다. 무대만 같은 맨해튼일 뿐 모든 것이 어제와는 달랐다.

우선 카메라의 거리가 훨씬 멀었다. 어제 본 것이 근처 상공을 날던 방송국 헬기에서 찍은 화면이라면 지금 것은 훨씬 더 먼 곳, 짐작건대 맨해튼 섬 바깥 바다 위에서 찍은 화면이었다. 그리고 동원된 대응 화력의 규모도 달랐다. 어제의 아파치 헬기 세 대 수준이 아니었다. 화면 상단 오른쪽 끄트머리에 잠깐 걸린 그림자는 세계 최강을 자랑하는 미군 전투기로 보였다. 그 그림자가 작고 빨간 불꽃으로 바뀌더니 검은 낙하산 같은 시커먼 연기를 매달고 화면 바깥으로 사라졌다.

중계 화면이 바뀌었다. 쉰 살 남짓의 뚱뚱한 히스패닉 남자가 멕시코 전통 모자를 손에 쥔 채 인터뷰하는 모습이었다.

"그 사람이었다고요. 어제 본 바로 그 사람. 내 말이 맞다니까요. 갑옷도 똑같잖아요."

리포터가 뭐라 묻는데, 그 말이 채 끝나기도 전에 뚱뚱한 남자가 텔레비전 카메라에 얼굴을 바짝 들이대고 소리를 지르기 시작했다.

"사탄이에요! 오, 하느님! 누구도 놈을 죽일 수 없어! 놈은 악마라고요!"

패닉에 빠진 뚱뚱한 남자의 얼굴이 우스꽝스러운 꼴로 정지한 채 화면 좌측 상단으로 축소되어 올라가더니, 화면 중앙을 스튜디오에 앉은 남녀 앵커가 차지했다.

"다시 말씀드립니다. 현재 뉴욕 주 전체에는 비상사태가 선포되어 있습니다. 현재 뉴욕 주에는 비상사태가 선포되어 있습니다. 어제 오후 3시 백악관에 긴급 소집된 국가안보회의에서……."

매부리코 위에 금테 안경을 걸고 있는 은발의 남자 앵커는 현지 시각으로 어제 오후 3시 소집된 국가안보회의 결과 뉴욕 주 전체에 일급 비상사태가 선포되었으며, 주 방위사령부의 핵심 병력이 맨해튼 섬 주위에 배치되었음을 전하고 있었다. 이어 나이에 어울리지 않는 빨간 립스틱을 바른 여자 앵커가 어제 사태에서 발생한 사상자는 그제인 '브로드웨이의 참변' 때의 10분의 1 수준인 사백쉰다섯 명이라는 소식을 전했다. 하지만 대부분이 경찰과 군인이라서 뉴욕 주 전체의 치안에 심각한 공백이 우려된다는 멘트를 덧붙였다. 다시 화면을 빼앗아 온 남자 앵커가 상체를 살짝 옆으로 틀며 BBC 다큐멘터리 내레이터와 비슷한 톤으로 말하기 시작했다.

"믿기 어려운 이 엄청난 파괴를 자행한 그들은 과연 누구였을까요? 진보된 과학으로 무장한 테러리스트? 아니면 타블로이드 신문들의 호외 헤드라인처럼 외계에서 온 지적 생명체? 온갖 추측들이 난무하고 있지만 누구도 확실한 대답을 내지 못하는 실정입니다. 우리 CNN 방송에서는 오늘 저녁 8시, 미국국방과학재단의 특별 고문이자 저명한 군사 전문가인 에릭 브라이언 박사와 영국의 왕립초자연연구소의 숀 메이어 소장을 초빙, 이번 사건에 대해 심층 분석할……."

소파에 멍하니 앉은 채 텔레비전 뉴스가 쏟아 내는 화면과 소리를 수동적으로 받아들이기만 하던 조윤호는 퍼뜩 정신을 차리고 침실로 달려갔다. 침대 머리맡 콘솔 위에서 충전 중인 휴대폰을 집어 든 그는 필리핀에 있는 아내에게 전화를 걸었다.

벨 소리로 쓰는 찬송가가 한참 동안 이어지자 조윤호는 손톱을 깨물었다. 다행히 아내는 찬송가가 반복되기 전에 전화를 받았다.

"우웅, 이 시간에 웬 전화예요."

잠에 취한 아내의 목소리가 이토록 반가울 수 있다는 게 신기했다. 조윤호는 급히 물었다.

"별일 없어?"

"별일? 무슨…….'

"준영이는?"

"준영이요? 옆에서 자네요."

마닐라의 주택 임대료는 서울의 그것과 비교할 수 없을 만큼 저렴하지만 한인 선교 단체에서 운영하는 홈스테이 비용만큼은 만만치 않았다. 때문에 준영은 보살피기 위해, 혹은 감시하기 위해 따라간 엄마와 한방에서 지내는 중이었다.

"집에 무슨 일 있어요?"

"어, 아니. 여기도 별일 없어."

"근데 꼭두새벽부터 웬 전화예요?"

8시가 넘었으니 꼭두새벽이라고 할 수는 없지만 일요일이란 점과 1시간의 시차를 감안하면 그냥 넘어가도 될 만한 표현이었다.

"나중에 텔레비전 보면 알 거야. 그리고……."

조윤호는 주저하다가 어젯밤 맥주를 마시며 생각한 말을 꺼냈다.

"웬만하면 준영이 데리고 들어오는 게 어때?"

잠깐의 침묵이 흘렀다. 그 침묵 뒤에서 아내가 조그만 몸뚱이 어딘가에 잠들어 있는 독기를 흔들어 깨우는 모습이 상상되었다. 예감은 어김없이 들어맞았다. 잠시 후 잠기가 싹 가신 뾰족한 목소리가 휴대폰 스피커를 통해 튀어나왔다.

"당신 제정신이에요? 애 앞길 망칠 일 있어요? 지금 관두면 죽도 밥도 안 되는 거 몰라서 그래요?"

"알아. 알지, 내가 왜 모르겠어. 근데 요 며칠 세상 돌아가는 게

영 수상하잖아. 그래서……."

"수상한 게 아니라 하늘이 당장 두 쪽이 나더라도 준영이 스쿨 끝날 때까지는 절대로 안 돌아가요. 알아들었어요?"

"……알았어."

"또 한 번만 관두란 얘기 꺼내면 나 준영이 데리고 뉴욕 사는 이모네로 갈 테니 알아서 해요."

뉴욕, 그것도 맨해튼에 산다는 그 이모의 생사나 아는지가 궁금했다. 두 번의 난리 통에도 운 좋게 살아남았다면 이모 쪽에서 이 집으로 오고 싶어 할 것 같았다. 하지만 그런 얘기를 꺼내 아내의 독기 어린 목소리를 더 듣고 싶지는 않았다.

"깨워서 미안. 더 자."

조윤호는 휴대폰을 껐다. 반년쯤 전에 이 휴대폰을 통해 들은 아내의 말소리가 떠올랐다.

'당신 진짜 미쳤구나.'

올봄에 자동차 바꾸는 문제로 통화한 이후 아내가 지금처럼 독기를 세운 것은 처음이었다. 지난해 여름 필리핀행 비행기에 오를 때부터 아내의 머릿속에는 준영의 영어 실력밖에 들어 있지 않은 것 같았다. 인류 전체에게 심각한 위기가 닥쳤다는 CNN 앵커의 보도를 들으면서도 준영에게는 미국식 영어 발음과 동남아식 영어 발음의 차이를 알아야 한다고 잔소리할 것 같았다. 아내는 그런 여자였다.

조윤호는 휴대폰을 다시 콘솔 위에 올려 두고 거실로 나왔다. 침실에 들어갔다 나온 사이 벽걸이 텔레비전의 LED 화면은 새로운 장면을 보여 주고 있었다. 미 국무부에서 공개한 범인들의 얼굴이라는데, 매우 먼 거리에서 찍은 듯 화소가 떨어지는 사진이었다. 은백색 헬멧을 쓴 남자는 입을 벌리고 웃고 있었고, 자홍색 헬멧을 쓴 여자는 눈을 토끼처럼 치켜뜨고 있었다. 뭐랄까, 스탠리 큐브릭 이전에 창궐하던 싸구려 SF 영화의 스틸 사진을 보는 기분이었다.

그런데 저 남자가 BAR-21에서 시청한 화면 속 그 남자와 동일인이라고? 경찰과 군대의 막대한 희생 끝에 간신히 제거하는 데 성공했다는 보도를 어제 하루 수십 차례나 들었는데?

'모두 미국의 음모라니까요.'

문득 후배가 한 말이 떠올랐다. 정말 미국의 음모일까? 그러나 범인이라고 화면에 뜬 두 남녀는 아랍인도 아니고 북한인은 더더욱 아니었다. 백인을 주인으로 둔 국가가 백인 남녀를 범인으로 내세워 무슨 종교적 혹은 지역적 음모를 꾸밀 수 있단 말인가.

조윤호가 콧등을 긁으며 답을 낼 수 없는 고민에 빠져 있는 동안 화면은 계속 바뀌어, 조금 전부터는 '토요일 저녁 6시 현재의 브로드웨이'라는 서브타이틀로 브로드웨이의 1시간 전 모습을 보여 주고 있었다. 뉴욕 주 전체에 비상사태가 선포된 만큼 군에서 제공한 화면인 것 같았다.

현지 시각 토요일 저녁 6시의 브로드웨이는 제2차세계대전 종전 후 일본에 진주한 미군이 찍은 사진 속의 히로시마를 닮아 있었다. 다른 것이라고는 60년쯤 전에는 존재하지 않았던 최신형 전차들과 장갑차들이 건물의 잔해들 위를 굴러다니고 있다는 점 정도랄까. 한마디로 철저한 파괴. 사진 속 남자와 여자 단둘이서 저 정도 파괴를 이루려면 아마도 100년은 필요할 것 같았다. 그러나 단이틀, 실제 파괴에 걸린 것은 3시간을 넘기지 않았다. 외계인 소리가 나오는 것도 무리는 아니었다.

화면 하단의 자막이 다시 바뀌었다.

120mm DUA 사용 여부 논란, 국무부 대변인은 강력히 부인.

하도 어이가 없어서 조윤호는 픽 웃고 말았다. 과거 밀리터리 게임 개발에 참여한 경험 덕에 DUA, 즉 열화우라늄탄Depleted Uranium Ammunition에 대해서는 웬만한 전문가 수준의 지식을 가지고 있는 그다. 주로 장갑차나 벙커처럼 두껍고 단단한 외벽으로 보호받는 표적을 타격할 때 사용하는데, 탄두에 우라늄 농축 찌꺼기인 열화우라늄劣化uranium을 사용해 방사능오염 논란이 끊이지 않는 고약한 무기였다. 미군은 전 세계의 수많은 전장에서 이 열화우라늄탄을 사용해 환경운동가들의 지탄을 받은 바 있고, 바로 그 점 때문에 자국 내에서는 사용을 엄격히 금지한 것으로 알려져 있었다.

그런데 그 열화우라늄탄을 맨해튼 브로드웨이에다 갈겼다고? 그것도 25밀리도 아니고 30밀리도 아닌, 120밀리짜리 대전차 열화우라늄탄을?

"둘 다 통구이가 됐겠군."

중얼거리고 나서 생각해 보니 장갑 관통 시 발생하는 마찰열로 인해 통구이가 되기 이전, 타격 시 발생하는 충격력에 의해 산산조각 났을 공산이 더욱 컸다. 어쨌거나 두 남녀는 그렇게 제거된 것이다. 최소한 그 순간만큼은.

머리가 벗겨진 백악관 대변인이 단상에 나와 뉴욕 주에 비상사태가 선포되었음을 밝히는 장면을 끝으로 조윤호는 텔레비전의 전원을 껐다. 별다른 일이 벌어지지 않는 한 저 뉴스 채널은 방금 본 내용을 하루 종일 반복해 틀어 댈 것이다. 물론 광고 시간은 빼고서 말이지.

그런 경험은 어제로 충분하다고 생각하며 조윤호는 아침밥을 먹기 위해 주방으로 들어갔다.

브으응.

어젯밤 맥주와 함께 산 세모난 김밥 두 알이 전자레인지 안에서 빙글빙글 돌아가는 모습을 지켜보며 조윤호가 우울하게 중얼거렸다.

"글루미 뉴스에 글루미 브렉퍼스트. 글루미 선데이다운 풀코스로군."

놀이터

맨해튼이야 박살 나든 말든 서울의 일요일은 평소와 다름없이 적당히 평화롭고 적당히 따분했다. 시끄러운 곳은 텔레비전 속밖에 없는 것 같았다. 선물거래 변동이 어떻고 월요일 주식시장 예측이 어떻고 세계경제가 당분간 어떻고…….

아침나절 우중충하던 하늘은 낮이 되면서 개었고, 어젯밤부터 쌀쌀해진 기온도 평년 수준으로 올라갔다. 어제 오전에 널어 둔 빨래는 눅눅한 기운 없이 잘 말라 있었다. 컵라면으로 점심을 해결하고 빨래를 개니 오후 2시 10분. 개킨 수건들을 수납장에 넣기 위해 욕실에 들어간 조윤호는 오늘이 끝나기 전 해야 할 일을 발견했다.

오후 3시.

집에서 300미터쯤 떨어진 대형 마트를 나오는 조윤호의 오른손에는 장보기용 천 가방이 들려 있었다. 천 가방 안에 든 것은 이만 오천 원짜리 샤워기 세트.

욕실 샤워기 호스의 중간 부분이 심하게 부식되어 물이 새는 것을 발견한 게 2주 전이었다. 교체한 지 1년도 안 되어 이 꼴이 된 것을 보면 도금했다는 크롬의 산화 방지 효과도 믿을 것이 못 되는 모양이었다. 2주 내내 갈아야지 갈아야지 벼르기만 하고 정작 하지는 못했는데, 아까 욕실을 들어갔을 때 내일 베이징행 비행기를 타기 전까지는 무조건 해치워야겠다는 생각이 들었다. 갑자기 사과나무를 심는 스피노자의 심정이 돼 버렸다고나 할까. 세상이 어떻게 돌아가든 샤워는 제대로 하고서 비행기에 타고 싶었다.

아파트 현관을 향해 걸어가던 중 어제 엘리베이터 문에서 떼어낸 전단지가 생각났다. 실내 금연을 호소하다가 맥주 캔 밑에서 쭈글쭈글해진 불쌍한 전단지. 조윤호는 그 전단지를 만든 주부—짐작건대—가 옆에 있기라도 한 듯 콧방귀를 세게 뀌었다.

"이젠 내 집에서도 마음 놓고 못 피우게 하겠다 이거지. 어디, 누가 이기나 해보자고."

그러나 말과는 딴판으로 조윤호는 현관 계단으로 오르는 대신 놀이터 옆에 마련된 벤치로 발길을 돌렸다. 벤치 구석에 샤워기 세트가 든 천 가방을 내려놓은 그가 추리닝 주머니를 뒤적거렸다.

"젠장."

조윤호는 조그맣게 욕설을 내뱉었다. 담배는 있는데 라이터가 없었다. 흡연자들이 종종 접하는, 하지만 비흡연자는 좀체 이해 못 하는 아주 짜증 나는 상황에 직면한 것이다. 근처에 담배를 피우는 사람이 없는지 둘러보는데, 때마침 한 사람이 놀이터 시소 중간에 걸터앉아 담배를 피우는 모습이 보였다. 요즘은 좀처럼 보기 힘든 구식 중절모를 깊숙이 눌러쓰고 미국 영화에 등장하는 갱처럼 긴 바바리코트를 입은 남자였다.

불을 얻어야 한다는 필요에 앞서 놀이터 안은 금연이라는 걱정부터 들었다. 그 걱정이 전달되었는지 남자가 시소에서 일어나 조윤호가 있는 벤치 쪽으로 걸어왔다.

"저, 실례지만 불 좀 얻을 수……."

말을 붙이며 중절모 아래로 반쯤 드러난 남자의 얼굴을 쳐다본 조윤호가 눈을 크게 떴다. 뜻밖에도 남자는 한국인이 아닌 백인이었다. 중절모 그늘에 자리 잡은 남자의 눈이 맑은 에메랄드빛으로 반짝이고 있었다.

"익스큐즈 미, 캔 아이……."

"그냥 한국어로 하게."

백인 남자는 유창한 한국어로 조윤호의 말을 자르더니 담배를 끼운 왼손을 내밀었다.

"때, 땡큐, 감사합니다."

조윤호는 백인 남자의 왼손에서 담배를 받아 그 끝에 붙은 불꽃을 자신의 담배로 빨아 옮겼다. 고맙기는 한데 조금 어리둥절하기도 했다. 서울에 있는 아파트 놀이터 앞에서 우연히 만난 한국어를 아주 잘하는 백인 남자에게 담뱃불을 얻다니, 좀처럼 경험하기 힘든 일이 아닐 수 없었다.

조윤호는 자신보다 열댓 살 연상으로 보이는 백인 남자에게 담배를 돌려주며 말했다.

"한국에 오래 계셨나 봅니다. 한국어를 참 잘하시네요."

백인 남자가 즉시 대답했다.

"한국에는 1분 38초 전에 도착했네. 한국어로 말한 것은 언어 변환 장치를 작동시키는 일이 예전처럼 간단치 않은 탓에 처음부터 그렇게 세팅해 왔기 때문이고."

조윤호는 뒤통수를 한 대 얻어맞은 듯한 얼굴로 백인 남자를 쳐다보았다. 이 남자는 대체 무슨 말을 하고 있는 걸까? 조윤호가 잘못 들은 게 아니라면 한국어를 잘한다는 방금의 칭찬을 취소해야 할지도 몰랐다.

"뭐라고 하셨나요?"

백인 남자는 조윤호로부터 돌려받은 담배를 아파트 잔디밭에 아무렇게나 던져 버린 뒤 쓰고 있던 중절모를 벗었다. 남자의 얼굴이 하오의 햇빛 아래 완전히 드러났다. 조윤호는 입을 헤벌렸다. 그의 왼손 검지와 중지 사이에 끼여 있던 담배가 시멘트 블록 위로 툭 떨어졌다.

"누군지 알아보겠나?"

머리가 벗겨지기 시작한 둥그스름한 얼굴의 50대 백인 남자가 조윤호에게 물었다. 조윤호는 물론 알아볼 수 있었다. 어떻게 저 얼굴을 못 알아보겠는가!

"시, 시드 마이어?"

"정확하게는 시드니 K. 마이어Sydney K. Meier라고 해야겠지. 자네하고는 15년 전 미국 애틀랜타 게임 전시회장에서 한 번 만난 사이고."

시드 마이어는 조윤호를 향해 오른손을 내밀었다. 얼굴과는 달리 길쭉한 손가락이 햇빛 아래 창백해 보였다.

"그때에 비해 많이 좋아 보인다고 덕담해 주고 싶지만 실제로 좋아졌는지 나빠졌는지 알지 못한다네. 어쨌거나 만나서 반갑군."

"미, 미스터 마이어! 반갑습니다. 그런데 한국에는 갑자기 어쩐 일로······."

황송한 마음으로 시드 마이어가 내민 오른손을 잡고 인사말을 건네던 조윤호는 갑자기 솟구친 의혹 때문에 말을 맺지 못했다. 그는 15년 전 미국 애틀랜타에서 개최된 세계 최고 규모의 게임 전시회인 E3Electronic Entertainment EXPO 대회장에서 시드 마이어를 만난 적이 있었다. 지금은 말할 것도 없거니와 당시에도 세계 최고의 전략 시뮬레이션 게임 개발자로 명성을 날리던 시드 마이어는 한국어를 한마디도 할 줄 몰랐고, 조윤호는 물론 그것을 당연한 일로 받아들였다.

그런데 15년이 지난 뒤 다시 만난 시드 마이어는 한국에서 45년간 살아온 조윤호보다 정확한 발음과 풍부한 어휘를 구사하고 있었다. 못 보던 15년 내내 한국에서 살았어도 어려운 일인데, 시드 마이어는 그사이 한국 땅을 한 차례도 밟은 적이 없었다. 만일 시드 마이어가 한국에 온다는 소식이 알려졌다면 누구보다 먼저 조윤호가 공항으로 마중 나갔을 것이다. 별것도 아닌 인연이라 시드 마이어 쪽에서는 알아보지 못하더라도.

조윤호와 악수를 마친, 시드 마이어라고 단정하기도 어렵고 그렇다고 시드 마이어가 아니라고 단정하기도 어려운 백인 남자가 중절모를 다시 머리에 쓰며 말했다.

"자네를 만나러 왔네, 미스터 조윤호."

이 말에 조윤호는 머릿속을 복잡하게 만드는 의혹을 한순간에 접을 만큼 감격했다. 내 젊은 날의 우상이자 세상의 모든 게임 개발자들로부터 마에스트로라고 칭송을 받는 '전설적인' 시드 마이어가 내 이름을 똑똑히 기억해 주다니!

"이, 이런 영광이…… 아, 제 명함을 드리겠습니다."

영업 일 3년에 자연스럽게 밴 습관이었을 것이다. 조윤호는 추리닝 윗도리 주머니에 들어 있던 지갑을 꺼내 펼쳤다. 서두르다 보니 지갑 갈피에 끼워져 있던 네모난 무엇인가가 시멘트 블록 위에 툭 떨어졌다. 베이지색 보드지 위에 심플한 검은색으로 'BAR-21'이라고 쓰인 글자가 보였다. 단골 술집에서 가져온, 그에 의해 메모지로 변해 버린 잔 받침이었다.

조윤호가 어어, 하면서 허리를 굽히려는데 시드 마이어가 한발 앞서 그것을 주웠다.

"BAR-21? 단골 술집인가? 그리고 오유미라. 담당 바텐더의 이름인가 보군."

조윤호를 향해 얄궂은 눈길을 슬쩍 던진 시드 마이어가 잔 받침을 뒤집어 보았다.

"이건 한글 같군. 가독 문자 추가 기능은 사용할 수 있어서 다행일세. 한글 모드. 어디 보자, 태권V만큼 강한 인간이 과연 존재할 수 있을까…… 태권V? 만화영화에 나오는 로봇 이름인가?"

"그, 그게……."

시드 마이어는 조윤호를 무시하고 잔 받침에 적힌 메모를 계속 읽어 갔다.

"1번, 휴대가 가능한 화염탄 발사 장치. 2번, 자동화기의 연사도 막아 내는 반투명 방패. 3번, 20미터 가까이 점프할 수 있는 부츠……."

조윤호는 얼굴을 붉히며 시드 마이어가 들고 보는 잔 받침을 향해 손을 뻗었다.

"별것 아닙니다. 그냥 낙서한 거니까 신경 쓰지 마십시오."

시드 마이어가 조윤호를 향해 슬쩍 눈을 흘겼다.

"그렇게 말하니 조금 섭섭하군. 태권V라면 몰라도 샐러맨더 스파크와 빅웜 익스트랙트 실드Big-Worm Extract Shield, 거기에 플리스 점핑은 별것 아닌 게 절대 아니지."

"예?"

"자네가 별것 아니라고 한 낙서들의 정확한 기술명을 가르쳐 준 걸세. 언어 변환이 안 돼 있어서 발음이 조금 딱딱하더라도 양해해 주게나."

"어떻게 그런 것을……?"

"어떻게 그 기술명을 아는지 궁금한가 보지? 당연히 알 수밖에. 그 기술명을 지은 사람이 바로 나니까."

조윤호는 파이널 라운드까지 얻어맞기만 한 권투 선수처럼 정신을 도무지 차릴 수가 없었다. 시드 마이어의 한국어 실력은 조금 전이나 다를 바 없이 훌륭하기만 한데 그가 무슨 이야기를 하는지는 도무지 알아들을 수 없었던 것이다.

시드 마이어가 잔 받침을 돌려주며 말했다.

"명함은 필요 없네. 자네에 대해서는 알 만큼 알고 왔으니까. 얘기할 것이 많으니 일단 앉도록 하세."

그리고 먼저 벤치에 앉았다. 조윤호는 머뭇거리다가 그와 조금 거리를 둔 벤치 끄트머리에 엉덩이를 걸쳤다.

"우선 약속부터 하게."

"예?"

단도직입적인 요구에 조윤호가 시드 마이어를 쳐다보았다. 시드 마이어는 제주도 김녕의 바다색을 닮은 에메랄드빛 눈동자로 그의 눈을 똑바로 쳐다보며 말했다.

"이제부터 내가 하는 이야기를 무조건 믿겠다고 약속하란 말일세. 약속을 받기 전엔 이야기를 시작하지 않겠네. 이유는 단 하나, 우리에겐 시간이 많지 않기 때문이네."

무조건적인 믿음은 종교적인 믿음을 뜻한다. 그리고 조윤호는 구마모토 성 같은 난공불락의 신앙심으로 무장한 아내로 인해 모든 종류의 종교적인 믿음에 대해 학을 떼게 된 사람이었다. 조윤호가 쉬 대답하지 않자 시드 마이어는 약간 조급한 기색으로 재촉했다.

"자네가 약속하지 않겠다면 나는 이제라도 다른 사람을 찾아봐야 하네. 말했다시피 우리에겐 시간이 없거든."

"우리라면 누구를 말씀하시는 겁니까?"

"나와, 자네를 포함한 모든 인간군人間群."

조윤호는 잠시 고민하다가 고개를 끄덕였다. 아내가 예수와 동격으로 놓는 대형 교회의 늙은 목사와 달리, 왠지 저 시드 마이어라면 무조건적인 믿음을 주어도 될 것 같다는 생각이 들어서였다. 하물며 286 컴퓨터 드라이브에 플로피디스크를 갈아 끼우며 게임을 하던 시절부터 그를 우상처럼 받들고 살아온 나라면야.

"약속하겠습니다."

"고맙네."

잠깐 안도한 표정을 지은 시드 마이어가 양손을 가슴 앞으로 내밀며 이야기를 시작했다.

"이곳으로 오기 전 어떤 식으로 이야기를 꺼내야 자네가 잘 받아들일 수 있을까 고민했는데, 아무래도 시각적인 교재가 필요할 것 같아 준비해 왔네."

시드 마이어가 내민 손 위에는 어린아이 주먹만 한 햄스터 한 마리가 쳇바퀴를 열심히 돌리고 있는 투명한 플라스틱 상자 하나가 놓여 있었다. 아무것도 가지고 있지 않았던 것 같은데 저만한 물건을 대체 어디서 꺼냈을까, 하는 궁금증보다는 꺼리는 마음이 먼저 일었다. 조윤호는 자신도 모르게 상체를 뒤로 빼며 얼굴을 찌푸렸다. 시드 마이어가 그런 조윤호를 이상하다는 표정으로 돌아보았다.

"설치류를 싫어하나? 도시 출신이라 어릴 적부터 동물들을 별로 좋아하지 않는다는 점은 알고 있지만, 설치류라고 해서 특별히 싫어하지는 않았던 것으로 아는데."

15년 만에 만난 게임 개발계의 전설은 별것을 다 알고 있었고 별것을 다 궁금해했다. 조윤호는 공연히 무슨 죄라도 지은 것 같은 기분이 들어 기어들어 가는 목소리로 대답했다.

"어쩌다 보니 몇 년 전부터 그렇게 되었습니다."

"그래? 그래도 어쩔 수 없지. 시간이 없으니 그냥 이걸로 설명하겠네. 자, 이 햄스터를 보게."

사실 설치류 자체를 싫어할 특별한 이유는 없었다. 조윤호는 시드 마이어의 말을 좇아 쳇바퀴를 열심히 돌리고 있는 햄스터를 쳐다보았다. 아들 또한 동물에는 큰 관심을 두지 않은 탓에 햄스터 같은 소형 펫 종류를 이처럼 자세히 들여다본 것은 처음이었다. 쳇바퀴 위를 빨빨거리며 뛰는 모습을 보고 있노라니 나름 귀엽다는 생각도 들었다. 그때 시드 마이어가 물었다.

"이 햄스터는 자네가 쳐다보는 것을 알까?"

"글쎄요."

대답이 마음에 들지 않는지 시드 마이어가 고개를 갸웃거리다가 다시 말했다.

"질문을 조금 수정해야겠군. 이 햄스터는 자네가 쳐다보는 것을 신경 쓸까?"

"그럴 것 같진 않습니다."

이 대답에는 만족한 듯했다.

"실제로도 신경 쓰지 않는다네. 지금 이 햄스터에겐 쳇바퀴를 돌리는 일만이 중요하지. 그러다 배가 고프면 먹고 목이 마르면 마시고 졸리면 자겠지. 중간중간 쳇바퀴를 돌리면서 말일세. 그게 이 햄스터의 일상이라네."

"라운드 앤드 라운드round and round."

조윤호가 나직이 중얼거리자 시드 마이어가 고개를 또 한 번 갸웃거렸다.

"영어로군. 인간의 쳇바퀴 일상을 표현한 말이면, 맞네. 어찌 보면 인간이나 햄스터나 별 차이가 없다고 할 수 있지."

캐나다에서 출생한 미국인인 시드 마이어가 영어를 잘 모르는 사람처럼 말하는 게 이상했지만 그것에 관해서는 묻지 않았다. 시드 마이어가 이 자리에 있다는 것만 하더라도 그보다 훨씬 더 이상한 일이기 때문이다.

시드 마이어는 양손을 들어 플라스틱 통을 얼굴 가까이 가져다 댔다.

"이 햄스터는 플라스틱 통 바깥에서 벌어지는 일에는 전혀 관심이 없다네. 보게. 내가 얼굴을 바짝 갖다 대도 전혀 모르는 것 같지? 보고도 모르는 걸세. 자기에게 영향을 끼칠 존재가 아니니까 몰라도 상관없는 거지."

플라스틱 통을 허벅지 위에 조심스럽게 내려놓은 시드 마이어가 이어서 말했다.

"그래서 인간은 햄스터를 키운다네. 밥을 주고, 물을 주고, 때때로 청소도 해 주면서 '관상觀賞'하는 거지. 지금 내가 하는 것처럼 말일세."

조윤호는 묵묵히 고개만 끄덕였다.

"그런데 그 관상의 방식이 바뀌는 경우가 있다네. 이를테면 주인의 조카쯤 되는 악동이 갑자기 등장한 거지. 그래서……."

시드 마이어는 플라스틱 통 뚜껑을 열고 오른손을 그 안으로 집어넣었다. 쳇바퀴를 돌리던 햄스터가 달리는 것을 멈추더니 불안한 듯 코를 쫑긋거렸다.

"그 악동이 이렇게 했다고 치세."

시드 마이어의 오른손이 햄스터의 몸통을 거칠게 움켜잡았다. 찌익! 찍! 햄스터가 요동을 치며 그의 손가락을 깨물려고 고개를 마구 휘둘러 댔다. 조윤호는 눈살을 찌푸렸지만 '그래도 설마 죽이지는 않겠지.'라는 생각에 그의 행동을 제지하지는 않았다.

조윤호의 생각은 빗나갔다.

"그러다가 이렇게 했다네."

시드 마이어가 오른손을 힘껏 움켜쥐었다. 퍽, 소리와 함께 햄스터의 몸통이 그의 오른손 안에서 그대로 터져 나갔다.

"아!"

조윤호가 깜짝 놀라 짤막한 비명을 질렀다. 방금까지 햄스터 한 마리를 구성하던 잿빛 살점과 빨간 피와 꾸불거리는 장기가 시드 마이어의 주먹 쥔 손가락들 사이로 흘러내렸다. 그리고······.

사라졌다.

살점, 피, 장기, 이어서 쳇바퀴, 밥그릇 물그릇 세트, 바닥에 깔린 톱밥, 마지막에는 그 모든 것들을 담고 있었던 플라스틱 통까지 차례대로 사라졌다.

"미스터 마이어, 이게 대체······."

"신경 쓰지 말게. 원래부터 없었다고 여기면 간단한 일이니까."

시드 마이어는 티끌 한 점 없이 깨끗해진 오른손을 앞뒤로 살피며 대수롭지 않다는 투로 말했다. 시드 마이어를 아무리 우상처럼 떠받드는 조윤호지만 이 말에는 동의할 수 없었다.

"분명히 있었던 것을 어떻게 없다고 여길 수 있나요?"

시드 마이어가 조윤호를 돌아보았다.

"방금 '분명히'라고 말했나?"

본래부터 웃는 모양을 하고 있던 입꼬리가 조금 더 말려 올라갔다.

"불완전함을 원죄처럼 업고 사는 인간에게는 불확실성을 두려워하는 본능이 내재되어 있네. 그래서 자신이 발견하거나 만들어 낸 몇몇 물질이나 현상 들을 절대적이라고 믿고 싶어 하는 경향을 강하게 드러내곤 하지. 인간은 그 경향을 언어생활 속에서 구현하기 위해 종종 모순적인 용어를 사용한다네. 방금 자네가 쓴 '분명하다'라는 단어도 거기에 포함되겠지."

시드 마이어는 픽 웃은 뒤 덧붙였다.

"내가 보기에 인간은 그런 단어들 위에 자신의 소망과도 같은 어떤 절대성을 부여하려고 애쓰는 것 같더군. 주제넘게도 말일세."

난데없이 나온 시니컬한 언어철학 강의에 조윤호가 어리둥절한 눈으로 쳐다보자 시드 마이어는 얼굴 앞에 들고 살펴보던 오른손으로 허공의 뭔가를 가볍게 움켜쥐는 시늉을 했다. 그러자 놀라운 일이 다시 한 번 벌어졌다. 시드 마이어의 오른손에 살아 있는 햄스터 한 마리가 쥐어져 나온 것이다.

"자, 내 손안에 햄스터가 있는 것이 '분명하다'고 생각하나?"

시드 마이어가 빙긋 웃고는 햄스터를 쥐고 있던 오른손을 활짝

폈다.

"아니면 내가 마술을 부리는 게 '분명하다'고 생각하나?"

햄스터가 사라졌다. 마술사들이 카드나 동전을 사라지게 하는 것처럼 손등이나 소매로 감추지는 않았음이 분명했다. 아니, 분명하지 않았다. 아니, 아니. 조윤호는 잠깐 사이에 무엇이 분명하고 무엇이 분명하지 않은지 구별할 수 없게 되어 버렸다.

그런 조윤호에게 시드 마이어가 웃음기를 거둔 얼굴로 말했다.

"중요한 팁을 하나 알려 주지. '모든 것은 분명하지 않다.' 이 팁을 따르지 않으면, 지금까지는 몰라도 앞으로는 살아남기 힘들 걸세. 자네를 포함한 인간군 모두가 말일세."

"모든 것은 분명하지 않다."

조윤호는 시드 마이어가 한 말을 나직이 뇌까려 보았다. 인류 멸망을 소재로 다룬 재난 영화의 광고 카피처럼 앞으로 펼쳐질 암울한 미래에 대한 강한 암시가 담겨 있는 말 같았다.

"주제가 본론에서 많이 벗어났군. 시간이 없는 줄 알면서도 이러고 있으니……. 자네도 잘 알지? 자유도 높은 게임의 대표적인 문제점이 뭔지를."

시드 마이어가 의미심장한 눈길로 조윤호를 쳐다보며 말했다. 조윤호는 고개를 무겁게 끄덕였다. 게임의 자유도가 높아질수록 메인 시나리오에 대한 집중성은 약해진다. 즉, 여유롭기는 하지만 자극과는 거리가 있는 밍밍한 게임이 되어 버리는 것이다. 이를 간과한 대가로 3년 전 게임 개발 일에서 손을 떼어야만 했던 그는 누구보다도 그 점을 잘 알고 있었다.

시드 마이어는 이제 본론으로 들어가자는 듯 벤치 등받이에 기대 두었던 상체를 앞으로 끌어당겼다.

"그제와 어제 양일간 이 행성 반대편에서 무슨 일이 벌어졌는지는 알고 있겠지?"

조윤호의 얼굴이 지금까지와는 다른 의미로 경직되었다. 어제까지는 '브로드웨이의 참변'이라고 불렸지만, 오늘부터는 '맨해튼의 참변'으로 범위를 확대해 부르기 시작한 바로 그 사건. 내일 또 무슨 일이 벌어져 '미합중국의 참변'으로 바뀌지 말란 법도 없었다. 지금 같아서는 그럴 공산이 오히려 높아 보였다.

심각해진 조윤호의 얼굴을 빤히 쳐다보던 시드 마이어가 물었다.

"어떻게 그런 일이 벌어졌는지 궁금하지 않나?"

은백색 갑옷의 남자가 불꽃을 쏘아 올린다. 아파치 헬기가 불길에 휩싸인다. 미군 전투기가 시커먼 연기를 매달고 화면 밖으로 사라진다. 그리고……

움켜쥔 손안에서 햄스터가 산산이 터진다.

온몸의 피가 조금씩 얼어붙는 것 같은 기분에 사로잡힌 채 조윤호는 잔뜩 가라앉은 목소리로 대답했다.

"궁금합니다."

"쉽게 말하면……."

시드 마이어가 한숨을 쉰 뒤 말을 이었다.

"맞아, 그 악동이 한 짓일세."

잠시 두 사람 사이에 대화가 끊겼다. 그 잠시 동안, 시드 마이어는 왠지 슬퍼하고 있는 것처럼 보였다.

한참 만에 조윤호가 입을 열었다.

"무슨 말씀인지 이해하기 힘들군요."

"그럴 걸세. 그게 당연한 반응이지."

시드 마이어는 중절모의 챙을 엄지로 밀어 올렸다.

"이제 내가 누군지 소개할 때가 된 것 같군."

"예?"

이제 와서 내가 누군지 소개하겠다니? 어리둥절해하는 조윤호에게 시드 마이어가 말했다.

"나는 자네를 만난 적이 없네."

"아, 미스터 마이어께서 그렇게 말씀하시는 것도 이해는 됩니다. 워낙 오래전의 일인 데다, 당시의 저는 동양의 작은 나라에서 온 초보 게임 개발자에 불과해서……."

조윤호는 자신과 시드 마이어 두 사람 중 누구를 위한 것인지 판단하기 어려운 변명을 늘어놓다가 문득 앞뒤가 맞지 않는다는 생각에 말을 멈췄다. 앞서 시드 마이어는 그를 만났던 때와 장소를 정확히 말했다. 15년 전 애틀랜타에서 개최된 E3 게임 전시회장. 조윤호가 지난 15년 동안 소중히 간직해 온 포커 만년필을 받은 것도 바로 그때, 바로 그 장소였다. 바로 이 시드 마이어로부터. 그런데 만난 적이 없다고?

"나는 시드 마이어가 아니네."

반드시 이상하게 들려야 할 이 말이 이상하게도 별로 이상하게 들리지 않았다. 논리적으로 설명하기는 힘들지만, 오늘 처음 얼굴을 대면한 순간부터 조윤호는 이 사람이 시드 마이어가 아닐지도 모른다는 의혹을 떨쳐 버릴 수 없었던 것이다. 덮고 또 덮어도 자꾸만 삐져나오던 그 의혹이 마침내 현실이 되려 하고 있었다.

"그럼 당신은 누구인가요?"

조윤호가 핵심을 물어보았다. 시드 마이어는 바바리코트의 안주머니에서 새까만 가죽 지갑을 꺼내 들었다. 가죽 지갑의 귀퉁이에는 타원형으로 눌린 지구 모양의 조그만 금장식이 붙어 있었다. 그는 지갑에서 뽑은 명함 크기의 종이 한 장을 조윤호에게 내밀었다.

"내 명함일세."

표면에 연한 광택이 흐르는 그 종이 위에는 인간이라면 절대로 형용할 수 없는 몽환적인 색깔로 다음과 같이 쓰여 있었다.

게임 지구 개발자
게임 지구 전前 운영자

∴∵∴∵∴∵∴∵
TEL. 000-0000-0000

"명함을 보면 알겠지만, '게임 지구'란 내가 개발한 게임의 이름이네. 아, 개발 시기는 묻지 말게. 말해 봐야 알아듣지 못할 테니까. 하지만 게임과 함께 발표한 표지標識(emblem) 정도는 보여 줄 수 있네."

시드 마이어, 아니 는 새까만 가죽 지갑에 붙은 지구 모양의 금장식을 보여 주었다.

"조금 구닥다리 같지? 뭐, 할 수 없지. 유행이란 게 워낙 빨리 변하니까. 그래도 한때는 표지가 세련됐다는 얘기를 꽤나 들었다네. 자네는 믿지 않겠지만 말일세."

⣿⣿⣿⣿⣿는 쑥스러운 표정으로 지갑을 바바리코트 안주머니에 집어넣었다.

"미스터…… 어, 에……."

질문을 하기 위해 명함에 적힌 ⣿⣿⣿⣿⣿의 이름을 부르려던 조윤호가 벌린 입술을 우스꽝스럽게 실룩거렸다. 아무리 애를 써도 그 이름을 발음할 수 없었다.

"괜한 고생 말게. 우리만이 읽을 수 있는 문자로 된 이름이니까."
"우리?"
"개발자, 운영자, 유저 그리고……."

'그리고'라는 말 이후로 나온 언어는 전혀 알아들을 수 없었다. 귀로는 분명히 들리는 소리인데 마치 발수 코팅을 한 유리창 위에 떨어진 빗방울처럼 청각 신경 위를 미끄러져 나가 뇌까지는 전달되지 않았던 것이다. 소리에 집중하려고 애를 쓰자 갑자기 구토가 솟구쳤다. 조윤호가 급작스럽게 허리를 구부리자 시드 마이어가 그의 등을 가볍게 문질러 주었다. 구토는 곧 가라앉았다.

"호칭이 필요하면 그냥 아까처럼 미스터 마이어라고 부르게. 이 행성 반대편에서 잘 먹고 잘사는 사람에게서 이름 잠깐 빌린 것 가지고 미안해할 필요는 없다고 생각하니까."

⣿⣿⣿⣿⣿가 말했다. 조윤호는 입가에 늘어진 위산 섞인 침을 추리닝 소매로 닦은 뒤 물었다.

"그럼 미스터 마이어, '게임 지구'가 어떤 게임인지 설명해 주실 수 있습니까?"

"물론이지. 모든 인간군 중 오직 자네만이 게임 지구가 어떤 게임인지 알 자격이 있으니까. 아, 자격 대신 필요라고 해야 더 정확하겠군."

자격이든 필요든 중요하지 않았다. 중요한 것은 현재 조윤호가 품고 있는 당위였다. 게임 지구에 대해 반드시 알아야 한다는 당위가 조윤호로 하여금 ⠠⠏⠒⠶⠲⠆⠒⠆의 다음 말을 기다리게 만들었다.

"어떤 존재들이 있네. 그 존재들은 인간의 입장에서는 전능하다고 해도 좋을 만큼 커다란 능력을 가지고 있었지. 그 능력으로 인해 불멸할 수 있었고. 하지만 능력이 많다고 해서 무조건 좋은 것만은 아니네. 모든 능력에는 그에 합당한 의무가 따른다는 것은 어떤 존재에게도 적용되는 절대 명제이기 때문이지. 그 존재들은, 그래서 자신들이 지닌 커다란 능력으로 수많은 시간들과 수많은 차원들에 걸쳐 수많은 일들을 해야만 했네."

말 사이에 ⠠⠏⠒⠶⠲⠆⠒⠆는 공사장의 늙은 인부처럼 어깨를 축 늘어뜨리는 제스처를 보여 주었다.

"무한한 시공을 무대로 한 영원한 노동. 그러다 보니 그 존재들은 자신들의 노동을 위로받을 무엇인가를 원하게 되었네. 그래서 나는 궁리했지. 무엇으로 그들의 노동을 위로할 것인지를. 그렇게 해서 만들어진 것이 바로 '게임 지구'라네. 게임의 개요는 간단하네. 공간적 무대는 이 행성과 그 주변에 딸린 천체. 시간적 무대는 지구의 역사라고 알려진 비가역적인 흐름. 그리고 현재 게임 내에서 활동하는 중요 캐릭터로는 자네를 포함한 모든 인간군이 해당

된다고 할 수 있네."

조윤호는 ⠿⠿⠿의 이야기가 끝난 뒤로도 한참을 가만히 앉아 있었다. 만약 1시간 전에 누군가로부터 이런 이야기를 들었다면, 그는 1초도 망설이지 않고 자리에서 일어나 집으로 들어가 버렸을 것이다. 그러나 지금의 그는 그냥 앉아 있을 수밖에 없었다. 왜인지는 모르지만, ⠿⠿⠿로부터 들은 이야기를 사실로 받아들였기 때문이다. 사실로 받아들였으므로 다음과 같은 질문을 던질 수 있었다.

"캐릭터라면 NPC와 몬스터, 둘 중 무엇인가요?"

조윤호가 물었다. ⠿⠿⠿의 얼굴에 기쁜 기색이 떠올랐다.

"과연 내 선택이 옳았군. 자네라면 곧바로 믿어 줄 줄······."

"NPC입니까, 몬스터입니까?"

조윤호는 ⠿⠿⠿의 말을 자르고 다시 물었다. NPC는 유저, 즉 플레이어가 마음대로 컨트롤할 수 없는 독립적이고도 중립적인 캐릭터다. 죽이고 싶어도 쉽게 죽일 수 없을뿐더러, 만일 죽인다면 시스템에 의해 패널티를 받게 된다. 그러나 몬스터라면 얘기가 다르다. 유저가 마음대로 죽여도 될 뿐 아니라 죽이면 죽일수록 경험치나 아이템 같은 보상을 받게 되는 것이다.

"메인 시나리오에서 인간군이 등장한 이후부터 99.99999퍼센트가 NPC, 0.00001퍼센트가 몬스터였다네."

조윤호는 콧등을 긁다가 ⠿⠿⠿에게 요구했다.

"소수를 분수로 바꿔서 알려 주십시오."

소수점 이하로 반복되는 9와 0이 별 의미 없을 것 같지만, 조윤호는 그것이 무척 큰 의미를 지니고 있음을 간파했다. 자릿수 하나에 따라 수많은 인간들의 운명이 바뀌게 되는 것이다. ░░░░░░░░는 영리한 학생을 만난 운 좋은 과외 선생처럼 흐뭇한 웃음을 지으며 조윤호의 요구를 즉시 들어주었다.

"100,000분의 99,999가 NPC, 100,000분의 1이 몬스터."

인구 십만 명당 한 명꼴이니, 현재 지구 전체의 인구수를 칠십억으로 잡는다면 몬스터의 수는 칠만이라는 계산이 나온다. 칠만이라면 결코 적은 수라고 할 수 없지만 그래도 예상한 수보다는 훨씬 적어서 조윤호는 안도할 수 있었다. ░░░░░░░░의 다음 말이 나오기 전까지는.

"아까 내가 한 말의 어미가 과거형이었다는 점을 주목하게."

조윤호가 고개를 번쩍 들고 ░░░░░░░░를 돌아보았다.

"내가 게임 지구를 운영하던 시절에는 NPC와 몬스터의 비율이 철저히 지켜졌지. 간혹 난폭한 유저가 메인 시나리오에서 벗어나는 전쟁이나 자연재해를 일으켜 애꿎은 NPC들까지 시스템에 등록된 잔존 시간을 채우지 못하고 사망한 일이 있기는 하지만, 나는 그때마다 해당 유저에게 엄정한 페널티를 주었고 새로운 NPC들을 다수 탄생시켜 무너진 NPC 대 몬스터의 비율을 맞추기 위해 노력했다네."

말을 멈춘 ░░░░░░░░는 첫사랑을 떠올리는 중년 남자 같은 표정을 지었다. 그러나 그 표정은 금세 바뀌었다.

"하지만 나는 지금으로부터 39시간 55분 전에, 아, 물론 내 기준이 아닌 자네들 기준의 시간인데, 그 39시간 55분 전에 게임 지구의 운영자 자리에서 해고당했네. 그리고 내 후임자는 게임 지구의 운영에 대해 나와는 전혀 다른 시각을 가지고 있지."

후임자를 언급할 때, ░░░░의 에메랄드빛 눈동자가 심해처럼 검푸른 빛깔로 물들었다. 조윤호는 온몸에 소름이 쫙 오르는 것을 느꼈다. ░░░░의 분노가 살갗을 뚫고 들어와 심장에 정통으로 꽂히는 기분이었다. 심장이 멈추는 것을 막기 위해 횡격막을 필사적으로 움직이면서도, 지금 옆자리에서 앉아 대화를 나누고 있는 ░░░░가 전능자에 가까운 초월적인 존재들 중 하나라는 사실을 실감할 수 있었다.

다행히도 ░░░░의 분노는 곧 누그러졌다. 다시금 말문을 연 ░░░░의 얼굴은 잠깐 사이에 10년은 늙어 버린 것처럼 보였다.

"내 후임자, 그러니까 게임 지구의 새로운 운영자가 발표한 향후 운영 방안에는 이렇게 적혀 있더군. 몬스터의 비율을 대폭 끌어 올리고 유저들에게 걸린 규제를 완전히 풀어 줌으로써 게임에 접속한 모든 유저들의 즉물적이고 본능적인 욕구를 충족시키는 데 주력하겠다고."

조윤호는 고개를 갸웃거렸다. 뭔가 이상했다. '즉물적이고 본능적인 욕구'라는 표현이 초월적인 존재들에게는 어울리지 않는다는 생각이 든 것이다. 저런 표현은 인간에게나 적용되는 게 아닌가?

░░░░의 설명이 계속되었다.

"사실 메인 시나리오가 게임 내에 인간군이라는 캐릭터를 출현시키기 훨씬 이전부터 나는 게임 지구를 비교적 온건한 방침하에 운영해 왔고, 앞으로도 비슷한 방침으로 유지해 갈 계획이었네. 너무 곤란하지 않은 문제와 너무 기발하지 않은 해법, 너무 시끄럽지 않은 혼란과 너무 따분하지 않은 평화. 무한한 자유도 속에서 진보와 퇴화, 번영과 파멸이라는 각종 대척적인 요소들을 변증법적으로 통합해 나가는 인간군을 구현함으로써, 이를 직간접적으로 경험하는 유저들로 하여금 보다 고차원적인 카타르시스를 맛볼 수 있도록 하고 싶었지."

조윤호는 고개를 끄덕였다. 그가 기획한 피스 레이블 온라인이 바로 그런 게임이었기 때문이다. 높은 자유도 속에서 맛보는 차분하면서도 평온한 카타르시스. 게임 개발자의 길에 들어선 이래 그가 줄곧 꿈꿔 온 사이버 세계의 이상향이기도 했다.

"그런데 내 후임자의 게임관은 그게 아니었어. 그는 파괴와 살육을 통해 맛보는 적나라한 쾌감을 게임의 가장 주된 목적으로 삼고 있었네. 그러기 위해서 첫 번째로 한 일은 내가 그토록 공들여 지켜 온 NPC와 몬스터의 황금비를 깨트리는 것이었지. 그제와 어제 양일간 이 행성 반대편에서 벌어진 참극은 그 시발점이라고 할 수 있겠네."

⠿⠿⠿⠿가 조윤호의 어깨에 손을 얹었다. 심해의 빛깔에서 다시 에메랄드빛으로 돌아온 눈이 금방이라도 눈물을 쏟을 듯 충혈되어 있었다.

"자네라면 알 거라고 믿네. 자신이 제작하고 운영해 온 소중한 게임을 누군가가 엉망으로 망가뜨릴 때의 기분을. 지금 내가 그런 기분이야. 분노를 넘어서 울고 싶은 기분."

많은 우여곡절 끝에 피스 레이블 온라인이 마침내 완성되었다. 하지만 결과는 참혹했다. 유저들은 게임의 높은 자유도를 낯설어했고, 게임이 제공하는 차분하면서도 평온한 카타르시스를 따분하게 여겼다. 투자비를 아까워한 본사는 게임 개발과 운영을 책임진 조윤호를 허울뿐인 해외사업부장으로 발령 냈고, 그가 맡았던 개발실장 자리는 사장의 후배인 이찬엽에게로 돌아갔다. 말도 안 되는 업데이트들이 졸속으로 가해졌고, 피스 레이블 온라인은 빠르게 막장 게임으로 전락했다. 그리고 1년 뒤에는 이름마저 블러드 레이블 온라인으로 바뀌었다.

　피스가 블러드로 바뀐 1년 동안 조윤호가 회사에서 버티리라고 예상한 사람은 아마 아무도 없었을 것이다. 실장에서 부장이 되었으니 명목상으로는 승진한 셈이지만, 부서 설립 이후 전무한 영업 실적을 자랑하는 해외사업부는 사실상 '조만간 옷 벗을 퇴물'들의 송별회장이나 마찬가지였기 때문이다.

　그러나 조윤호는 3년을 늠름하게 버텼다. 그는 회사 내에서 애물단지로 전락한 몇 종의 게임들 안에 어떤 숨은 장점이 있는지를 정확히 파악했고, 개발실 후배들의 도움으로 이찬엽을 설득하여 각각의 장점을 더욱 강화한 다음, 새롭게 변모한 그 게임들을 가장 탐낼 만한 해외 퍼블리셔들을 선정, 끈질기게 접촉을 시도했다. 그의 노력은 헛되지 않았다. 아무도 상상 못 한 실적이 뒤따랐고, 영업 능력이 개발 능력보다 훨씬 낫다는 칭찬까지 들을 수 있었다. 허울뿐이던 해외사업부는 조윤호 한 사람으로 인해 1년 만에 본사의 표창까지 받는 효자 부서로 탈바꿈했다. 오죽하면 짠

돌이 사장이 친동생처럼 싸고도는 이찬엽에게조차 허락하지 않은 법인 카드까지 발급해 주었을까. 그러나 그 무엇도 조윤호를 기쁘게 만들지는 못했다. 실적도, 칭찬도, 표창도, 그리고 망할 놈의 법인 카드까지도. 영업 일이 싫은 것은 아니었다. 다만 그는 스스로를 개발자라고 믿고 싶을 뿐이었다.

그리고 이제 조윤호는 타인에 의해 명실名實 모두 흉물스럽게 바뀌어 버린 자식을 다른 나라에 팔아야 하는 신세가 되었다. 그것도 사장의 음험한 탐욕에 떠밀려 말도 안 되는 헐값으로. 조윤호는 분노를 넘어서 울고 싶은 기분을 느꼈다. 저 ⸪⸪⸪⸪⸪의 말처럼.

"자, 아까 내가 말한 악동이 누구를 가리키는지 이제는 알 수 있겠지?"

안다. 이찬엽이다. 사장이다. 나아가 피스 레이블 온라인의 진가를 알아보지 못한 대한민국의 모든 유저들이다. 조윤호는 언제부턴가 자신이 두 주먹을 힘껏 움켜쥐고 있다는 사실을 깨달았다.

"쓸데없는 넋두리로 시간만 낭비했군. 정리하지."

⸪⸪⸪⸪⸪의 말에 조윤호는 정신을 차렸다. 맞다. 지금은 넋두리나 곱씹고 앉았을 때가 아니다.

"게임 지구의 새로운 운영자는 지금으로부터 39시간 58분 전, 전체 캐릭터에 대한 몬스터의 비율이 시간당 100분의 1씩 등차급수로 불어나도록 캐릭터 등록 시스템의 설정값을 바꾸어 놓았다네."

조윤호는 깜짝 놀랐다. 저 말인즉 1시간이 지날 때마다 칠천만 명의 NPC가 몬스터로 등록된다는 뜻이었다. 칠천만이면 남북한 전체 인구수와 맞먹는 숫자였다.

"설정값의 한계치는 얼맙니까?"

"우습게도 100퍼센트라네."

우습다고? 그건 끔찍한 일이었다. 설정값 계수의 상승 한계치가 100퍼센트라는 얘기는 결국에 가면 모든 NPC들이 몬스터로 바뀐다는 뜻이기 때문이다.

조윤호의 머릿속으로 종자種子 좀비 한 마리가 마을 사람 전체를 좀비로 만드는 어떤 호러 게임의 오프닝 장면이 떠올랐다. 게임을 시작하는 유저에게는 좀비로 변한 마을 사람들을 남김없이 소탕해야 하는 성스러우면서도 막중한 임무가 주어졌다. 그 호러 게임을 지금의 현실에 투영하는 것은 간단했다. 유저에게 살해당할 운명에 처한 좀비들을 인류로 바꿔 놓기만 하면 되는 것이다.

고맙게도 ⠿⠿⠿⠿는 조윤호가 느낀 끔찍함을 수치로 환산해 주는 친절까지 베풀었다.

"이제 막 40시간이 지났으니 현재 몬스터의 비율은 100분의 40, 퍼센트로는 40퍼센트가 됐네. 이 행성에 약 이십팔억 마리의 몬스터가 생겨난 셈이지. 이 추세대로라면 지금으로부터 60시간 뒤인 수요일 오전 4시에는 이 행성에 존재하는 모든 인간군이 몬스터 등록을 마치게 될 걸세. 바야흐로 유저들의 만찬이 시작되는 거지."

'만찬'이라는 섬뜩한 비유가 조윤호를 떨게 만들었다. NPC라는 사실을 단 한 번도 자각해 보지 못한 인류가 어느 날 갑자기 자신들이 몬스터로 바뀐 줄도 모른 채, 40시간 전 맨해튼에 나타난 은백색 갑옷을 입은 남자 같은 유저들에 의해 살해당할 운명에 처해진 것이다. 이 표현이 장황하다면 딱 한마디로도 줄일 수 있었다.

인류 멸망.

그러나 조윤호는 이 시나리오에 감춰진 중대한 허점을 발견했다.

"하지만 미스터 마이어, 그렇게 되면 게임 지구를 더 이상 서비스할 수 없게 되지 않습니까. 새로운 운영자도 결코 그것을 바라지는 않을 텐데요?"

⠠⠊⠀⠊⠀⠊⠊⠀⠊⠀⠊⠊가 딱하다는 표정으로 조윤호를 쳐다보았다.

"내 후임자가 무엇을 바라는지는 내가 상관할 바 아니지만 다만 한 가지, 자네는 롤백rollback의 유용성을 간과하고 있는 것 같군."

"롤백?"

조윤호는 어리둥절해졌다. 롤백이란 데이터베이스 시스템에서 장애 복구 기능을 뜻한다. 어떤 시점에서 해결할 수 없는 문제가 발생했을 때 진행된 데이터를 삭제하고 과거의 어떤 시점으로 게임 전체를 되돌리는 것이 바로 롤백이다. 쉽게 말하면 리셋reset. 그런데 그 롤백이 어쨌다는 것일까?

"새로운 운영자는 영구 롤백 포인트를 내가 해고되고 자신이 게임 지구의 전권을 잡은 40시간 전으로 등록해 놓았다네. 이 말이 무엇을 의미하는지 알겠지?"

그 말이 무엇을 의미하는지 깨달은 조윤호는 감당할 수 없는 공포로 얼어붙고 말았다. 지금으로부터 60시간이 지난 뒤 인류를 기다리고 있는 것은 단순히 1회적인 멸망이 아니었다.

그것은 멸망의 무한 루프였다.

집

2주간이나 벼르던 일을 끝내는 데에는 10분밖에 걸리지 않았다. 조윤호는 샤워 부스의 수도로부터 분리해 낸 낡은 샤워기를 중간이 부식되어 갈라진 호스로 둘둘 말아 욕실 문 옆에 놓은 뒤 사용한 공구함을 베란다 창고의 원래 자리에 가져다 놓았다. 다시 욕실 앞으로 돌아온 그는 걸치고 있던 러닝셔츠와 사각팬티를 벗어 거실 안쪽에 던져 놓고는 욕실로 들어섰다.

조윤호는 세면대 앞에 섰다. 거울 안에는 벌거벗은 남자가 그를 바라보고 있었다. 익사한 사람이 결국에는 수면 위로 떠오르듯, 그는 남자의 얼굴 위로 창백한 공포가 떠오르는 것을 발견할 수 있었다. 잊기 위해 그토록 노력했건만.

수도꼭지를 돌리자 샤워기 목 부분에 달린 작은 공기실에서 커피 머신에서 나는 것 같은 거품 끓는 소리가 보글보글 울려 나왔다. 곧바로 샤워기 헤드에 난 수십 개의 작은 노즐들이 높은 옥타브의 합창과 함께 세찬 물줄기를 뿜어내기 시작했다. 온수가 한 방울도 섞이지 않은 10월의 차가운 물줄기를 정수리로 맞으며 조윤호는 눈을 감았다.

하지만 그 세찬 물줄기도 머릿속을 물들인 공포를 씻어 가지는 못했다. 그는 자신이 겪은 지난 2시간이 현실이 아니기를 바랐다. 오랜 외로움과 업무 스트레스가 빚어낸 한낱 망상에 불과하기를 간절히 바랐다.

그러나 어릴 적 구미호가 나오는 납량물 사극을 보는 심정으로 조심스레 고개를 돌린 조윤호는 절망할 수밖에 없었다. 물에 젖어 흘러내린 앞머리 사이로 보이는 작은 종이 한 장. 그것은 샤워기 교체 작업을 시작하기 전 세면대 수도꼭지 옆에 올려놓은 명함이었다. 기억은커녕 발음조차 할 수 없는 이름이 적힌 그 명함은 그가 지난 2시간 동안 보고 들은 모든 일들이 부정할 수 없는 현실임을 증명해 주고 있었다.

쿵!

조윤호는 욕실 벽에 이마를 찧었다. 그러고는 호랑이 선생님의 벌을 기다리는 아이처럼 어깨를 움츠렸다. 무서웠다. 너무 무서워서 아무 생각도 할 수 없을 것 같은데도 머릿속으로 떠오르는 목소리가 있었다.

'이제부터 내가 자네를 찾아온 이유를 말해 주지.'

쿵!

'자네와 자네를 포함한 모든 인간군이 살아남을 수 있는 방법이

딱 한 가지 있네.'

쿵!

'게임 지구를 다른 회사에 매각하는 방법이지.'

쿵! 쿵! 쿵! 쿵! 쿵! 쿵!

"으아아악!"

이마를 욕실 벽에 찧어 대던 조윤호는 마침내 비명을 질렀다. 너무 비현실적이어서 오히려 생생하게 느껴지는 공포가 그의 정신을 붕괴시키고 있었다.

벌거벗은 채 거실 소파에 앉아 있던 조윤호는 좀비처럼 부스스 일어나 욕실로 걸어갔다. 몇 분 전 그가 욕실에서 걸어 나온 흔적이 물기 어린 발자국으로 남아 있었다. 욕실로 들어간 그는 세면대 옆 수납장에서 수건 한 장을 꺼내 머리카락과 몸뚱이에 남은 물기를 닦은 뒤, 욕실 밖으로 나와 마룻바닥에 점점이 찍혀 있는 발자국들을 축축해진 수건으로 훔치기 시작했다.

배가 고팠다. 조윤호는 거실 바닥에 무릎을 꿇은 채 식탁 위에 걸린 벽시계를 올려다보았다. 6시 40분. 철든 이후 스스로에게 수학적 재능이 있다는 생각은 한 번도 해 본 적 없는 그인데도 57시간 20분이라는 잔여 시간이 마치 눈으로 보고 있는 것처럼 머릿속으로 자연스럽게 인지되었다. 그 시간이 지나면 인류 멸망의 모든 조건이 충족된다. 인류는 파괴와 살육이 가져다주는 쾌감에 흠뻑 빠진 악동들에 의해 멸망될 것이고, 그 광란은 무한히 반복될 것이다.

'다른 회사라고요?'

'다른 존재들이라고 해야 더 쉽게 알아듣겠군.'

'다른 존재들?'

'우리처럼 커다란 능력을 가졌지만 우리에 속하지는 않는 존재들이지.'

냉동실을 뒤져 언제 넣어 두었는지 알 수 없는 피자 한쪽을 찾아낸 조윤호는 그것을 전자레인지에 넣고 돌렸다. 벌거벗은 채로 식탁에 앉아 전자파를 너무 쪼여 토핑이 딱딱해진 피자를 씹으면서도 그는 자신을 포함한 인류 전체가 얼마나 비루하고 하찮은 존재인지를 절감할 수 있었다. 설정값의 변역만 살짝 바꿔 놓아도 간단히 멸망당하는 존재.

문득 피스 레이블 온라인을 개발하던 중 외부 업체로부터 올라온 NPC와 몬스터 디자인 시안을 놓고 당시 그래픽디자인 팀장이던 이찬엽과 의견 충돌을 벌이던 일이 떠올랐다.

'이만하면 잘 나왔는데 뭘 자꾸 트집 잡으시는 겁니까, 애들 보기 쪽팔리게.'

스카우트라는 명목으로 사장에 의해 개발실 내 그래픽디자인 팀장 자리에 꽂힌 순간부터 이찬엽은 조윤호를 상사로 인정하지 않았다. 그러한 경향은 이찬엽이 디자인 팀 업무를 보조할 외부 업체를 임의로 교체하면서 본격적으로 드러나기 시작했다. 일을 추진하면서 왜 개발실장인 자신의 결재를 받지 않았느냐는 조윤호의 추궁에 돌아온 것은 '사장님께서 허락하셨는데요.'라는 돼지기름처럼 능글능글한 대답이었고, 조윤호는 이후로도 디자인 팀 업무에 관해 논의할 일이 생길 때마다 그것과 똑같은 대답을 반복해서 들어야만 했다.

아무리 그래도 그렇지, 디자인 팀 직원들이 '팀장의 친정집'이라고 수군거리는 그 외부 업체가 보내온 시안은 너무 끔찍했다. 하나같이 어디선가 본 듯한 모습에 겉멋은 또 얼마나 부려 댔는지. 도저히 수용할 수 없다는 조윤호의 말에 이찬엽은 아무 대꾸도 없이 자리를 떴다. 그리고 10분쯤 지나 개발실로 돌아온 이찬엽의 얼굴에는 야비한 승리감이 떠올라 있었다.

'업무 추진의 효율을 위해 그래픽디자인 업무의 전결권을 팀장인 제게 준다는 사장님의 지시가 있었습니다.'

논쟁은 그것으로 끝났다. 논쟁이라고는 하지만 논리 같은 것이 끼어들 여지는 전혀 없었다. 그렇게 해서 피스 레이블 온라인 위에 본격적으로 모습을 드러내게 된 NPC와 몬스터 들은, 기획자이자 개발 책임자인 조윤호로서는 차마 눈뜨고 볼 수 없을 만큼 비루하고 하찮았다.

마치 지금의 인류처럼.

조윤호는 정수기에서 찬물을 따라 마신 뒤 피자가 담겨 있던 접시를 말끔히 씻어 개수대 위 건조대에 얹어 놓았다. 거실로 나가니 시곗바늘이 막 7시를 넘어가고 있었다. 잔여 시간이 57시간 안쪽으로 접어든 것이었다. 조금 이상한 기분도 들었다. 타임 리미트를 소재로 삼은 그 어떤 영화를 볼 때보다 긴장감이 덜했던 것이다. 허구는 현실보다 더 박진감 있어야 한다는 어떤 소설가의 말이 떠올랐다. 그래서일까? 현실이란 원래 허구보다 긴장감이 떨어지는 걸까?

소파에 앉은 조윤호는 기계적으로 텔레비전 리모컨의 전원 버튼을 눌렀다. 1초쯤 지난 뒤 밝아진 미국 뉴스 전문 채널의 화면은 세계 문화의 중심지라는 파리의 루브르박물관 앞 광장 한복판에서 진행 중인 어떤 사건을 생중계로 보여 주고 있었다. 화면을 쳐다보던 조윤호가 한숨을 쉬듯 중얼거렸다.

"정말 막장 맞네."

건물 위에서 망원렌즈로 잡은 화면에는 흑인 남자 하나가 광장 바닥에 엎드린 갈색 머리 여자의 엉덩이 뒤에 무릎을 꿇은 채 바짝 붙어 있었다. 남자와 여자의 몸이 맞닿은 부위는 모자이크 처리가 되어 있었지만 조윤호는 저 자세가 무엇을 의미하는지 금방 알 수 있었다. 전문 용어로 후배위 섹스. 그 섹스가 여자의 동의하에 이루어진 것이 아님은 화면 옆에 큼직하게 떠 있는 서브타이틀이 말해 주었다.

루브르 광장 한복판에서 벌어진 사상 초유의 강간 사건

이상한 점은 많은 수의 경찰들이 그 강간이 벌어지는 현장을 포위하고 있다는 것이었다. 당연히 강간범을 덮쳐 체포하고 여자를 구출해야 할 경찰들이 현장 5미터 안쪽으로는 접근하지 않았다. 설마 영장이 도착하길 기다리기라도 하는 걸까?

탕. 탕. 탕.

텔레비전 스피커를 통해 흘러나온 총성은 그리 위협적으로 들리지 않았다. 총알이 가진 파괴력도 총성만큼이나 별 볼일 없었던 지, 흑인 남자가 벌이는 엽기적인 행각은 경찰의 한차례 사격 이후로도 그대로 이어졌다.

카메라 렌즈 바깥쪽 어딘가에 있을 여자 앵커가 흥분한 프랑스어로 목소리를 높였다. 미국의 뉴스 전문 채널은 영어로 번역된 자막을 화면 하단에 재빨리 띄웠다.

> 경찰의 다섯 번째 총격이 가해졌지만 용의자는 앞서 네 번의 총격과 마찬가지로 아무런 타격도 입지 않은 것으로 보입니다.

첫 번째 사격이 아니었다. 그리고 파리 경찰들도 영장을 기다리고 있었던 것은 아니었다. 강간이 벌어지는 현장 주위로 경찰들의 접근을 불가능하게 만드는 투명하고도 단단한 무엇인가가 펼쳐져 있는 것 같았다. 조윤호는 쓴웃음을 지었다. 저 기술은 또 뭐라고 부르려나. 강간 보호막Rape Protective Film?

백주에 전 인류가 지켜보는 광장 한가운데에서 벌이는 강간극.

이번에는 저 짓이 하고 싶었나 보다. 커다란 능력을 가졌다는 그 초월적인 존재들은.

조윤호는 화면 속 몽당연필만 하게 보이는 흑인 남자가 지금 얼굴에 짓고 있을, 새로운 놀이 기구를 탄 개구쟁이의 그것을 닮은 명랑하고 통쾌한 웃음이 눈에 보이는 듯했다.

문득 궁금해졌다. 뉴욕 맨해튼이 첫 번째 맵map(플레이어가 활동할 수 있는 게임 속 공간)이라는 것은 알겠지만, 과연 프랑스 파리가 두 번째 맵일지는 의심스러웠다.

아닐지도 모르지. 그것들과 비슷한 인간의 상상을 초월하는 엄청난 일들이 지구 위 어딘가에서 이미 벌어졌을지도 모르고, 지금 이 순간에도 벌어지고 있을지 모른다. 그리고 몇 번째인지는 모르지만 조윤호의 육체가 머무는 공간도 56시간 43분이 지나기 전에는 저런 막장 플레이가 펼쳐지는 맵으로 등록될 것이다. 그런데 나더러 그걸 막으라고? 가정에서나 직장에서나 바라는 것 하나 제대로 하지 못하는 나더러?

"웃기고 있군."

텔레비전을 신경질적으로 꺼 버린 조윤호는 소파 등받이에 몸을 묻었다. 고개를 젖히자 소파 위 벽에 걸린 대형 가족사진이 눈에 들어왔다. 사진 속의 아내와 아들은, 웃는 것도 아니고 찡그린 것도 아닌 어정쩡한 표정을 짓고 있는 그와 달리 무척 자연스럽게 웃고 있었다.

갑자기 아들 준영이 보고 싶어졌다. 그러자 아들을 영영 못 만나는 채로 지옥 같은 무한 루프에 올라타야 한다는 현실이 무서워졌다. 그렇게 죽고 싶지는 않았다. 조윤호는 소파에서 벌떡 일어나 현관 쪽으로 달려갔다. 아까 현관을 들어서며 옷걸이에 아무렇게나 걸어 놓은 추리닝 바지 주머니를 뒤져 휴대폰을 꺼낸 그는 필리핀에 있는 아내에게 전화를 걸었다.

"이이가 국제전화 비싼 줄 모르고 자꾸 전화질이네."

아내는 통화 버튼을 누르지 않고 하는 얘기로 착각하기 딱 좋은 삼인칭 화법으로 통화를 시작했다.

"준영이하고 당신 괜찮지?"

"안 괜찮을 일이 뭐 있겠어요."

아내는 심드렁하게 대꾸했다. 이틀 전이라면 당연하게 여겼을 이 대꾸가 지금은 조윤호를 어이없게 만들었다.

"당신 텔레비전도 안 봐?"

"텔레비전? 아, 그것 때문에 자꾸 전화하는 거예요?"

"그게 별것 아닌 일로 보여?"

"서울 목사님이 오늘 아침 예배 때 그러셨대요. 사악한 자들에게는 갑자기 재앙이 들이닥쳐 망하게 만든다고. 감사하고 기도하며 사는 주님의 종들은 아무 걱정 할 필요 없다고 하셨대요. 그러니 당신도 이번 기회에 주님을 영접해서……."

"아, 택배가 온 것 같군. 나중에 다시 걸게."

일요일 저녁에 택배 핑계는 너무 속 보일 게 분명하지만 조윤호는 서둘러 말하고는 전화를 끊어 버렸다. 아들의 안위를 확인하는 데에는 전혀 비싸지 않은 국제전화 요금이지만 아내의 전도를 들어 주는 데에는 너무 비싸게 여겨졌다. 게다가 주님을 영접하라고? 그가 오늘 그 주님을 집 앞 놀이터에서 영접했다는 사실을 알면 아내는 어떤 표정을 지을까?

조윤호는 들고 있던 휴대폰을 조작해 주로 사용하는 국적기 어플리케이션을 열었다. 그리고 마닐라로 출발하는 가장 빠른 비행기 시간표를 확인했다. 월요일 아침 8시 15분. 지금으로부터 약 12시간 후에 출발하는 비행기가 있었다. 그 비행기를 타면 늦어도 월요일 저녁은 아들과 함께 먹을 수 있을 것 같았다.

하지만 베이징 미팅은 어떻게 하지? 펑크 내면 사장이 돌아 버릴 텐데.

심각한 얼굴이 되어 걱정을 하던 조윤호는 어느 순간 픽 웃고 말았다. 최소한 그에게 주어진 이 무한 루프의 경기에서는, 사장은 선발 명단에서 빠진 것이 분명했다. 그 순간 '팁'이 떠올랐다.

'모든 것은 분명하지 않다.'

전설적인 게임 개발자의 모습으로 나타난 그 존재는 회의주의자 같은 얼굴로 그렇게 경고했다. 그러나 앞으로 56시간 동안 회사 근처에 얼씬하지 않는 이상 사장과 마주칠 확률은 제로에 가까웠다. 심지어 내일 아침 첫 비행기를 타고 서울에서 수천 킬로미터 떨어진 마닐라로 달아난다면야. 그만하면 분명하다고 해도 괜찮지 않을까요, 이름조차 발음할 수 없는 '게임 지구의 개발자이자 전 운영자'님?

조윤호는 현관 앞에 벌거벗고 선 채 정신 나간 사람처럼 키득거렸다. 자신과는 비교할 수 없이 우월한 존재를 비웃은 것과 동시에 사장의 친절한 미소를 영원히 보지 않아도 된다고 생각하니 기분이 조금 풀리는 것 같았다.

"까짓, 가 버리면 그만인 거지."

혼잣말로 스스로에게 용기를 불어넣은 조윤호는 휴대폰 어플리케이션을 통해 금요일에 예약한 베이징행 비행기를 취소한 뒤 마닐라행 첫 비행기를 예약했다.

월요일 아침 8시 15분, 인천 출발 마닐라 도착, 아시아나 OZ701기.

예약을 마치고 소파로 돌아오자 원목 테이블 위에 올려 둔 빛나는 명함이 눈에 들어왔다. 나더러 인류를 구원하라고? 조윤호는 그 명함을 향해 비웃듯 말했다.

"슈퍼맨이나 부르세요."

명함이 대답이라도 하듯 반짝거렸다.

여의도 의사당대로

월요일 아침 8시 33분.

여의도를 촘촘히 가르고 지나가는 모든 도로 위는 주차장을 방불케 할 만큼 붐비고 있었다. 하지만 노란 지붕의 미니버스에 탄 열네 명의 일본인 아줌마들은 한마디 불평도 없이 러시아워가 가져다주는 지루한 교통 체증을 견뎌 내고 있었다. 차창 밖으로 꽉 막힌 도로를 쳐다보는 그네들의 눈빛에는 심지어 '이 정도 어려움은 극복해야 보람이 있지.'라는 식의 비장함까지 엿볼 수 있었다.

"야마토 나데시코大和撫子라 이건가?"

윤필수는 미니버스 조수석 손잡이에 걸어 놓은 마이크를 잡으며 입속말로 중얼거렸다. 일본인을 상대로 한 서울 투어 가이드 8년 차인 그는 일본 사회 전반에 걸쳐 제법 아는 지식이 많았다.

야마토 나데시코.

일본 패랭이꽃. 청순가련하고 남자에게 순종적이지만 마음만큼은 굳건한 일본의 전통적인 여성상을 비유하는 용어다. 그러나 일제강점기 강제로 끌려간 조선의 소녀들이 갇혀 있던 위안소 정문 앞에 붙여 놓은 가증스러운 문구이기도 했다.

비슷한 얘기만 나오면 거품 무는 꼴통 일본인들이 제법 된다는데 저 아줌마들은 과연 어떨까? 그런 생각을 하며 윤필수는 조수석에서 일어서서 뒤를 돌아보았다. 아직까지는 잘 견디고 있지만 저 아줌마들의 인내심이 바닥나는 것은 시간문제였다. 관광객이 느끼는 짜증의 정도와 가이드가 받는 팁의 액수는 반비례한다는 사실을 지난 8년의 경험을 통해 충분히 체득한 윤필수는 능력 있는 가이드답게 고객들의 지루함을 달래 줄 임기응변적인 이벤트를 벌여 보기로 마음먹었다.

젊고 잘생겨서 아줌마들에게 인기 많은 스타일인 윤필수가 돌아서자 각기 다른 방향으로 분산되어 있던 열네 쌍의 시선들이 일제히 그의 얼굴 위로 꽂혔다. 자신의 얼굴 위로 집중되는 호기심 어린 시선들을 즐기며, 윤필수는 느릿하지만 유창한 일본어로 이야기를 시작했다.

"이놈의 교통 체증은 때와 장소를 가리지 않는 것 같군요. 차가 막히니 지루하시죠?"

열네 명 중 절반쯤으로부터 '예에.' 하는 무성의한 호응이 돌아왔다.

"이 여의도란 곳이 원래 그렇습니다. 국회의사당에 증권가까지 있으니 한국에서는 정치와 경제의 중심지라 할 수 있죠. 어떻습니까? 차선만 반대 반향이지, 도로 위에 차량들이 늘어서 있는 모습이 도쿄나 별다를 것 없어 보이시죠? 답답하고 짜증 나실 텐데, 이렇게 차가 막힌 짬을 이용해 제가 문제 하나를 내겠습니다."

잠시 말을 끊은 윤필수는 조금 초롱초롱해진 열네 쌍의 시선들과 일일이 눈을 맞춘 뒤 텔레비전 퀴즈 프로그램의 진행자처럼 목소리를 높였다.

"세계에서 가장 교통이 막히는 도시는 어디일까요?"

예상대로 도쿄니, 뉴욕이니, 로스앤젤리스니 등의 빤한 대답들이 나왔다. 간혹 먹물티를 풍기는 아줌마들은 뭄바이나 멕시코시티 같은 개발도상국의 도시들을 대기도 했다. 그런 대답들로 시간을 끌 만큼 끈 윤필수가 이야기를 이어 갔다.

"나라마다 국민성이란 게 있고 사람마다 느끼는 게 다를 테니 어느 도시가 가장 교통이 막히는지 정답을 내기는 어려울 겁니다. 그래서 모두 맞히신 걸로 해 드리겠습니다."

'에이.' 하는 야유가 싱거운 웃음에 섞여 돌아왔다. 윤필수는 지난 8년간 단련해 온 영업적인 미소로 그 야유를 비켜 낸 뒤 본 이벤트로 넘어갔다.

"하지만 정체된 도로의 길이를 놓고 따지면 기록은 2009년 6월 브라질 상파울로에서 세워졌다는군요. 자, 여기서 진짜 문제를 드리겠습니다! 상품이 있으니 잘 생각해서 대답하시기 바랍니다. 그날 브라질 상파울루에서는 얼마나 긴 도로에 걸쳐 정체 현상이 일어났을까요?"

말과 함께 윤필수가 펼쳐 보인 상품은 오늘 열네 명의 아줌마들이 노리는 표적, 멜로 영화 한 편으로 요즘 일본에서 새롭게 뜨고 있는 한류 스타 H군의 대형 브로마이드 사진이었다.

"꺅!"

"저거, 저거! 어쩜 좋아!"

여성 특유의 뾰족한 환호가 열네 개의 입에서 동시에 터져 나오자 미니버스 양쪽에 서 있는 버스에 탄 승객들이 동물원 원숭이를 구경하는 듯한 얼굴로 미니버스 안을 들여다보았다.

"50킬로미터!"

"100킬로미터!"

"88킬로미터!"

오직 운에만 의존한 대답들이 열네 개의 입으로부터 앞다투어 튀어나왔다. 정답까지는 물론 바라지도 않았고, 윤필수는 가장 근사치를 찍는 데 성공해 남은 열세 명의 부러움을 살 행운의 주인공이 나타나기를 인내심을 갖고 기다렸다.

"250킬로미터!"

무테안경을 낀 40대 후반의 아줌마가 외친 순간, 윤필수는 어판장의 노련한 경매사처럼 소란스러워진 버스 안의 분위기를 재빨리 자르고 들어갔다.

"딩동댕! 정답은 264킬로미터지만 250킬로미터도 정답으로 해드리겠습니다. 이것으로써 H군의 실 사이즈 전신 브로마이드는 유코 상께서 차지하시게 되었습니다."

부러움 섞인 탄식이 좌석 곳곳에서 흘러나오는 것을 들으며 윤필수는 펼쳐 든 브로마이드를 능숙한 손길로 둘둘 말아 근사치를 찍는 데 성공한 무테안경의 아줌마에게 넘겨주었다. 상기된 얼굴로 브로마이드 두루마리를 받은 그녀는 감히 펴 보지도 못하겠다는 듯 젖가슴 사이에 소중히 품어 안았다. 윤필수는 그녀를 향해 과장된 몸짓으로 박수를 보내면서도 내심으로는 비웃었다. 저리도 좋을까, 아들뻘밖에 안 되는 고교 중퇴 아이돌 가수가?

월요일이라 그런지 오늘 아침 여의도의 교통 체증은 다른 때보다 조금 심한 감이 있었다. 윤필수가 인터넷에서 건진 별 쓸모 없는 상식 하나와 여성 잡지 부록으로 딸려 나온 브로마이드 한 장으로 번 10분 남짓한 시간 동안, 안타깝게도 일본 아줌마들을 태운 노란 지붕의 미니버스는 교차로 하나를 채 통과하지 못했다. 오늘 그들의 목적지이자 한류 스타 H군의 영화 촬영지이기도 한 여의도 공원까지는 여전히 여러 블록이 남아 있었다.

시간이 갈수록 얼굴에 짜증이 맺히는 아줌마들의 수가 점점 늘어났다. 그 모습을 훔쳐보며 윤필수는 그녀들의 지루함을 달래 줄 다른 이벤트의 필요성을 느꼈다. 얼른 생각나지 않으면 H군이 속한 남자 아이돌 그룹이 불렀다는 영화 주제가라도 대신 불러야 할 판이었다.

궁리하던 윤필수의 눈에 커다란 베이지색 돔dome이 들어온 것은 바로 그때였다. 소재가 조금 나이에 맞지 않는 감은 있지만, 그 정도는 단련된 화술로 얼마든지 커버할 자신이 있었다. 윤필수는 조수석에서 다시 일어서서 뒤로 돌아섰다. 열네 쌍의 시선이 어미 오리의 궁둥이를 좇는 새끼 오리들의 그것처럼 그를 향했다.

"여러분, 혹시 마징가Z라고 아시나요?"

윤필수가 막간을 이용해 제공한 첫 번째 이벤트를 고등학교 학생회장 선거처럼 여긴 듯, 무테안경의 아줌마가 자신감 넘치는 목소리로 즉시 호응하고 나섰다.

"어릴 적에 방영하던 텔레비전 만화영화 말씀인가요?"

윤필수는 눈썹을 위로 밀어 올려 놀랐다는 표정을 지었다.

"맞습니다. 후지 산 밑에 자리 잡은 과학 연구소의 풀장에서 나오는 로봇이죠."

나도 안다는 시기심 어린 목소리가 여기저기서 튀어나왔다. 윤필수는 아줌마들 모두가 유년을 되새길 만한 시간을 충분히 준 다음 이야기를 이었다.

"그 마징가Z와 비슷한 로봇 만화가 한국에도 있다는 것을 아십니까? 뭐, 대충 표절한 것이라고도 볼 수 있는데, 그 얘기 꺼내면 화낼 한국인이 많으니 듣고 잊어버리시기 바랍니다."

입술을 가리고 웃는 일본 아줌마들에게선 문화 강국민의 자부심이 가감 없이 배어 나왔다. 그때 무테안경의 아줌마가 손을 번쩍 들고 물었다.

"그 표절 로봇의 이름이 뭔가요?"

쯧쯧, 표절 소리는 듣고 잊어버리라는데도 그러네. 윤필수는 똑똑하지만 발칙한 학생회장을 대하는 교감 선생님 같은 눈길로 그 아줌마에게 대답했다.

"한국의 고유 무술인 태권도를 따서 태권V라고 합니다."

태권도를 한국의 고유 무술로 표현한 점에 대해서는 이견을 달 사람이 제법 있겠지만, 최소한 한류 스타를 구경하러 대한해협을 날아온 일본 아줌마들은 거기에 포함되지 않을 것이라 확신하며 윤필수는 말을 이어 나갔다.

"아시다시피 마징가Z는 풀장에서 나옵니다. 그렇다면 한국의 태권V는 과연 어디에서 나올까요?"

이번에는 대답하는 사람이 없었다. 윤필수는 다행이라고 생각했다. 상품으로 줄 브로마이드도 없었으니까.

"자! 저쪽을 보시죠."

열네 쌍의 시선들이 윤필수가 가리키는 방향으로 돌아갔다. 그곳에는 국회의사당이라는 이름을 가진, 무궁화 모양의 금배지를 옷깃에 단 삼백 명 남짓한 스물다섯 살 이상의 한국인들이 본연의 입법 의무와는 무관한 일을 하기 위해 정기적 혹은 비정기적으로 모이는 커다란 건물이 자리 잡고 있었다. 그 건물 꼭대기에 뒤집어진 사발처럼 얹힌 베이지색 돔을 가리키며 윤필수가 다시 한 번 목소리를 높였다.

"바로 저곳이 한국의 태권V가 나오는 '초록돔'입니다!"

말이 끝난 순간, 국회의사당의 베이지색 돔에 고정되어 있던 열네 쌍의 눈이 휘둥그레졌다.

"어머, 어머!"

"정말인가 봐!"

그리고 눈이 휘둥그레지기는 말한 윤필수도 마찬가지였다.

"어? 어?"

그그그그!

둔중한 소음과 함께 국회의사당 지붕 위 베이지색 돔이 서서히 갈라지며 거대한 그림자가 모습을 드러내고 있었다. 인간형의 길쭉길쭉한 팔다리와 흑백의 심플한 보디 컬러, 거기에 가슴에 커다랗게 달려 있는 빨간색 'V' 자 마크는 지금으로부터 30년쯤 전 대한민국의 소년들을 열광시켰던 태권V와 무척 닮아 있었다. 그러나 몸통 위로 볼록 솟아 있는 얼굴만큼은 완전히 달랐다.

빨갛고 동그란 눈에 원추형으로 튀어나온 코, 거기에 유난히 긴 두 개의 앞니.

그 얼굴을 본 사람이라면 누구라도 저 로봇을 태권V라고 부르지는 않을 것이다. 굳이 이름을 붙인다면…….

'쥐권V'였다.

아시아나 02701기 트래블 클래스 객실

'게임을 매각하는 게 그리 간단하지 않은 일이라는 것은 아네. 자네에게도 준비할 시간이 필요하겠지. 준비가 끝나는 대로 명함에 있는 번호로 전화 주게. 데리러 오겠네.'

그 명함은 어디에 두었는지 기억나지도 않았다. 가져오지 않은 것은 명함만이 아니었다. 애꿎은 시드 마이어까지 미워져 15년을 함께해 온 만년필도 서재 서랍에 처박아 두고 나온 것이다. 그래서인지 양복 윗도리가 허전했다. 조윤호는 양복 윗도리를 벗어 승객이 타지 않은 옆 좌석에 개어 놓았다.

활주로 위에서 충분히 가속한 여객기가 허공으로 떠올랐다. 잦은 출장 덕에 이제는 제법 익숙해진 대지와의 유리감이 부동자세로 앉아 비행기 이륙의 긴장을 견디는 조윤호에게 작지 않은 위안을 주었다. 준영아, 아빠가 간다.

조윤호는 기내 앞쪽에 설치된 대형 스크린을 쳐다보았다.

월요일 아침 8시 38분.

전 인류가 몬스터로 등록되는 시점까지는 43시간 30분이 남아 있었다. 그러나 그 전에 아들의 얼굴을 볼 수만 있다면, 그의 머리 위에 인간의 눈에는 보이지 않는 문자로 쓰인 글귀가 NPC를 의미하든 몬스터를 의미하든 상관없을 것 같았다.

이륙 후 고각 상승에 따른 가벼운 진동을 느끼며 조윤호는 좌석 등받이에 몸을 기댔다. 이륙 준비를 하라는 기내 방송이 나오기 전부터 직각으로 곤두세워 놓은 등받이가 딱딱하게 느껴졌다. 그제야 비즈니스 클래스를 끊지 않은 것이 후회되었다. 그는 입속말로 스스로를 욕했다.

"좀팽이 같은 놈."

매달 5일로 잡힌 카드 결제일은 앞으로 영원히 찾아오지 않을 것이다. 이달 카드 명세서에 나온 결제 내역이 몇 줄이나 되는지를 신경 쓰며 살던 좀스러운 일상과도 영영 안녕이라는 뜻이다. 계좌에 들어 있는 예금액을 몽땅 인출하는 것은 물론이거니와, 지갑 속에 가지고 다니는 세 장의 신용카드 전부로부터 한도액까지 현금 서비스를 받는다 해도 뭐라고 할 사람은 아무도 없는 것이다. 아니, 그러는 게 오히려 정상이었다.

마닐라에 도착하는 대로 비자카드부터 긁어야지.

가능한 한 많은 달러와 페소를 움켜쥐고 40시간 전후로 남은 생의 마지막을 아들과 더불어 행복하게, 어떤 수단을 동원해서라도 최대한 행복하게 보낼 작정이었다. 만일 멸망의 무한 루프에 빠진 인류에게 동일한 시간이 반복되어 찾아온다면, 아들과 더불어 누리는 그 행복 또한 영원히 반복될 것이기 때문이다. 그게 아니더라도 최소한 이번 회만큼은 행복하게 보내다가 죽겠지.

나쁘지 않아. 죽음이 아주 고통스럽지만 않다면.

조윤호는 눈을 감은 채 미소를 지었다. 미래를 안다는 건 역시 단점보다 장점이 많았다. 좋은 미래든 나쁜 미래든 간에.

띵.

경쾌한 전자음과 함께 안전벨트를 풀어도 된다는 기내 방송이 흘러나왔다. 눈을 뜬 조윤호는 아랫배를 단단히 조이고 있는 안전벨트를 느슨하게 만들었다. 그는 뒷좌석이 비어 있는 것을 다시 한 번 확인한 뒤 등받이를 15도쯤 뒤로 눕혔다. 불편한 느낌이 조금 가시는 것 같았다.

여유가 생기자 기내가 한산하다는 사실을 금방 느낄 수 있었다. 바로 앞의 세 좌석만 봐도 중앙의 한 좌석을 제외하고는 비어 있었다. 그 자리에 앉은 승객이 입고 있는, 좌석 등받이들 사이로 언뜻언뜻 보이는 파란 원색의 윗도리가 유별나다는 생각이 들었다. 요즘 말로 패션 테러리스트쯤 되려나? 아무려면 어때. 초월적인 테러리스트들이 난리 치고 다니는 세상인데.

가늘고 기다란 목 위에 항공사를 상징하는 커다란 색동 스카프를 감은 여승무원이 조신한 걸음걸이로 통로를 지나가고 있었다. 조윤호는 손짓으로 그녀를 불러 세웠다.

"월요일 아침 비행기인데 왜 이렇게 빈 좌석들이 많은가요?"

조윤호의 물음에 여승무원은 갸름한 얼굴 위로 주저하는 기색을 잠시 드러내다가 대답했다.

"원래 이렇지는 않습니다만 오늘따라 예약을 취소한 고객들이 여러 분 계신 것으로 알고 있습니다, 손님."

오늘따라 왜 그럴까 궁금해하던 조윤호는 이내 그 이유를 알게 되었다. 마닐라행 비행기의 주된 탑승객은 아무래도 관광객일 것이다. 관광이란 게 본래 살 만하다고 느낄 때라야 즐길 수 있는 것 아니겠는가. 온 지구가 엉망으로 망가지거나 말거나 나는 예정대로 관광을 즐기겠다는 심지 굳은 스피노자는 세상에 그리 많지 않은 모양이었다.

"더 필요하신 것이라도 있으신가요?"

"아, 시원한 물로 한 잔 부탁합니다."

조윤호의 요구에 여승무원은 상냥한 미소를 지으며 다시 물었다.

"10분 뒤인 오전 9시부터 기내식이 제공될 예정인데 그때 함께 드려도 될까요?"

이륙하자마자 기내식이다. 여승무원들에게 부여된 가장 중요한 임무가 식사 서빙이라고 믿는 항공사 및 승객들로 인해 생긴 삐뚤어진 비행 문화라는 생각이 들었다.

"아침은 이미 먹었으니 기내식은 안 주셔도 됩니다. 그냥 물이나 한 잔 가져다주십시오."

"알겠습니다, 손님. 곧바로 물을 가져다 드리겠습니다."

매뉴얼대로 복명한 여승무원이 후미 쪽으로 걸어갔다. 조윤호는 조금 편한 각도로 기울여 놓은 등받이 위에 느긋하게 몸을 실었다.

기내가 한가하다는 점은 물론 나쁘지 않았다. 지난 금요일 홍콩에서 돌아오던 비행기는 한 좌석이나 비었을까 싶을 정도로 북적거렸고, 기내의 분위기 또한 끔찍할 만큼 어수선했다. 스피커에서 뽕짝이라도 흘러나오면 '묻지마관광'의 버스에서처럼 통로로 뛰쳐나와 춤이라도 출 것처럼 꿍짝이 잘 맞는 패키지 팀들. 하이재커라도 그런 비행기는 납치하고 싶지 않을 것 같았다.

물을 기다리는 동안 조윤호는 앞자리 등받이에 붙은 접이식 테이블을 내리고 그 안쪽 포켓에 끼워 둔 조간신문을 꺼냈다. 신문 1면이 100년 치 사건 사고를 한데 모아 놓은 것처럼 자극적인 표제들로 넘쳐 나고 있었다. '맨해튼의 참변'이나 '파리의 광장 강간마' 건은 과연 빙산의 일각에 불과했던 것이다. 조윤호는 아직 모르고 있었던 사건들의 표제만 골라서 읽었다.

사우디아라비아 최대 유전에서 의문의 폭발 사고. 원리주의 테러리스트들의 소행?

석유수출기구 OPEC가 이틀 남짓한 시간 동안 유가를 얼마나 끌어 올릴 수 있을지 궁금했다.

일본 동북부 원자로 2기에서 노심 융해 징후 포착. 도쿄전력 측은 상황 파악 중이라고 답변.

동일본 대지진 때 한번 겪어 본 일이라 반드시 유저들의 짓이라고 단정 내리기도 뭐했다. 그러니 핵무기 욕심 좀 작작 내라고.

남중국해를 항진하던 중국 항공모함이 실종된 것으로 파악되었다는 미 국무부 관리의 주장. 중국 외교부는 이를 즉각 부인.

단일 물체의 실종 사건으로는 기네스 신기록감일 텐데 부인한다고 해결될 문제일까? 미국과 일본은 신 났겠군. 대만 애들은 영문도 모른 채 축제부터 벌이겠지.

다른 날 같으면 어느 하나만 가지고도 월드 톱뉴스가 되고 남을 엄청난 사건들의 표제를 무감한 눈길로 읽어 내려가던 조윤호가 갑자기 신문 위로 얼굴을 바짝 가져다 댔다.

외계인이 보낸 표지? 지구의 배꼽, 호주 에어스록 위에 꽂힌 거대한 깃대.

그 표제 아래로 호주 북부에 자리 잡은 에어스록Ayers-Rock, Uluru 위에 누군가 거대한 깃대를 꽂아 놓았다는 내용의 기사가 달려 있었다. 사진도 실렸다. 넓적하게 생긴 황토색 암석 위에 깃대 하나가 불쑥 솟아 있는 사진이었다.

사진을 본 조윤호는 어처구니가 없어 웃기만 했다. 왜 어처구니가 없냐 하면 저 암석이 높이 344미터에 둘레 9.4킬로미터인, 단일 암석으로는 세계 최대의 크기를 기록한 사실을 알고 있었기 때문이다. 에어스록의 크기를 감안할 때 저 깃대의 높이는 최소한

600미터. 공대 교수들이 사랑하는 구조역학 따위는 깡그리 무시한 균일한 굵기의 구조물이 에어스록 상부 한가운데 문자 그대로 독립獨立해 있었다.

"애들 장난이잖아, 이건."

조윤호가 투덜거렸다. 놀이터 모래밭에 조그만 모래 산을 쌓고 그 위에 하드 막대기를 꽂아 짝꿍 여자아이에게 선물하는 사내아이의 모습이 연상되었던 것이다. 마왕에 색마에 이번에는 어린아이까지. 유저의 성향 및 연령 분포가 시간이 갈수록 다양해지고 있었다.

"그래도 장사는 잘되나 보네."

우습게도 질투가 났다. 내 게임은 쫄딱 망했는데 말이지. 능력의 고하를 불문하고 유저란 종자들은 하나같이 막장을 선호하는 모양이었다. 개발자의 이상이란 그 저급하면서도 신랄한 취향으로부터 얼마나 멀리 떨어져 있던가. 가는 길이 아득해 짐작조차 되지 않을 정도였다.

"손님, 부탁하신 물을 가져왔습니다."

머리 오른쪽에서 들린 소리에 조윤호는 등받이에 기댄 상체를 세우며 고개를 돌렸다.

"감사합⋯⋯."

그러나 말을 맺지 못하고 바보처럼 입을 벌렸다. 손에 쥐고 있던 신문이 기체 바닥에 툭 떨어졌다.

플라스틱으로 만든 반투명한 물컵을 내밀고 있는 여승무원의 얼굴은 아까 본 것과 달라져 있었다. 물론 여객기 안에 여승무원이

한 명만 근무하지 않는바, 다른 여승무원이 물을 가져다주는 것은 얼마든지 가능한 일이었다. 하지만 그 여승무원이 단골 술집에서 근무하는 바텐더일 수는 없는 일 아닐까?

"조 부장님, 침 떨어지겠어요."

조윤호의 몸뚱이 속에 오랜 시간 고여 온 성욕을 시도 때도 없이 자극하던 허스키한 목소리마저 똑같았다.

"유미 양?"

BAR-21의 바텐더 오유미의 얼굴을 한 여승무원은 조윤호의 부름에 대답 대신 미소를 지었다. 바의 노란 조명 아래로 섹시하게 그늘지던 보조개는 환한 아침에 봐도 여전히 고혹적이었다.

여승무원은 들고 있던 물컵을 접이식 테이블 위 둥근 홈에 끼운 뒤 조윤호의 옆 좌석에 사뿐히 몸을 실었다. 그곳에 벗어 둔 조윤호의 양복 윗도리가 그녀의 팽팽한 히프 라인 아래에서 자지러지는 주름을 짜 내고 있었다.

"유미 양이 여긴 어떻게……?"

여승무원은 조윤호가 가까스로 끄집어낸 질문을 무색하게 만드는 행동을 보여 주었다. 상체를 왼쪽으로 답삭 기대며 조윤호의 오른팔에 팔짱을 깊숙이 끼어 온 것이다.

"유, 유미 양?"

여승무원의 얼굴이 가까워짐에 따라 딸기 향 비슷한 달짝지근한 냄새가 코를 간질였다. 오유미가 바 건너편을 오갈 때마다 맡던 냄새였다.

"부장님 요즘 많이 외로우시다는 거, 유미는 다 알아요."

도톰하게 부푼 붉은 입술이 조윤호의 귓불로부터 10센티미터도 떨어지지 않은 곳에서 육감적으로 꼼틀거리고 있었다.

"이, 이러지 말라고."

조윤호는 상체를 최대한 왼쪽으로 빼 보았다. 하지만 그의 왼쪽은 처음 착석할 때부터 비행기의 동체를 구성하는 단단한 두랄루민 내벽에 의해 막혀 있었다. 게다가 팔꿈치를 지그시 눌러 오는 탄력 넘치는 젖가슴은 그의 저항 의지를 원천적으로 봉쇄해 버렸다.

그런데 지금의 상황이 묘하게도 익숙했다. 왜 그럴까? 조윤호는 비로소 자신이 기러기 가장의 외로움을 달래기 위해 지금과 비슷한 에로틱한 상상을 여러 번 동원했다는 사실을 기억해 낼 수 있었다. 치부를 드러낸 것 같아 얼굴이 후끈 달아올랐다.

여승무원은 자꾸 왼쪽으로 피하려는 조윤호의 골반을 향해 오른손을 뻗어 내며 곱게 눈을 흘겼다.

"또 그러신다. 자꾸 그러시면 유미 화낼 거예요."

'또 그러신다. 자꾸 그러시면 유미 화낼 거예요.'

달콤하게 꾸짖는 오유미의 목소리를 들으며 민망함 속에서도 에로틱한 상상을 떠올리던 32시간 전의 일이 생각났다. 그것은 사랑과 거리가 먼 동물적인 성욕에 지나지 않았다. 그 점은 조윤호 본인부터가 잘 알고 있었다. 하지만 사랑은 되고 성욕은 안 된다는 법이라도 있는 것은 아니지 않은가. 상대 성性이 흘리는 페로몬에 매혹당한 모든 남녀가 사랑과 성욕을 명확히 분간할 수 있다면 홀트아동복지회의 입양 서류 부피는 지금의 10분의 1로 줄어들었을 것이다. 그러므로······.

나는 이 여자와 섹스를 하고 싶다!

빈약한 자제력에 어찌어찌 가로막혀 있던 원색적인 감정이 봇물처럼 터져 나왔다. 좌석의 왼쪽 구석에 쏠려 있던 조윤호의 엉덩이가 원래의 위치로 돌아왔다. 사타구니를 파고든 여승무원의 손길이 바지 앞섶 위로 느껴졌다. 조윤호는 눈을 부릅떴다. 번갯불처럼 강렬한 전율이 척추를 따라 달려 내려갔다.

바로 이거였어! 나는 이것을 원하고 있었어!

조윤호는 우반신에 지그시 기대 오는 여승무원의 몸을 와락 끌어안았다. 그에 호응하듯 여승무원의 도톰한 입술이 가볍게 벌어졌다. 더욱 짙어진 딸기 향이 조윤호의 머리를 아찔하게 만들었다. 바로 그때, 여승무원이 앉은 좌석의 바로 앞좌석 등받이가 덜컥 젖혀졌다. 이어서.

슝!

칼로 자른 듯 울림 하나 없는 단음斷音이 조윤호의 오른쪽 어깨 위를 맹렬한 속도로 달려갔다. 조윤호는 반사적으로 고개를 빼며 오른쪽 어깨에 밀착된 여승무원의 얼굴을 쳐다보았다. 그녀의 얼굴 한가운데에는 조그만 구멍이 뚫려 있었다. 레이저 드릴로 뚫어 놓은 듯 핏방울도, 그 밖의 어떤 부산물도 보이지 않는 깔끔한 구멍이었다.

어느 순간 진공청소기 속으로 먼지가 빨려 들어가는 듯한 커다란 소음과 함께 그 구멍이 무서운 속도로 확대되었다. 확대된 구멍은 오유미의 예쁜 얼굴과, 기다란 목에 감긴 항공사 색동 스카프와, 세련미와 섹시미를 5대 5로 섞어 디자인한 듯한 승무원 제

리셋 지구 117

복과, 채용 면접 점검 항목에 반드시 들어가 있을 것으로 짐작되는 늘씬한 다리까지 남김없이 삼켜 버리고는 금빛 가루들로 허공에 흩어졌다. 여승무원이 앉았던 좌석 위에는 방금까지만 해도 팽팽한 히프 라인에 즐거이 깔려 있던 조윤호의 양복 윗도리가 쓰고 버린 콘돔처럼 구깃구깃해진 채 널브러져 있을 따름이었다.

꿀꺽.

조윤호는 마른침을 삼켰다. 단골 술집 여자 바텐더의 얼굴을 하고 나타나 성적 충동을 자극하는 말과 행동으로 그를 유혹하던 여승무원은 그렇게 사라졌다. 그녀가 이 자리에 있었다는 증거는 접이식 테이블 위에 올려 둔 플라스틱 물컵뿐이었다.

"속도 편한 친구로군. 내가 준비를 하라고 했지 여승무원과 기내정사機內情事나 즐기라고 했나."

뒤로 젖힌 앞좌석 등받이 너머로 낯익은 얼굴이 보였다. 어제 썼던 중절모 대신 두피에 착 달라붙는 새카만 머리카락 한 가닥을 이마 위로 멋들어지게 드리우고 있는 ⠁⠃⠉⠙⠑⠋의 얼굴이었다. 그 얼굴 상단, 에메랄드빛 눈동자 위에 맺혀 있던 루비처럼 빨간 광채가 전원을 끈 투사 렌즈의 잔광처럼 천천히 사그라졌다.

"그거 아나? 내가 30초만 늦게 개입했어도 자네는 그 서큐버스 Succubus(몽마夢魔, 잠자는 남자와 성교한다는 마녀)에게 정기를 몽땅 빨렸을 걸세."

서큐버스? 정기를 빨려? 조윤호는 자신을 둘러싸고 대체 무슨 일이 벌어지고 있는지 종잡을 수 없었다.

"이게……"

"나도 제대로 설명해 줄 시간이 있으면 좋겠는데, 아무래도 놈이 오래 기다려 줄 것 같지는 않군."

⠿⠿⠿⠿가 왼쪽 한 좌석 너머에 있는 기창機窓 쪽으로 시선을 돌리며 말했다. 조윤호는 자신도 모르게 ⠿⠿⠿⠿의 시선이 향한 기창 밖을 돌아보았다. 다음 순간 그의 목덜미 위로 좁쌀 같은 소름들이 쫙 돋아 올랐다. 눈이 시리도록 파란 하늘을 포물선으로 자르며 그가 탑승한 여객기를 향해 날아오는 쥐 머리를 한 거대 로봇을 발견한 것이다.

어떤 사람이 남해 바다 위 7킬로미터 상공을 비행하다가 거대 로봇의 공격을 받을 확률이 얼마쯤일지 생각해 보라. 거기에 거대 로봇의 어깨 위에 그 사람이 끔찍이도 혐오하는 동물의 머리통이 얹혀 있을 확률까지 곱한다면?

아마도 한국이 세계 정복에 성공하는 것만큼이나 실현 가능성 낮은 그 일이 지금 조윤호에게 벌어진 것이다.

공포에 사로잡힌 조윤호가 이빨을 딱딱 마주치고 있을 때, 앞좌석에 앉아 있던 ⠿⠿⠿⠿가 좌석 등받이 너머로 팔을 뻗어 냈다. 몸에 착 달라붙는 파란색 타이즈의 소매 밖으로 나온 그의 왼손 손바닥 위에는 캡슐 한 알이 올려져 있었다.

"먹게."

"그, 그게 뭔가요?"

"잠시 후 영하 38도의 7킬로미터 상공에 팽개쳐질 인간에게 반드시 필요한 약이지."

안 그래도 핏기를 잃은 조윤호의 얼굴이 밀가루를 뒤집어쓴 것처럼 하얗게 변했다. 조윤호는 ░░░░░░░로부터 건네받은 캡슐을 얼른 입에 넣고는 아까 오유미의 얼굴을 한 여승무원이 가져다준 물을 들이켰다. 캡슐은 부드럽게 목구멍을 타고 넘어갔다. ░░░░░░░가 엄지를 치켜 올리며 씩 웃었다.

"다 잘될 걸세."

Everything is gonna be OK. 얼마 전 조윤호가 본 영화에서 남자 주인공이 여자 주인공을 안심시키기 위해 한 대사가 바로 저것이었다. 그다음은 어떻게 됐더라? 그들이 탄 열차가 폭발하고 여자의 얼굴이 화염에 녹아 일그러지는 장면이 바로 뒤에 이어진 것 같았다. 그런데 뭐가 OK냐!

░░░░░░░는 '영하 38도에 7킬로미터 상공은 어쩌고요!'라고 온몸으로 외치는 조윤호의 어깨를 툭 두드린 뒤 좌석에서 일어섰다.

"앞으로 무슨 일이 벌어져도 그 좌석을 벗어나지 말게."

그 경고를 남기고 ░░░░░░░는 조종실이 있는 기체 앞쪽으로 걸어갔다. 그가 두른 짙붉은 망토의 아랫자락이 바람 한 점 새어 들어올 리 없는 기내에서 나풀거리고 있었다.

3분쯤 지난 뒤 기체가 갑자기 진동하기 시작했다. 그 진동은 비행 중 두세 번씩은 평균적으로 만나게 되는 난기류에 의한 것과는 차원이 달랐다. 항공기 외부 요인에 의해서라기보다는 항공기 내부 요인에 의해서라고 느껴지는 격렬하면서도 능동적인 진동이 이어지자, 트래블 클래스의 이백예순 개 좌석 위에 듬성듬성 자리 잡고 있던 승객들이 비명과 고함을 내지르기 시작했다.

"꺄악!"

"이게 무슨 일이야! 승무원!"

조윤호는 좌석 등받이를 직각으로 세우고 느슨해진 안전벨트를 바짝 조였다. 문득 영화 속 열차 폭발 장면이 떠올랐다. 그는 고개를 세차게 흔들었다. ⠿⠿⠿의 말대로 앞으로 무슨 일이 벌어져도 좌석을 벗어나지 않을 생각이었다. 설령 영화 속 열차처럼 이 여객기가 폭발한다 할지라도.

조윤호가 탑승한 여객기는 폭발하지 않았.

그 대신 변신했다.

아시아나 OZ701기 조종실

그때 아시아나 OZ701기는 제주도 북쪽 35킬로미터, 7킬로미터 상공을 비행 중이었다.

현재 항로는 인천과 타이베이를 잇는 B576 노선. 제주도 남쪽 상공에서 A586 노선으로 갈아탄 다음에도 영공을 벗어나려면 남쪽으로 몇십 분 더 비행해야 했다. 그러므로 인근 공역을 비행하는 다른 항공기—상식적으로는 이렇게 생각할 수밖에 없다—가 있다면 인천 지역 관제소 소속 여덟 개 관제 섹터 중 남부 섹터의 레이더관제사가 반드시 통보해 주었을 것이다. 하지만 남부 섹터로부터는 어떠한 통신도 들어오지 않았다.

설마 그 비행 물체가 항공기가 아니라서 그런 건 아니겠지?

아시아나 OZ701기의 기장 정도하가 잠깐 품은 말도 안 되는 불신을 씻어 준 것은 오른쪽 부기장석에 앉아 지상과의 통신을 반복

시도하던 부기장 이영진이었다.

"모든 통신이 끊겼습니다. 인천 지역 관제소를 포함, 중국과 일본 등 인접 국가의 지역 관제소와도 교신되지 않습니다."

정도하가 물었다.

"통신 장비가 고장 난 건가?"

"그건 아닌 것 같습니다. 데이터통신 시스템은 정상적으로 작동하고 있으니까요. 음성 통신 시스템에만 문제가…… 젠장! 데이터 통신도 방금 끊겼습니다!"

보고하던 이영진이 욕설을 내뱉었다. 정도하는 눈살을 찌푸렸다. 기장인 그 앞에서 욕설을 내뱉은 다혈질 부기장이 못마땅해서가 아니었다. 항공기 꼬리날개 아래 장착된, 흔히 블랙박스라고들 부르는 비행정보기록장치FDR를 의식, 조종실 내에서는 웬만해서 말조심을 하는 것이 조종사들의 상식이고, 아무리 다혈질이라도 그 정도 상식은 지키고 사는 사람이 저 이영진이었던 것이다. 그런 이영진이 상식을 깨트렸다. 이는 상황이 그만큼 안 좋다는 사실을 의미했다.

"침착하게, 부기장."

정도하가 조금 엄한 목소리로 말했다. 다행히 이영진은 곧 이성을 되찾았다.

"죄송합니다."

정도하는 기장석 앞의 계기판들을 확인해 보았다. 기체에는 이상이 없었다. 비행하는 데에는 아무 문제가 없다는 뜻이다. 오직 기체 외부와의 통신만 끊긴 것인데, 비행 중 통신 장애는 몇 번 경험한 적이 있지만 누가 차단기를 내리기라도 한 듯 이렇게 완전히 끊긴 것은 처음이었다.

"어떻게 할까요, 기장님?"

이영진이 심각한 표정으로 물었다. 정도하는 기장석에서 보이는 조종실 왼쪽 기창으로 눈길을 돌렸다. 그가 조종하는 아시아나 OZ701기 좌측 3킬로미터가량 떨어진 상공에서 기체와 평행하게 비행 중인 저 물체는 몇 번을 확인해도 비현실적으로밖에 보이지 않았다. 요 며칠 사이 세상이 아무리 이상해졌다고 해도 그렇지, 쥐 머리를 한 로봇과 동반 비행을 하고 있다니. 만일 이 상황이 술자리 농담이라면 벌주를 말로 마셔도 할 말이 없을 만큼 재미없는 농담일 것이다. 그러나 이것은 현실이었다. 그 자신의 눈으로 몇 번씩이나 확인한 엄연한 현실.

소년 시절 본 만화영화에서 단골로 등장하는 장면 중 하나가 어디선가 날아온 악당 로봇이 비행 중인 민간 여객기를 부수는 것이었다. 실제 여객기를 조종하게 된 서른 살 이후, 정도하는 그 장면의 실용적 논리성에 대해 큰 회의를 품게 되었다.

민간 여객기를 부숴 생기는 게 뭐가 있다고? 인간 사회에 혼란과 공포를 주기 위해?

그럴 목적이라면 중계 카메라 한 대 없는 까마득한 공중에서 괜한 연료비 날리느니 대도시 한복판에 늘씬하게 세워진 건물 하나를 때려 부수는 쪽이 훨씬 효과적이었다—물론 그쪽도 생기는 게 없기는 마찬가지지만. 차라리 전 세계 항공교통망을 마비시키기 위해서라는 쪽이 더 설득력이 있었다. 쥐 머리를 한 저 로봇도 그 점을 알고 있는 걸까?

"어째 공격할 기미는 보이지 않는군."

이영진의 창백한 얼굴 위로 핏기가 조금 돌아오는 것 같았다.

"그런가요?"

"현재로써는 그래 보여."

벌써 3분째 수평비행 중이니 특별히 공격할 의사는 없다고 판단한 것이다. 다음 의문은 거기서 비롯되었다. 그렇다면 왜 이 여객기를 따라오는 걸까? 설마 마닐라 가는 길을 몰라서?

그 의문에 대한 답은 조종석 뒤에서 날아왔다.

"레벨 차이가 너무 커서 공격하지 않는 걸세. 노는 재미가 없을 테니까."

뒤를 돌아본 정도하는 놀라운 사실 세 가지를 발견했다. 첫 번째는 안으로 잠긴 조종실 문을 누군가가 아무렇지도 않게 열고 들어왔다는 사실이고, 두 번째는 그 사람이 미국 코믹스 만화에 나오는 슈퍼맨 복장을 한 중년의 백인 남자라는 사실이며, 마지막으로는 그 백인 남자가 한국말을 아주 잘한다는 사실이었다.

"하지만 결국에 가서는 공격할 걸세. 이 여객기 안에는 아주 좋은 보상이 걸려 있는 유니크 몬스터Unique Monster가 타고 있거든."

9·11 사태의 여파로 미국 민간항공기 조종사들에게는 총기 휴대가 허용되었다고 하지만, 한국 사정과는 거리가 먼 얘기였다. 작은 손도끼 하나가 비치되어 있긴 하지만 비상시 탈출용으로 사용하라는 물건이지 조종실에 난입한 하이재커를 물리치는 데 사용하라는 물건은 아니었다. 그러므로 정체불명의 외부인이 안으로

잠긴 조종실 문을 제집 안방 문처럼 열고 들어온다면, 지금의 이영진처럼 '당신 누구요?'라고 묻는 것 외에는 딱히 대처할 방법이 없는 것이다.

백인 남자는 이영진의 질문에 대답하지 않았다. 그는 조종석에 앉은 두 사람의 머리 위 어떤 공간을 번갈아 바라본 뒤 혼잣말처럼 중얼거렸다.

"예상대로 등록된 지 얼마 되지 않는군. 왼쪽은 레벨 3, 오른쪽은 레벨 2. 기장이라고 1 더 쳐준 건가? 레벨 센스하고는."

정도하는 알아듣지 못할 말을 중얼거리는 저 백인 남자에게 조종석에 무단으로 들어온 이유를 따지려고 했다.

"이보시오. 당신은 지금 항공법······."

백인 남자가 왼손 엄지와 중지를 두 차례 연달아 튀겼다.

딱. 딱.

손가락 살끼리 부딪치는 소리가 두 번 울리는 사이, 인간의 어휘력으로는 도저히 형용할 방법이 없는 기이한 변화가 정도하를 찾아왔다. 그 변화에 관해 그냥 직설한다면······.

정도하는 '다른 정도하'로 변했다.

우우웅! 끼드드득!

정도하에게 일어난 변화는 그가 조종하던 기체에도 비슷한 방식으로 적용된 것 같았다. 아시아나 OZ701기의 조종실이 무겁고 날카로운 쇳소리를 내며 변하기 시작했다. 가장 먼저 희박한 공기 밀도로 인해 더욱 파랗게 보이던 하늘이 사라졌다. 여섯 개로 나뉜 조종실 창 외부로 회백색의 금속 장갑판이 내려온 것이다.

다음은 기장석. 기장석을 구성하는 금속과 플라스틱과 천이 고무 수액처럼 시커먼 덩어리로 뭉치더니 그 위에 앉은 정도하를 아래에서부터 삼켜 버렸다. 밖으로 드러난 것은 귀를 제외한 얼굴 부위뿐. 그 얼굴 위에 외과적인 수술이 가해졌다. 검은 덩어리로 변한 기장석은 상부 어딘가에서 뽑아 낸 레이저메스 두 개를 이용해 정도하의 안구 두 개를 적출했고, 그 자리에 수천 다발의 광섬유들로 채워진 기다란 금속관 두 개를 박아 넣었다. 피 한 방울 흘러나오지 않은 빠르고 깔끔한 수술이었다.

"레벨 33에 레벨 28. 이 정도는 되어야 저쪽도 싸움을 할 맛이 나겠지."

등 뒤에서 만족한 듯 중얼거리는 백인 남자의 목소리가 들렸다. 이어서 조종실 뒤쪽에 마련된 접이식 간이 의자를 펼치는 소리가 들렸다. 아마도 그 위에 앉으려는 듯. 하지만 앉으려는 자리가 어디건 백인 남자는 이미 정도하의 관심 밖 존재였다. 지금 이 순간 정도하의 관심은 오직 한 가지뿐이었다.

"적 로봇의 현재 동태를 보고하라."

정도하가 지시를 내렸다. 그와 마찬가지로 부조종석과 하나가 된 이영진이 즉시 대답했다.

"4분 전과 마찬가지로 본 기체와 평행 비행 중입니다."

조종실 기창은 강화 티타늄 합금에 의해 완전히 막힌 뒤였지만, 기체 외부에 어느 순간부터 생겨난 여섯 대의 삼차원 입체 레이더는 9시 방향 2,878미터 떨어진 곳을 비행하는 적 로봇의 모습을 정확히 포착, 안구 자리에 박힌 광섬유 금속관을 통해 정도하의 시신경으로 전달해 주고 있었다.

"기종과 레벨은?"

"데이터베이스에 미등록된 기종입니다. 쥣과의 포유류 형태를 한 두부頭部로 미루어 유저 측에서 새로 개발한 모델로 판단됩니다. 레벨 역시 파악되지 않습니다."

"어그로aggro(롤플레잉 게임에서 몬스터가 플레이어에게 선공을 가하는 거리) 범위는 설정되었나?"

"1킬로미터로 설정되었습니다."

"좋아. 적 로봇이 어그로 범위 내로 들어오면 머신건을 발사하여 즉각 격추하라."

"알겠습니다."

조종실 안에 정적이 흘렀다. 쯔읍, 쯔읍. 간의 의자에 앉은 백인 남자가 조종실 서랍에 비치된 팩 오렌지주스를 빨대로 빨아 마시는 불쾌한 소리만이 간헐적으로 울릴 뿐이었다.

2분쯤 지난 뒤 이영진이 부르짖었다.

"적 로봇 어그로 범위 진입. M950 머신건 발사!"

두두두두두!

둔탁한 소음이 기체를 진동시켰다. 정도하는 기체 외부에 장치된 서른여섯 개의 광학 센서들을 통해 직경 1미터에 가까운 특수 장갑탄 수천 발이 두 다발의 굵은 주황색 불줄기를 이루며 적 로봇을 향해 날아가는 광경을 지켜보았다.

그러나 이영진이 가한 회심의 선공은 총알만 낭비한 결과를 가져왔다. 타깃으로 잡은 적 로봇이 손바닥 로켓 분사를 이용해 가속, 예상 탄착 지점을 가볍게 앞질러 가 버린 것이다. 인간형 로봇의 손바닥 로켓 분사 장치 또한 데이터베이스에는 등록되지 않은 진보된 장치였다. 게다가 그 장치를 사용하면서도 기체의 균형을 자연스럽게 유지하는 보디밸런싱body-balancing 시스템은 지금 정도하가 탑승하고 있는 기체로서는 넘볼 수 없는 고도의 기술이라 아니할 수 없었다. 정도하는 적 로봇을 상대하는 일이 결코 쉽지 않으리라는 예감이 들었다.

두두두! 두두두두두!

기체가 계속 진동했다. 무기 파트를 맡은 이영진이 기체 양 팔뚝에 장착된 M950 머신건을 분주하게 휘둘렸지만 중력과 관성을 함께 무시하듯 허공을 자유롭게 유영하는 타깃을 명중하기란 힘들어 보였다.

"예비 탄창까지 바닥났습니다."

이영진의 보고에 정도하가 무겁게 말했다.

"적외선열추적미사일을 사용하라."

"예!"

이영진이 기체의 가슴 장갑을 열어 적외선열추적미사일 런처를 외부로 뽑아냈다. 바로 그때 정도하의 귓속으로 적 로봇에 탑승한 유저가 보낸 음성 메시지가 전달되었다.

─ 손맛 보게 해 줘서 ㄱㅅ하긴 한데, 님들 왜 싸우는지는 알고나 개기는 거임?

'ㄱㅅ'나 'ㅋㅋㅋ' 따위의 인터넷 외계어가 음성으로 바뀌어 전달될 수 있다는 사실은 전혀 놀랍지 않았다. 놀라운 것은 그 음성에 실려 있는 굉장한 설득력이었다.

　－님들, 왜 싸우는지는 알고나 개기는 거임?

　－님들, 왜 싸우는지는 알고나……?

　－님들, 왜……?

유저가 보낸 음성 메시지가 뇌 속에서 벌 떼처럼 윙윙 메아리치고 있었다. 정도하는 혼란에 빠졌다. 프랑스의 에르뷔스-엥드시트리 사를 전신으로 하는 에어버스 사에서 제작, 한국 민간항공사에 판매된 뒤 '아시아나 OZ701'이라는 이름을 얻은 중장거리 전용 A330-300기를 운항하던 그다.

그런데 이게 뭐지? 내가 어떻게 된 거야? 내 비행기는 어떻게 된 거고? 무엇보다도…….

왜 싸우는 거지?

드드드득!

기체 전체가 심하게 요동을 쳤다. 조종 시스템을 관장하던 정도하의 뇌에 이상이 생기자 기체에 적용된 변신 모드가 풀리려고 하고 있었다.

"마인드 컨퓨징 메신저Mind Confusing Messenger로구나!"

정도하는 뭐가 뭔지 알 수 없는 지독한 혼란 속에서도 뒤쪽에서 누군가 외치는 소리를 들을 수 있었다. 이어 가까운 과거에 들어본 적이 있는 것 같은 딱, 소리가 들리더니 어지럽던 머릿속이 거짓말처럼 차분해졌다.

정도하는 스스로에게 말했다.

나는 정도하. 나는 현재 게임 내에서 가장 높은 레벨을 가진 몬스터다. 나는 대류권 전용 가변 전투 머신 '색동날개'의 주조종사다. 그리고 나는······.

반드시 지켜야 할 대상이 있다!

반석처럼 단단하게 정립된 목적의식이 모든 혼란을 가라앉혔다.

"적외선열추적미사일 발사!"

정도하가 지시했다. 이영진이 미사일 발사 장치를 가동시켰다. 고폭탄 탄두를 장착한 적외선열추적미사일 다섯 발이 복잡한 비선형 궤도를 그리며 적 로봇을 향해 날아갔다.

- 이게 뭐임? 그 안에 어떤 새끼가 타고 있는······ 이런 ㅆㅂ!

"미사일 1기가 적 로봇의 왼쪽 다리 부위에 명중되었습니다."

- 살살 가지고 놀려고 했더니 이 ㅆㅂㄴㄷ이······.

정도하는 음성 메시지 수신 장치를 꺼 버렸다. 상대 유저로 하여금 더 이상 정신 공격을 할 기회를 주지 않기 위해서였다. 그러고는 곧바로 지시를 내렸다.

"레일건 발사 준비."

인간군이 보유한 기술력으로는 아직 보편적 상용 단계까지 이르지 못한 레일건은 이 '색동날개'가 보유한 최강의 무기다. 음속의 다섯 배 이상의 속도로 레일에서 발사되는 직경 200밀리미터의 비장약 탄환은 항공모함마저도 관통할 만큼 가공할 위력을 지니고 있다. 정도하는 자신들이 보유한 최강의 무기를 동원, 가동에 이상이 생긴 적 로봇에 치명적인 타격을 가할 생각이었다.

"G200 레일건 발사 카운트다운. 발사까지 15초, 14초, 13초, 12초······."

그때 적 로봇이 주먹 쥔 양팔을 색동날개 쪽으로 뻗어 내는 것이 보였다. 다음 순간 팔뚝에서 분리된 적 로봇의 두 주먹이 무서운 속도로 확대되어 왔다.

"로켓 펀치?"

유행에 많이 뒤떨어진 기술이지만 파괴력만큼은 전혀 그렇지 않았다. 쾅! 엄청난 충격과 함께 기체가 뒤집어질 것처럼 흔들렸다. 그 와중에도 동체를 틀어 피해를 최소화한 것과 동시에 레일건의 조준각을 그대로 유지한 것은 정도하의 조종 실력이 얼마나 뛰어난지를 보여 주는 증거라 할 수 있었다.

"피해 상황을 보고합니……."

이영진의 보고를 정도하가 거칠게 잘랐다.

"레일건 발사!"

"G200 레일건 발사!"

청!

무기 시스템이 권장하는 최적 발사 자세를 무시한 상태에서 시도한 발사는 무시무시한 반동으로 되돌아왔다. 레일이 비스킷처럼 부서지며, 레일을 받치고 있던 왼쪽 어깨가 동체로부터 떨어져 나간 것이다.

삐삐삐삐!

날카로운 경고음이 조종석을 뒤흔들었다. 좌측 라인의 엔진 출력이 급격히 떨어지고 5, 6번 변속기의 오일 온도와 압력이 치솟았다. 동체의 균형이 순간적으로 무너지며 조종실이 쳇바퀴처럼 맴도는 것을 느낄 수 있었다. 앞서 로켓 펀치가 안겨 준 피해가 어느 정도인지는 파악하지 못했지만, 아마 이보다는 덜할 것 같았다.

불행 중 다행스러운 점은 피해에 대한 반대급부를 톡톡히 얻어 냈다는 것.

"명중입니다! G105 탄환이 적 로봇의 오른쪽 가슴을 관통했습니다!"

이영진이 적 로봇의 피해 상황을 보고했다. 정도하는 좌측 라인의 비상 엔진들을 일제히 가동시켜 동체의 균형을 회복하는 것과 동시에 다음 지시를 내렸다.

"세라믹 진동 나이프 장착!"

적을 향해 비수를 뽑아 들 때 느낄 법한 기분이 뇌 속으로 그대로 전달되어 왔다. 수치화된 결의, 적개심, 자신감, 파괴 욕구 같은 감정 항목들이 계기판으로 바뀐 말초신경 위에서 쭉쭉 상승되고 있었다.

"돌진!"

정도하는 그 기분을 그대로 살려 적 로봇을 향해 날아갔다. 그가 조종하는 색동날개는 프로토타입prototype의 모델이었다. 애당초 전투 모드보다는 비행 모드에 더 특화해서 개발되었고, 실전에 투입된 것 또한 이번이 처음이었다. 장착된 무기의 종류와 성능이 유저가 탄 모델과 비교할 수 없는 것은 당연한 일. 기회를 잡았을 때 끝내야만 했다.

적 로봇이 빠르게 가까워졌다. 삼차원 입체 레이더가 아닌 광학 센서로도 놈의 쥐 머리에 달린 빨갛고 동그란 눈알이 똑똑히 관측될 정도였다.

빵!

티타늄 강화 합금으로 만들어진 색동날개의 어깨 장갑이 놈의 가슴에 틀어박혔다. 2,000톤을 넘나드는 거대한 덩치들이 충돌하자 소닉붐과 비슷한 충격파가 발생했다.

반격은 곧바로 돌아왔다. 충돌의 여파로 벌어지던 적 로봇과의 거리가 갑자기 30미터 안쪽으로 줄어들더니, 색동날개의 가슴 장갑 부위에 엄청난 충격이 가해졌다. 흡사 창술의 고수가 창을 뻗어 낸 듯한 깔끔한 옆차기였다.

"가슴 장갑 3-B, 3-C 손상. 파괴율 36퍼센트."

이영진으로부터 피해 보고를 들으며 정도하는 동체의 균형을 유지하기 위해 애쓰는 한편 적 로봇의 움직임에 정신을 집중했다. 적 로봇이 옆차기를 위해 내민 오른쪽 다리의 무릎을 반으로 접더니, 아래로 뻗어 축으로 삼음과 동시에 동체를 빠르게 좌측으로 반전시켰다. 지상에서 7킬로미터 떨어진 공중에서 펼치는 것이라고는 믿어지지 않을 만큼 안정적인 회축回蹴(태권도 발차기 기술 중 하나)이 색동로봇의 옆머리를 향해 날아왔다. 정도하는 색동날개의 상체를 급히 하방으로 숙였다.

붕!

타점을 잃은 적 로봇의 왼발 뒤꿈치가 조종석 안에서까지 똑똑히 들을 수 있는 무시무시한 파공성을 만들며 색동날개의 뒤통수 위를 지나갔다.

"돌진!"

7, 8번 엔진이 풀가동되며 색동날개의 엉덩이 양쪽에 달린 분사

구가 시뻘건 화염을 내뿜었다. 색동날개는 발차기 실패의 여파로 활짝 열려 버린 적 로봇의 가슴 안으로 힘차게 뛰어들었다. 초당 160회로 진동하며 뻗어 나간 세라믹 칼날이 적 로봇의 목덜미를 파고들었다.

"됐다!"

정도하의 입가에 희열 어린 웃음이 맺혔다. 그러나 그 웃음은 적 로봇의 양팔이 색동날개의 허리를 덥석 끌어안은 순간 사라지고 말았다. 이영진의 다급한 외침이 터져 나왔다.

"적 로봇의 기체 온도가 급격히 상승하고 있습니다!"

"뭐?"

"화씨 500도, 700도, 1,400도…… 세라믹 진동 나이프의 손잡이에 균열이 발생했습니다! 색동날개 외부의 열 차단 도료가 벗겨지기 시작합니다!"

조종석 뒤쪽에서 아까 들은 목소리가 다시 울렸다.

"원자력 심장의 노심을 융해해서 자폭하려는 건가? 하긴 장갑의 강도는 이쪽보다 월등할 테니 최소한 유니크 몬스터보다 먼저 죽을 일은 없겠군. 하지만 우아하지가 못해. 보상에 눈이 멀어 정정당당한 일대일 대결을 이따위로 망쳐 놓다니."

"1,900도, 2,400도…… 기체가 더 이상 버티지 못할 것 같습니다!"

이영진이 절망에 찬 목소리로 부르짖었다. 정도하는 잠시간 어떤 지시를 내려야 할지 알 수 없었다. 그러나 곧바로 알게 되었다. 그에게는 반드시 지켜야 할 대상이 있었던 것이다.

"A-14 구역을 비상 사출하라."

"비상 사출!"

색동날개의 측면 장갑 한 부분이 철컥 열리더니 좌석 하나가 고도 7킬로미터의 대류권 속으로 사출되었다. 그 좌석 위에 앉아 비명을 지르는 어떤 양복쟁이의 모습을 아직 작동을 멈추지 않은 열세 개의 광학 센서들을 통해 지켜보면서, 정도하는 묘한 기분에 사로잡혔다. 이 기분을 대체 어떻게 표현해야 할까? 공군사관학교에 다니던 시절 귀에 못이 박이게 들었던, 한국전쟁 당시 임무 완수를 위해 비상 탈출마저 포기한 채 F-51 무스탕기로 적진에 돌진한 어떤 공군 대위가 느꼈던 기분이 바로 이렇지 않았을까?

"자네들의 영웅적인 투쟁에 경의를 표하고 싶네."

누군가의 목소리가 울린 뒤 조종실 문이 여닫히는 소리가 들렸다. 정도하는 빙긋 웃었다. 진짜 영웅이 된 것 같은 기분을 느꼈기 때문이다.

잠시 후 제주도 상공 7킬로미터 높이에서 한 덩어리로 붙어 있던 2기의 로봇이 새하얀 광채에 휩싸였다. 색동날개의 조종실 안으로 화씨 2,800도의 고열이 몰아쳐 들어왔다. 정도하는 게임 지구 사상 가장 높은 레벨로 등록된 몬스터답게 비명 한마디 지르지 않았다.

제주도 상공, 한라산 정상

엉겁결에 받아먹은 약 기운 때문인지 생전 처음 경험하는 영하 38도의 7킬로미터 상공은 생각보다 견딜 만했다. 최대출력으로 가동시킨 업소용 대형 에어컨 바로 앞자리에 1시간쯤 앉은 기분이랄까. 몸이 조금 떨리고 숨쉬기 답답하다는 점을 제외하면 장시간 머물라고 해도 큰 문제는 없을 것 같았다. 정작 큰 문제는 장시간 머물고 싶어도 그럴 수 없다는 점이었다. 지구의 중력이 갑자기 사라지지 않는 이상에는.

빠른 사출 속도로 인한 5초가량의 포물선 비행이 끝나자 본격적인 추락이 시작되었다. 양복 위에 허옇게 얼어붙은 수증기가 순식간에 자잘한 결정들로 부서져 위로 올라갔다. 기다렸다는 듯 조금 아래에 있던 수증기가 달라붙었고, 곧바로 떨어져 나갔다. 동일한 현상이 조윤호의 몸 위에서 2, 3초 주기로 반복되어 일어났다. 추락이 가져다주는 아찔함 속에서도 조윤호는 신기함을 느꼈다. 이런데도 안 춥단 말이지?

"약효가 끝내주지?"

바로 옆에서 귀에 익은 목소리가 울렸다. 조윤호는 소스라치게 놀랐다. 영하 38도의 7킬로미터 상공에서 추락하면서 누군가의 목소리를 듣는 것은 영하 38도의 7킬로미터 상공에서 추락하면서 추위를 안 느끼는 것만큼이나 놀랄 만한 일이었다.

상상을 초월할 만큼 거센 풍압을 뚫고 가까스로 고개를 돌리자 투명한 의자에 앉기라도 한 듯 한쪽 다리를 꼰 자세로 그의 옆에서 추락—하강이라는 표현이 더 올바를 것이다— 중인 슈퍼맨 복장의 백인 남자를 볼 수 있었다.

"나 좀……."

말을 하기 위해 입술을 벌리자 구강이 사정없이 부풀어 올랐다. 입술을 시작점으로 하여 얼굴이 통째로 뒤집어지는 것 같았다.

"보기 흉하군."

⠠⠊⠊⠊⠆⠊⠆⠊⠆가 눈살을 찌푸리더니 조윤호의 시야 아래로 쑥 사라졌다. 곧바로 정수리 위에 거대한 프레스가 떨어져 내린 듯한 압력이 조윤호를 찾아왔다. 추락 속도가 갑자기 줄어든 것이다. 조윤호는 이를 악물고 그 압력을 견뎌 냈다. 척추 마디마다 들어찬 연골들이 주인처럼 이를 악물고 압력을 견뎌 내는 모습이 상상되었다. 다행히 압력은 빠른 속도로 줄어들었다.

"이제 됐나?"

조윤호는 목소리가 들려온 발밑을 내려다보았다. ⠠⠊⠊⠊⠆⠊⠆⠊⠆가 오른손으로 좌석 바닥을 받치고 있는 모습이 보였다. 음식 접시를 나르는 프렌치 레스토랑 웨이터처럼 능숙한 포즈였다.

"분당 1.5킬로미터 속도로 내려가겠네. 인간이 만든 가장 빠른 엘리베이터보다 조금 더 빠른 정도니까 견디기 힘들지는 않을 걸세."

견디기 힘든 게 어느 정도인지는 알 수 없지만 이전과는 비교할 수 없을 만큼 나아진 것이 사실이었다. 덕분에 조윤호는 훨씬 여유로운 마음을 가지고 발아래로 서서히 확대되어 오는 타원형의 아름다운 섬, 제주도의 전경을 감상할 수 있었다.

얇은 구름이 낀 상공을 2분쯤 정속으로 하강하자 도로와 건물을 선명히 구별할 수 있을 만큼 지상과의 거리가 가까워졌다.

"저기가 좋겠군."

⠿⠿⠿⠿⠿⠿의 말과 함께 수직을 유지하던 하강 궤도가 사선으로 바뀌었다. 도로와 건물이 옆쪽으로 빠르게 비켜나더니 울창한 산세가 눈앞에 확 펼쳐졌다. 제주도의 중심부에 우뚝 솟은 한라산이었다. 잠시 후 ⠿⠿⠿⠿⠿⠿는 조윤호가 앉은 좌석을 한라산 정상 백록담 호수면 1미터 위에 내려놓았다.

"어어어?"

당연한 얘기지만 조윤호는 좌석과 함께 물속으로 빠졌다. 금속과 강화플라스틱으로 이루어진 좌석은 빠른 속도로 가라앉았다. 백록담 바닥에 닿기까지 걸린 시간은 5, 6초 남짓. 그사이 조윤호는 얼음장 같은 물속에서 필사적으로 두 손을 놀려 좌석과 자신을 하나로 묶은 안전벨트를 풀기 위해 노력했다.

궁.

좌석의 뒷다리가 백록담 바닥에 쌓인 이토에 박혔다. 안전벨트를 풀고 좌석 위에 쪼그려 앉은 조윤호는 구부린 두 무릎을 힘껏 튕겨 올렸다. 팔다리를 능숙하게 휘저어 수면으로 올라가는 짧은 시간 동안, 그는 대학 신입생 시절 스쿠버 동아리 가입을 권유한 동창 선배에게 진심 어린 감사를 보냈다. 보험 하나 들어 달라는 전화를 받은 게 10년도 더 된 일 같은데, 아직도 보험 일을 하고 있을지 궁금했다.

갈수기에 접어든 백록담의 수심은 7미터를 넘지 않았다. 조윤호는 곧 수면 밖으로 고개를 내밀 수 있었다. 수면 밖에서 그를 기다리고 있는 것은 노기 어린 에메랄드빛 눈동자였다. 다음 순간, 그는 낚싯줄에 걸린 잉어처럼 수면 밖으로 거칠게 딸려 올라갔다.

"이제야 제대로 화를 낼 수 있는 시간이 왔군."

⋮⋮⋮⋮⋮⋮가 무서운 눈으로 조윤호를 노려보며 덧붙였다.

"그동안 참느라고 무척 힘들었네."

⋮⋮⋮⋮⋮⋮의 오른손에 멱살을 틀어잡힌 채 백록담 수면 위 1미터 상공에 대롱대롱 매달린 조윤호는 할 말을 얼른 떠올리지 못하고 두 발만 버둥거렸다.

"인간군의 시간으로 6,500만 년 전, 거대 파충류를 이 행성 위에서 몰아내기 위한 '제3차 대멸종 시나리오'를 발동시킨 이래로 오늘처럼 고생한 적은 맹세코 없다네. 자네 하나 때문에 내가 얼마나 많은 일들을 했는지 자네는 짐작조차 못 할 거라고."

"이, 이 손 좀…… 놓고……."

양복 옷깃에 기도를 세게 졸린 조윤호가 캑캑거리며 말했다.

⠿는 그런 조윤호를 5초 정도 더 노려본 뒤 훌쩍 날아올랐다.

잠시 후 두 사람은, 아니 한 사람과 한 초월적인 존재는 백록담이 한눈에 내려다보이는 한라산 정상 동쪽 화구벽 위에 사뿐히 내려섰다. 해발 1.5킬로미터 이상에서 자생하는 키 작은 고산식물들이 짙푸른 양탄자처럼 절벽 위를 뒤덮고 있었다.

"그 비행기엔 왜 탄 건가?"

⠿가 차가운 목소리로 물었다.

"아들을 만나기 위해서입니다."

호흡을 가라앉힌 조윤호는 구겨진 와이셔츠 옷깃을 바로잡으며 대답했다. 물이 들어간 구두 속에서 찌꺽거리는 소리가 울려 나왔다. 그는 구두를 벗어 그 안에 고인 물을 따라 냈다. 양말도 벗고 싶었다. 그런 그에게 ⠿의 질책이 다시 쏟아졌다.

"흥! 인간군 전체의 운명이 어찌 되든 상관없다 이건가?"

"인간군 전체의 운명이라고요?"

조윤호는 고개를 들고 ⠿의 얼굴을 똑바로 쳐다보았다.

"인간군 전체의 운명처럼 엄청난 일을 내가 어쩔 수 있다고 진짜로 믿으시는 겁니까? 마누라에게는 구박만 받고 회사에서는 아래위로 치이는 내가?"

조윤호의 두 눈에는 ⠿를 만난 이후 처음으로 드러내는 도전적이고 반항적인 마음이 그대로 떠올라 있었다. 이 반응이 의외인 듯 ⠿는 아무 말 없이 그의 두 눈을 마주 보고만 있었다.

"게임 지구를 다른 존재들에게 매각한다고 하셨나요? 그 일에 내가 반드시 필요하다고요? 당신을 만나지만 않았다면 지금 이 시간에 내가 무엇을 하고 있어야 하는지 아십니까? 자식처럼 소중한 게임을 말도 안 되는 헐값에 팔아넘기기 위해 중국인들 앞에서 온갖 재롱을 다 부리고 있었을 겁니다."

견딜 수 없을 만큼 뜨거운 무엇인가가 가슴 밑바닥으로부터 화수분처럼 뿜어 나오고 있었다. 조윤호는 자신이 지금 눈물을 흘리고 있다는 사실을 알아차리지 못했다.

"그런 나더러, 그렇게 비굴하고 무기력한 나더러 지구상에 존재하는 모든 인류의 운명을 맡기시겠다고요? 자동차를 바꾸고 싶다니까 마누라가 뭐라고 한 줄 아십니까? 당신 진짜 미쳤구나. 하! 교회에 퍼다 주는 건 멀쩡한 짓이고 10년 굴린 똥차를 그 흔한 국산 SUV로 바꾸는 건 미친 짓인가요? 그리고 우리 사장은 뭐라고 했는데요. 이건 오직 자네만이 할 수 있는 일이야. 하하! 당연히 나만 할 수 있겠지. 그 추잡한 욕심 맞춰 줄 종놈이 나 말고 또 누가 있겠어? 골프채로 대가리를 확 깨부숴 버릴까 보다! 게다가 이찬엽, 그 개새끼는 또 어떻고? 뭐? 사장님께서 허락하셨는데요? 씨발놈이 지가 사장 후배면 다야? 하! 다들 좆 까라고 그래! 좆같은 소리들 집어치우고 몽땅 지옥에나 가라고 해! 으아악!"

조윤호가 갑자기 고함을 지르며 주먹을 휘둘렀다. 그 주먹은 마주하고 있던 ⸪⁚⁖⁘⁚⁖의 얼굴에 정통으로 꽂혔다.

"아으으."

손가락뼈들이 몽땅 으스러진 듯한 고통에 조윤호는 얼굴을 일그러뜨렸다. ░░░░의 얼굴에는 물론 생채기 하나 나지 않았다. 뻑킹 슈퍼맨! 뻑킹 유에스에이!

"이제 보니 자네 참 미련한 친구로군. 뼈에 열세 군데나 금이 가도록 주먹을 휘두르는 것도 쉬운 일은 아닐 텐데."

░░░░가 왼손을 내밀었다. 조윤호의 주먹 앞에서 단풍잎처럼 활짝 펼쳐진 왼쪽 손바닥이 은은한 빛으로 물들었다. 조윤호는 어금니까지 시리게 만들던 고통이 서서히 가라앉는 것을 느꼈다. 걷잡을 수 없던 흥분도 함께 가라앉는 듯했다. 그는 속으로부터 아물어 가는 자신의 오른손을 내려다보았다. 중학교에 다니던 시절, 아버지 없는 그를 온갖 야비한 말로 놀리던 같은 반 양아치 새끼에게 휘두른 이후로는 처음 해 본 주먹질이었다. 그런데 겁도 없지, 30년 만에 한 주먹질의 대상이 인간을 장난감처럼 가지고 노는 초월적인 존재라니.

그런 사이 오른손의 고통이 완전히 사라졌다. 조윤호는 그로서는 짐작조차 할 수 없는 방식으로 다친 손을 치료해 준 빛나는 손바닥을 힐끔 보았다. ░░░░가 쑥스럽다는 얼굴로 손바닥을 거두며 말했다.

"별것 아닐세. 아까 비행기에서 자네에게 먹인 약과 비슷한 거라고 생각하게."

"별것 아니라고요?"

조윤호가 숨을 크게 내쉰 뒤 말했다.

"눈에서 레이저를 쏘고, 여객기를 로봇으로 변신시키고, 하늘을 날고, 금이 간 뼈들을 순식간에 낫게 만들고……. 그런 놀라운 능력을 별것 아니라고 말씀하실 만큼 위대한 분께서 왜 하찮은 게임 캐릭터에게 이 일을 맡기시는 거죠? 직접 해결하시면 되는 것 아닌가요?"

░░░░░░░░의 얼굴에 난감해하는 표정이 떠올랐다.

"자네로서는 이해하기 힘들겠지만 운영자가, 아, 이 운영자에는 소유권자라는 개념도 포함되는데, 그 운영자가 절대로 해서는 안 되는 일이 있네. 게임을 임의로 정지하거나 게임 자체를 우리와 비슷한 다른 존재에게 매각하는 것 등이 그러한 일에 포함되지."

░░░░░░░░는 잠시 생각하다가 설명을 이어 나갔다.

"그건 아주 중요하다네. 예를 들어 보지. 바둑을 아주 좋아하는 대기업 총수가 있다고 하세. 그래서 많은 상금을 걸고 국제 시합을 스폰 하게 됐어. 시합이 열리는 날 자리를 빛낸답시고 대국장에 갔지. 그런데 바둑 내용을 보니 영 마음에 안 드는 거야. 자기가 응원하는 기사가 불리하거든. 그래서 비서에게 말해. '가서 판 엎어.' 아니면 홍보 담당자를 불러서 지시해. '난 요번 시합 스폰 할 마음 없으니 스폰서 자리를 다른 기업에 넘기도록 해.' 이러면 되겠는가? 안 되지, 안 되고말고. 그래서 뭐랄까…… 그래, 원칙. 원칙이라고 표현하면 적당하겠군. 모든 게임에는 게임 외적인 이유로 게임에 지장이 생기는 것을 방지하는 몇 가지 원칙을 세워야 할 필요가 있지. 마찬가지로 게임 지구에도 외적인 안전성을 보장하기 위한 몇 가지 원칙이 정해져 있다네."

"누가 그런 원칙을 정했습니까?"

░░░░░░░░는 눈을 찌푸렸다.

"별 바보 같은 질문을 다 듣는군. 개발자이자 첫 번째 운영자인 내가 아니면 누가 감히 내 게임에 원칙을 정할 수 있겠나?"

핀잔을 들었지만 조윤호는 개의치 않고 다시 물었다.

"운영자가 바뀌어도 그 원칙은 유효한가요?"

"오호, 그건 좋은 질문이군. 운영자가 아무리 여러 번 바뀌어도 그 원칙은 유효하네. 메인 시스템의 초기 설정으로 제약을 걸어 놓았거든. 뭐랄까, 게임에 대한 개발자의 애정 정도로 봐 주면 좋겠군."

자만自滿한 듯한 미소를 잠깐 짓던 ░░░░░░░░░가 표정을 고치고 조윤호의 두 눈을 똑바로 들여다보았다.

"하지만 자네는 달라. 자네를 포함한 게임 내 캐릭터들은 그 원칙에 제약을 받지 않는다네."

당연한 이야기다. 그 어떤 게임 개발자도 게임 내 캐릭터에게 게임을 매각해서는 안 된다는 식의 제약을 만들어 두지는 않을 것이기 때문이다. 한마디로 논외라는 것.

"그러므로 캐릭터는 게임을 정지시킬 수 있고, 심지어는 게임 자체를 매각하거나 인수할 수도 있지. 물론 그럴 만한 능력이 캐릭터에게 있다는 전제가 수반되어야겠지만 말일세. 자, 설명이 되었는가?"

그럴 만한 능력이란 게 과연 어떤 능력인지는 알지 못했지만, 설명 자체를 이해할 수 없는 것은 아니었다. 하지만 물어봐야 할 것은 아직 남아 있었다.

"한 가지 더 알고 싶은 점이 있습니다. 칠십억의 인간 중에서 왜 하필 저를 택하셨나요?"

⣿⣿⣿⣿⣿는 조금 놀랐다는 표정을 지었다.

"어? 내가 그것에 대해 얘기 안 했던가?"

"안 하셨습니다."

"그것참, 자네도 당연히 알 거라 생각해 얘기를 안 한 모양이군. 좋아, 자네를 택한 이유를 얘기해 주지. 사실 아까 말한 원칙이 없었다고 해도 나는 인간군 중 누군가를 찾아갈 수밖에 없었을 걸세. 왜냐하면 게임을 만들기만 했지 그 게임을 누군가에게 팔아본 경험은 전혀 없거든. 게다가 모든 시공을 통틀어 인간보다 인간을 더 잘 어필할 존재는 없지 않겠는가."

"어필?"

"그래, 어필. 영어를 즐겨 쓰는 한국인들로 인해 내가 사용할 수 있는 어휘의 폭이 넓어져 다행이군. 비슷한 어감을 한국어로 표현하려면 골치 아팠을 걸세."

⣿⣿⣿⣿⣿는 많은 국어학자들이 동의하지 않을 말을 했다. 조윤호가 다시 물었다.

"인간을 왜 어필해야 하나요?"

"인간 시간으로 6,500만 년 전에 발동된 최초의 영장류 시나리오부터 제2차세계대전이 끝난 서기 1945년 이후 발동되어 현재까지 진행 중인 번영과 위기 시나리오까지, 무려 600여 개에 달하는 시나리오들의 핵심 캐릭터가 바로 인간이기 때문이지. 사실 유저들은 내가 운영자에서 해고된 시점까지는 별로 중요하지 않은 존재였네. 주로 관상만 할 뿐 게임에 직접 참여하는 경우는 극히 드

물었거든. 주체가 유저라기보다는 게임 내 캐릭터인 게임, 그게 바로 '게임 지구'라네. 이제는 과거형으로 말해야겠지만."

░░░░░░░░가 한숨을 쉰 뒤 말을 이어 갔다.

"뭐, 그건 그렇다 치고. 그래서 나는 게임 매각과 관련된 일을 하는 모든 인간군을 검색했다네. 경력, 업적, 프레젠테이션 능력, 잠재력, 무엇보다도 게임에 대한 애정 등 온갖 요소들을 수치로 전환하여 합산한 결과 자네가 미국 어떤 유명한 게임사의 기획이사를 근소한 차이로 따돌리고 일등을 차지하게 되었네. 축하하네. 자네가 넘버원일세."

짝. 짝. 짝. 짝. 짝. ░░░░░░░░는 박수를 쳤다. 조윤호는 얼굴을 일그러뜨렸다. 왠지 놀림당하는 기분이 들었기 때문이다. ░░░░░░░░가 박수를 멈추고 말했다.

"자꾸 엉뚱한 얘기로 시간을 낭비하는 것 같아 기분이 안 좋군. 그럼 본론으로 돌아가도록 하세."

"그러시든지요."

조윤호가 삐딱한 투로 대꾸했지만 ░░░░░░░░는 별로 개의치 않는 눈치였다.

"아까 내가 오늘 무척 많은 일을 했다고 말한 것을 기억하지? 자네가 오늘 아침 집을 떠난 시점부터 나는 자네의 행방을 찾기 위해 게임 지구의 메인 시스템을 해킹해야만 했네. 게임 지구의 메인 시스템을 보호하는 방화벽은 자네 같은 인간으로서는 상상할 수 없을 만큼 견고하다네. 그것을 직접 설계한 나로서도 애를 먹을 수밖에 없었지. 게다가 주어진 시간까지 제한되어 있었어.

운영자 전용 코드 없이는 시간의 비가역성이라는 메인 설정에 선불리 접근할 수 없는 탓이지."

조윤호가 ⋮⋮⋮⋮⋮⋮의 말을 비교적 쉽게 알아들을 수 있는 가장 큰 이유는 그 또한 게임 제작에 매달려 본 경험이 있기 때문이었다.

"신용카드 결제 내역을 통해 자네가 마닐라행 비행기를 예약한 사실을 알아낸 나는 급히 메인 시스템과 접속을 끊으려 했네. 자칫 해킹한 흔적이라도 발견되면 내 후임자가 무슨 짓을 할지 모르는 일이거든. 그런데 접속을 끊기 직전, 그러니까 이 '게임 지구'의 시간으로는 오늘 아침 6시 20분경, 나는 자네의 캐릭터가 NPC에서 몬스터로 바뀐 사실을 발견했네. 그것도 일반 몬스터가 아닌 유니크 몬스터로 말일세."

흔히 보스 몬스터라고도 부르는 유니크 몬스터는 유저에게 주어지는 특정 미션이나 시나리오에 등장한다. 유저가 유니크 몬스터를 사냥하는 데 성공하면 해당 미션이나 시나리오를 클리어한 것으로 간주, 약속한 보상을 주는 것이다. 이러한 임무-보상 시스템은 롤플레잉 게임이 갖는 중요한 매력 중 하나다.

"제가 왜 유니크 몬스텁니까?"

조윤호는 놀라기보다는 어이가 없었다. 유니크 몬스터라면 미합중국 대통령이라든가 글로벌 넘버원 대기업의 총수, 하다못해 이종격투기 세계 챔피언 같은 사람에게 돌아가야 말이 되지 않을까?

"이유는 모르겠네. 아, 그런 눈으로 보지 말게. 나도 모르는 건 모르는 거니까. 어쨌든 그길로 접속을 끊고 공지 게시판을 확인하니, 과연 자네를 사냥하는 유저에게 엄청난 보상을 준다는 내용의 새로운 공지가 걸려 있었네. 경험치며 아이템 등등 모든 유저들이 홀딱 반할 만한 조건이었지."

"자, 잠깐! 당신을 포함한 존재들이 사는 그 세계에도 인터넷 같은 것이 있나요?"

"왜? 이상한가?"

"아니, 이상하다기보다는…… 게시판이라든가 공지처럼 인간들이 인터넷에서 흔히 사용하는 용어들을 자꾸 언급하시니까……."

:::::::::::가 이해한다는 듯이 빙긋 웃었다.

"포도주 잔에는 포도주를 담아야 제맛이고 막걸리 사발에는 막걸리를 담아야 제맛이지. 내가 만일 철학자나 종교 지도자를 찾아갔다면 전혀 다른 용어를 썼을 걸세. 이 게임 내에서 최강의 물리력을 보유한 미국 대통령을 만났다면 또 다른 용어를 썼을 테고. 하지만 내가 선택한 인간은 전직 게임 회사 개발실장이자 현직 해외사업부장인 조윤호 바로 자넬세. 자네가 알아듣기 쉬운 용어를 쓰는 것은 당연한 일이겠지. 내 말이 무슨 뜻인지 알아듣겠나?"

충분히 설득력 있는 말이었다. 조윤호는 고개를 끄덕였다.

"이야기를 계속하지. 자네가 유니크 몬스터로 등록되고 그 사실이 공지에까지 걸린 이상 자네는 빠른 시간 안에 위험에 빠지게 될 걸세. 모든 NPC들이 몬스터로 등록되는 시점까지는 아직 40시간 넘게 남았지만, 자네에게 남은 시간은 그보다 훨씬 안쪽일 공산이 크다는 뜻이네. 그 위험이 어떤 종류인지는 자네도 겪어 봤으니 알겠지?"

그 위험이 암컷 몽마가 평소 욕정을 품고 있던 단골 술집 여자 바텐더의 얼굴로 나타나고, 7킬로미터 상공에서 끔찍이도 혐오하는 쥐 머리를 한 로봇에게 공격당하는 것과 비슷한 종류이리라는 점은 충분히 예상할 수 있었다.

그런데 문득 이상한 기분이 들었다. 지금 인류에게 닥친 이 비극적인 시나리오의 어떤 패턴 위에서 묘하게 어긋나는 요소를 발견한 듯한 기분이었다.

오유미, 태권V, 쥐 머리. 오유미, 태권V, 쥐 머리……

하지만 어긋난 요소가 정확히 무엇인지까지는 사고의 영역이 미치지 않았다. 잡힐 듯 잡힐 듯 잡히지 않는 신기루 같았다. 조윤호는 미간을 있는 대로 찌푸렸다. 뭘까, 그 요소가?

"이봐, 자네. 내 말을 듣고 있는 건가?"

"예?"

조윤호가 정신을 차리고 ░░░░░░░를 보았다. ░░░░░░░의 미간에는 짜증 어린 주름이 잡혀 있었다.

"준비하랬더니 비행기 안에서 여승무원과 노닥거리질 않나, 열심히 얘기하는데 딴생각에 빠져 있질 않나, 내 선택이 올바른 것이었는지 정말 모르겠군. 인간 시간으로 105년 전, 오스트리아 출신 독일인 미술학도 한 명을 비엔나 미술학교 입학시험에서 탈락시킨 일이 있네. 합격시켜 줘도 별문제 없었지만, 상궤와 다른 예술적 감각을 가진 인간이라서 한 번쯤 좌절을 맛보면 더 크게 될 줄 알았거든. 누구냐, 그 고흐처럼 말일세. 하지만 그 미술학도가 정치판에 뛰어들더니만 역사상 가장 많은 인간을 죽인 전쟁광 독

150

재자로 바뀌는 것을 보고 그 선택을 크게 후회했다네. 그 일 이후 내 선택에 이토록 심각하게 회의를 가져 보기는 자네가 처음이란 사실을 알아두게."

⁙⁙⁙⁙는 강의 중 조는 학생을 발견한 법대 교수처럼 깐깐하게 말했다. 조윤호는 그 학생과 비슷한 심정으로 고개를 꾸벅 숙였다.

"미안합니다."

"인간에게 같은 말을 두 번 해야 한다고 생각하니 조금 불쾌하군. 어쩔 수 없지. 흠흠, 그래서 자네는 위험에 빠졌네. 생각 같아서는 자네 곁에 딱 붙어서 보디가드 노릇을 해 주고 싶지만, 내게는 따로 해야 할 일이 있어. 게다가 자네를 보호하는 것으로 문제가 해결되면 얼마나 좋겠느냐만, 그게 또 아니거든. 자네는 자네대로, 나는 나대로 남은 시간 동안 부지런히 움직여야 이 게임 지구를 정상적으로 되돌릴 수 있네."

"저는 그렇다 치고, 하셔야 할 일이라는 게 무엇인가요?"

조윤호의 물음에 ⁙⁙⁙⁙는 어깨를 으쓱거렸다.

"자네가 해야 할 일보다 훨씬, 아주 훨씬 많아. 적당한 바이어를 물색해야 하고, 그 바이어와 접촉해 게임을 인수할 의사가 있는지 물어야 하고, 또 관련된 자료를 보내 줘야 하고……. 시간만 마음대로 쓸 수 있다면 크게 문제 될 게 없지만, 앞서도 말했다시피 나는 현 운영자가 아니네. 자네와 똑같이 비가역적인 시간에 제약받는다는 뜻이지."

"그렇다면 내가 해야 할 일은……?"

리셋 지구 151

는 대답 대신 조윤호의 오른팔 팔뚝을 덥석 붙잡았다.

"너무 많은 시간을 낭비한 것 같군. 아쉽겠지만 이번 여행은 한라산을 구경한 걸로 만족하게."

한쪽 손은 여자를 끼고 다른 쪽 손은 하늘로 뻗어 올린 슈퍼맨 특유의 비행 포즈를 취한 가 절벽에서 천천히 날아오르기 시작했다. 당황한 조윤호가 다급히 말했다.

"어디를……? 저는 필리핀에 있는 아들에게……."

"내가 직접 데려다 주지 않는 이상 자네는 절대로 필리핀에 도착할 수 없네. 설마 쥐권V를 또 만나고 싶은 것은 아니겠지?"

"쥐, 쥐권V?"

쥐권V가 쥐 머리에 태권V 몸통을 한 거대 로봇의 이름이라는 것은 묻지 않아도 알 수 있었다. 조윤호의 목덜미 위로 좁쌀 같은 소름들이 다시 한 번 돋아 올랐다.

"아들과 만나고 싶다면 자네가 해야 할 일은 하나뿐일세."

비행 속도가 빨라졌다. 피리리릭! 바람이 얼굴을 세차게 때리기 시작했다. 손바닥으로 얼굴 앞을 가리지 않고서는 숨도 쉬기 힘들 지경이었다. 그것보다 다섯 배 이상 속도를 높이기 직전, 가 조윤호에게 말했다.

"사상 최고의 프레젠테이션."

집 1

아파트 상가 2층에 있는 중국집의 짬뽕은 인류를 구원하고 싶은 마음이 싹 가시게 만들 정도로 형편없었다. 찰기 부족한 면발 몇 젓가락에 맵기만 한 국물로 허기를 메운 조윤호는 푸들처럼 파마를 한 여사장에게 만 원짜리 한 장을 내민 뒤 처음 가게에 들어설 때 먹은 마음과는 다르게 백 원 단위까지 철저히 거슬러 받았다. 이틀도 안 남은 시간일망정 식대 이외의 돈을 저 여자의 지갑에 넣어 주고 싶지 않았던 것이다.

월요일 오후 3시 30분.

집에 돌아온 조윤호가 가장 먼저 한 것은 소파 위에 놓인 텔레비전 리모컨을 베란다 창밖으로 던져 버린 일이었다. 오늘 하루 유저들이 지구 곳곳에서 무슨 짓을 하고 놀았는지에 관해서는 전혀 알고 싶지 않았다. 보나 마나 인간의 상상을 초월하는 굉장한 짓들을 했겠지. 바티칸시티의 교황청 앞 광장에서 집단 난교 파티라도 벌였으려나. 그것에 놀라며 낭비할 시간은 없었다. 지금 그가 해야 할 가장 시급한 일은······.

갑자기 졸음이 온몸을 짓눌렀다. 거역하기에는 너무도 달콤한 압제가 조윤호를 순식간에 무너뜨렸다. 베란다로 비쳐 드는 가을 햇살이 이상하리만치 편안해 보였다. 그렇고 보니 일요일 아침 기상한 이래 30시간 넘게 눈을 붙여 보지 못했다는 생각이 떠올랐다. 그 생각을 마지막으로 조윤호는 소파에 쓰러졌다. 그리고 10초도 지나지 않아 죽음 같은 잠에 빠져들었다.

눈을 떴다. 실내가 어둑어둑했다.

조윤호는 소스라치게 놀라 누워 있던 소파에서 일어나 앉았다. 반사적으로 쳐다본 식탁 위 벽시계는 7시 25분을 가리키고 있었다. 아침은 아니라는 점에 그나마 안심했다. 아무리 해가 짧아지는 계절이라지만 아침 7시 25분은 지금보다 훨씬 밝다. 그렇다면 월요일 저녁 7시 25분이라는 얘기인데, 전 인류의 몬스터 등록 완료까지 남은 시간은 33시간 안쪽으로 줄어 있었다.

멍청한 자식, 4시간 가까이 곯아떨어지다니.

그러나 머리는 맑았다. 앞으로 할 일을 생각하면 그것은 무척 다행스러운 일이었다.

소파에서 일어난 조윤호는 침실로 들어갔다. 집에 들어오기 무섭게 잠든 탓에 그는 여전히 양복 차림이었다. 7킬로미터 상공에서 구름을 뚫고 추락하기도 하고 한라산 백록담 물에 빠지기도 한 그 양복은, 슈퍼맨에게 붙들려 제주도에서 서울까지 날아오는 동안 세탁소에서 다림질을 한 것처럼 빳빳하게 말라 있었다. 그러나 무척 안 좋은 냄새가 났다.

조윤호는 양복을 벗어 침대 위에 던져 놓고 추리닝을 꺼내 입었다. 그런 다음 서재로 쓰는 작은방에 들어가 책상 서랍 속에 처박아 두었던 만년필을 꺼내 거실로 나왔다. 식탁 의자에 앉은 그는 시계를 올려다보았다. 7시 33분. 메모할 종이가 필요했다. 주위를 두리번거리던 그는 식탁 끝에 놓인 삼각 탁상 달력에서 달력지 한 장을 뜯어 백지인 뒷면을 펼쳐 놓았다.

준비를 마친 조윤호가 만년필 뚜껑을 뽑으면서 혼잣말치고는 조금 큰 목소리로 말했다.

"자, 시작하자."

제목은 쉽게 떠올랐다. 앞에 붙는 수식어가 조금 쑥스럽기는 하지만 내가 한 말도 아닌데, 뭐. 조윤호는 머릿속에 떠오른 제목을 달력지 뒷면에 그대로 옮겨 적은 뒤 느낌표를 여러 개 찍었다.

사상 최고의 프레젠테이션!!!!!

4시간 숙면으로 머리가 맑아진 덕분일까? 아니면 이 프레젠테이션을 비로소 자신의 일로 받아들였기 때문일까? 조윤호는 시작과 동시에 이 프레젠테이션이 내포한 중대한 결점 두 개를 발견할 수 있었다.

첫 번째, 매각 주체가 없다는 점.

이제는 미스터 마이어라는 호칭조차 제대로 나오지 않는 그 존재는 전 운영자에 지나지 않았다. 인간이 운영하는 온라인 게임과는 달리 운영자가 곧 소유권자이기도 한 이 '게임 지구'를 매각할 권한이 그 존재에게는 없다는 뜻이다.

두 번째, 주체가 있어도 매각이 불가능하다는 점.

게임 지구의 개발자이자 전 운영자가 게임 서비스의 안정성을 확보하기 위해 만든 원칙에서 비롯된 문제였다. 이는 매각 주체인 현 운영자가 갑자기 부처님처럼 자비로워져서 이번 프레젠테이션장에 나와 준다고 해도, 매각 협상을 성사시키는 데에는 별다른 도움이 안 된다는 것을 의미했다. 팔고 싶어도 팔 방법이 없는 것이다.

콧등을 긁으며 생각하던 조윤호는 고개를 절레절레 흔들고 말았다. 다수의 프레젠테이션 경험이 있고 실적 또한 훌륭한 그이지만 이건 프레젠테이션의 내용과는 무관히 매각 협상의 기본적인 요건 자체가 성립되지 않았다. 이것과 비교해 보니 그를 그토록 괴롭히던 블러드 레이블 온라인 건 따위는 누워서 떡 먹기라는 생각이 들었다.

가장 나쁜 사실은, 그럼에도 불구하고 반드시 프레젠테이션장에 나가야 한다는 것. 마닐라로 갈 수 있는 방법이 사라진 이상 아들의 얼굴을 한 번이라도 보기 위해서는 다른 대안이 전혀 없었다. 조윤호는 오른손에 쥔 만년필을 내려다보며 소망했다.

한 번만 더 행운을 가져다줄 수 있겠니?

지금은 정말로 행운이 필요한 때다. 그것도 불가능을 가능으로 바꿔 줄 만큼 엄청난 행운이.

"후!"

마음속에서 자꾸만 움트려고 하는 절망을 큰 숨 한 번으로 몰아낸 뒤, 제목만 적힌 달력지 뒷면으로 시선을 옮겼다. 어디서부터 시작해야 하나. 문득, 아파트 단지 입구에서 헤어지기 직전 시드 마이어의 모습을 한 그 존재가 한 말이 떠올랐다.

'바이어에게 보낼 자료는 이미 만들어 놓았다네. 그 서류에다가는 게임의 제원이나 이력, 기타 운영에 필요한 제반 사항 같은 것들을 상세히 기록해 놓았지. 이제부터 나는 바이어를 물색할 걸세. 예전의 나와 가장 성향이 비슷한, 말하자면 게임 지구를 온건한 방향으로 운영할 만한 바이어여야 하겠지. 정작 문제는 현재 게임 지구의 시나리오에서 중심적인 위치를 차지하는 캐릭터, 바로 인간군일세. 인간군에게 어떤 장점이 있는지를 그 바이어가 알아야 게임 지구를 인수할 마음이 본격적으로 생길 테니까. 그 부분을 어필하는 것이 자네가 할 프레젠테이션의 핵심이라네.'

바이어에게 보낼 자료를 참조할 수 있느냐는 말에 그 존재는 '소용없을걸.'이라며, 이제는 별로 놀랄 것도 없는 초자연적인 방식으로 한 뭉치의 서류—묘사하긴 어렵지만 지구상에 존재하는 일반적인 서류와는 모든 면에서 달랐다—를 꺼내 보여 주었다. 그러나 보여 주기만 했을 뿐, 조윤호는 그 서류를 전혀 읽을 수 없었다. 빛나는 명함에 찍힌 이름을 읽으려고 시도하던 때와 마찬가지로 그의 인지력은 서류 위에 적혀 있는 그 어떤 문자와도 결합할 수 없었던 것이다.

어쨌거나, 덕분에 조윤호가 할 프레젠테이션의 콘셉트는 명료해졌다. 조윤호는 제목 바로 밑에다가 썼다.

Concept: 인간을 어필하라!

야속한 만년필은 거기서 더 이상 움직이지 않았다. 조윤호는 식탁에 얹은 왼팔에 턱을 괴고 생각했다. 어떻게 어필하지? 정확히는, 인간의 무엇을 어필하지?

뭔가 참고할 자료가 필요했다. 조윤호는 서재로 들어가 책상 위에 놓인 노트북을 가지고 나왔다. 전원을 켜고 10초쯤 지난 뒤 윈도 화면이 열리자 바탕 화면의 인터넷 익스플로러 아이콘을 클릭했다. 화면이 바뀌었지만 홈페이지로 등록시켜 놓은 포털 사이트는 열리지 않았다.

"이게 왜 이래?"

두 번 더 시도해 보았지만 돌아온 것은 인터넷에 연결되지 않는다는 알림 멘트뿐이었다. 그제야 인간 세상이 현재 빠른 속도로 종말을 향해 달려가고 있다는 사실이 떠올랐다. 지구상에 존재하는 이백여 개의 국가들 중 몇 개나 국가로서의 기능을 유지하고 있을지 궁금했다.

"전기가 들어오는 것만 해도 어디야."

실망에 빠진 스스로를 혼잣말로 위로한 조윤호는 노트북을 식탁 구석에다 밀어 놓은 뒤 만년필을 다시 쥐었다. 이제 믿을 수 있는 자료라고는 45년간 살아오면서 머릿속에 새겨 놓은 지식과 경험

뿐이다. 이럴 줄 알았으면 공부 좀 하고 살걸. 그는 대한민국 중년층 남자들이 흔히 품는 후회를 하며 만년필을 움직였다.

1. 인간의 장점

문득 한두 해 전 읽은 『로마제국 쇠망사』라는 책에 나오는 인상적인 구절이 떠올랐다. 작가—에드워드 기번이었던가—는 그 책에서, 적도에서 극지방까지 모든 나라에서 생존하고 번식할 수 있는 유일한 동물을 인간으로 규정하며 인간과 가장 유사한 동물로 돼지를 꼽았다. 그것이 인간의 장점일 수도 있겠다는 생각이 들어 글로 옮겼다.

① 강한 생존력과 높은 번식력(≒돼지)

다 쓴 다음 조윤호는 픽 웃었다. 어떤 모습일지 감히 짐작조차 되지 않는 엄청난 바이어 앞에서 '인간은 돼지만큼이나 잘 살아남고 많이 번식합니다.'라고 어필하는 자신의 모습이 떠올랐기 때문이다. 인종차별을 소재로 한 영화에 나오는 노예 상인 같잖아. 이건 아니라는 생각에 메모 위에 죽죽 두 줄을 그었다.
생각하자, 생각하자.
조윤호는 그토록 아껴 온 만년필의 끄트머리를 씹고 있다는 사실도 알아차리지 못한 채 생각에 골몰했다. '인간은 사회적 동물이다'라는 식의 식상한 명제들이 두서없이 떠올랐다. 그는 그중 하나

리셋 지구 159

를 달력지 뒷면에 메모했다.

① 인간은 만물의 영장이다.

전능한, 혹은 전능에 가까운 존재에게 만물의 영장 운운하는 소리가 과연 먹힐까? 만년필이 그 문구 위를 수평으로 죽죽 움직였다. 파기.

① 인간은 지능이 있어서 과학기술을 발전시켜 왔다.

그럴듯해 보이긴 하지만 이것도 마찬가지. 인간이 보유한 과학기술이 얼마나 한심한 수준인지는 지난 68시간 동안 세계 곳곳에 출몰한 유저들에 의해 훌륭히 입증되었다. 한마디로 번데기 앞에서 주름잡는 격. 만년필이 움직였다. 죽죽. 파기.

① 인간은 감정을 가지고 있다.

흠, 이건 좀 쓸 만한데. 덕분에 인간은 어떤 동물도 이룩하지 못한 예술이라는 금자탑을 쌓을 수 있었으니까. 과학기술보다 예술에 대한 평가가 더 높은 데에는 내 주관이 적잖이 개입했겠지만, 아무려면 어때. 발표자에게 이 정도 권리조차 주어지지 않는 프레젠테이션이란 없다. 조윤호는 '①인간은 감정을 가지고 있다.'라는 문구 위에 두 줄을 그은 뒤 조금 살을 붙여 아래에 다시 메모했다.

① 인간은 독자적인 예술을 발전시킬 만큼 풍부한 감정을 가지고 있다.

그 밑으로 인간이 만든 예술 작품들을 생각나는 대로 열거해 보았다. 아내의 잔소리를 무릅쓰고 시드 마이어—얼굴만이 아닌 진짜—가 만든 전략 시뮬레이션 게임의 바이블, '문명Civilization' 시리즈를 열심히 한 것이 큰 도움이 되었다.

이집트의 피라미드, 중국의 병마용, 말리의 젠네 모스크, 페루의 마추픽추, 캄보디아의 앙코르와트 그리고 개발실에서 쫓겨난 울분을 고즈넉한 여백의 미로 달래 주던 선운사 도솔암과 부석사 안양루.

미술 작품도 썼다. 작품명의 대부분이 기억나지 않은 탓에 다빈치, 미켈란젤로, 고흐, 로댕, 달리, 다비드 같은 서양 거장들과 장택단, 문징명, 김홍도, 신윤복 같은 동양 거장들의 이름을 나열하는 것으로 만족할 수밖에 없었다.

다음은 음악. 이 분야는 조윤호 개인의 취향이 강하게 작용할 수밖에 없었다. 베토벤의 운명 교향곡, 무소륵스키의 전람회의 그림, 푸치니의 토스카, 빌리 홀리데이, 비틀스, 지미 헨드릭스, 레드 제플린, 퀸, 핑크 플로이드, 로저 워터스, 마크 노플러, 거기에 얼마 전 세상을 뜬 비운의 마이클 잭슨까지.

사실 지금까지 열거한 그 어떤 유무형의 예술 작품들도 게임 지구의 시스템이 만들어 낸 웅장하면서도 섬세한 대자연의 아름다움과는 비교할 수 없이 조잡하다는 점을 잘 알고 있지만, 그래도 인간의 예술은 나름대로 평가를 받을 가치가 있다고 생각했다. 유치원 재롱 잔치가 훌륭해서 박수를 쳐 주는 것은 아니지 않겠는가. 똥오줌을 가리는 애완견은 칭찬받을 자격이 있는 것이다.

조윤호는 달력지 뒷면의 절반가량을 빽빽하게 채운 메모를 만족한 표정으로 바라보다가 인간을 규정하는 아주 중요한 속성 하나를 떠올렸다.

인간은 이기적이다.

조윤호는 반사적으로 만년필을 고쳐 쥐다가 고개를 갸웃거렸다. 인간은 물론 이기적이다. 그러나 이기적이라는 속성을 '인간의 장점' 항목에 포함시키기는 힘들었다. 그 자체로 가치중립적이기 때문이다. 굳이 장단점을 판별하라면…….

"단점에 가깝겠지."

조윤호는 인간의 이기심으로부터 비롯된 무수한 비극들이 인간의 역사를 얼마나 끔찍한 빛깔로 물들였는지를 되새기며 씁쓸한 목소리로 중얼거렸다. 그러므로 지구상에 존재했던 많은 현자들은 인간들을 향해 그러한 이기심을 버리라고 웅변했던 것이다. 가깝게는 18세기 말 프랑스 콜더리에Coldelier 운동이 말한 박애주의에서 멀게는 자타불이, 네 이웃을 네 몸처럼 사랑하라는 부처와 예수의 가르침까지.

그래서 조윤호는 생각했다. 오히려 이 속성만큼은 바이어에게 알려선 안 돼. 알았다가는 운 좋게 매각에 성공한다 하더라도 게임 지구의 새로운 주인이 지금의 유저들처럼 범지구적인 인간 박멸 대열에 합류하지 않으리라는 보장이 없기 때문이다.

하지만 감춘다고 해서 과연 모를까? 아니, 감춘다는 자체가 가능하기나 할까?

 조윤호는 힘없이 고개를 저었다. 받은 자료만 대충 검토해 봐도 인간이 이기적이라는 사실은 금방 알게 될 것이다. 그로 말미암아 발생한 무수한 비극들에 관해서도 알게 되겠지. 돌이켜 보면, 유저들로 인해 막장으로 변했다고 생각했지만 사실은 원래부터 막장이었던 것이다. 인류를 핵심 캐릭터로 삼아 움직이는 이 게임 '지구'는.

 개발자에 대한 존경심이 저절로 줄어들며 유저들이 하는 행동들이 이해되기 시작했다. 조윤호 자신이 유저라도 닥치는 대로 때려 부수고 난장을 칠 것 같았다.

 모래를 씹은 듯 입속이 깔깔했다. 조윤호는 정수기에서 따른 찬물 한 잔으로 입속을 헹군 뒤 식탁으로 돌아왔다. 그는 팔짱을 낀 채 달력지 뒷면에 적어 놓은 내용을 몇 번이나 거듭해 읽어 보았다. 조금 전 자만하던 기분은 이미 깡그리 사라진 뒤였다. 그는 한숨을 푹 내쉰 뒤 스스로에게 물었다.

 "이게 다냐?"

 인간의 감정과 예술에 관한 ①번 항목 이후로 더 이상 생각나는 게 없었다. 그러나 무엇인가는 반드시 생각해 내야만 했다. 거창하게는 멸망의 무한 루프에 올라탄 모든 인류를 구하기 위해. 그러나 실제로는 사랑하는 아들의 얼굴을 한 번이라도 더 보기 위해. 조윤호는 얼굴을 찌푸리고 생각에 잠겼다. 생각. 생각. 생각……

 그러던 어느 순간 조윤호의 입에서 짤막한 탄성이 터져 나왔다.

"아!"

누군가에게 하려다가 잊어버린 어떤 이야기가 그와는 전혀 상관없는 시간과 장소에서 갑자기 떠오르는 경우가 있다. 지금이 그 경우와 비슷했다. 오늘 낮 한라산 정상에서 그 존재의 이야기를 듣다가 떠올린, 이 비극적인 시나리오의 어떤 패턴 위에서 묘하게 어긋나는 요소가 무엇인지 갑자기 생각난 것이다.

조윤호는 새로운 달력지 한 장을 급히 뜯어 그 뒷면에 대고 만년필을 빠르게 놀리기 시작했다.

유저들 (패턴에 주의할 것!!)
①맨해튼을 파괴한 은백색 갑옷의 남자 - 이후 여자 하나가 더 붙음
②파리에 나타난 흑인 강간마
③사우디아라비아의 최대 유전을 폭파시킨 누구
④일본 동북부 원자로에 장난을 친 유저 (유저인지 확실치 않음)
⑤중국 항공모함을 통째로 사라지게 만든 누구
⑥에어스톡 꼭대기에 600m짜리 양초를 꽂은 누구
⑦기내에 나타난 오유미의 얼굴을 한 서큐버스
⑧여객기를 쫓아와 공중전을 벌이던 쥐권V

메모를 하고 보니 생각이 조금 더 선명해졌다. 어느 순간부터 어긋나기 시작한 패턴이 일목요연하게 들어왔던 것이다. 그것이 조윤호로 하여금 어떤 설정을 떠올리게 만들었다. 만일 이 설정이 맞다면……. 거대한 장벽 어딘가에 난 작고 작은 출구를 발견한

기분이었다.

"표본! 표본이 더 필요해."

설정이 맞다는 확신을 갖기 위해서는 분석에 동원할 더 많은 표본이 필요했다. 조윤호는 뉴스를 보기 위해 리모컨을 찾아 돌아다니다가 아까 베란다 밖으로 던져 버린 사실을 기억해 냈다. 바보 같은 놈! 안 보면 그만이지 무슨 폼을 잡겠다고 그걸 베란다 밖으로 던졌담.

조윤호는 수동으로 텔레비전 전원을 켰다. 그러나 그렇게 켜진 텔레비전은 커다란 벽걸이형 조명 기구 이상의 역할은 하지 못했다. 인터넷 텔레비전의 대표적인 단점. 인터넷 연결이 끊어지면 텔레비전까지 함께 먹통이 되고 마는 것이다.

"제기랄!"

조윤호가 욕설을 뱉으며 텔레비전 전원을 꺼 버리려는 순간, 거실 벽면에서 전자음이 갑작스럽게 울렸다. 조윤호는 소스라치게 놀라다가 그것이 거실 벽면에 설치된 비디오폰에서 울린 초인종 소리라는 것을 알아차렸다. 이 시간에, 아니 이 시기에 내 집을 방문할 손님이 누가 있을까? 혹시 아내가 아들을 데리고 귀국한 건 아닐까? 제발 그랬으면!

조윤호는 간절한 바람을 품고 비디오폰으로 달려가 인터폰 수화기를 들었다. 손바닥만 한 화면이 켜지며 현관문 밖에 서 있는 사람의 얼굴을 비쳐 주었다. 그 순간 조윤호는 석상처럼 얼어붙고 말았다.

현관문 밖에는 서 있는 사람은 사장이었다.

집 2

"조 부장 집엔 처음 와 보는 것 같군."

현관으로 들어선 사장이 실내를 두리번거리다가 조윤호를 위아래로 훑어보고 말했다.

"쉬고 있는 중이었나 보지? 편해 보이는군."

조윤호는 그제야 자신이 후줄근한 추리닝 차림인 것을 알아차리고 얼른 고개를 숙였다.

"죄송합니다. 사장님께서 오시는 줄 알았다면 옷차림에 더 신경을 썼을 텐데……."

"아닐세. 자기 집인데 편한 차림으로 있는 게 당연하지. 신경 쓰지 말라고."

말은 조윤호의 집이라고 해 놓고서 마치 제집에 들어온 양 유유한 걸음걸이로 거실로 걸어간 사장은 소파 한가운데 털썩 자리를 잡고 앉았다. 조윤호는 죄지은 사람처럼 사장 앞에 고개를 숙이고 섰다. 사장이 그런 조윤호를 올려다보며 물었다.

"왜 그러고 있나? 앉지 않고."

조윤호는 아랫배에 힘을 준 뒤 입을 열었다.

"말씀드릴 게 있습니다. 오늘 제가 GOG의 본사가 있는 베이징에 가지 못한 이유는……."

사장은 손을 내둘러 조윤호의 변명을 잘랐다.

"아, 그 얘기는 굳이 하지 않아도 되네. 안 그래도 온 세상이 난리 아닌가. 조 부장이 베이징에 가지 못한 것은 충분히 이해할 수 있는 일이네. 나, 그 정도로 꽉 막힌 사람 아니니 염려 말게나."

"감사합니다."

조윤호는 숙인 고개를 더 깊이 숙였다. 사장이 넥타이 매듭에 손가락을 집어넣어 느슨히 만들더니 긴 숨을 내쉬었다.

"후우, 9층까지 걸어서 올라오고 보니 땀이 다 나는군."

"예? 엘리베이터가 멈췄나요?"

"고장인지 뭔지 11층에 멈춰 서서 꼼짝도 안 하더군."

"그랬군요."

사장이 얼굴에 대고 손부채질을 하며 물었다.

"목이 좀 마른데, 뭐 시원한 거라도 있는가?"

"냉장고에 콜라와 오렌지주스가 있을 겁니다. 어떤 것으로 갖다 드릴까요?"

사장은 잠시 생각하다가 말했다.

"단 음료 말고 차가운 커피 같은 것 있나?"

평소 스틱 커피 따위는 싸구려라며 거들떠보지도 않는 사장이었다. 그래서 젓가락 같은 다리를 가진 여비서에게 맡겨진 가장 중요한 임무는 하루에 세 번씩 베트남산 원두커피를 내리는 일이었다. 커피 마니아를 자처하는 아내 때문에 조윤호도 몇 번 맛을 본 적이 있는데, 나름 풍미는 있지만 비싼 돈 내고 사 먹을 정도는 아니었다.

"아메리카노로 차갑게 해 드리지요. 잠깐만 쉬고 계십시오."

조윤호는 사장을 거실에 남겨 둔 채 주방으로 들어가며 속으로 중얼거렸다. 심심하면 파란 형광색 텔레비전 화면이나 쳐다보고 있든지.

주방 전자레인지 옆에는 커피 머신이 놓여 있었다. 이번 여름방학 때 아내가 꺼내 놓은 것을 치우지 않은 것이 다행스럽게 여겨졌다. 흔히 '다방 커피'라고 부르는 스틱 커피가 가장 입에 맞는다고 생각해 온 조윤호지만 괜찮은 원두커피 정도는 얼마든지 만들 수 있었다. 바로 이 커피 머신 덕분이었다.

1분 정도의 예열이 끝난 뒤, 캡슐을 넣은 홀더를 커피 머신에 장착한 조윤호는 '에스프레소/룽고' 버튼을 눌렀다. 웅, 하는 낮은 기계음이 울리더니 검은색보다 더욱 검게 보이는 밀도 높은 액체가 받침대 위에 놓인 두꺼운 유리컵 위로 떨어져 내렸다. 그는 80밀리가량의 커피 원액이 모두 추출될 때까지 걸리는 10초 남짓한 시간 동안 생각했다.

사장이 왜 내 집에 온 거지? 아니, 그보다도 사장이 내 집 주소를 어떻게 알아낸 거지?

아내가 아들을 데리고 마닐라로 떠난 1년 전, 조윤호는 평수를 열 평가량 줄여 전셋집을 옮겼다. 혼자 살기에는 방 셋짜리 아파트가 너무 넓다는 이유도 있었고, 모자가 3년간 타국에서 머무는 데 드는 돈이 생각보다 크다는 이유도 있었다.

그렇게 전셋집을 옮긴 뒤, 그는 이사한 사실을 회사에 알리지 않았다. 마누라 고집에 꺾여 바라지도 않던 기러기 아빠 신세가 된 것을 회사에 광고하고 싶지는 않았기 때문이다. 친하게 지내는 개발실 후배에게조차도 이사한 사실만 귀띔해 주었을 뿐 지금 사는 이 주소는 가르쳐 주지 않았다. 그러므로 회사에 근무하는 어느 누구도 그에게서 직접 알아내기 전에는 이 집을 찾아올 수 없는 것이다. 그러나 사장은 지금 분명히 그의 등 뒤에 있는 거실 소파에…….

잠깐!

'분명히'라고?

유리컵 안으로 마지막 커피 방울이 똑 떨어졌다. 조윤호는 등골이 오싹해지는 것을 느꼈다. 시드 마이어의 얼굴을 한 그 존재가 알려 준 팁이 그의 머릿속에서 경종처럼 울리고 있었다.

'모든 것은 분명하지 않다.'

부웅!

무협 소설에 나오는 고수들은 상대방으로부터 '기' 같은 것을 느낀다고 하던데, 그것과는 전혀 다른 어떤 본능이 조윤호의 머리를 옆으로 움직이게 만들었다.

깡!

심플하고 앤티크한 디자인으로 많은 커피 애호가들에게 호평을 얻은 스위스제 커피 머신 위로 350그램짜리 단단한 금속 덩어리가 내리꽂혔다. 와인 빛깔의 플라스틱 본체와 은색 받침대 위에 올려져 있던 유리컵이 함께 산산조각 나며 뜨거운 에스프레소 원액이 사방으로 튀어 올랐다.

아내가 돌겠군.

상황에 걸맞지 않은 한가한 생각을 하면서 조윤호는 몸을 재빨리 돌렸다. 분명히 빈손으로 찾아왔고, 골프채 따위는 이 집에 한 번도 들여놓은 적이 없는데도, 사장의 손에는 스테인리스 강철로 만들어진 반달 모양의 헤드를 뽐내는 퍼터 한 자루가 들려 있었다. 사장이 사장실 퍼팅 연습기 위에서 언제나 휘두르던 바로 그 퍼터였다.

"사장님?"

조윤호가 불렀지만 사장은 아무 대답도 없이 그를 향해 조금씩 다가오기만 할 뿐이었다. 사장의 얼굴에는 그가 끔찍할 정도로 싫어하는 친절한 미소가 떠올라 있었다.

사장이 퍼터를 다시 휘두르기 전, 조윤호는 개수대 식기 건조대에 놓인 접시 하나를 잡아 사장의 얼굴을 향해 던졌다. 사장은 접시를 막기 위해 퍼터를 얼굴 앞으로 올리며 몸을 움츠렸다. 조윤호는 그 틈을 놓치지 않고 사장의 몸을 세게 밀어붙인 뒤 식탁 옆을 날쌔게 빠져나와 거실로 갔다.

"너는 누구냐?"

조윤호가 말투를 바꿔 사장에게 물었다. 정상적인 것과는 어딘지 모르게 다른 움직임으로 몸의 방향을 바꾼 사장이 입을 열었다.

"조 부장, 날세. 자네 사장."

사장이 퍼터를 쥐고 주방에서 걸어 나오며 다시 말했다.

"지시를 어기고 필리핀으로 달아나더니, 이제는 사장 얼굴도 잊어버린 건가?"

그러나 조윤호가 오늘 마닐라행 비행기를 탄 사실까지 알고 있다면 더더욱 사장일 리 없었다.

"거짓말. 넌 사장이 아니야."

조윤호는 소파 위에 놓인 쿠션을 집어 가슴 앞으로 치켜 올리며 말했다. 그러나 패브릭으로 만든 폭신폭신한 쿠션은 낮잠 잘 때 베개로 쓰기엔 좋지만 강철로 만든 퍼터를 상대하기에는 너무 빈약해 보였다.

"그럼 말해 봐. 내가 누구지? 자네는 나를 누구라고 생각하는 거야?"

조윤호가 짧게 대답했다.

"유저."

사장의 발길이 뚝 멎었다.

"어떻게 알았지?"

"유니크 몬스터인 날 사냥하러 왔잖아."

"어라? 이상한데?"

사장의 얼굴이 고전 호러 영화에 나오는 귀신 들린 소녀처럼 뒤로 180도 돌아갔다가 원상으로 돌아왔다.

"어? 이게 아닌가?"

"바보 자식, 이상하면 이렇게 해야지."

조윤호가 인간이 이상한 점을 발견했을 때 고개를 어떻게 갸웃거리는지 시범을 보여 주었다.

"아하, 이렇게……."

사장이 눈을 반짝이며 고개를 갸웃거렸다. 조윤호가 한 것보다 훨씬 큰 각도의, 진짜 인간이 저렇게 한다면 목뼈가 부러져 죽어야 정상인 커다란 갸웃거림이었다. 물론 사장은 그러고도 멀쩡했다. 정말로 멀쩡한 건지 멀쩡해 보이기만 한 건지는 알 수 없었다. 그 사장이 조윤호에게 물었다.

"정말 이상해. 인간은 자신이 몬스터라는 것을 인지하지 못한다고 매뉴얼에 나와 있던데, 어떻게 안 거지?"

"시드 마이어 선생에게나 물어보셔."

말이 끝남과 동시에 패브릭 쿠션을 사장의 얼굴에다 집어 던진 조윤호는 거실 테이블 위에 놓인 재떨이 쪽으로 재빨리 왼손을 뻗었다. 눈에 띄는 공격 무기로는 그 이상 적당한 물건을 찾지 못했기 때문이다. 순간, 그의 왼쪽 손목 위로 350그램짜리 스테인리스 강철 덩어리가 떨어져 내렸다.

"흡!"

조윤호는 헛바람을 삼키며 두 눈을 부릅떴다. 그 일격에 손목뼈가 산산조각 났다는 사실은 굳이 엑스레이를 찍어 보지 않아도 알 것 같았다. 고통을 제대로 느낄 새도 없이 부웅, 하는 바람 소리가 머리 쪽으로 날아들었다. 저기에 맞았다가는 고통이고 뭐고 그대로 게임 오버일 것 같았다.

죽을힘을 다해 고개를 숙여 사장이 휘두른 퍼터를 가까스로 피한 조윤호는 손목이 부러진 왼손 대신 오른손으로 재떨이를 집어 프리스비를 던지듯 날렸다. 사장과의 간격인 2미터는 가속도를 얻기에 충분한 거리가 못 되었지만, 두꺼운 크리스털로 만든 재떨이는 그 단점을 상쇄할 만큼 묵직했다.

퍽!

사장의 고개가 용수철 인형처럼 뒤로 휙 젖혀졌다. 요 며칠 재떨이를 비우지 않은 덕에 꽁초와 재가 분분히 휘날렸다. 조윤호는 기회를 놓치지 않고 사장을 향해 힘차게 몸을 날려 몸통 박치기를 시도했다. 그의 오른쪽 어깨가 사장의 살진 가슴팍에 정통으로 꽂혀 들었다.

"어이쿠야!"

만화에서나 나올 법한 작위적인 비명과 함께 뒤로 밀려난 사장이 식탁 모서리에 등을 찧은 뒤 거실 바닥에 엎어졌다. 무거운 대리석을 올린 식탁이 들썩거릴 만큼 격렬한 충돌이었다.

조윤호는 엎어진 사장은 본체만체, 소파 옆에 떨어져 있는 퍼터부터 집어 들었다. 왼팔을 통째로 잘라 버리고 싶을 만큼 왼쪽 손목이 아팠지만, 퍼터가 가져다주는 묵직한 무게감은 그 고통을 참아 내는 데 적잖은 도움을 주었다.

사장이 식탁 모서리에 찧은 등을 문지르며 몸을 천천히 일으켰다. 뛰어난 비보이가 아니면 불가능할 것 같은, 팔다리의 관절들이 따로 노는 듯한 그로테스크한 몸놀림이었다. 그렇게 몸을 세운 사장의 얼굴에는 아까의 친절한 미소가 여전히 머물러 있었다. 이 퍼터의 헤드로 저 지긋지긋한 미소를 반드시 짓뭉개고야 말겠다는 결의가 새삼 끓어올랐다.

"이런, 그사이 레벨이 둘이나 올랐잖아. 무기 아이템을 얻어선가? 이럴 줄 알았으면 레벨을 좀 더 높여서 올 걸 그랬네."

사장의 말에 조윤호가 비아냥거렸다.

"아예 쥐권V를 타고 왔으면 되잖아. 아파트째로 밟아 뭉갤 수 있었을 텐데."

사장이 손가락 하나를 세워 좌우로 흔들어 보였다.

"오우, 노우. 난 그런 무식한 짓은 안 하지."

"무식한 짓?"

"레벨 차이가 작은 상태에서 사냥할수록 보상치가 높게 나온다는 것까지는 모르는 모양이군. 그래서 애써 레벨을 낮춰서 온 거라고. 원래는 일곱 레벨 차이였는데, 각자 플러스마이너스 2씩 변하는 바람에 지금은 세 레벨 차이가 되었군. 뭐, 사냥에 성공만 한다면 더 잘된 일이지. 이거 정말 기대되는걸."

게임 내에서는 흔히 쓰는 용어들을 현실에서 듣는 것은 불쾌한 일이었다. 하물며 그 용어들이 자신에게 그대로 적용된다는 것은 불쾌하다 못해 두렵기까지 한 일이 아닐 수 없었다.

"조 부장, 어서 죽어서 내게 유니크 몬스터다운 아이템을 주게나."

잠시 말을 끊은 사장은 친절한 미소를 더욱 짙게 만들며 조윤호에게 속삭였다.

"이건 오직 자네만이 할 수 있는 일이야."

지난 금요일 오후, 사장은 당초 기획안을 깨트리면서까지 불러드 레이블 온라인을 중국에 헐값으로 넘기라는 지시를 내리며 조윤호에게 바로 저렇게 말했다. 망할 놈의 법인 카드 같으니라고! 조윤호는 뱃속 깊숙한 곳으로부터 솟구쳐 오르는 분노를 참을 수 없었다.

"으와왁!"

퍼터가 힘찬 원을 그렸다. 그러나 유럽풍 샹들리에를 흉내 낸 조잡한 천장 조명이 그 스윙의 궤적에 걸려 있다는 사실을 조윤호는 미처 생각하지 못했다.

와장창 소리와 함께 전구들이 박살 나며 퍼터가 조윤호의 손을 벗어나 버렸다. 다음 순간, 조윤호의 턱에 사장이 뻗어 낸 스트레이트가 꽂혀 들었다. 쩔꺽 소리와 함께 턱이 홱 돌아갔다. 조윤호는 발레리나처럼 그 자리에서 한 바퀴 맴돈 뒤 소파 위로 쓰러졌다.

사장은 필라델피아 도서관 계단을 오른 로키 발보아처럼 섀도복싱을 쉭쉭 해 보이며 즐거워했다.

"하하, 이렇게 맨주먹으로 몬스터를 때려잡는 것도 꽤나 재미있는 일이군. 게시판에 동영상이라도 올려놔야겠어."

조윤호는 가벼운 뇌진탕으로 인해 흔들리는 시야 속으로 사장이 다가오는 모습을 보았다. 그는 이를 악물었다. 대학 시절과 비교하면 많이 망가지긴 했지만, 그래도 1년에 서너 달씩은 아침 수영으로 건강을 유지해 온 그였다. 뱃살도 나오지 않았을뿐더러 팔굽혀펴기 30회 정도는 쉬지 않고 해낼 수 있었다. 그런 내가, 30년 가까이 쌓아 온 두꺼운 복부 지방을 한 달에 한 번 나가는 교외 컨트리클럽 필드에서 연소시키겠다는 허황된 꿈에 빠져 사는 50대 배불뚝이 따위에게 질까 보냐!

오른손으로 소파 팔걸이를 힘껏 밀어내며 수평으로 몸을 날린 조윤호가 사장의 아랫배에 드롭킥을 작렬시켰다. 프로레슬링 경기였다면 틀림없이 모든 관중의 야유를 받았을 고약한 위치였다.

"어이쿠쿠!"

얼굴이 노래진 사장이 국부를 움켜쥐며 거실 바닥에 무릎을 꿇었다. 그 바람에 걷어차기 딱 좋은 높이로 내려온 사장의 턱을 조윤호의 오른발이 통쾌하게 올려 찼다. 사장은 이번에는 작위적인 비명조차 지르지 못하고 뒤로 홀러덩 넘어가 버렸다.

"개새끼! 죽여 버릴 테다!"

사장의 배 위에 올라탄 조윤호가 닥치는 대로 주먹을 휘둘렀다. 손목이 부러진 탓에 왼쪽 주먹에 힘이 들어가지 않는다는 것을 안 뒤에는, 그 손으로는 사장의 목을 누르고 오른쪽 주먹만으로 얼굴을 내리찍었다.

퍽! 퍽! 빡!

사장의 얼굴이 순식간에 엉망으로 변해 버렸다. 왼쪽 손목으로부터 전달되어 오는 골절의 고통과 그 고통마저 넘어서는 짜릿한 쾌감이 조윤호의 얼굴을 귀신처럼 일그러지게 만들었다. 죽어! 죽어 버려!

그러던 어느 순간, 사장의 오른손이 목을 누르던 조윤호의 왼쪽 손목을 덥석 움켜잡았다. 이제까지 느낀 것과는 차원을 달리하는 무시무시한 고통이 정수리에서 발뒤꿈치까지 관통하고 지나갔다.

조윤호는 입을 딱 벌렸다.

다음 순간, 세상이 뒤집어졌다. 거꾸로 뒤집힌 조윤호의 몸뚱이는 사장의 머리를 넘어 텔레비전 받침대로 사용하는 장식장 모서리에 틀어박혔다. 쾅 소리와 함께 머릿속이 하얘졌다. 조윤호는 자신이 기절했을 거라고 생각했다. 그러나 그런 생각을 할 수 있다는 자체가 기절하지 않은 증거임을 곧바로 떠올렸다. 지금 그가 처한 상황을 감안하면 정말로 다행스러운 일이 아닐 수 없었.

"으으."

조윤호는 오른손으로 뒤통수를 감싸고 힘겹게 몸을 일으켰다. 손바닥이 끈적끈적한 것이 뒤통수가 깨진 것 같았다. 손목은 부러지고, 뒤통수는 깨지고. 하지만 조윤호의 앞에는 육신에 기록된 고통보다 더욱 끔찍한 일이 기다리고 있었다.

사장은 이미 일어서 있었다. 그런데 사장이 아니었다. 조윤호가 등지고 선 텔레비전 액정 화면의 형광 불빛을 받고 선 사람은 사장의 후배, 개발실장 이찬엽이었다.

"이 실장?"

이찬엽은 자신의 이름을 호명당한 체조 선수처럼 오른손을 번쩍 들며 말했다.

"안녕하십니까, 조 부장님."

넥타이 없는 와이셔츠 차림에 감색 스판덱스 바지 차림인 이찬엽은 헬스광에다가 고교 시절 유도까지 했다는 소문에 걸맞을 만큼 충분히 위압적으로 보였다. 자신으로부터 3미터쯤 떨어진 거리에서 꿈틀거리는 탄탄한 근육을 보고 있노라니 조윤호는 오금이 저려 오는 기분을 느꼈다.

"우리 선배님을 상대로 재미 좀 보는 것 같던데, 제가 온 이상 어림없을 겁니다."

말이 끝나기 무섭게 100킬로그램에 육박하는 거구가 믿을 수 없을 만큼 빠른 속도로 조윤호를 덮쳐 왔다. 추리닝 멱살이 와락 틀어잡히는가 싶더니 조윤호는 또 한 번 세상이 뒤집히는 것을 경험하게 되었다.

팅!

낙법 같은 것은 생전 배워 보지 못한 조윤호에게 거실에 깔린 얇은 나무 바닥은 콘크리트나 마찬가지였다. 그는 척추가 으스러지는 듯한 충격에 눈물을 흘리면서도 어떻게든 몸을 일으키려고 버둥거렸다. 그러다가 상체가 번쩍 올라갔다. 눈물로 일그러진 시야 속으로 이찬엽의 능글맞은 얼굴이 바짝 다가와 있었다.

"계집애처럼 우는 겁니까? 이거 실망스럽습니다."

이름을 알지 못하는 유도 기술로 다시 한 번 던져진 조윤호가 욕실 문에 처박혔다. 이번에는 일어나야겠다는 생각조차 떠올리지 못한 채 욕실 앞 마룻바닥에 대자로 뻗고 말았다. 입술 옆으로 줄줄 흘러내리는 것이 침인지 피인지 분간할 수 없었다.

"아싸! 마운트 포지션!"

이찬엽이 쾌활한 외침을 터뜨리며 조윤호의 가슴에 올라탔다. 곧이어 조윤호의 얼굴 위로 쇠망치 같은 주먹이 떨어졌다.

쩍!

뒤통수 밑에서 나무 쪼개지는 소리가 울리고 입속이 동치미 국물을 마신 것처럼 찝찝해졌다. 앞니가 몽땅 부러진 것 같았다.

"어라, 변신 모드를 사용하면 레벨이 올라갈 수 있다는 걸 잊어버렸네. 이쪽은 플러스 3에 저쪽은 마이너스 2니까 여덟 레벨 차이인가? 정말 짜증 나는군."

주먹질을 두 번 더 당하는 동안 이찬엽이 투덜거린 소리가 귓속에서 윙윙거렸다. 그러더니 앞머리가 뽑혀 나갈 것처럼 당겨 올려졌다.

"유후, 여기 좋은 게 있었네."

노랫소리 같은 이찬엽의 말소리를 들으며 조윤호는 눈을 뜨기 위해 애를 썼다. 앞이 잘 보이지 않았다. 왼쪽 눈 주위가 밀가루 반죽을 붙여 놓은 것처럼 묵직했다.

그런 조윤호의 목 주위로 길고 차가운 금속관이 휘감겼다.

"이제 끝내자고요, 조 부장님."

뒤통수 위에서 이찬엽의 목소리가 들렸다. 조윤호는 양손을 들어 올려 자신의 목을 휘감은 금속관을 움켜쥐고는 바깥쪽을 향해 필사적으로 잡아당겼다. 이찬엽이 이죽거렸다.

"반항해 봐야 고통만 길어질 뿐입니다."

뿌드드득!

금속관이 쇠붙이가 갈리는 듯한 소음을 내며 조윤호의 목을 조여 오기 시작했다. 목과 물체 사이에 끼워 넣은 손가락들 위로 우악스러운 전단력이 가해졌다.

"이, 이 실장, 큭! 제발 이러지 마."

조윤호는 눈물을 줄줄 흘리며 이찬엽에게 애원했다. 그러나 돌아온 것은 돼지기름처럼 능글능글한, 과거 이찬엽으로부터 수도 없이 들은 대답이었다.

"사장님께서 허락하셨는데요."

조윤호의 망막 속에서 순간적으로 새파란 불꽃이 피어올랐다.

씨발놈 새끼! 죽여 버리겠어!

자신이 교살당하고 있다는 절망보다 놈을 죽여 버리고 싶은 살의가 조윤호의 혈관 속으로 산소보다 효율 좋은 연료를 공급해 주었다. 그런 그의 눈에 금빛 물체 하나가 들어왔다. 그에게서 1미터쯤 떨어진 마룻바닥에 놓인 그 물체는 아마도 사장이 식탁에 부딪쳤을 때 그 위에서 굴러떨어진 것 같았다.

조윤호는 금속관과 목 사이에서 빼낸 오른손을 금빛 물체를 향해 뻗었다. 오른손을 빼내자 갑자기 숨이 콱 막혔다. 손목이 부러진 왼손은 몇 개의 가느다란 뼈와 얇은 피육이 전부인 그리 믿음직스럽지 못한 버팀목에 지나지 않았다. 최루탄이 코앞에서 터진 듯 시야가 흐릿해지는데도 그의 오른손은 금빛 물체에서 30센티미터쯤 떨어진 마룻바닥만 헛되이 긁어 댈 뿐이었다.

산소가 모자랐다. 살의도 묽어졌다. 의식은 수명이 다된 형광등처럼 점멸하고 있었다.

그런데 바로 그때, 기적 같은 일이 일어났다.

뚝!

조윤호의 목을 조르던 금속관의 가운데가 갑자기 끊어져 나간 것이다.

잔뜩 눌리던 기도가 한순간에 트이면서, 주먹만큼 쪼그라들어 있던 두 짝의 폐가 피 냄새와 땀 냄새로 더렵혀진 실내의 공기를 게걸스럽게 빨아 마시기 시작했다.

금속관이 끊어진 반동으로 앉은 자세 그대로 앞으로 튀어 나간 조윤호의 육신은 의식 위에 마지막으로 기록된 명령을 곧바로 수행했다. 거실 바닥에 놓인 금빛 물체를 집어 든 다음, 금속관이 끊어지는 바람에 욕실 전등 스위치 아래 벽에 뒤통수를 호되게 찧은 이찬엽을 그대로 찔러 버린 것이다. 금빛 물체는 이찬엽의 목젖 바로 밑을 정확히 파고들었다. 1초도 안 되는 짧은 시간 사이에 벌어진, 문자 그대로 전광석화 같은 반격이었다.

쿡!

"헉!"

이찬엽의 목과 입에서 짤막한 소리가 동시에 울려 나왔다. 미욱하게 부릅뜬 눈동자가 경악으로 물들었다.

조윤호는 입으로 붉은 게거품을 질질 흘리면서도 금빛 물체를 쥔 오른손을 더욱 힘차게 밀어붙였다. 주먹 앞부분이 피부에 세게 눌리며 금빛 물체의 뾰족한 끄트머리가 이찬엽의 목뼈에 닿는 느낌이 왔다. 촉이 망가지면 곤란한데. 이런 생각이 들 무렵 공허하게 벌어진 이찬엽의 입에서 검붉은 핏물이 주르륵 흘러내렸다.

그리고 거짓말 같은 일이 또 한 번 벌어졌다.

"당신······."

핏물에 섞인 가늘고 새된 목소리가 이찬엽의 입에서 흘러나왔다. 조윤호는 앞이 잘 보이지 않는 눈을 열심히 끔뻑거렸다. 이찬엽이 앉아 있던 욕실 전등 스위치 아래에는 어느새 다른 사람이 앉아 있었다. 지금쯤 필리핀에 있어야 할 조윤호의 아내였다.

"이, 이게……."

조윤호는 아내의 목에 꽂힌 금빛 물체를 뽑았다. 아내가 조윤호를 원망스러운 눈으로 쳐다보다가 바람이 색색 새는 목소리로 말했다.

"당신이 감히 내게 어떻게 이런 짓을……."

정신적 충격으로 굳어 버린 조윤호를 향해 아내가 천천히 손을 뻗었다. 그 끝에 달린 매니큐어 발린 손톱들이 불쾌할 만큼 반들거리고 있었다. 조윤호는 이를 악물었다. 그러고는 결혼한 뒤에야 실리콘이라는 사실을 알게 된 아내의 왼쪽 젖가슴 밑에다가 금빛 물체를 힘차게 박아 넣었다.

"큽!"

답답한 신음과 함께 아내의 몸이 들썩거렸다. 조윤호는 금빛 물체를 뽑았다가 아내의 심장에 다시 한 번 박아 넣었다. 세 번, 네 번…….

다섯 번째로 찌른 금빛 물체를 뽑아내자 아내의 입에서 꺼지기 직전의 촛불처럼 힘없는 말소리가 흘러나왔다. 그것은 아내의 얼굴을 본 순간 조윤호의 머릿속에 떠오른 말소리이기도 했다.

"당신 진짜 미쳤구나."

조윤호는 마지막으로 힘을 모은 뒤 검붉은 피떡이 엉겨 붙은 금빛 물체를 아내의 심장 깊숙이 꽂아 넣었다.

고개를 아래로 툭 떨어트린 아내이자 이찬엽이자 사장이던 유저가 금모래 같은 가루들로 무너져 내렸다. 그 가루들은 바람에 쓸리는 듯한 가벼운 출렁거림을 보이더니 이내 인간 세상에 속하지 않는 미지의 공간으로 사라져 버렸다.

    욕실 앞 거실에 무릎을 꿇은 채 어깨를 거칠게 들썩이던 조윤호가 피에 물든 입술로 중얼거렸다.

    "좆같은 소리들 집어치우고 몽땅 지옥에나 가라고 해."

집 3

아내로 변한 유저의 목에서 금빛 물체를 뽑아 들었을 때, 조윤호는 자신의 앞을 가로막고 있는 거대한 벽을 보았다. 그 벽이 그에게 속삭였다.

너는 나를 깨트릴 수 없어.

아버지의 얼굴도 모르는 사생아로 태어나 고교 졸업 직후 어머니마저 여읜 조윤호였다. 성인이 되어 어렵사리 꾸린 가정은 그의 삶을 지탱하는 유일한 버팀목일 수밖에 없었다. 그리고 가정은 땅 위가 아닌 여자 위에 세워진다는 멕시코 속담처럼, 그 벽은 그가 꾸린 가정의 핵심이었다. 그러나 그는 이를 악물고 그 벽을 향해 금빛 물체를 휘둘렀다. 한 번, 두 번, 세 번…….

조윤호는 진심으로 그 벽을 깨뜨리고 싶었다. 그래서 깨트렸다. 그는 금빛 모래로 무너져 내리는 아내를 바라보며 자신 안의 무엇인가가 '확장'되는 기분을 느낄 수 있었다.

온수가 나오지 않았다. 난방용수를 공급하는 도시가스 시스템에 무슨 문제가 생긴 모양이었다. 다행히 전기는 아직 들어오고 있었다. 얼음장 같은 냉수로 하는 샤워일망정 깜깜한 어둠 속에서 하는 것보다는 훨씬 낫다고 자위했다.

샤워를 마치고 욕실에서 나오자 식탁 위 벽시계가 10시 9분을 가리키고 있었다. 잔여 시간은 30시간 안쪽. 하지만 사장으로, 이찬엽으로, 아내로 변신한 유저가 집으로 쳐들어오는 마당에 잔여 시간이란 게 무슨 의미가 있을까. 조윤호는 자신이 사선에 서 있다는 현실을 순순히 받아들였다. 벽을 깨드렸기 때문일까? 마음이 이상하리만치 담담했다. 유저가 또다시 찾아오기 전에 먼저 움직여야 한다는 생각이 들었다. 사상 최고의 프레젠테이션은 이미 시작된 것이다.

조윤호는 거실 현관 앞에 세워 둔 홀쭉한 전신 거울 앞에 벌거벗은 채 섰다. 왼쪽 눈두덩이 시퍼렇게 부어오른 얼굴이 꼭 괴물처럼 보였다. 앞니는 아랫니 두 개를 뺀 여섯 개가 뽑히거나 부러졌고, 처음 사장의 퍼터에 가격당한 왼쪽 손목은 복합 골절을 당한 것이 분명했다.

"그러나 모든 것은 분명하지 않지."

조윤호는 이를 악물고도 웃으려 애를 썼다. 거울 속에서 부러진 앞니를 드러내며 웃는 남자의 얼굴이 우스꽝스러워 보였다.

거실 텔레비전 앞으로 걸어간 조윤호는 아래 장식장 서랍을 열었다. 그 안에 있는 약상자에서 진통제 여섯 알을 꺼내 입속에 넣고 씹기 시작했다. 이렇게 씹어 먹는 것이 진통제의 약효를 가장 빨리 퍼지게 하는 방법이라고 누군가에게서 들은 기억이 났기 때문이다.

이어 조윤호는 침실로 들어갔다. 옷장에서 빳빳하게 다린 와이셔츠와 양복바지를 꺼낸 다음 멀쩡한 오른손 하나로 어렵사리 몸에 끼워 넣었다. 부러진 왼손에 와이셔츠 소매를 끼울 때에는 어찌나 아픈지 하마터면 비명을 지를 뻔했다. 약효가 빨리 돌아서 이 고통을 덮어 줘야 할 텐데, 생각하며 아까 침대 위에 벗어 둔 양복의 주머니에서 휴대폰과 손수건을 꺼내 입고 있는 양복바지에 옮겨 넣은 다음 거실로 나왔다.

욕실 앞을 지나던 조윤호의 발에 딱딱하고 둥근 물체가 밟혔다. 내려다보니 샤워기에 달린 호스였다. 가운데 부분이 부식으로 벗어져 새것으로 교체한 뒤 이전의 것은 둘둘 말아 욕실 앞 발 매트 옆에 놔두었는데, 그를 교살하려는 올가미로 사용되더니 나중에는 역전의 기회를 가져다준 고마운 은인이 되었다. 분리수거를 제대로 안 한다고 짜증을 부리던 동 대표 여편네에게 보여 주고 싶었다.

고마운 물건은 샤워기 호스만이 아니었다. 인도 신화에 등장하는 악신 아수라처럼 세 개의 얼굴을 자유자재로 바꾸던 그 유저를 죽이는 데 결정적인 공헌을 한 금빛 물체.

조윤호는 식탁 의자에 앉은 뒤, 샤워를 하러 욕실에 들어가기 전 식탁 위에 얌전히 올려 두었던 그 금빛 물체를 집어 들었다. 뚜

껍을 꽁지 위에 꽂은 포커 만년필이 익숙한 금속의 질감으로 그의 손가락 사이에 끼워졌다. 펜촉 부분에 잔뜩 엉겨 붙어 있던 피떡은 이미 찾아볼 수 없었다. 그것 또한 금빛 모래로 사라졌겠지. 애당초 이 세상에 속한 것이 아닐 테니까.

조윤호는 손가락 사이에서 포커 만년필을 한 바퀴 돌려 보았다. 15년 전 애틀랜타에서 만난 전설적인 게임 개발자는 동양의 작은 나라에서 온 풋내기에게 선물한 이 짝퉁 만년필이 장차 얼마나 영웅적인 전공을 올리게 될지 상상조차 못 했을 것이다. 그는 식탁 위에 펼쳐 놓은 달력지 뒷면 구석에 만년필로 돼지 꼬리를 그려 보았다. 펜촉 끝 부분이 약간 뒤틀려 있는데도 잉크는 여전히 날씬하게 스며 나오고 있었다. 파커가 아니면 어때, 이만하면 충분히 명품이구면. 그는 기분이 좋아져 만년필 끝 부분에 뽀뽀를 했다. 다행히 왼손의 통증도 많이 가라앉아 있었다. 복약 안내서에서 권장하는 복용량의 세 배나 되는 양을 먹은 것이 효과를 보이는 것 같았다. 간에 좋을 리 없지만 지금은 간 걱정할 때가 아니었다.

"자, 그럼 계속해 볼까."

조윤호는 사랑스러운 만년필을 부드럽게 움직여 사장이 초인종을 누르기 전까지 달력지 뒷면에다 하던 메모를 이어 나갔다. '유저들 (패턴에 주의할 것!!)' 밑에 보충할 항목이 생겼기 때문이다.

⑨ 사장, 이찬엽, 아내의 모습으로 나타난 누구

딱 한 항목이 추가되었을 뿐이지만 그것으로 표본은 충분해졌다. 어긋난 패턴 또한 더욱 확연히 드러났다. 아까에 비해 모든 것이 선명해진 느낌이었다.

"하나는 됐고."

앞서 염려한 두 가지 중대한 결점 중 첫 번째, 매각 주체가 없다는 결점은 이것으로써 해결할 수 있었다. 그리고 두 번째, 매각 주체가 있어도 매각 요건이 성립하지 않는다는 결점은······.

'안 되면 되게 하라.'

군 복무 시절 인사계로부터 신물 나도록 들은 소리였다. 그 억지스러운 소리가 해결의 실마리를 안겨 주었다. 매각 요건이 성립하지 않음으로 인해 발생하는 문제는, 매각 요건을 성립시키면 해결되는 것이다. 조윤호는 오늘 낮 한라산 정상에서 시드 마이어를 닮은 그 존재로부터 들은 얘기들을 하나씩 떠올렸다. 그의 고개가 천천히 끄덕여졌다.

"좋아, 좋아."

조윤호는 메모한 두 장의 달력지를 들여다보며 복잡한 머릿속을 정리해 나가기 시작했다. 이번 일과 관련되어 그에게 들어온 모든 정보들을 하나씩 분석하며 앞으로 벌어질 일들을 예측하기 위해 노력했다. 복잡한 퍼즐 게임을 하는 기분이었다.

그렇게 20분쯤 앉아서 궁리하자 한 편의 시나리오가 만들어졌다. 조윤호는 콧등을 긁으며 생각했다. 프레젠테이션이 이 시나리오대로 흘러가기만 한다면, 앞서 염려한 두 가지 결점은 물론이거니와 이후에 발생할 다른 어려움들도 풀어 나갈 수 있을 것 같았다.

문제는 이 시나리오 안에 여러 개의 고비들이 있다는 것. 고비의 수가 많다는 것은 성공할 확률이 그만큼 줄어듦을 의미했다. 2분의 1은 절반의 확률이지만 그 2분의 1이 열 번 반복되면 1,024분의 1. 한마디로 희박한 확률이 되는 것이다. 그의 분석과 예측이 빗나가 단 한 번의 고비에서라도 자빠져 버린다면, 모든 것이 끝이다.

"그러면 어쩌지?"

불현듯 두려움이 솟구쳤다. 다행히도 조윤호의 마음은 그 두려움을 눌러 가라앉힐 만큼 확장되어 있었다.

"어쩌긴. 게임에서 지는 거지."

조윤호는 예상한 시나리오를 한 번 더 머릿속으로 돌려 본 뒤 달력지 한 장을 새로 뜯어냈다. 그리고 그 뒷면에다 계약에 흔히 사용되는 문구를 몇 줄 적은 다음 하단에 자신의 이름을 쓰고 사인까지 해 놓았다. 운이 좋아 모든 고비들을 무사히 넘기고, 마지막으로 이 세 번째 달력지가 사용되는 순간이 온다면…….

"이 게임에서 내가 이기는 게 되겠지."

이길 생각만 하자. 조윤호는 대기실에서 마지막으로 선수들을 격려하는 축구 팀 감독처럼 스스로에게 다짐했다. 패배감에 젖은 채 프레젠테이션장에 나가는 것은 지난주 홍콩 미팅으로 족했다.

조윤호는 서재로 들어가 책상 제일 밑 서랍에서 검은색 작은 손가방을 꺼냈다. 평소대로라면 책상 옆에 세워 둔 서류 가방을 가져가야 마땅하겠지만, 준비한 서류라고는 달랑 달력지 세 장뿐인데 단단한 플라스틱 위에 검은 인조가죽을 씌운 서류 가방은 공간 낭비라는 생각이 들었다. 손가방을 들고 식탁 앞으로 돌아온 그는 메모한 달력지 세 장을 반으로 접어 그 안에 집어넣고 지퍼를 닫았다.

다음은 다시 침실. 조윤호는 옷장 문을 열고 문 안쪽 면에 붙은 넥타이 걸이용 금속 봉에 걸린 넥타이들을 살펴보았다. 왼손이 불편한 탓에 가장 먼저 눈이 간 것은 와이셔츠 칼라에 간편하게 걸 수 있는 클립형 넥타이였다. 그러나 약식 넥타이답게 색상이 지나치게 화사해 마음에 들지 않았다. 잠시 고민하던 그는 계절에 어울리는 중후한 실크 넥타이를 선택했다. 1년 전 캐주얼 게임 하나를 놓고 대만 퍼블리셔와 협상을 벌일 때 바로 이 넥타이를 매고 갔던 기억이 났다. 프레젠테이션은 성공적이었고, 이후 진행 또한 순조롭게 이어졌다. 종교만큼이나 미신을 믿지 않지만 만년필이나 넥타이 같은 소품에 신경이 쓰이는 것은 어쩔 수 없었다.

조윤호는 양복 윗도리가 걸린 옷걸이 위에 실크 넥타이를 걸친 뒤 옷걸이를 들고 거실로 나왔다.

넥타이를 한 손으로 매는 기술을 익히지 않은 이상 부러진 왼손까지 동원한 것은 불가피한 일이었다. 진통제의 약효로도 어쩔 수 없는 지독한 고통은 조윤호의 이마에 식은땀이 맺히게 만들었다. 백과사전에 나온 사진을 보고서 처음으로 넥타이를 매 본 첫 면접 때 이후, 넥타이 매는 일에 이렇게 고생하기는 처음인 것 같았다. 그 고생이 헛되지는 않아 넥타이는 맵시 있게 모양이 잡혔고, 조윤호는 비로소 양복 윗도리를 걸칠 수 있었다. 안주머니에는 만년필, 사이드포켓에는 담배와 라이터, 양복바지 주머니 안에 휴대폰과 손수건이 들어 있는 것까지 꼼꼼히 확인한 다음 그는 스스로에게 물었다.

"다 된 건가?"

여기에 손목시계만 차면 프레젠테이션 준비 끝. 하지만 퉁퉁 부어오른 왼쪽 손목을 고려할 때 손목시계를 차고 가는 것은 무리였다.

전신 거울을 통해 옷매무새를 마지막으로 점검한 조윤호는 세 장의 달력지가 들어 있는 손가방을 왼쪽 겨드랑이에 낀 뒤 소파 앞 원목 테이블 쪽으로 걸어갔다.

원목 테이블 옆 거실 바닥에는 둥글넓적한 물건이 떨어져 있었다. 아까 사장을 향해 날린 크리스털 재떨이였다. 그런데 전체적인 모양이 조금 바뀌어 있었다. 조금 더 커지고, 조금 더 반짝거렸다. 허리를 숙여 집어 들어 보니 무게도 두 배가량 늘어난 것 같았다.

재떨이를 주워 들고 잠시 생각하던 조윤호는 픽 웃었다. 아마도 게임 지구의 시스템은 이 재떨이를 그의 무기 아이템으로 인식한 모양이었다. 상위 레벨의 유저를 죽이는 데 성공한 만큼 뭔가 보상이 뒤따라야 하는데, 이 재떨이에 가해진 변화가 그 보상인 것 같았다. 이를테면 아이템 업그레이드.

"공정한 점 하나는 마음에 드는군."

조윤호는 티슈 한 장을 뽑아 크리스털 재떨이의 안쪽에 붙은 담뱃재를 깨끗이 닦은 다음 손가방에 넣었다.

원목 테이블 한쪽 구석에는 빛나는 명함이 놓여 있었다. 소파에 앉은 조윤호는 명함을 가까이 당긴 다음 바지 주머니에서 휴대폰을 꺼냈다. 인터넷이 끊긴 이상 전화도 먹통일 게 뻔했지만 그는 개의치 않고 명함 맨 아래에 적혀 있는 번호를 순서대로 눌렀다.

'준비가 끝나는 대로 명함에 있는 번호로 전화 주게. 데리러 오겠네.'

어제 놀이터 앞에서 헤어질 때 시드 마이어의 얼굴을 한 그 존재는 그렇게 말했다. 조윤호는 그가 한 모든 말들이 현실로 이루어진다고 믿었다. 전화가 먹통이 된 것쯤은 문제가 될 수 없었다.

따르릉. 따르릉. 따르릉.

조윤호의 예상대로 수화기 저편에서 고전적인 전화벨 소리가 울렸다. 이어서 전화벨 소리와 딱 어울리는 고전적인 통화 멘트가 들려왔다.

"여보세요."

조윤호가 말했다.

"준비가 끝났습니다. 놀이터 앞에서 기다리겠습니다."

놀이터

 엘리베이터가 작동을 멈췄다는 유저의 말은 거짓이 아니었다. 진짜로 9층을 걸어 올라온 것인지는 알 수 없는 일이지만.

 조윤호가 계단을 절반쯤 내려왔을 무렵 동작 감지기로 작동되는 등이 갑자기 꺼졌다. 잠시 계단 위에 멈춰 서서 기다려 보았지만 불은 다시 들어오지 않았다. 아파트 전체의 전기 공급이 끊긴 것 같았다. 정전 시 작동되는 비상 발전기에 생각이 미쳤지만 그 일도 돌릴 사람이 멀쩡해야 가능할 것이다.

 몇 시쯤 됐는지 알아보기 위해 휴대폰을 꺼냈다. 11시 28분. 스마트폰이란 어느 상황에서든 시간 정도는 알려 줄 수 있을 만큼 스마트한 모양이었다. 아쉬운 점은 건전지 모양의 전원 바가 30퍼센트 아래로 떨어져 있다는 것. 이럴 줄 알았으면 전기 들어올 때 충전이라도 시켜 놓을걸.

조윤호는 휴대폰의 손전등 기능을 활용하여 계단을 모두 내려왔다. 전기가 끊겨 깜깜해진 아파트 단지는 기이하리만치 조용했다. 자정에 가까운 시간이라지만 수백 세대가 군집해 사는 아파트 단지가 이렇게 조용할 수는 없는 일이었다.

동 현관 앞에 서서 그 문제에 관해 잠시 생각하던 조윤호가 낮게 중얼거렸다.

"아무려면 어때."

한식에 죽나 청명에 죽나 죽긴 매한가지. 다만 그 죽음을 반복시키지는 말아야겠다고 생각했다. 조윤호는 멈춘 걸음을 천천히 떼어 놓았다.

한겨울 지리산 골짜기처럼 호젓해진 단지 내 도로를 걸어 놀이터 앞까지 나간 조윤호는 바지 뒷주머니에서 손수건을 꺼내 이마에 맺힌 식은땀을 닦았다. 믿었던 진통제의 약효가 계단을 내려오는 동안 다한 모양이었다. 이때만을 기다렸다는 듯 되살아난 고통은 눈앞을 가물거리게 만들 만큼 지독했다.

조윤호는 덜덜 떨리는 오른손으로 담배 한 개비를 피워 문 뒤 왼쪽 손목을 내려다보았다. 단추를 채우지 못해 푸했던 와이셔츠 소맷자락이 우량아 허벅지만큼이나 부어오른 손목으로 인해 팽팽해져 있었다. 거뭇거뭇한 괴사의 증상은 이제 손등까지 번진 상태였다. 그는 세 모금 빤 담배를 허공에다 퉤 뱉었다. 빨리 와 줘야 할 텐데.

그때 저 멀리서 불빛이 다가오는 것이 보였다. 나침반을 잃고 표류하던 뱃사람이 시커먼 망망대해 저편에서 등대의 불빛을 발견했을 때처럼 반가웠다.

상가 건물을 끼고 아파트 단지 안으로 꺾어 들어온 불빛이 놀이터 앞 도로에서 부드럽게 정지했다. 운전석 문이 열리고 누군가 밖으로 나왔다. ⣿⣿⣿⣿⣿⣿이었다.

"미안, 오래 기다렸나?"

"아닙니다, 미스터 마이어."

명실상부라는 말을 따지며 살아온 것도 아닌데 미스터 마이어라는 호칭은 정말로 쉽게 나오지 않았다. 그래도 어쩔 수 없었다. 앞으로는 더욱 자주 불러야 할 테니 일부러라도 입에 붙여 놓을 필요가 있었다.

"어? 자네 얼굴이 왜 그 모양인가?"

헤드라이트 불빛에 드러난 조윤호의 얼굴을 본 ⣿⣿⣿⣿⣿⣿가 깜짝 놀라며 물었다.

"얼굴만이 아닙니다."

조윤호는 처량한 표정을 지으며 복합 골절을 당한 이후 1시간 넘게 방치한 왼쪽 손목을 들어 보였다.

"이런! 집에서 무슨 일이라도 있었나?"

한달음에 다가온 ⣿⣿⣿⣿⣿⣿가 양손을 내밀어 조윤호의 부러진 손목을 둥글게 감쌌다. 은은한 빛이 떠오르기 시작한 ⣿⣿⣿⣿⣿⣿의 양손을 내려다보며 조윤호가 대답했다.

"싫은 놈과 얄미운 놈과 무서운 년을 혼내 줬습니다."

이 말에 ⣿⣿⣿⣿⣿⣿가 조금 충격을 받은 표정으로 조윤호의 얼굴을 올려다보았다. 그러거나 말거나.

손톱만 한 크기로 으스러진 손목뼈들이 제자리로 붙는 고통은 처음 부러질 때의 고통보다 오히려 큰 것 같았다. 조윤호는 식은땀을 뻘뻘 흘리며 그 고통을 견뎌 냈다. 잠시 후 ░░░░░░░가 양손을 거두며 말했다.

"이제 됐네. 통증은 곧 가실 걸세."

의료보험의 보조를 감안해도 몇백만 원으로는 감당이 안 될 고난도의 시술을 무료로 받았음에도 불구하고 조윤호는 감사를 표하지 않았다. 오히려 물에서 건져진 놈이 보따리 내놓으라는 듯 요구했다.

"기왕이면 다 고쳐 주시죠."

조윤호가 엉망으로 망가진 자신의 얼굴을 가리키며 말하자 ░░░░░░░가 눈을 흘겼다.

"자주 쓸 수 없는 기술이라고 하지 않았던가?"

"그럼 이 얼굴로 프레젠테이션에 나설까요?"

조금 뻔뻔한 조윤호의 반문에 ░░░░░░░가 낮게 한숨을 쉬었다.

"어쩔 수 없지."

그러고는 공원에서 태극권을 수련하는 중국 노인처럼 양손을 부드럽게 휘돌려 조윤호의 몸 전체를 은은한 빛으로 휩쌌다. 조윤호는 눈을 감고 그 빛이 가져다주는 느낌을 즐겼다. 이번에는 고통스럽지 않았다. 조금 따듯하고, 조금 간지러웠다.

1분쯤 지난 뒤 눈을 뜬 조윤호는 자신의 육체가 숙면에서 막 깨어난 것처럼 최상의 상태로 돌아온 사실을 알 수 있었다. 심지어

뽑히고 부러진 앞니까지 제대로 돋아나 있었다. 예상은 했지만 영구치까지 새로 나게 하는 능력 앞에서는 새삼 감탄하지 않을 수 없었다. 딱딱, 앞니를 맞춰 보니 오히려 더 튼튼해진 느낌이었다.

고통이 가시자 확장된 의지 위에 여유가 추가되었다. 비로소 조윤호는 주위를 살필 수 있었다.

"미스터 마이어, 그 차림은 대체 뭡니까?"

░░░░░가 스스로를 내려다본 뒤 쑥스러운 듯 웃음을 지었다.

"이 나라의 고용 기사는 대체로 이런 차림인 걸로 아는데……."

올백으로 넘긴 머리에 검은색 양복을 아래위로 말쑥하게 차려입은 ░░░░░는 백인만 아니라면 정말로 대한민국 사장님, 사모님의 다리가 되어 주는 충직한 고용 기사처럼 보였다. 하지만 그 고용 기사가 몰고 온 자동차에는 조금 문제가 있었다. 조윤호는 콧등을 긁다가 ░░░░░에게 말했다.

"이 나라에서는 SUV에 고용 기사를 두지 않습니다."

"그런가?"

"고용 기사를 둘 정도의 사람이면 대개 더 좋은 차를 타지요. 벤츠라든가 BMW, 아니면 비슷한 급의 국산 대형차를요."

말은 이렇게 했지만 ░░░░░가 왜 SUV를 몰고 왔는지 짐작할 수 있었다.

"뭐, 상관없습니다. 제가 갖고 싶어 하던 차니까요."

조윤호는 일면 사나워 보이기도 하는 SUV의 커다란 헤드라이트를 살며시 쓰다듬었다.

이런 SUV의 트렁크에 텐트며 침낭 같은 장비들을 싣고 아들과 함께 캠핑 가는 장면을 여러 번 상상해 온 그였다. 불장난 한 번 변변히 해 본 적 없는 아들에게 모닥불도 지펴 보라고 하고, 서울 같은 대도시에서는 기대할 수 없는 맑은 밤하늘을 보며 그리스신화에 나오는 별자리 얘기도 해 주고 싶었다. 벌레를 싫어하고 잠자리에 민감한 아내는 캠핑 얘기만 나오면 질색을 했지만, 솔직히 따라오겠다고 나서도 이쪽에서 사양하고 싶은 마음이었다. 대관절 내가 캠핑을 왜 가려고 하는데?

"그런 복장으로 오신 걸 보니 프레젠테이션장까지 데려다 주실 모양이군요."

"물론이지. 자네는 가는 길도 모르잖나."

조윤호는 ░░░░░░░░░의 얼굴을 똑바로 바라보며 물었다.

"그다음엔 어떻게 하실 생각입니까?"

그 점에 대해서는 미처 생각해 보지 못한 듯 ░░░░░░░░░가 수염 없는 턱을 문지르며 뜸을 들이다가 대답했다.

"글쎄, 프레젠테이션이 성공하기를 기도라도 해 줄까?"

조윤호는 소리 내어 웃었다. 인간의 입장에서 본다면 신과 동급이라 해도 할 말 없는 초월적인 존재에게도 기도할 대상이 있단 말인가? 농담이라면 제법 센스 있다는 생각이 들었다.

조윤호가 웃음기를 거두며 말했다.

"조건이 두 가지 있습니다."

"조건?"

"예, 그 두 가지 조건 중 하나라도 들어주시지 않으면 저는 이

차를 타지 않겠습니다."

⣿⣿가 미간을 찡그렸다.

"미스터 조, 뭔가 오해하고 있는 모양인데, 이번 프레젠테이션은 자네를 포함한 인간군 전체의 생존을 위해 추진된 것일세. 만약 우리 둘 중 어느 한쪽에서 조건을 걸어야 한다면, 내 쪽에서 거는 게 도리상 맞지 않을까?"

조윤호는 고개를 짧게 흔들었다.

"오해한 쪽은 미스터 마이어입니다."

"뭐?"

"이번 프레젠테이션은 '게임 지구'의 매각 및 향후 안정적인 서비스를 위한 것입니다. 그것을 누구보다 바라는 존재는 미스터 마이어, 바로 당신이지요. 게임 내 일개 캐릭터 집단인 인류의 생존 같은 것은 부차적인 문제라고 판단합니다."

⣿⣿가 가늘게 접은 눈으로 조윤호의 얼굴을 쳐다보았다. 밤의 어둠에 물든 에메랄드빛 눈동자가 뇌의 주름 골까지 샅샅이 들춰 보는 기분이었다. 그 힘 있는 눈동자에 굴복당하지 않기 위해 조윤호는 아내의 심장에 만년필을 찔러 넣던 때 이상의 각오를 끌어 올려야 했다. 유저와 싸울 때 받은 것보다 훨씬 커다란 압박감이 그의 허파를 짓누르고 있었다.

다행히 숨 막히는 시간은 오래 이어지지 않았다. ⣿⣿의 눈초리가 둥글게 말려 내려갔다.

"내 선택이 옳았던 것 같군. 그 정도 배짱이 없다면 못할 일이겠지. 오직 자네만이 이번 프레젠테이션을 할 자격이 있어."

조윤호는 허파 안에 눌려 있는 숨을 길게 내쉰 뒤 고개를 깊이 숙였다. 이것으로써 첫 번째 고비를 넘긴 것이다.

"감사합니다."

"본래 자격에는 감사가 필요 없지. 오직 입증만 필요할 뿐. 좋아, 들어주지. 그 두 가지 조건이란 게 뭔가?"

⋮⋮⋮⋮⋮⋮가 관세음보살처럼 너그러운 미소를 지으며 물었다. 조윤호는 두 가지 조건 중 선행되어야 할 한 가지를 말했다.

"우선 이번 프레젠테이션에 옵서버의 자격으로 참가해 주십시오."

⋮⋮⋮⋮⋮⋮의 미소가 이 말을 전후로 바뀌었다. 앞의 것이 연기 경력 30년에 선생님 호칭을 듣는 연기파 배우의 완숙한 미소라면 뒤의 것은 대형 기획사에서 미니 시리즈 드라마에 억지로 꽂아 넣은 아이돌 가수의 억지스러운 미소처럼 보였다. 하지만 그 억지스러운 미소마저 오래가지는 않았다.

"인간 앞에서 비속어를 쓰고 싶지는 않네만, 쪽팔린다는 말 빼곤 다른 적확한 표현이 생각나지 않는군. 개발자로서 체면이란 게 있지, 남이 엉망진창으로 만들어 놓은 내 게임을 팔아 치우는 자리에 나를 꼭 앉혀 놔야겠다 이건가?"

비슷한 경험을 가진 조윤호로서는 너무도 공감 가는 항변이었다. 하지만 마음을 모질게 먹고 고개를 천천히 끄덕였다.

"반드시."

⋮⋮⋮⋮⋮⋮가 한숨을 푹 내쉬었다.

"자네, 이제 보니 독한 사람이었군."

그러면서도 못 하겠다는 말은 하지 않는 걸 보면 들어주기로 한 약속은 지키려는 것 같았다.

"두 번째 조건을 말씀드리지요."

조윤호는 양복 안주머니에 꽂아 두었던 포커 만년필을 꺼냈다.

"이 만년필을 제게 준 사람은 시드 마이어, 당신이 얼굴을 빌린 바로 그 사람이었습니다."

⠿⠿⠿⠿는 아무 말 없이 조윤호가 치켜든 만년필을 쳐다보기만 했다.

"그와는 미국에서 열린 게임 전시회장에서 처음 만났습니다. 당시 저는 전시된 게임들을 둘러보다가 제가 만들고 싶은 게임의 영감이 떠올랐지요. 그래서 전시회장에 선 채로 정신없이 메모를 하고 있었는데, 급히 걸어오던 누군가와 부딪치는 바람에 가지고 있던 볼펜을 떨어뜨리고 말았습니다. 그런데 그 볼펜이 그만 닫혀 있는 부스 문 밑으로 굴러 들어가 버렸지요. 화가 치밀어서 제게 부딪친 사람을 쳐다보니 바로 시드 마이어였습니다. 그는 제가 처한 상황을 금방 파악한 것 같았습니다. 미안하다며 입고 있던 재킷 앞주머니에서 이 만년필을 꺼내 제 손에 쥐어 주더군요. 그러면서 기자냐고 묻기에 게임 개발자라고 대답했습니다. 그러자 제 손을 잡고 크게 흔들며 '게임이란 유한한 인간을 무한하게 만들어 줄 수 있는 유일한 도구지. 부디 좋은 개발자가 되게.'라고 말하더군요. 서른 살에 막 접어든 저에게는 삶의 지표가 되어 준 말이었습니다."

조윤호가 잠시 말을 멈추었다. 당시의 일을 떠올리자 마음이 뭉

클해졌기 때문이다. ░░░░░░가 말했다.

"그 일은 아네. 자네가 블로그에 쓴 글을 보았거든. 인간 시간으로 3년 전 이맘때에 올렸더군."

조윤호는 고개를 끄덕였다.

"게임 개발 일에서 손을 뗀 직후였을 겁니다. 당시 저는 이 만년필을 버릴까도 생각했지요. 약속을 지키지 못한 제겐 이 만년필을 가질 자격이 없다고 판단했기 때문입니다."

"그 포스팅을 읽어 본 입장에서 하는 말이네만, 자네는 문제가 생기면 자학에 빠지는 경향이 있더군. 문제란 해결하라고 있는 것이지 자학하라고 있는 것이 아니네."

조윤호는 빙긋 웃었다. 문제는 해결하라. 정말로 피가 되고 살이 되는 가르침이었다.

"명심하지요. 어쨌든, 저는 이 만년필을 어떤 방법으로 처리하는 것이 가장 좋을까 오랫동안 고민했습니다. 그러다가 조금 전에야 비로소 그 방법이 떠오르더군요."

"뭔가, 그 방법이?"

"원주인에게 돌려주는 것."

░░░░░░는 고개를 갸웃거렸다.

"꽤나 괜찮은 방법처럼 들리네만, 지금 자네에게는 그럴 만한 시간이 없을 텐데?"

"예, 우리에겐 시간이 없지요. 그래서 원주인 대신 그의 모습을 한 미스터 마이어, 당신에게 드리고자 합니다. 단!"

조윤호는 ░░░░░░의 얼굴을 똑바로 쳐다보며 또박또박 말을 매듭지었다.

"제가 원하는 시간에 드리겠습니다. 그때 당신은 이 만년필을 반드시 받아 주셔야 합니다. 이것이 제가 미스터 마이어, 당신에게 제시하는 두 번째 조건입니다."

차원 통로

두 가지 조건 중에서 어느 하나라도 들어주지 않으면 프레젠테이션장에는 가지 않겠다는 조윤호의 말은 진심이었다. 결국 ░░░░░░는 두 가지 조건을 모두 들어주기로 약속할 수밖에 없었다. 두 가지 조건 중 어느 쪽에 더 마음이 상한 것인지는 모르지만, 운전석 문을 열기 전 ░░░░░░는 부모에 의해 생일잔치를 강제로 취소당한 중학교 3학년 여자애처럼 삐친 얼굴을 하고 있었다.

"뭐하나, 안 타고."

못마땅한 마음이 그대로 묻어 나오는 ░░░░░░의 목소리를 들으며 조윤호는 쓰게 웃었다. 어째 저 존재는, 혹은 저 존재들은 점점 인간을 닮아 가고 있다는 생각이 들어서였다.

"그럼 부탁드립니다."

조윤호가 SUV의 뒷문을 열었다. 사장님, 사모님을 포함한 VIP

들은 절대 조수석에 앉지 않는 관계로 그는 흔히 VIP석이라 불리는 뒷좌석 오른쪽 자리에 앉았다.

조윤호가 안전벨트를 채우는 동안 ░░░░░░는 SUV에 시동을 걸고 대시보드 중앙에 장착된 내비게이션에 목적지를 입력했다. 조윤호는 목적지가 어디인지 알기 위해 상체를 뽑아 보았다. 하지만 ░░░░░░의 조작에 의해 내비게이션 화면 위로 새로 떠오르는 문자들은 명함에 찍혀 있던 ░░░░░░의 이름처럼 인간의 능력으로는 절대로 인지할 수 없는 것들뿐이었다.

문득 대형 마트 장난감 코너에 있는 여자아이용 소꿉놀이 세트가 생각났다. 아기 인형이 딸린, 가스레인지도 켜지지 않고 젖병에 우유도 들어 있지 않은 소꿉놀이 세트. 마찬가지라는 생각이 들었다. 명함도, 저 내비게이션도. 그렇다면 이 요란한 소꿉놀이 세트에 딸린 아기 인형은 누굴까?

바로 나겠지.

조윤호는 쓰게 웃었다.

SUV가 움직였다. 상가 건물을 끼고 돌아 아파트 단지를 빠져나온 SUV는 특유의 박력 있는 엔진 소리와 함께 속도를 높이기 시작했다.

부우웅!

가로등이 모두 꺼진 탓에 주위는 칠흑처럼 캄캄했다. 도로 위를 움직이는 것이라고는 그들이 탄 차 한 대뿐이라서 전조등을 굳이 아래로 내릴 필요도 없었다. LED 상향등의 환한 시야는 길가 여기저기에 고철로 처박혀 있는 자동차들을 가감 없이 비춰 주었다.

아직 연기가 피어오르는 것도 있었지만 희한하게도 사람의 모습은 찾아볼 수 없었다.

"유령도시."

조윤호가 입속말로 중얼거렸다. 대한민국 수도 서울의 현재 모습이었다. 중성자탄? 바이러스? 인간에게 파멸적인 재앙을 가져오는 몇 가지 용어들이 머릿속을 스치고 지나갔지만, 그것들보다는 훨씬 기발한 수단을 동원했을 거라는 생각이 들었다. 몇 차례 겪어 본바 유저라는 존재, 혹은 존재들은 무척 창의적이었으니까.

조윤호는 눈에 보이는 현재에 신경 쓰지 않기로 마음먹었다. 중요한 점은 그 현재가 무한히 반복되는 것을 막는 일이었다.

신호등이 꺼진 사거리 두 개를 지나 식당들이 즐비한 먹자골목 앞 대로를 달릴 무렵, 내비게이션에서 여성의 맑은 안내 멘트가 흘러나왔다.

- 잠시 후 우회전입니다.

우회전이면 한강 쪽인데, 하는 생각을 떠올릴 때 안내 멘트가 이어졌다.

- 잠시 후 우회전입니다. 잠시 후 우회전입니다. 잠시 후 우회전입니다.

조윤호는 의아함을 느꼈다. 우회전이 세 번이면 피턴P-turn이라는 것은 알겠는데, 네 번이면 원래 방향 그대로가 아닌가? 무면허 운전자라도 내비게이션이 맛이 갔다고 화를 낼 만한 안내였다. 그러나 ⋮⋮⋮⋮⋮는 조금도 주저하지 않고 운전대를 오른쪽으로 네 번 연달아 틀었다. 안전벨트에 고정된 조윤호의 몸이 왼쪽으로 네 번 연달아 쏠렸다.

그런데 한 번 몸이 쏠릴 때마다 차창 밖이 밝아지고 있었다. 그 사이 아무리 시간이 흘렀다 한들 동이 틀 때까지는 최소한 5시간 이상 남았을 텐데? 조윤호는 창밖을 내다보았다.

창밖에는 한강 대신 은빛 강물이 흐르고 있었다. 보다 정확히 표현하면, 조윤호가 탄 SUV가 은빛 강물 속을 돌고래처럼 유영하고 있었다. 깃털 뭉치처럼 덩어리져서 뒤로 밀려나는 신비로운 은빛 물결을 바라보며 조윤호는 콧등을 긁었다. 수륙양용 SUV라. 하긴 타고 있던 여객기가 로봇으로 변신하는 것까지 목격한 마당인데 더 놀랄 일이 뭐가 있을까.

조윤호는 등받이에 느긋하게 몸을 묻었다. 입이 심심했다. 사탕이나 껌 같은 것까지 준비해 두지는 않았겠지. 그는 운전석에 앉은 ⣿⣿⣿⣿⣿에게 말했다.

"담배 한 대 피우겠습니다."

"차내에선 금연인 거 모르나?"

"고용 기사가 할 말은 아닌 것 같습니다만."

오늘 밤 ⣿⣿⣿⣿⣿를 다시 만난 순간부터 뻔뻔스러워지기로 결심한 조윤호였다. ⣿⣿⣿⣿⣿가 퉁명스러운 목소리로 말했다.

"피우고 싶으면 피우게."

조윤호는 양복 호주머니에서 담배 한 개비를 꺼내 불을 붙인 뒤 뒷문 손잡이에 달린 버튼을 눌렀다. 짙게 선팅 된 차창이 소리 없이 아래로 내려갔다. ⣿⣿⣿⣿⣿가 엄한 목소리로 말했다.

"꽁초 밖에다 버리면 안 돼."

"도로교통법 제68조 제3항 제5호, 범칙금도 얼마 전부터 오만 원으로 올랐죠. 담배 연기 때문에 연 겁니다."

담배와 관련된 사회적 제약에 관한 한 조윤호는 구청 범칙금 담당 공무원에 맞먹는 지식을 가지고 있었다.

"꽁초를 내 차에다 버려도 안 돼."

갑자기 뻔뻔스러워진 조윤호가 영 못마땅한 듯 ⣿⣿⣿⣿⣿는 거듭 딴죽을 걸었다. 그러고 보니 고용 기사라고 부를 수도 없었다. 이 차는 엄연히 ⣿⣿⣿⣿⣿의 소유이기 때문이다. 조윤호가 나직이 투덜거렸다.

"같은 흡연자끼리 너무 빡빡하게 구시는군요."

"빡빡하긴. 나도 내 차에선 담배 절대 안 피우는구먼."

"알겠습니다. 제 전용 재떨이를 쓰지요."

조윤호는 손가방에서 크리스털 재떨이를 꺼내 옆 좌석에 내려놓은 다음 태연히 담뱃재를 털었다. 백미러를 통해 마주친 ⣿⣿⣿⣿⣿의 눈이 왠지 약 올라 하는 것 같아 유쾌해졌다.

만일 이 공간에서도 인간의 시간이 동일하게 적용된다면 그렇게 20분 정도 달린 것 같았다. 강물 위로 흐르는 은빛은 시간이 흐를수록 조금씩 환해지고 있었다. 열린 차창을 통해 그 은빛 강물을 바라보면서 조윤호는 상념에 잠겼다.

산 자와 죽은 자를 나누는 강.

그리스신화의 아케론.

불교의 삼도천.

지금 차창 밖을 흐르는 저 은빛 강물이 그것들이라고 생각되지는 않았다. 그러나 인간이 범접해서는 안 되는 무언가가 어려 있기는 마찬가지라고 생각되었다. 그런데 지금 그 강물 위를 달리는 것은 신화나 전설에 나오는 나룻배가 아니다. 최신 연식의 SUV다. 조윤호는 자신도 모르게 키득거렸다.

"왜 웃나?"

오랜만에 ░░░░░░░가 말을 걸었다. 꽁한 마음이 아직 풀리지 않았는지 딱딱한 말투였다.

"그냥 재미있다는 생각이 들어서요."

"자네는 별로 긴장되지 않는 모양이군."

"제가 긴장해야 하는 건가요?"

"모든 인간군의 운명이 자네 한 사람의 어깨 위에 걸려 있다면 긴장해야 할 만한 충분한 이유가 되지 않을까?"

"아, 그렇군요."

대답은 그렇게 했지만 이상할 정도로 긴장되지 않았다. 왜 그런지 스스로에게 물어봐도 적당한 이유가 떠오르지 않았다.

"그렇게 여유 있는 것을 보니 이번 프레젠테이션에 어지간히 자신이 있는 모양이군."

"솔직히 말씀드려 별 자신 없습니다."

조윤호는 1초쯤 뒤에 덧붙였다.

"하지만 준비한 카드가 아주 없는 것은 아닙니다."

░░░░░░░가 백미러를 통해 조윤호와 눈을 맞추며 물었다.

"그 카드가 뭔지 알려 줄 수 있겠나?"

"알려 드리지 않아도 아실 수 있지 않나요?"

조윤호의 반문에 백미러에 비친 ░░░░░░░의 눈동자가 잠깐 흔들린 것 같았다.

"만일 캐릭터의 머릿속을 읽어 낼 수 있는 감응력을 말하는 거라면, 아니라고 대답하겠네. 그 능력은 메인 시스템을 움직일 수 있는 현 운영자에게만 주어지는 것이니까. 물론 그마저도 복잡한 신분 확인 절차를 거쳐야 하지만."

조윤호는 저 말이 사실이라고 믿었다. ⠿⠿⠿⠿는 그를 포함한 어떤 인간에게도 거짓말을 할 이유가 전혀 없었다.

"그렇다면 조금만 기다려 주십시오. 프레젠테이션에 옵서버로 참가하시면 자연히 알게 될 테니까요."

"'기대하시라, 개봉 박두'라 이건가."

"미스터 마이어께서도 재미있어하실 겁니다."

"재미?"

백미러 속 ⠿⠿⠿⠿의 눈이 웃었다.

"예, 재미."

조윤호도 마주 웃어 주었다.

다시 20분 정도를 달렸다. 열린 차창 너머로 빠르게 밀려나는 은빛 덩어리들은 이제 눈을 뜨기도 힘들 만큼 강렬해져 있었다. 그러다가 어느 순간부터 전체적인 색조에 변화가 생겼다. 마치 거대한 셀로판지를 내린 듯, 저 높은 상공으로부터 투명한 연홍빛 기운이 강물 위로 드리우기 시작한 것이다. 조윤호는 차창 밖으로 얼굴을 내밀어 위를 올려다보았다. 설마 저것은……

"오로라?"

⠿⠿⠿⠿가 투덜거렸다.

"나 참, 이런 데까지 세워 놓았네."

"예?"

"아, 차창 밖으로 그렇게 얼굴 내밀지는 말라고. 도로교통법 잘 아는 친구가 그러면 쓰나."

핀잔을 들은 조윤호는 얼른 고개를 차 안으로 당겼다.

"저게 뭔지 궁금한가?"

"예."

"왜 인간들이 고속도로 중간중간에 세워 놓는 광고판 있잖나."

"예? 그럼 저게……?"

"바보 같은 짓이지. 이런 외진 차원 통로를 누가 지나다닌다고."

갑자기 상상할 수 없는 용어들이 튀어나오고 있었다. 조윤호는 일차방정식을 배운 뒤 곧바로 중적분에 들어간 중학생처럼 혼란을 느꼈다.

"잠깐, 여기가 차원 통로라는 뎁니까?"

"정확한 명칭은 물론 차원 통로가 아니지. 가르쳐 줄까?"

가르쳐 줘 봤자 못 알아들을 게 뻔했다. 몇 번의 경험으로 습득한 패턴이었다.

"아니, 그건 됐고요. 무엇을 광고하는 광고판인가요?"

⋮⋮⋮⋮⋮⋮는 대답 대신 운전석 등받이 너머로 조윤호를 돌아보았다. 고개만 돌려 본 것이 아니라 상체가 거의 돌아와 있었다. 일반 도로를 주행하던 중이라면 큰일 날 행동이지만 조윤호는 개의치 않기로 했다. 여긴 차원 통로라잖아.

"'게임 지구'인가요?"

"물론일세. 내 게임을 이런 외진 데다 광고하는 것은 마음에 들지 않지만……."

말을 잠깐 멈춘 ░░░░░는 미소를 지었다. 왠지 고소해하는 것 같다는 생각이 든 순간, ░░░░░가 뒷말을 이었다.

"기왕 비용 들여 만든 광고니 한번 봐 두는 것도 나쁘진 않겠지."

"예?"

░░░░░는 왼손을 조윤호의 얼굴 앞으로 뻗어 내며 말했다.

"창조주에게 건방을 떠는 피조물에게 이런 특혜까지 베풀어 주다니, 역시 난 너무 관대하다니까."

"자, 잠깐!"

░░░░░는 조윤호의 다음 말을 기다려 주지 않고 텔레비전 최면술 쇼에 나오는 스타 정신과 의사처럼 왼손 엄지와 중지를 가볍게 튀겼다.

딱.

그 순간 조윤호는 차창 밖으로 드리운 오로라가 자신의 눈 속으로 뛰어드는 것 같은 착각에 빠졌다. 동공이 확장되며 그의 뇌가 인간으로서는 절대로 도달할 수 없는 극한의 몰입을 발휘하기 시작했다. 활짝 개방된 그의 뇌는 앞뒤, 좌우, 상하, 안팎을 구별할 수 없는 미지의 공간으로부터 울리는 어떤 소리를 인지할 수 있었다. 자연음도 아니고 음악도 아니고 인간의 목소리는 더더욱 아닌 그 소리에는, 그러나 자연음과 음악과 인간의 목소리가 갖는 모든 요소들이 포함되어 있었다. 조윤호는 커다란 자석 앞에 떨어진 작은 쇳가루처럼 소리가 품은 거대한 힘에 단숨에 딸려 들어가 버렸다.

아아아우우우우아아아!

그 소리가 조윤호의 인지력 위에 장대한 '음音'을 울리고, 연주하고, 속삭이기 시작했다. 그것은 '게임 지구'의 연혁이자, '지구'의 연혁이기도 했다.

최초의 오로라

오로라는 이 행성을 둘러싼 자기장을 상징합니다. 자기장은 행성 내부에 존재하는 고밀도의 액체 금속이 유동 운동을 하는 과정에서 발생되지요. 이것이 '게임 지구'의 첫 번째 시나리오, '외핵의 유동 시나리오'입니다.
자기장은 이 행성의 모체이기도 한 태양이라는 항성이 방사하는 강력한 플라즈마 선속線束, flux을 차단해 주는 역할을 합니다. 만일 자기장이 없다면 이 행성은 태양이 만들어 낸 다른 행성들처럼 생명체가 존재할 수 없는 삭막한 공간으로 남겨졌겠지요. 말하자면 자기장은 '게임 지구'의 시간적 시발점이자 공간적 충분조건이라고 할 수 있습니다.
당신이 지금 보시는 것은 이 행성 위에 최초로 나타난 오로라입니다.
어때요, 아름답고 신비하지 않습니까?

어느 순간 연홍빛 오로라가 자취를 감추었다. 그런 다음 성경에 나오는 노아 시대를 연상케 하는 폭우가 쏟아지기 시작했다. 조윤호가 볼 수 있는 것은 그가 탄 SUV를 둘러싼 일부 구역뿐이었지만, 그의 인지력은 저 폭우가 수억 년에 걸쳐 이 행성 전체에 내렸음을 저절로 알게 되었다. 균열된 지각 틈으로 강물이 만들어지고 그 강물은 행성의 움푹한 곳으로 흐르고 쌓여 거대한 바다를 이루었다. 그 소리가 다시 울리고, 연주하고, 속삭였다.

원시 바다

이 행성의 구성 물질 중에는 얼음의 형태로 존재하던 것도 있었습니다.
왕성한 지각 활동과 잦은 운석 충돌로 인해 뜨거워진 행성은 그 얼음들을 수증기로 바꾸어 상공으로 분출시켰지요.
이후 행성이 식는 과정에서 물 분자로 응결한 수증기는 다시 지표면으로 떨어져 내렸습니다. 이것이 '메잎 지구'의 두 번째 시나리오인…….

다음은 거칠고 광활한 원시 바다 어딘가에서 이루어진 생명 탄생의 과정을 보여 주었다.

생명의 기원

기상 활동이 계속 이어지면서 다양한 유기 물질이 바다로 흘러 들어오게 되었습니다. 생명이 탄생할 만한 환경이 이제 갖춰진 셈이지요.
이 시기에 이르러 '메잎 지구'의 일곱 번째 시나리오인 '생명의 기원 퀘스트'가 발동합니다. '메잎 지구'의 메인 시스템은 거대한 원시 바다에서 영양 상태가 가장 풍부한 구역을 선정, 첫 번째로 접속한 유저에게 생명의 씨앗을 뿌리는 퀘스트를 내리게 됩니다.
확률로 계산되지 않는 우연의 산물처럼 보이는 그 시도는 아쉽게도 실패로 끝납니다. 최초의 생명을 잉태하는 묘판이 되기에 당시의 원시 바다는 너무 강한 산성이었던 것입니다.

이어서 두 번째, 세 번째, 네 번째…… 시도는 계속되었고, 모든 시도는 실패로 귀결되었습니다. 하지만 '게임 지구'의 메인 시스템에는 실망이란 감정이 프로그래밍 되어 있지 않았습니다. 유저 역시 포기를 몰랐지요.

거듭된 시도 끝에 마침내 원시 바다는…….

현미경 확대 사진에 나오는 박테리아를 닮은 최초의 생명체는 수억 년에 걸친 진화 끝에 마침내 모태인 원시 바다로부터 벗어날 수 있는 자격을 갖추게 되었다. 파도에 떠밀려 해안선 위로 올라온 작고 보잘것없는 생명체는 원시 대지를 차지한 첫 번째 육상 생물이 될 수 있었다.

소리는 이어진 시나리오에 관한 이야기들을 순차적으로 울리고, 연주하고, 속삭였다. '이산화탄소와 산소 시나리오', '고생대의 시작 시나리오', '초대륙超大陸(Supercontinent)으로 즐겨 보는 퍼즐 게임 특별 이벤트', '고생대의 종말 시나리오'……. 그 가운데에는 '도마뱀 왕국의 종말'이라는 제목의, 한라산 백록담 위에서 ⠿⠿⠿가 생색냈던 '제3차 대멸종 시나리오'도 포함되어 있었다.

'제3차 대멸종 시나리오'가 끝나 갈 무렵 ⠿⠿⠿가 투덜거렸다.

"망할 놈 같으니라고. 머리 나쁜 파충류들을 붙잡아 체내 임신이 가능하도록 복강을 만드느라고 내가 얼마나 고생했는데, 그 얘기는 쏙 빼놨네."

조윤호는 소리에 완전히 제압된 상태에서도 ⠿⠿⠿의 목소리를 똑똑히 들을 수 있었다.

신생대를 세분한 열 개 남짓의 시나리오들이 더 지나간 뒤 마침내 인류에 관한 시나리오가 시작되었다.

최초의 영장류

신생대 제사기에 접어들면서 '게임 지구'의 메인 시스템은 게임의 핵심 NPC이자 몬스터인 인간의 출현을 준비합니다.

행성의 역사를 통틀어 유례를 찾아볼 수 없을 만큼 과격한 진화와 커다란 번성을 동시에 달성한 이 놀랍고도 흥미로운 캐릭터의 전신은 영장류로 분리되는 숲 속 동물군입니다.

사실 이 시나리오는 앞선 도마뱀 왕국의 종말 시나리오의 서브시나리오로 진행되었습니다. 영장류의 시원을 오래전 멸망한 도마뱀 왕국에서도 찾아볼 수 있기 때문입니다. 식충류食蟲類라 이름 붙은 그들은 서브시나리오의 주체에 걸맞게 거대 파충류가 지배하는 평원 지역으로는 감히 진출하지 못하고 안전한 숲 속을 경박하게 돌아다니는 작고 하찮은 포유류에 지나지 않았습니다. 그들은 거대 파충류와는 비교할 수 없을 만큼 약했습니다. 하지만 거대 파충류가 넘보지 못할 뛰어난 환경 적응력을 갖추고 있었지요.

그러던 중 거대 파충류가 갑작스럽게 멸종하는 사건이 발생합니다. 식충류는 거대한 재앙으로 말미암아 행성의 지배자들이 하나 둘 죽어 나가는 동안에도 뛰어난 환경 적응력을 발휘, 생존을 이어 가는 데 성공합니다. 자, 마침내 왕이 죽었습니다. 이제 식충류의 입장에서는 이 행성의 새로운 왕으로 등극할 수 있는 절호의 기회를 맞이한 셈입니다.

앞서도 설명했다시피 식충류는 이전에 존재한 그 어떤 생명체보다 변화에 적응하는 능력이 뛰어났습니다. 때문에 일부는 모험심을 발휘하여 평원으로 과감히 진출, 초식동물이나 육식동물의 조상이 되었고, 일부는 안전한 숲에 남아 열매나 어린 나뭇잎, 작은 조류의 둥지를 습격하기 위한 또 한 번의 변화를 시작합니다.

그중 숲에 남은 식충류가 영장류로 발전하게 됩니다. 얼굴 양쪽 측방에 달려 있던 두 개의 안구가 전방으로 향하게 되면서 색깔과 공간을 구별하는 능력이 향상되고, 나무를 오르고 물건을 쥐는 동작을 반복하는 과정에서 엄지발가락, 특히 앞쪽 두 발에 달린 엄지발가락의 관절에 놀라운 변화가 찾아오게 됩니다. 시력과 앞발의 사용 빈도가 높아질수록 뇌의 용량도 커지기 시작합니다. 이 단계에 이른 식충류는 이미 영장류의 형태를 갖추고 있지요.

숲의 지배자 자리를 차지한 꼬리 달린 원숭이들이 우거진 나뭇잎 너머로 펼쳐진 광활한 평원을 바라보았다. 그 위를 뛰어다니는 다리 긴 초식동물들을 보노라니 까마득한 식충류 시절 행복한 포만감을 안겨 주던 육식의 본능이 고개를 치켜들기 시작했다. 원숭이들은 이 행성 위에 존재했던 그 어떤 동물군도 갖지 못한 진취적인 눈으로 서로를 돌아보았다. 새로운 변화, 새로운 시나리오가 필요한 시점이 된 것이다.

유인원의 출현

인간의 조상이라 할 수 있는 유인원은 바로 이 영장류에서 비롯됩니다.

훗날 인간은 자신의 조상 집단인 유인원을 대상으로 혐오스러운 행태를 저지르게 됩니다. '원숭이'라고 통칭 비하하며 동물원의 구경거리, 혹은 연구소의 임상 실험용으로 사용하는 동족 혐오적인…….

바로 그때, 운전석 앞에 달린 내비게이션에서 똑같은 알림 멘트가 세 번 흘러나왔다.

─ 후방에 유저 출현. 후방에 유저 출현. 후방에 유저 출현.

"뭐야, 셋씩이나?"

⁝⁝⁝⁝⁝⁝⁝⁝의 다급한 부르짖음이 자명종 역할을 했다. 조윤호는 꿈에서 깨어날 때처럼 소리의 속박에서 한순간에 풀려났다.

"악!"

조윤호는 곧바로 비명을 질렀다. 머리가 깨질 듯 아팠기 때문이다. 뇌를 통째로 수챗구멍 속에 쑤셔 넣은 기분이랄까? 이렇게 무지막지한 두통은 처음이었다.

부아앙!

액셀을 바닥까지 찍어 밟은 듯, 몇 기통인지 모를 엔진이 풀가동되며 SUV가 무서운 속도로 게임 지구의 광고 영상들 속을 질주하기 시작했다. 진화에 실패한 영장류의 두개골들이 차창 밖으로 조각조각 부서져 은빛 강물 속으로 떨어져 내렸다.

"안됐군. 육백열여덟 편만 더 보면 게임 지구의 마지막 시나리오를 본 유일한 인간이 될 수 있을 텐데. 물론 그 망할 놈이 후반 시나리오를 제 맘대로 바꿔 놓지 않았다는 전제가 있어야겠지만."

지독한 두통 속에서도 조윤호는 등줄기가 오싹해지는 기분을 느졌다. 개발자가 직접 작성한 게임 지구의 마지막 시나리오가 있다면, 그것만큼은 절대로 보고 싶지 않았다. 그러나 반드시 보고 싶기도 했다. 이 이율배반적인 심정을 어떻게 표현할 수 있을까?

"창문을 닫게."

⠿⠿⠿⠿가 야전 지휘관처럼 카리스마 있는 목소리로 지시했다. 조윤호는 재빨리 버튼을 눌러 열린 차창을 위로 올렸다.

"안전벨트는 맸겠지?"

"예."

"이 장르는 별로 좋아하지 않지만 어쩔 수 없지."

이 장르?

조윤호가 어리둥절해하는 순간, 최대출력으로 움직이고 있다고 여겼던 SUV의 엔진이 출력을 한 단계 더 높였다.

부아아아앙!

비행기가 활주로 위에서 가속할 때와 비슷한 관성력이 조윤호의 몸뚱이를 좌석 가죽 시트에다 밀어붙였다. 조윤호는 자꾸 젖혀지려는 고개를 억지로 쳐들어 차창 밖을 둘러보았다. 차창 밖의 풍경이 변하고 있었다. 강물 위를 떠도는 눈부신 은빛이 기이한 형태로 뭉쳐지더니 삼차원적인 질감을 갖추기 시작한 것이다.

"어?"

조윤호의 눈이 휘둥그레졌다. ⠿⠿⠿⠿가 차원 통로라고 불렀던 은빛 강물이 어느새 레이싱 비디오 게임racing video game(플레이어가 일인칭, 혹은 삼인칭 관점으로 차량을 이용하여 벌이는 비디오게임) 중에 등장하는 오프로드 코스 경기장으로 바뀌어 있었기 때문이다.

차창 양옆으로 휙휙 지나치는 나무나 바위기둥 따위의 코스 벽들은 플레이어들이 흔히 '똥 같은 그래픽'이라 비난하는 해상도 낮은 그래픽으로 이루어져 있었다. 그러나 실제 크기로 펼쳐진 '똥 같은 그래픽'은 쉽사리 비난하기 어려웠다. 그것은 일종의 위압감마저 풍겼다.

탕!

뒤쪽에서 난데없는 총성이 울렸다. 이어 대시보드의 내비게이션으로부터 다른 내비게이션에서는 절대로 나올 수 없는 알림 멘트가 흘러나왔다.

– 경찰차로부터 M10 38구경 리볼버가 발사되었습니다.

뭐가 뭘 발사했다고? 가속으로 인한 관성력은 이미 사라진 뒤여서 조윤호는 별다른 어려움 없이 상체를 틀어 SUV 뒤쪽 바깥을 살필 수 있었다.

4차선 너비쯤 되는 오프로드 경주로 위로 세 대의 차량이 추격해 오는 것이 보였다. 그중 가장 앞쪽에 튀어나온 것은 지붕 위에서 경광등을 번쩍이는 경찰차였다. 운전석 차창 밖으로 몸을 빼낸 경찰관이 조윤호가 탄 SUV를 향해 권총을 조준하고 있는 것이 보였다. 이 차가 무슨 잘못을 했다고!

그 경찰차에서 30미터쯤 후방에는 이런 오프로드에서 절대 몰아선 안 되는 은백색 람보르기니가 무서운 속도로 달려오고 있었고, 그 뒤로 10미터쯤 떨어진 곳에서는 초록색 커다란 트럭 한 대가 거친 숨을 씩씩거리며 따라오고 있었다. 그 트럭을 알아본 본 조윤호는 하마터면 웃음을 뿜을 뻔했다. 그럴 수밖에 없는 것이, 이

진지한 레이싱에 쓰레기차가 웬 말인가! 로드리게즈 감독의 「황혼에서 새벽까지」를 본 이후 처음 만나는 장르 파괴 같았다.

"탕! 탕!"

총성이 다시 울렸다. SUV의 꽁무니에서 파삭 하고 뭔가 깨지는 소리가 들렸다.

"제기랄!"

░░░░░░░░의 욕설 뒤로 내비게이션의 알림 멘트가 따라붙었다.

- 경찰차로부터 M10 38구경 리볼버가 발사되었습니다. 좌측 정지등이 파괴되었습니다.

어디서 파는지만 알면 똑같은 내비게이션으로 하나 장만하고 싶다는 생각을 하며, 조윤호가 ░░░░░░░░에게 물었다.

"저 총알에 제가 맞으면 어떻게 되는 건가요?"

부서진 정지등 때문인지 ░░░░░░░░는 거친 숨을 씩씩거리며 대답했다.

"시험해 보지 말라고 권하고 싶군."

대답이 끝난 순간, 조윤호가 탄 SUV가 경주로 가운데 불쑥 튀어나온 두 개의 바위기둥 사이를 시속 160킬로미터가 넘는 속도로 빠져나갔다. 오프로드의 울퉁불퉁한 노면을 감안하면 대단한 운전 실력이 아닐 수 없었다. 그렇다면 유저들은 어떨까?

조윤호는 다시 뒤를 돌아보았다. 슈퍼카의 명성에 걸맞게 어느새 경찰차를 앞지른 람보르기니가 바위기둥 사이를 무서운 속도로 통과하는 모습이 보였다. 몇 마력인지 짐작조차 가지 않는 슈퍼 엔진의 굉음이 50미터쯤 앞서 달리는 조윤호의 귀에까지 똑똑히 들려왔다.

이어서 경찰차가 람보르기니를 뒤따라 바위기둥 사이를 통과한 다음, 꼴찌로 달리는 쓰레기차가 바위기둥 하나를 깔아뭉개며 레이싱을 이어 나가는 광경이 보였다. 조윤호는 속으로 투덜거렸다. 지가 불도저인 줄 아나 보지? 박력과 스릴은 넘치지만 현실성은 빵점이란 생각이 들었다.

"젠장, 이게 이 차의 최고 속도라고. 그런데도 금방 따라잡히는 걸 보니 명품은 뭐가 달라도 다른 모양이야."

⣿⣿⣿⣿⣿가 투덜거렸다. 그 말대로 SUV와 람보르기니의 거리가 빠르게 좁혀지고 있었다. 주위 풍경들이 빗살처럼 보일 만큼 고속으로 달아나고 있는데도 말이다.

SUV의 뒤창을 통해 점차 확대되어 오는 람보르기니를 바라보던 조윤호의 두 눈이 어느 순간 휘둥그레졌다. 람보르기니의 헤드라이트 아래 프런트 패널의 가운데가 스르륵 열리더니 예초기에 달려 있는 것 같은 일자 칼날이 튀어나왔기 때문이다.

- 후방의 람보르기니 가야르도 LP570-4 슈퍼레제라에서 **호러잔틀 휠소** Horizontal Wheel-Saw**가 사출되었습니다.**

내비게이션 속의 여자가 이 황당한 상황이 무엇인지 브리핑해 주었다. 호러잔틀 휠소, 직역하면 수평 회전 톱이라는 건데, 아무리 슈퍼카라도 저런 물건을 달고 나오면 반칙 아닐까?

위이잉! 일자 칼날이 회전을 시작했다. 직경 30센티미터가량의 백색 원반이 점차 가까워지더니 SUV의 뒤창 아래로 모습을 감췄다.

"틀어요!"

조윤호가 소리쳤다. ░░░░가 운전대를 왼쪽으로 급히 꺾었다.

까가각!

어금니를 시리게 만드는 마찰음과 함께 샛노란 불똥들이 SUV의 오른쪽 후방으로 튀어 날아갔다.

– 후방 범퍼가 17퍼센트 손상을 입었습니다.

내비게이션의 보고가 끝나기도 전에 ░░░░가 뒤를 돌아보며 고함을 터뜨렸다.

"저 새끼가 감히 내 차를 긁어!"

"지금 그런 소리 할…… 전방! 전방!"

조윤호가 다급히 외치다가 목을 움츠렸다. 경주로 좌측에 있던 이 단 가드레일이 SUV 앞창 바로 앞까지 다가왔기 때문이다. 그 너머는 시퍼런 바닷물이 넘실거리는 낭떠러지. 저리로 추락했다고 해서 경주로 한복판에서 다시 시작시켜 주지는 않을 것 같았다.

"이크!"

░░░░가 운전대를 우측으로 틀었다. 드드드드! 가드레일과 차체 사이에서 터진 시끄러운 마찰음 뒤로, 좌측 헤드라이트가 파괴되었다는 내비게이션의 알림 멘트가 흘러나왔다. 코스를 이탈할 위기에서 가까스로 벗어난 SUV는, 하지만 코스 중앙으로는 돌아올 수 없었다. 그 자리는 추격에 성공한 람보르기니에게 이미 내준 뒤였기 때문이다.

위이잉!

회전 톱을 매단 기계 팔이 왼쪽을 나란히 달리는 SUV 쪽으로 돌아오는 모습이 보였다. 슈퍼레제라 모델 특유의 낮은 차고車高로 인해 상대적으로 높은 SUV의 앞바퀴가 회전 톱의 공격에 그대로 노출되었다. 왼쪽은 낭떠러지, 오른쪽은 회전 톱. 피할 곳은 도저히 없어 보였다.

"내 차를 긁은 놈은······."

⠠⠃⠕⠃⠃⠁는 액셀을 찍어 누르던 오른발을 순간적으로 떼었다가 다시 밟았다. 부우, 붕! 실린더 속을 미친 듯이 왕복하던 피스톤이 한 박자 숨을 고르는 사이, 람보르기니가 뻗어 낸 회전 톱은 SUV의 1미터 앞 허공을 가르며 들어왔다.

"용서 못 해!"

⠠⠃⠕⠃⠃⠁의 고함과 함께 SUV의 오른쪽 앞 범퍼가 람보르기니의 좌측 문짝을 거세게 들이받았다.

쾅!

회전 톱을 매단 기계 팔이 부러져 나갔다. 차체 내 카본의 비중을 높이면서 1,400킬로그램 안쪽까지 경량화에 성공한 슈퍼레제라가 껑충 뜀을 뛰듯 2시 방향으로 튕겨 나갔다.

"용서 못 한다고!"

다시 고함이 터지고, SUV의 네 바퀴가 노면을 세차게 긁으며 람보르기니를 쫓아 대각선으로 질주했다. 첫 번째 충돌로 심하게 찌그러진 SUV의 오른쪽 앞 범퍼가 람보르기니의 왼쪽 후미를 다시 한 번 세차게 들이받았다.

쾅! *끄가가각!*

람보르기니는 스턴트맨이 운전하는 자동차처럼 오른쪽 두 바퀴만으로 달리는 곡예 운전을 30미터쯤 벌이더니, 터프해 보이는 티타늄 머플러 팁을 하늘로 번쩍 치켜들며 붕 날아가 코스의 우측 경계를 이루던 바위 절벽에 틀어박혔다. 순차적으로 터져 나온 폭음과 화염이 빠르게 멀어져 갔다. 코뿔소 스타일로 경쟁자 하나를 탈락시킨 SUV는 되찾은 코스 중앙을 무서운 속도로 질주했다.

"봤지? 나 이런 사람이야."

⠿⠿⠿가 콧김을 풍풍거리며 말했다. 자신이 아까 말한, 이 장르는 별로 좋아하지 않는다는 대사는 까맣게 잊은 듯, ⠿⠿⠿는 이 레이싱 게임에 완전히 몰입해 있는 것처럼 보였다. 게다가 차량 흠집에 대한 광적인 집착은 자칭 유능한 부동산 컨설턴트라는 아랫집 중년 남자를 떠올리게 만들었다. 밤새 주차장에 세워 둔 외제 차의 범퍼를 어떤 놈이 긁어 놓았다며 아파트 전체를 꼭두새벽부터 시끄럽게 만들던.

조윤호는 실소를 참지 못하며 뒤를 돌아보았다. SUV로부터 80미터쯤 후방에 경찰차와 쓰레기차가 나란히 달려오고 있었다. 괴물 같은 주행속도를 뽐내던 람보르기니가 탈락한 이상 저 거리는 쉽사리 좁혀지지 않을 것 같았다. 한결 여유를 찾은 그가 ⠿⠿⠿에게 물었다.

"얼마나 남았나요?"

"뭐가?"

"이 차원 통로를 빠져나가려면 얼마나 더 달려야 하냐고요."

"지금은 못 나가."

리셋 지구 225

"예?"

대답이 이상했다. 오기는 다 왔지만 지금은 빠져나갈 수 없다는 의미로 들렸기 때문이다. ⠿⠿⠿⠿⠿가 빠르게 덧붙였다.

"게임이 아직 안 끝났잖아."

조윤호가 뭐라 말하려는데 내비게이션이 한발 앞서 알림 멘트를 쏟아 냈다.

– 쓰레기차가 너클 크레인 Knuckle Crane**을 사출하였습니다.**

너클 크레인은 또 뭐지? 고개를 돌려 후방을 살핀 조윤호는 쓰레기 분리수거를 하는 매주 화요일마다 아파트 현관 앞에서 폐지를 집어 올리던 커다란 강철 집게발의 정식 명칭이 너클 크레인이라는 점을 배우게 되었다.

그 너클 크레인이 쓰레기차의 복개형 강철 박스 안에서 뭔가를 한 움큼 집어 올리더니 해머던지기 선수처럼 공중에 대고 빙빙 돌리기 시작했다.

– 쓰레기차가 알루미늄 캔 더미를 던졌습니다.

내비게이션의 알림 멘트를 들으며 조윤호는 생각했다. 던진 것이 무엇이든 간에 이 속도로 달리는 자동차를 따라잡을 수 있을까? 전성기의 박찬호가 던진 직구라도 어려울 것 같았다. 그런데…….

너끈히 따라잡았다.

쓰레기차 박스 위에서 던져진 물체는 덩치에 걸맞지 않은 총알 같은 속도로 허공을 날아와 SUV 전방 20미터쯤 되는 노면 위에 떨어지더니 수천 개의 찌그러진 알루미늄 캔으로 폭발하며 솟구쳐 올랐다. 날아온 속도를 감안하면 앞쪽으로 뛰어나가는 것이 물리학적인 상식일 텐데, 마치 노면을 뚫고 용출한 듯 떨어진 자리를 중심으로 방사형으로 퍼지는 모습이 조윤호를 황당하게 만들었다. 현실성은 역시 빵점인 게임이었다.

기껏해야 20그램밖에 나가지 않는 빈 알루미늄 캔이지만 시속 200킬로미터에 가까운 상대속도로, 그것도 수백 개가 한꺼번에 부딪쳐 오자 주행에 큰 지장을 일으켰다.

퍽!

내비게이션 속의 여자가 피해 보고를 할 틈도 주지 않고 앞창이 종잇장처럼 터져 나갔다. 알루미늄 캔들에 섞인 안전유리의 파편들이 차 안으로 쏟아져 들어오고, 일순간에 조향이 무너진 SUV는 헤드뱅잉에 빠진 헤비메탈 마니아처럼 앞머리를 마구 흔들어 대기 시작했다.

"미스터 조, 얼굴에 박힌 유리들 좀 뽑아 주게. 운전하는 데 방해가 되는군."

⠿⠿⠿⠿⠿가 운전대를 힘껏 붙잡아 좌우로 요동치는 차체를 바로잡으면서 말했다. 안전벨트를 푼 조윤호가 조수석 위로 상체를 들이밀자 자잘한 유리 파편들이 박혀 바늘꽂이처럼 변한 ⠿⠿⠿⠿⠿의 얼굴이 보였다. 눈에 보이는 대로 잡아 뽑는데도 피 한 방울 나오지 않았다. 트럭의 앞창이 터지거나 말거나 운전에만 집중하던 「터미네이터」 시리즈의 액체 금속 로봇이 떠올랐다.

그때 내비게이션 속의 여자가 지금까지 들은 것 중에서 가장 어처구니없는 알림 멘트를 꺼내 놓았다.

리셋 지구 227

– 경찰차 운전석 밖으로 RPG-7 로켓포가 사출되었습니다.

구소련이 만들어 전 세계 모든 분쟁 지역의 전사들에게 큰 호응을 받아 온 RPG 로켓포 시리즈는 전차나 장갑차를 잡는 가장 값싸고 효율적인 무기로 평가받고 있었다. 하지만 아무리 그렇기로서니 경찰차에서 RPG를 쏘다니. '범죄와의 전쟁'을 국정 슬로건으로 내건 1990년대에조차 상상할 수 없는 일이 지금 이 게임 속에서 벌어지려 하고 있었다.

"우리는 무슨 무기 없습니까?"

조윤호가 ░░░░░░░의 귀에다 대고 소리를 질렀다.

"이 차에는 무기가 없어."

░░░░░░░가 평소와 다름없는 말투로 대답했다. 앞창이 깨져 바람 소리가 폭음처럼 거센데도 ░░░░░░░가 하는 말은 귓속으로 똑똑히 들어왔다.

"너무 불공평하잖습니까!"

조윤호가 소리를 질렀다. 무기도 불공평했고 목소리도 불공평했다. 그러나 ░░░░░░░는 그렇게 생각하지 않는 모양이었다.

"게임이란 게 원래 그렇지, 뭐."

어깨를 으쓱거린 ░░░░░░░가 갑자기 생각났다는 듯 조윤호를 돌아보며 말했다.

"아, 무기는 자네가 가지고 있잖아."

"제가 무슨 무기가 있다고요!"

조윤호가 다시 악을 쓰자 ░░░░░░░는 SUV의 뒷좌석 가운데 부분을 턱짓으로 가리켰다.

"저기 있잖아, 저 재떨이."

조윤호는 옆 좌석을 돌아보았다. 그 위에는 담배꽁초 한 개가 동그마니 담긴 크리스털 재떨이가 놓여 있었다. 저 재떨이로 뭘 하라고? 황당해진 조윤호가 다시 뭐라고 소리치려는 순간, 내비게이션에서 무시무시한 알림 멘트가 흘러나왔다.

– 경찰차에서 RPG-7 로켓포가 발사되었습니다.

"꽉 잡게!"

⠠⠊⠠⠊⠠⠊⠠⠊⠠⠊가 운전대를 우측으로 급히 틀었다. 그러나 무엇을 잡으라고는 일러 주지 않은 탓에 조윤호는 중심을 잃고 재떨이 위로 엎어지고 말았다. 피이우우우! 기다란 휘파람 소리가 차체 왼쪽을 스쳐 가더니 앞쪽 어딘가에서 커다란 폭음이 울렸다.

조윤호는 좌석 시트에 처박았던 고개를 쳐들다가 '흡!' 하고 숨을 들이켜며 다시금 납작 엎드렸다.

쐐액! 퍽!

깨진 앞창을 통해 날아든 무엇인가가 조윤호의 뒤통수 위를 쏜살처럼 지나 뒤창을 산산이 쪼개 놓고 사라졌다. 자잘한 돌가루, 흙가루 들이 뒤통수로 후드득 떨어져 내렸다. 짐작건대 RPG-7 로켓포를 맞아 폭발한 절벽 면의 파편 일부가 질주하는 차 안으로 날아든 것 같았다.

– 뒤창이 파괴되었습니다. 엔진이 과열되…… 엔진이…… 지익. 지이익.

아마도 그 파편에 맞은 모양이었다. 운전석과 조수석 사이로 보이는 내비게이션은 기판의 4분의 1가량이 으스러져 있었다.

"엔진까지 말썽이군. 이제 믿을 건 그 재떨이뿐일세."

리셋 지구

조윤호는 ⣿⣿⣿⣿의 목소리를 들으며 상체를 일으켰다. 주위가 온통 새하얗게 변해 있었다. 앞서 깨진 앞창을 통해 밀려든 연기가 방금 깨진 뒤창을 통해 **빠르게 빠져나갔다**. 그 연기에는 기름 타는 냄새가 짙게 배어 있었다.

"엔진오일이 타들어 가기 시작했네. 서두르게."

"서두르라고 하셔 봤자······."

조윤호는 배 밑에 깔려 있는 크리스털 재떨이를 내려다보았다. 그것이 자신의 유일한 구명줄이라고 생각하자 한숨밖에 나오지 않았다. ⣿⣿⣿⣿가 답답하다는 듯 조금 큰 목소리로 말했다.

"그 재떨이는 이미 자네의 무기 아이템으로 등록되어 있네. 재떨이를 쥐고 정신을 집중하게. 적당한 무기 이미지를 떠올리란 말일세!"

- 쓰레기차가······ 지직. 경찰차에서······ 지직.

파편에 맞아 진짜로 맛이 가 버린 내비게이션은 상황의 앞 토막밖에 알려 주지 못했다. 정확히 파악은 안 되지만 위험한 것임에 분명한 무엇인가가 자신의 생명을 노리고 있다고 생각하자 조윤호는 심장이 쿵쾅대기 시작했다. 이 와중에 정신을 어떻게 집중하라고! 이미지를 어떻게 떠올리라고!

조윤호는 될 대로 되라는 심정으로 들고 있던 재떨이를 깨진 뒤창 너머로 냅다 던져 버렸다. 그럼에도 무의식적으로 떠올린 이미지가 있었던 걸까. 2초쯤 지난 뒤 그는 갑자기 몸에서 힘이 쭉 **빠져나가는** 것을 느꼈다. 몇 시간 동안 앉아 게임을 하다가 갑자기 일어섰을 때 찾아오는 것과 비슷한 종류의 현기증이 그의 몸뚱이를 좌석 등받이에 파묻어 놓았다. 눈앞에서 별이 반짝거리고 있었다.

끼이익! 꽝!

노면에 스키드 마크가 찍히는 소리와 금속이 찌그러지는 커다란 폭음이 연속적으로 울려 나왔다.

"잘했네."

⠿⠿⠿⠿가 짧게 칭찬했다. 더 이상 타 붙을 엔진오일도 없어졌는지 한 치 앞도 보기 힘들 정도로 자욱하던 연기가 잠깐 사이 부쩍 엷어져 있었다. 조윤호는 눈을 끔뻑이며 ⠿⠿⠿⠿의 뒤통수를 쳐다보다가 맥 풀린 목소리로 물었다.

"뭘요?"

"재떨이를 5미터짜리 담배꽁초로 바꾸다니, 이미지트레이닝이 제법인걸."

살아오는 동안 차창 밖으로 톨게이트 영수증 한 장 버려 본 적이 없는 조윤호였다. 그런데 첫 번째로 저지른 불법 투기가 5미터짜리 담배꽁초라니 우스운 일이 아닐 수 없었다. 평소 도로에 담배꽁초를 버리는 운전자를 볼 때마다 입으로는 욕을 하면서도 속으로는 저렇게 멋대로 행동하지 못하는 스스로가 싫게 여겨지곤 했는데, 앞으로는 그런 일이 없을 것 같았다. 나에게 '앞으로'라는 시간적 용어가 허용된다면 말이지.

"이제는 이 지긋지긋한 차원 통로에서 빠져나갈 수 있게 된 건가요?"

조윤호가 물었다. ⠿⠿⠿⠿는 백미러를 통해 조윤호와 눈을 맞추며 고개를 저었다.

리셋 지구 231

"아직 아닐세."

"왜요?"

"게임은 여전히 끝나지 않았기 때문이지. 자네의 멋진 공격 덕분에 경찰차는 레이싱에서 탈락된 게 맞지만, 쓰레기차는 저런 종류의 바리케이드에 특화된 것으로 보이는군."

조윤호는 뒤를 돌아보았다. 후방 100미터쯤 떨어진 곳에서 거대한 담배꽁초 하나가 오프로드의 거친 노면을 양옆으로 갈아엎으며 달려오는 모습이 눈에 들어왔다. 그 담배꽁초를 밀어붙이며 달려오는 초록색 쓰레기차는 정말로 제가 불도저라고 믿는 듯 앞에 걸리는 모든 것들을 깔아뭉갤 기세였다.

"이건 너무하잖아."

조윤호가 힘없이 중얼거렸다. 한 가지 다행스러운 것은 그 불도저의 속도가 그리 빠르지 않다는 점. 잘 봐줘야 시속 40킬로미터쯤 되려나? 그러나 속도가 떨어지기는 이 SUV도 마찬가지였다. 연기의 양은 줄어들었지만 빨간 불꽃이 넘실거리는 보닛을 보니, 코스 가운데 멈춰 서서 저 불도저에 의해 깔아뭉개지는 것도 시간문제처럼 보였다.

— 전방에, 지직, 유저, 지이익, 출현, 지직.

내비게이션이 잡음 섞인 알림 멘트로 전방에 또 다른 유저가 출현했음을 일러 주었다. 맛이 간 주제에도 설상가상이란 사자성어가 무슨 뜻인지 가르쳐 주고 싶어 하는 것 같았다.

"이제야 온 모양이군."

그런데 그 알림 멘트를 들은 ⠿⠿⠿⠿의 반응이 조금 이상했다. 운전석 너머로 조윤호를 돌아보더니 상황에 전혀 어울리지 않는 밝은 미소를 보여 준 것이다.

"아들이 있다고 했지?"

"예."

"몇 살인가?"

"열한 살입니다."

"이 자리에 없는 게 아쉽군. 열한 살짜리 사내아이라면 분명히 재미있어할 장르일 텐데."

이해할 수 없는 말을 남긴 ⋮⋮⋮⋮⋮가 다시 전방으로 고개를 돌렸다.

잠시 후 200미터쯤 전방에 있는 절벽 모퉁이를 돌아 한 대의 자동차가 달려오는 것이 보였다. 2, 3일 전만 해도 대한민국 어디서나 만나 볼 수 있었던 가장 흔한 모델에 가장 흔한 연식의 중소형 세단이었다. 차체의 색깔마저도 가장 흔하다는 하얀색. 빠르게 확대되어 오는 그 세단의 운전석에는 머리카락이 소년 만화에 나오는 주인공처럼 뒤쪽으로 뭉쳐 솟구친 매우 잘생긴 청년이 앉아 있었다. 그 모습을 본 ⋮⋮⋮⋮⋮가 중얼거렸다.

"보편적인 것을 선호하는 모양일세."

"차량 말인가요?"

"아니, 캐릭터 말일세. 가장 앞줄에 나오는 것으로 골랐잖아."

"예?"

무슨 뜻인지 몰라 조윤호가 어리둥절해하는 사이, 엉망진창으로 망가진 SUV와 전방에서 달려온 새하얀 세단이 사이드미러를 스치며 교차했다. 두 대의 자동차가 동일 선상을 지나는 순간 세단의 바퀴 쪽에서 급브레이크 잡는 소음이 터져 나왔다.
끼이이익!
도플러 효과까지 반영되는 것인지 고막을 후비는 소음이 예상보다 빠르게 작아졌다. 조윤호는 급히 상체를 틀어 뒤를 돌아보았다.
더 이상 자동차들은 존재하지 않았다.
장르가 어느새 바뀐 것이다.

아시아의 소박한 마을

넋 빠진 눈으로 SUV의 뒤창 너머를 바라보던 조윤호는 스스로에게 물어보았다.

온갖 방면에서 흔한 것을 가장 큰 자랑거리로 삼는 듯한 중소형 세단이 웃통을 벗어부친 근육질의 청년으로 변신한 것과 불도저 같은 뚝심으로 끈질기게 추격해 오던 초록색 쓰레기차가 갈색 털 숭숭한 커다란 불곰으로 변신한 것 중 어느 쪽을 더 놀라워해야 할까?

판결은 ⠿⠿⠿⠿가 내려 주었다.

"놀랄 것 없어. 장르 변경에 양쪽 다 동의했으니까."

"장르 변경?"

조윤호가 어이없어하자 ⠿⠿⠿⠿는 쯧쯧 혀를 찼다.

"잠시 후면 사상 최고의 프레젠테이션을 할 인간이 뭔 일이 벌어질 때마다 그렇게 매번 놀라면 쓰나."

푸르륵! 푸르륵!

⣿⣿⣿⣿의 말이 끝날 무렵, 빌빌거리면서나마 앞으로 나아가던 SUV는 커다란 동물이 설사하는 소리처럼 듣기 거북한 단말마를 토해 내며 마침내 멈춰 버렸다. ⣿⣿⣿⣿가 안전벨트를 풀며 말했다.

"메인 시스템이 우리까지 얽어 놓은 것 같으니 자네도 준비하게나."

어리둥절해진 조윤호가 물었다.

"무슨 준비 말씀입니까?"

"구경할 준비."

그러나 구경할 준비를 따로 할 필요는 없었다. 모든 준비 과정이 자동으로 이루어졌기 때문이다.

스스스스!

SUV를 구성하는 강판과 플라스틱과 기타 각종 물질들이 은은한 빛으로 덮이며 저마다 가지고 있던 고유의 분자 결합 구조를 해체하기 시작했다. 자신이 앉은 가죽 시트가 헤아릴 수 없이 많은 빛 알갱이들로 흩어지는 놀라운 광경에 조윤호는 눈을 부릅뜨고 말았다. ⣿⣿⣿⣿가 짤막하게 말했다.

"가방 챙기게."

조윤호는 옆 좌석 위에 올려 둔 손가방을 급히 집어 왼쪽 겨드랑이에 꽉 끼웠다. 다음 순간, 그는 그 자리에서 사라졌다.

소멸과 복구는 동시에 일어났다. 아니, 조윤호의 뇌가 두 가지

상황을 구분하여 인지한 것을 보면 100분의 1초쯤 시차가 있었을지도 모른다.

차원 통로 속의 한 공간이라고 짐작되는 어떤 장소에서 마술처럼 짠 나타난 조윤호의 앞에는 깊이 2미터에 한 변의 길이가 15미터쯤 되는 정방형의 커다란 구덩이가 파여 있었다. 자연적으로 생긴 구덩이가 아니라는 것은 금방 알아차릴 수 있었다. 자연의 드높은 심미안을 감안할 때, 저렇게 네모반듯한 가장자리에 바닥이 수평으로 다져진 구덩이 따위는 멋대가리 없어서라도 안 만들 테니까.

세단과 쓰레기차를 전신으로 삼은 근육질의 청년과 커다란 불곰은 그 네모나고 멋대가리 없는 구덩이 안에 서 있었다. 웃통을 벗어부친 근육질의 청년은 양팔에 팔꿈치까지 올라오는 붉은 건틀렛을 끼었고, 커다란 불곰은 그냥 커다란 불곰이었다. 3미터쯤 떨어진 거리에서 마주 선 한 사람과 한 마리는 서로를 향해 당장이라도 달려들듯 도발적인 포즈를 취하고 있었다. 저들이 맞붙는다면 진정한 의미에서의 '이종異種' 격투기를 구경하게 될 것 같았.

그나저나 이곳은 대체 어딜까?

조윤호는 구덩이로부터 시선을 떼어 주변을 둘러보았다. 어느새 주변 풍경도 완전히 바뀌어 있었다. 레이싱 비디오 게임의 배경을 이루던 '똥 같은 그래픽'은 온데간데없이 사라지고, 중국이나 대만쯤에 있는 어느 시골 마을의 풍경이 무척 수준 높은 그래픽으로 펼쳐져 있었던 것이다. 어떤 건물 옆에 내건 '旅客中心여객중심(여행자센터)'이라는 깃발이 바람 한 점 없는 공중에서 나풀거렸다.

전체적으로 무척 소박해 보이는 마을이었다. 마을 한복판에는 조윤호가 본 그 네모나고 멋대가리 없는 구덩이가 파여 있고, 구덩이의 벽면을 이루는 2미터 높이의 화강암 축대 위로 마을 길과 몇 개의 건물들이 올라서 있었다. 구덩이 안쪽 가장자리를 한가로이 오가는 돼지며 닭 같은 가축들은 그 구덩이의 용도가 가축우리라는 사실을 알려 주었다. 그래픽이 안겨 주는 이질감 위로 이국적인 이질감이 더해지고 있었다.

"처음 경험한 공간 이동이었을 텐데 어지럽지는 않은가?"

바로 옆에서 누군가의 목소리가 들렸다. 돌아보니 ░░░░░░░░였다. SUV를 운전할 때와는 달리 지금 ░░░░░░░░는 수수한 쥐색 점퍼에 감색 천 바지를 입고 있었다. 그사이 옷까지 갈아입고 온 모양이었다. 조윤호가 ░░░░░░░░에게 흥분한 목소리로 물었다.

"공간 이동? SF 영화에 나오는 텔레포테이션 말씀입니까?"

"쉿, 우리만 있는 게 아니니까 목소리를 낮추라고."

░░░░░░░░가 오른손 검지를 입술에 붙이며 주의를 주었다. 주위를 둘러본 조윤호는 ░░░░░░░░의 말이 사실임을 금방 알 수 있었다. 그들로부터 왼쪽으로 5미터쯤 떨어진 돌바닥 위에는 나무 상자 하나가 놓여 있었는데, 그 위에 걸터앉은 러닝셔츠 차림의 대머리 노인이 그들 쪽을 돌아보며 얼굴을 찡그렸던 것이다.

조윤호는 자신도 모르게 대머리 노인을 향해 꾸벅 고개를 숙여 보였다. 그리 빡빡한 성격은 아닌지 노인의 시선은 곧 경기장—가축우리— 쪽으로 돌아갔다.

"그렇게 흥분한 걸 보니 최초의 공간 이동자가 된 게 영광스러운 모양이군."

이걸 과연 영광스럽다고 표현해야 하나? 마치 최초로 우주 공간에 보내진 원숭이더러 영광스러워하라고 강요하는 것 같았다. 조윤호는 정색을 하고 ░░░░░░░에게 말했다.

"영광스럽다고 해 드리지요. 하지만 지금 이 상황이 대체 무슨 상황인지는 설명해 주셔야 합니다."

"지금 이 상황?"

░░░░░░░가 주위를 슬쩍 둘러보더니 조윤호에게 물었다.

"이 상황이 무슨 상황인지 진짜 모른단 말인가?"

조윤호는 자신이 지금 이 상황을 정말로 알고 있는지 곰곰이 생각해 보았다. 그러자 상황 전체가 기억에 남아 있다는 사실을 알아차리게 되었다. 이 소박한 마을, 저 지나치게 넓은 가축우리, 그 안을 돌아다니는 돼지와 닭, 심지어는 조금 전 그를 향해 눈총을 준 대머리 노인까지도.

조윤호가 주말마다 아들과 더불어 즐기던 텔레비전 콘솔용 대전 격투 게임 중에는 이곳과 유사한 아시아의 어느 시골 마을을 배경으로 한 스테이지가 있었다. 그 사실을 곧바로 알아차리지 못하게 만든 가장 큰 요인은, 화면 밖에서 화면 안을 들여다보는 플레이어의 시점과 화면 안에서 같은 화면 안을 보는 캐릭터의 시점 사이에 존재하는 차원적인 괴리감일 것이다. 고흐의 「밤의 카페 테라스」 안에 그려진 인물은 자신을 둘러싼 풍경이 세계적인 명화의 배경임을 알아차리지 못할 것이다.

조윤호는 허탈감이 밴 목소리로 ░░░░░░░에게 물었다.

"그 게임인가요?"

"그 게임이네."

"정말입니까?"

"정말이네."

"우리는 지금 그 게임의 배경 화면 속으로 들어온 거고요?"

일일이 확인해 주는 게 성가셨던지 ░░░░가 이번에는 고개만 끄덕였다.

"이건 완전히 표절이잖아요."

조윤호가 투덜거렸다.

"표절?"

창작자의 입장에서는 민감할 수밖에 없는 그 용어에 심기가 거슬린 듯 ░░░░가 경직된 목소리로 따져 물었다.

"그걸 누가 판단하지?"

"그야 유저들이……."

"유저? 어떤 유저?"

조윤호는 자신이 잘못 말했음을 곧바로 깨달았다. 둘 사이 유저에 대한 정의는 같을 수 없었고, 맞는 쪽은 ░░░░였다. ░░░░ 쪽의 정의가 맞지 않다면 조윤호가 이 고생을 할 이유도 없었을 것이다. 그러므로 아쉬운 마음에 내뱉은 그다음 말도 해서는 안 되는 것이었다.

"그게 아니면 법원에서……."

░░░░는 이번에도 조윤호의 말을 끝까지 들어 주지 않았다.

"게임 내 캐릭터들 사이에 통용되는 법이 게임 외적인 존재에게도 적용될 수 있다고 생각하나?"

 조윤호는 꿀 먹은 벙어리가 될 수밖에 없었다. 맞다. 다 맞다. 빌어먹을.

 "인간군이 게임 지구 안에서 만들어 낸 모든 가치 있는 것들, 문화와 문명과 법제와 예술 들은 모두 우리로부터 비롯되었다는 것을 명심하게. 만일 모든 시간과 모든 공간에 통용되는 거대한 법 The Great Law이 존재한다 해도, 그 법은 결코 자네들의 손을 들어주지 않을 걸세."

 ⠿⠿⠿⠿⠿⠿⠿는 못을 박듯이 말했고, 조윤호는 마침내 어깨를 축 늘어뜨리고 말았다. ⠿⠿⠿⠿⠿⠿⠿의 논리에 위축되어서가 아니었다. 손가방에 넣어 가져온 세 장의 달력지 중 첫 번째 장, 그 위에 쓴 '인간은 독자적인 예술을 발전시킬 만큼 풍부한 감정을 가지고 있다.'와 관련된 모든 항목들이 앞으로 있을 프레젠테이션에서 별다른 쓸모를 발휘하지 못하리라는 실망감이 그를 맥 빠지게 만든 것이다.

 그런 조윤호의 심정을 아는지 모르는지, ⠿⠿⠿⠿⠿⠿⠿가 그의 어깨에 왼팔을 두르며 살갑게 굴었다.

 "쓸데없는 소리를 하는 걸 보니 지루한 모양이군. 기다리는 동안 음악이나 들을까?"

 ⠿⠿⠿⠿⠿⠿⠿는 왼손 엄지와 중지를 조윤호의 귀 앞에서 가볍게 튀겼다. 꺼져 있던 스피커 전원을 켠 것처럼 그 순간부터 음악이 들리기 시작했다. 록 음악을 연상케 하는 박력 있는 비트의 연주 사이사이에 '우!', '후!' 하는 남자들의 구호성 코러스가 끼어 들어

간 그 음악마저도 조윤호가 그 대전 격투 게임에서 들었던 스테이지 BGM을 그대로 닮아 있었다. 조윤호는 자신도 모르게 어깨 박자를 맞추면서도 속으로는 이렇게 중얼거렸다.

표절 맞구먼, 뭘.

그때 하늘 어디에선가 버터 냄새 물씬 풍기는 남자의 목소리가 울려 나왔다. 미국 프로레슬링 시합의 장내 아나운서를 하면 딱 어울릴 목소리였다.

Take care! Round one! Fight!

"오, 이제 시작할 모양이군."

⠠⠠⠠⠠⠠가 어깨동무한 팔을 내리며 눈을 빛냈다. 조윤호도 마음을 가득 덮은 의문들을 접어 둔 채 잠시 후 펼쳐질 일대일 격투에 주의를 집중했다.

경기장이 되어 버린 가축우리 안에서 눈싸움을 벌이던 근육질의 청년과 커다란 불곰이 슬금슬금 거리를 좁히기 시작했다. 게임과는 비교할 수 없는 긴장감이 둘 사이에서 압축되고 있었다.

선공은 청년에게서 나왔다. 민첩성 면에서는 아무래도 우세한 듯, 청년이 슬라이딩을 하듯 몸을 던져 불곰의 하체에다 태클을 걸었다. 청년의 다리에 차인 불곰의 다리 위에서 공격 성공을 알리는 빨간 불꽃이 피어올랐다. 불곰의 육중한 거구가 허공으로 붕 떠올랐다가 바닥에 처박혔다.

청년은 뒤통수에도 눈이 달린 것 같았다. 몸을 일으키는 불곰 쪽으로는 고개도 돌리지 않은 채 구부린 왼쪽 다리를 축 삼아 오른쪽 다리를 크게 휘돌리는데, 거기에 불곰의 다리가 기가 막히게 걸린 것이다. 일명 나락 쓸기 기술. 핏물을 희화한 빨간 불꽃이 또다시 피어오르며 불곰은 바닥 위로 벌렁 넘어지고 말았다.

"아, 이게 있어야 구경하는 재미가 나겠군."

⠿⠿⠿가 왼손 엄지와 중지를 다시 한 번 튀겼다.

딱. 이이이잉.

낮은 전자음과 함께 조윤호는 청년과 불곰의 머리 위로 기다란 청록색 막대기가 각각 생겨나는 것을 볼 수 있었다. 캐릭터의 체력을 나타내는 게이지 바였다. 날렵한 발 기술을 두 번 성공시키긴 했지만 두 캐릭터의 체력 게이지 바는 엇비슷해 보였다. 아마도 조윤호가 알고 있는 콘솔용 게임에 비해 체력을 두 배 정도 더 주고 시작하는 것 같았다. 다양한 기술을 구경할 수 있다는 장점은 있지만 케이오까지 걸리는 시간이 너무 길면 게임의 박력이 떨어질 텐데, 하는 생각이 들었다.

"그나저나 우리가 왜 이 싸움을 구경하고 있어야 하는 거죠?"

조윤호가 ⠿⠿⠿에게 물었다. 그것은 이 대전 격투 게임 속으로 공간 이동을 한 뒤 품게 된 의문이기도 했다. ⠿⠿⠿는 경기장 안의 두 캐릭터에게 시선을 고정한 채 대답했다.

"우리라는 표현은 올바르지 않네. 나야 안 봐도 그만이지만 자네는 반드시 봐야 하니까."

"그건 또 왜죠?"

"설마 불곰 쪽이 이긴다고 한들 나를 어쩔 수 있겠는가? 하지만 자네는 다르지. 게임 지구의 메인 시스템이 자네를 이 게임의 승리 상품으로 걸었으니까."

이 말에 조윤호는 하마터면 비명을 지를 뻔했다.

"정말입니까?"

"내가 자네를 속여 뭐하겠나."

"하지만 양쪽 다 유저 아닌가요?"

"양쪽 다 유저지."

"그렇다면 누가 이기든 저는······."

"아아! 양쪽 다 유저인 것은 맞지만 소속은 다르다고."

"소속?"

"음, 그 부분은 짧게 설명하기 곤란하고, 어쨌거나 어떤 유저의 차지가 되느냐에 따라 자네라는 상품의 운명은 180도 달라질 걸세. 그것만큼은 내가 보장할 수 있지."

조윤호는 '그런 보장 따위는 필요 없어요!'라고 소리치고 싶은 것을 가까스로 참았다. ⠿⠿⠿는 마치 남 얘기를 하듯 말하고 있었다. 남인 것은 사실이지만, 그러면 안 되는 거 아닌가?

조윤호가 뭐라 따지려 할 때, 경기장 안의 전세가 돌변했다. 잔매를 몇 차례 더 허용하던 불곰이 갑자기 탱크처럼 돌진하여 청년의 허리를 덥석 끌어안은 것이다. 일명 베어 허그Bear Hug. 청년의 등허리 위로 빨간 불꽃이 작렬할 때마다 뿌드득 뿌드득 하는 뼈 부러지는 효과음이 울려 나왔다.

베어 허그에 당한 뒤 공중으로 던져진 청년이 바닥에 등을 세차게 찧었다. 불곰은 그런 청년에게 날쌔게 따라붙더니 머리로 들이

받고 앞발로 내리치는 등 전문 용어로 '콤보'라고 부르는 연속 기술을 펼쳤다.

퍽! 퍼퍽! 퍽!

청년의 몸뚱이 여기저기에서 빨간 불꽃이 피어올랐다. 청년의 머리 위에 떠 있던 청록색 게이지 바가 뭉텅뭉텅 줄어들고 있었다. 팔짱을 낀 채 그 광경을 지켜보던 ░░░░░░░░가 딱하다는 듯이 혀를 찼다.

"스턴에 걸렸군."

게임을 하다 보면 흔히 접하게 되는 용어들 중 하나인 스턴stun은, 상대에게 큰 타격을 입은 캐릭터가 실신 상태에 빠지는 것을 의미한다. 스턴에 걸리면 조종 키가 잘 먹지 않는 것이 일반적인데, 유저가 직접 선수로 뛰는 이번 게임에서는 어떤 종류의 페널티가 주어지는지 알 수 없었다.

불곰의 움직임은 덩치에 걸맞지 않게 유연하고 노련했다. 놈은 위기에 빠진 상대를 쉽사리 놓아주려 하지 않았다. 몇 번의 타격이 더 가해지고, 청년의 체력 게이지 바는 잠깐 사이에 3분의 1로 줄어들어 버렸다. 콘솔용 게임이었다면 일찌감치 케이오당해 버렸을 것이다.

"바보 자식! 빨리 피해!"

조윤호가 관중석 난간 밖으로 상체를 쭉 내민 늙은 경마꾼처럼 주먹을 거칠게 휘두르며 소리를 질렀다. 애들 게임인 줄로만 알았던 일대일 대전 격투 게임에 자신이 이토록 애태우리라고는 생각조차 못 한 일이었다. 하지만 별수 있나, 그 애들 게임에 내 생명이 걸려 있다는 사실을 알고 난 다음에는. 그 모습을 본 ░░░░░░░░가 흡족한 얼굴로 말했다.

"옳지, 이 장르는 그렇게 꼭지가 돌아야 제맛이지."

얄미운 소리지만 경기에 몰두한 조윤호에겐 대꾸할 정신조차 없었다.

조윤호의 안타까운 마음이 통한 것인지, 스턴에서 풀린 청년이 뒤로 한 바퀴 재주를 넘으며 불곰의 공격권에서 벗어났다. 불곰이 큼직한 엉덩이를 무식하게 들이밀며 달려들었지만, 청년의 재빠른 방어에 가로막혀 빨간 불꽃 대신 공격 실패를 의미하는 하얀 연기만 만들었을 뿐이다.

슛!

청년이 가라테 발차기를 날렸다. 불곰은 상체를 타이밍 좋게 둥글게 숙임으로써 청년의 발차기 공격을 막아 냈다. 그러나 청년이 2차 발차기를 준비해 놓고 있는 줄은 미처 예상하지 못한 듯, 재차 날아든 가라테 발차기에 털북숭이 머리통을 뒤로 젖히며 공중으로 붕 떠오르고 말았다. 콤보 기술로 들어갈 찬스!

"그렇지! 어?"

환호하던 조윤호가 눈을 홉떴다. 콤보로 휘몰아칠 기회를 청년 스스로가 저버렸기 때문이다. 앞서 호되게 당한 일로 투지가 꺾이기라도 했는지 청년이 주춤주춤 뒷걸음질을 치며 불곰과의 거리를 벌린 것이다.

"저런 병신 새끼!"

그 모습이 어찌나 빙충맞아 보이던지, 하마터면 조윤호는 물병을 경기장으로 투척하는 매너 나쁜 프로야구 관중처럼 왼쪽 겨드랑이에 끼고 있던 손가방을 청년에게 집어 던질 뻔했다.

콤보의 위기에서 벗어난 불곰이 청년을 향해 씩씩하게 돌진했다. 강물 속의 연어를 내리찍는 듯한 불곰의 앞발 내려치기가 청년의 팔뚝에 가로막혔다. 두 번, 세 번…… 불곰의 앞발 공격이 거칠게 이어졌지만 청년은 침착하게 모든 공격들을 막아 냈다. 조윤호는 손톱들을 잘근잘근 씹으며 그 과정을 지켜보았다.

거듭된 공격 실패에 답답함을 느꼈는지 불곰이 큰 기술을 사용했다. 일반적으로 콤보의 마지막을 장식할 때 사용하는 하울링 베어Howling Bear라는 기술을 대치 상태에서 과감하게 시도한 것이다. 그러나 과감과 과욕은 결과에 따라 판명 나는 법. 실패한 과감은 과욕이 될 수밖에 없었다.

불곰이 하울링 베어를 쏘기 위해 두 앞발을 앞으로 뻗어 내는 순간, 신장된 불곰의 리치 안으로 쏜살같이 파고든 청년이 용수철처럼 허리를 틀어 올리며 불곰의 턱에 어퍼컷을 적중시켰다. 전성기의 마이크 타이슨을 연상시키는 강력하면서도 탄력적인 라이트 어퍼컷이었다.

뻥!

커다랗게 울려 나온 통쾌한 효과음이 조윤호의 가슴까지 뻥 뚫어 주었다. 조윤호는 크게 부르짖었다.

"나이스!"

어퍼컷 한 방으로 불곰의 거구를 공중으로 띄워 올린 청년은, 이어 로켓포 같은 오른손 돌려 찌르기로 공중에 뜬 불곰을 풍차처럼 소용돌이치게 만들었다. 콤보의 기회를 잡은 청년은 바닥으로 떨어지는 불곰에게 바짝 달라붙어 오른손 스트레이트와 왼손 어퍼컷을 연달아 날린 뒤, 어느 쪽이 먼저인지 육안으로는 분간할 수 없는 빠른 좌우 연타를 다시금 먹였다.

빡! 퍼벅! 퍼퍽!

둔탁한 효과음들이 줄줄이 울릴 때마다 불곰의 몸뚱이 위에서는 빨간 불꽃들이 나이트클럽의 사이키 조명처럼 번쩍거렸다.

마무리는 대포알처럼 강력한 왼발 미들킥. 이제까지 들은 것 중 가장 격렬한 효과음이 터져 나왔다.

뻑!

뒤로 4미터 가까이 날아간 불곰은 바닥에 길게 뻗고 말았다. 조윤호는 두 캐릭터의 머리 위를 확인했다. 4초 사이에 퍼부어진 일곱 번의 폭풍 같은 콤보 기술에 불곰의 체력 게이지 바는 순식간에 절반 아래로 떨어진 상태였다. 그러나 아직까지는 불곰의 우세. 스턴에 걸린 영향이 너무 컸다. 이대로 타임아웃이 되면 1라운드는 불곰의 우세승으로 판명 날 것이다. 승기를 다 잡아 놓고도 시간 때문에 패한다면 청년의 —사실은 조윤호의— 입장에서는 너무 억울하지 않겠는가!

"시간! 남은 시간은 볼 수 없나요?"

조윤호는 ░░░░░░░░를 돌아보며 다급히 물었다. 필요하다면 멱살이라도 잡을 수 있을 것 같은 기분이었다. ░░░░░░░░가 찔끔한 표정으로 상체를 뒤로 빼며 대답했다.

"이 게임은 타임아웃이 없네. 무한제지."

콘솔용 대전 격투 게임과의 차이점이 두 배로 주어진 체력 게이지만은 아닌 모양이었다. 그러나 왜 무한제인가는 하나도 중요하지 않았다. 중요한 것은 타임아웃으로 패할 염려는 없다는 점. 조윤호가 경기장을 향해 소리쳤다.

"끝내 버려!"

　청년은 중세의 충직한 기사처럼 조윤호의 지시를 이미 수행하고 있었다. 번쩍 치켜든 청년의 왼발 발꿈치가 불곰의 정수리를 내리찍었다. 쩍! 예의 바른 학생처럼 아래로 숙여진 불곰의 머리통에 왼손 잽이 짧게 꽂히고, 이어 좌우 연타, 다시 왼발 뒤꿈치 찍기. 숨 쉴 틈 없이 들어간 다섯 방에 불곰의 몸뚱이가 바닥에 세차게 떨어졌다가 튕겨 올랐다.

"바운드!"

　이 대전 격투 게임의 특징 중 하나가 바운드 시스템이라는 이름의 바닥 튕기기 기술이었다. 그 기술에 일단 걸려들면 콤보에서 빠져나올 수 없는 탓에 게임의 재미를 감소시킨다는 불만도 없지 않지만, 지금의 조윤호로서는 오로지 고맙기만 할 따름이었다.

　하체가 반쯤 뒤집어지도록 공중으로 올라갔다가 다시 내려오는 불곰에게 '귀신열광'이라는 일본식 기술명을 가진 왼발 앞차기-왼손 스트레이트 콤보가 연이어 작렬했고, 마지막 오른발 중단차기에 복부를 정통으로 얻어맞은 불곰은 또다시 뒤로 날아가 경기장의 가장자리를 이루는 화강암 돌 축대에 등판을 세차게 부딪쳤다. 불곰의 체력 게이지 바를 이루는 청록색은 그것으로 완전히 사라져 버렸다. 청년의 통쾌한 역전 케이오승.

"와아아! 우와아아!"

조윤호가 두 손을 번쩍 치켜들며 환호성을 내질렀다. 나무 상자에 걸터앉은 대머리 노인이 못마땅한 눈길로 쳐다보았지만 이번만큼은 신경 쓰고 싶지 않았다. 타인의 눈치부터 살피고 살아온 소시민 특유의 소심함마저도 화산처럼 솟구치는 지금의 이 흥분을 가라앉히지는 못했던 것이다. 그러나 이어진 ▨▨▨▨▨▨의 말은 조윤호의 흥분을 순식간에 가라앉혔다.

"처음 하는 솜씨치고는 제법인걸."

조윤호는 두 팔을 엉거주춤 치켜든 자세 그대로 굳어 버렸다.

"처음……이라고요?"

"처음일 수밖에. 이 게임 지구 자체에 처음 접속한 친구니까."

그러자 아까 ▨▨▨▨▨▨가 말한, 저들 두 유저의 소속이 다르다는 이야기가 떠올랐다. 시스템이 대전 격투 게임의 2라운드를 준비하는 사이, 조윤호가 ▨▨▨▨▨▨에게 물었다.

"저 유저는 누굽니까?"

"어떤? 방금 이긴 친구?"

"예."

"나도 정확히는 모르네. 다만 현 운영자가 유니크 몬스터인 자네를 사냥하는 대가로 내건 보상을 바라고 이곳에 온 친구는 아니라는 점만 알 뿐이지."

대답을 듣긴 했지만 궁금증은 오히려 커졌다.

"저를 잡지 않을 거라면 이곳에는 왜 온 거죠?"

"그 반대의 목적으로 왔다네. 저 친구는 다른 유저로부터 자네를 보호하기 위해 이곳에 온 거니까."

"예?"

경기장을 살피던 ░░░░░░░░가 조윤호의 등을 탁 치며 말했다.

"2라운드 준비가 끝난 모양이군. 저 친구가 이기면 궁금해하던 것을 자연히 알게 될 테니 자네는 1라운드 때처럼 응원이나 열심히 하라고."

장내 아나운서의 멘트가 다시 한 번 울려 나왔다.

Take care! Round two! Fight!

두 캐릭터들 간의 격돌이 시작된 순간 조윤호의 입이 쩍 벌어졌다. 1라운드에서 통쾌한 역전 케이오승을 거둔 청년은, 그러나 이런 종류의 대전 격투 게임은 처음이라는 ░░░░░░░░의 말을 입증하기라도 하듯 2라운드 초장부터 묵사발로 터지기 시작한 것이다.

퍽! 빠바박! 퍽! 퍽!

플레이어들 간에 통용되는 은어들 중 '발린다'는 표현에 딱 들어맞을 만큼 정신없이 얻어터지던 청년은 두 번의 벽치기 콤보에 파김치가 되더니, 마침내는 불곰의 방귀―콘솔용 게임에서도 등장하는 기술인데, 조윤호는 개발자가 정말로 곰의 방귀를 맡아본 적이 있는지 궁금해한 기억이 있었다― 한 방에 정신 줄을 놓고 말았다. 장내 아나운서의 개전 멘트가 떨어지고 난 시점으로부터 30초를 넘기지 않은 승부. 두 배로 주어진 체력을 감안하면 정말로 초단기 승부라고 할 수 있었다. 너무나도 일방적으로 흘러간 전세는 조윤호로 하여금 욕 한 번 제대로 퍼부을 기회조차 주지 않았다. 불곰의 퍼펙트 승.

조윤호의 얼굴이 하얗게 변했다.

"저 곰이 이기면 저는 정말로 저 곰의 소유물이 되나요?"

한껏 쪼그라든 마음이 그대로 묻어나는 조심스러운 질문에 ⠿⠿⠿⠿가 고개를 끄덕였다.

"메인 시스템이 결정한 이 게임의 룰일세. 아무리 나라도 그것을 막아 주지는 못하지."

"소유물이 된 다음에는 어떻게 되는 거죠?"

⠿⠿⠿⠿는 대답 대신 조윤호의 얼굴을 2, 3초쯤 쳐다보더니 고개를 좌우로 천천히 흔들었다. 이 제스처가 말로 한 그 어떤 대답보다 무시무시하게 다가왔다. 청년을 한 방에 보내 버린 불곰의 대단한 방귀가 머릿속에 어른거렸다. 토할 것 같은 기분이었다.

이런 조윤호의 기분은 전혀 아랑곳하지 않는 듯, 마지막 라운드의 시작을 알리는 장내 아나운서의 느끼한 멘트가 노을 진 하늘 위로 울려 퍼졌다.

Final match! Round three! Fight!

"정신 차려!"

조윤호는 목에 핏대를 세우며 청년을 응원했다. 만일 분신술을 쓸 줄 안다면 수백 명으로 분화해서 파도타기 응원이라도 펼치고 싶은 심정이었다. 죽을힘을 다해서라도 제발 이기라고!

결론부터 말한다면, 청년과 불곰의 삼판양승 승부에 더하여 조윤호의 생명까지 덤으로 걸린 운명의 3라운드는 너무 쉽게 끝났다. 조윤호는 입을 헤벌린 채 눈을 끔뻑거렸다.

"축하하네, 곰의 먹이가 될 기회를 놓친 것을."

░░░░░░░░가 조윤호의 등을 두드리며 축하를 건넸다. 조윤호가 귀신이라도 본 듯한 표정으로 ░░░░░░░░의 얼굴을 돌아보았다.

"방금 저 친구가 뭘 한 거죠?"

"뭐긴, 자네들이 현질이라고 부르는 짓을 한 거지."

"혀, 현질?"

마지막 라운드의 시작을 알리는 장내 아나운서의 멘트가 울린 순간, 청년은 변신했다. 머리에는 일본 전국시대 무장들이 쓰는 뿔 달린 투구, 상체에는 주요 부위를 은백색 금속으로 감싼 갑옷, 하체 또한 상체에 걸친 것과 한 세트인 게 분명한 갑옷, 마지막으로 손에는······.

"무기 센스는 꽝이군. 저거 참치라는 생선이지?"

경기장 한복판에 널브러진 불곰의 배 위에 한쪽 발을 척 올려놓은 채로 몇 명 안 되는 관객들을 향해 한 손을 치켜 올리고 있는 청년을 보며 ░░░░░░░░가 말했다. 참치회라면 사족을 못 쓰는 조윤호가 ░░░░░░░░의 말 중 틀린 부분을 정정해 주었다.

"가다랑어입니다. 참치의 사촌쯤 되는 생선이죠."

이 말을 하는 동안에도 조윤호는 방금 자신이 본 광경을 믿을 수 없었다. 머리 꼭대기에서 발끝까지 무시무시한 갑옷으로 차려입은 잘생긴 청년이 손에 든 커다란 냉동 가다랑어로 불곰을 때려잡는 광경을 상상해 보라!

"그런데 그게 현질이었다고요?"

조윤호가 물었다. 현질, 보다 정확하게 표현해 '현질 도배'란 경제 사정이 넉넉한 플레이어가 자신이 보유한 캐릭터의 능력을 단기간에 향상시키기 위해 고가의 아이템들을 현금으로 구입, 캐릭터의 전신에다가 말 그대로 도배를 하는 행위를 의미한다.

"좀 사는 모양이지."

░░░░░░░░░가 심드렁하게 대꾸했다. 조윤호는 경기장 안의 청년을 다시 한 번 쳐다본 뒤 ░░░░░░░░░에게 물었다.

"대전 격투 게임이란 게 원래 현질로 도배를 하면 무적이 되는 장르였나요?"

MMORPGMassively Multiplayer Online Role Playing Game(다중 접속 온라인 롤플레잉 게임)와는 달리 대진 격투 게임은 아이템 판매에 큰 비중을 두지 않는 장르다. 물론 아이템의 효과를 극대로 향상시킴으로써 플레이어로 하여금 화딱지가 나서라도 아이템을 반드시 구입하도록 만드는 게임도 없는 것은 아니지만, 그래도 보편적 관점에서 본다면 이 장르에서 아이템의 효과는 비교적 작은 편이라고 할 수 있다. 기껏해야 다른 플레이어들보다 돋보이고 싶을 때 사용하는 코스튬 효과 정도?

그러나 ░░░░░░░░░는 조윤호의 견해에 동의하지 않았다.

"현질 도배는 어느 장르에서든 무적이야. 그렇게 되도록 만들고, 또 그렇게 되도록 만들려고 하는 인간들이 바로 자네 같은 게임 개발자들 아닌가?"

사실이었다. 유저들로부터 매달 받는 계정비로 서비스를 운영할 수 있는 A급 게임의 수는 그리 많지 않았다. 그 수준에 오르지 못한 대다수 게임들은 원하든 원하지 않든 아이템을 팔아야만 했고, 유저가 반드시 필요로 하는 —그러면서도 돈에 눈이 뒤집혔다는 비난은 효과적으로 피해 갈 수 있는— 아이템을 고안해 내는 것은 게임 개발자들의 중요한 업무 중 하나였던 것이다. 그렇게 팔린 아이템이 게임 개발자들의 월급봉투를 두툼하게 만들어 주는 데 지대한 공헌을 한 것이 사실이었고.

"하지만 아무리 그래도 정도란 게 있는데 어떻게……."

"어떻게 저리 간단히 때려잡을 수 있느냐 이 말인가?"

조윤호가 고개를 끄덕였다.

"아무려면 어때. 우리로서는 시간을 절약하게 되었으니 잘된 일이지."

생각해 보니 잘된 일은 맞았다. 무엇보다도 승리 상품으로 불곰 앞에 바쳐지지 않아도 된다는 점이 가장 잘된 일이었다. 그런데 또 한편으로는 괘씸하다는 생각도 들었다. 아니, 도배를 하고 나올 거라면 1라운드부터, 하다못해 1 대 0으로 앞선 2라운드에서라도 하고 나올 것이지, 3라운드까지 질질 끌어서 보는 사람 애간장은 있는 대로 태워 놓는 것은 무슨 심보란 말인가!

"영웅께서 등장하시는군."

⣿⣿⣿⣿는 말끝에 휘파람을 붙였다. 조윤호가 고개를 돌리자 이번 게임의 승자인 청년이 돌 축대 위로 훌쩍 뛰어오르는 모습이 보였다. 언제 갈아입었는지 청년은 언밸런스한 무장 대신 경

호원들이 입으면 어울릴 법한 검은색 정장 차림에 한쪽 귀에는 이어폰 마이크까지 끼고 있었다.

"안녕하십니까."

음절 사이가 딱딱 부러지는 어색한 한국어로 인사를 건넨 청년이 잠시 머뭇거리다가 ░░░░░░░░에게 오른손을 내밀었다.

"반갑네."

░░░░░░░░는 빙긋 웃고는 여유로운 손놀림으로 청년이 내민 손을 마주 잡아 악수를 했다. 이어 청년은 조윤호에게도 같은 인사말을 건넨 뒤 오른손을 내밀어 악수를 청했다. 조윤호가 청년의 악수에 응했다. 굳은살로 뒤덮인 청년의 손바닥이 일식집에서 고추냉이를 가는 강판처럼 거칠게 느껴졌다.

"멋지던걸. 특히 마지막에 보여 준 참치 7연타 콤보가."

░░░░░░░░가 칭찬하자 청년이 짧게 대꾸했다.

"가다랑어입니다."

░░░░░░░░는 골난 아이처럼 입술을 삐죽거렸다.

"가다랑어나 참치나 커다란 고등어인 건 똑같구먼, 젊은 친구들이 뭘 그리 따지는가?"

"미안합니다."

청년이 즉시 사과했다. 하지만 얼굴에 떠오른 표정은 아까 불곰과 싸울 때와 마찬가지로 살벌해서, 진심으로 하는 사과인지는 파악할 수 없었다.

조윤호는 그 청년을 상대로 가장 나중에 떠오른 궁금증부터 풀기로 마음먹었다.

"왜 마지막 라운드에 와서야 아이템을 사용한 겁니까? 내가 얼마나 마음 졸였는지 아십니까?"

청년의 얼굴이 조윤호를 향했다. 당장이라도 한판 벌일 듯한 그 투지 넘치는 얼굴에 하마터면 조윤호는 저도 모르게 복싱 자세를 취할 뻔했다. 취해 봐야 별 쓸모야 없었을 테지만.

청년은 조윤호를 상대로 한판 벌이지 않았다. 대신 욕을 했다.

"바보 자식."

"예?"

"병신 새끼."

"에에?"

획득한 상품에는 마음대로 욕을 해도 된다는 룰이라도 있는 걸까? 조윤호가 어리둥절해하는데, 청년이 처음 표정 그대로 말을 이었다.

"1라운드 때 당신이 내게 한 말입니다. 그 말을 듣고 무척 기분이 안 좋았습니다. 그래서 당신에게 복수해야겠다고 마음먹었습니다."

조윤호는 그제야 청년이 욕을 한 이유를 알게 되었다. 하지만 어처구니없기는 마찬가지였다.

"그러니까, 나한테 복수하기 위해 2라운드에서 일부러 져 주었다는 얘긴가요?"

"그렇습니다. 나는 원래 지지 않습니다."

곁에 있던 ⠠⠃⠗⠁⠊⠇⠇⠑가 웃음을 터뜨렸다.

"하하하! 이거야 정말 카운터펀치 급이군. 미스터 조, 만나자마자 자네가 한 방 먹었어."

한 방 먹건 두 방 먹건 신경 쓰고 싶지 않았다. 조윤호에게는 할 일이 남아 있었다. 청년을 상대로 그다음 궁금증을 풀어야 했던 것이다. 조윤호가 굳은 얼굴로 청년에게 물었다.

"당신은 누구입니까?"

청년이 대답했다.

"나는 ⋮⋮⋮⋮⋮⋮⋮⋮⋮⋮입니다."

명함에 적혀 있던 ⋮⋮⋮⋮⋮⋮⋮의 이름처럼 발음할 수도 기억할 수도 없는 이름이었다. 그러나 ⋮⋮⋮⋮⋮⋮⋮의 이름과는 확실히 다른 이름이라는 점만은 선명하게 인지할 수 있었다.

청년이 조윤호에게 말했다.

"나는 당신을 마중 나왔습니다, 미스터 조윤호."

입국 심사장, 미지의 통로

  차원 통로에서 빠져나가는 문은 어처구니없게도 가축우리 안에 널브러진 불곰의 등짝 밑에 있었다. 경호원처럼 차려입은 잘생긴 청년을 따라 가축우리 안으로 내려간 조윤호는, 청년이 300킬로그램쯤 돼 보이는 불곰을 짚단 던지듯 옆으로 치워 내자 아무것도 없던 평평한 땅바닥에 직경이 2미터쯤 되는 동그란 문이 생겨난 것을 보았다. 바닥과 구분하기 힘든 모래색을 한 그 문은 나무도 아니고 금속도 아닌 기이한 재질로 이루어져 있었다. 굳이 말하라면 표면 색깔처럼 모래와 가장 가까울 것 같았다.

  "이 문이 원래부터 여기 있었나요?"

  그나마 친해졌다고 여기는 ⣿⣿⣿에게 이렇게 물은 조윤호는 곧바로 바보 같은 질문을 했다고 후회했다. ⣿⣿⣿를 따라 차원 통로에 들어선 뒤부터, 아니 어쩌면 게임 지구의 운영자가 바뀐 뒤부터 '원래'처럼 무엇을 규정하는 단어는 의미를 잃어버렸기 때문이다. 그때부터 조윤호의 세상은 '원래'보다 '그냥'이 지배하게 되었다. 그냥 없는 것이고, 그냥 있는 것이다. 저 문처럼. ⣿⣿⣿⣿가 그 점을 확인시켜 주었다.

"그냥 따라가기만 하면 되네."

청년이 앞자리에 서자 문이 정말 모래로 만들어지기라도 한 것처럼 밑으로 스르륵 무너져 내렸다. 문이 사라진 공간에는 땅 밑으로 향하는 계단이 있었다. 재질은 여전히 파악할 수 없지만 모래처럼 무너져 버린 문보다는 단단한 느낌을 주는 것 같아 조금 마음이 놓였다.

청년이 뒤를 잠깐 한 번 돌아본 뒤 계단을 내려갔다. 그다음은 ⣿⣿⣿⣿. 조윤호는 ⣿⣿⣿⣿의 말대로 그들의 뒤를 그냥 따라갔다.

계단은 에스컬레이터 기능까지 갖춘 것 같았다. 인간 세상에서 사용하는 일반적인 에스컬레이터들과 다른 점이 있다면 경사각이 40도가 넘는 고각이란 점과 속도가 다섯 배 이상 빠르다는 점. 이런 마당에 두 다리를 움직여 내려가는 것은 위험하기도 하거니와 무엇보다도 의미가 없을 것 같았다. 하물며 분속 30미터짜리 지하철 에스컬레이터에서조차 걸으면 큰일 나는 줄 아는 사람이 바로 조윤호였다. 그는 걸음을 멈추고 계단 위에 앉아 버렸다. 아래쪽 계단에 서 있던 청년과 ⣿⣿⣿⣿가 그를 힐끗 돌아보았다.

30분 가까이 아래로 내려가는 동안 계단은 한 번도 꺾이지 않았다. 딱히 할 일이 없는 조윤호는 중학교 때 배운 피타고라스 정리를 떠올렸다. 분속 150미터로 치면 4.5킬로미터를 온 셈이니, 빗변의 길이가 4.5킬로미터인 직각이등변삼각형의 높이는······.

3킬로미터가 넘는 것으로 계산되었다.

"와우."

조윤호는 조그만 감탄사를 내뱉었다. 티타늄 잠수정 같은 것을 타고 심해로 내려간 것을 제외하면 아마도 세계신기록을 세우고 있는 게 아닐까 싶었다.

"얼마나 더 내려가야 하나요?"

조윤호가 한 계단 앞의 ░░░░에게 물었다. ░░░░가 조윤호를 돌아보며 반문했다.

"자네는 우리가 내려가고 있다고 생각하는가?"

어리둥절해진 조윤호가 다시 반문했다.

"내려가는 것이 아니면, 지금 우리가 올라가고 있다는 말씀입니까?"

░░░░가 빙긋 웃더니 엉뚱한 질문을 던졌다.

"회전하는 선풍기 날개를 본 적이 있지?"

"예."

"회전이 빨라지면 어느 순간부턴가 선풍기 날개가 거꾸로 돌아가는 것처럼 보이지 않던가?"

조윤호는 고개를 끄덕였다. 그것은 선풍기를 본 적이 있는 사람이라면 누구나 한번은 경험하는 착시 현상이다.

"지금 우리는 삼차원 공간에 있는 것이 아니네. 그러니 자네가 알고 있는 삼차원 공간에서의 방향성은 이곳에서 아무런 의미를 갖지 못하지. 우리는 내려가고 있는 것도 아니고 올라가고 있는 것도 아니네. 인간의 언어로 표현한다면, 다만 '이동'하고 있을 뿐이지. 사실 그 표현도 아주 적확하다고 할 수는 없지만."

세계신기록은 그렇게 물 건너갔다. 조윤호가 다시 물었다.

"좋습니다. 그러면 우리는 앞으로 얼마나 더 이동해야 하나요?"

⠿⠿⠿⠿⠿는 고개를 앞쪽으로 돌리며 대답했다.

"거의 다 온 것 같네. 차원이 인간인 자네에 맞춰 내려가고 있는 걸 보면."

차원이 내려가는 현상을 인간의 몸으로 겪는 느낌은 뭐랄까, 차멀미와 같은 기묘하면서도 불쾌한 이물감이었다. 빠르게 내려가던 —이동하던— 에스컬레이터 계단이 점차 속도를 늦추더니 어느 순간엔가 멈춰 버렸다. 청년이 걸음을 내디뎌 몇 개 안 남은 계단을 벗어나고, 다음은 ⠿⠿⠿⠿⠿가 그렇게 했다. 마지막으로 조윤호가 계단을 벗어났을 때 뒤에서 눈이 내리는 듯한 작은 소리가 들렸다. 조윤호는 뒤를 돌아보았다. 설마 했는데 계단은 역시 사라진 뒤였다.

"흠."

바로 앞에 있는 ⠿⠿⠿⠿⠿가 신인 화가의 작품전에 초대받아 온 거장처럼 거만한 자세로 주위를 두리번거렸다. 조윤호도 그를 따라 주위를 둘러보았다. 천장도 없고 벽면도 없는 광활한 백일색白一色의 공간. 너무도 몰개성하여 오히려 개성 넘치는 이런 공간으로 들어섰다는 사실을 계단에서 벗어나던 몇 초 전에는 왜 인지하지 못한 걸까?

왜긴, 그냥이지.

우문현답이라고 생각하며 조윤호는 이 백일색의 공간 속에서 유일하게 색채를 입고 있는 한 곳으로 시선의 초점을 맞췄다.

인간의 거리감으로 전방 30미터쯤 떨어진 곳. 그곳에는 한 사람이 겨우 통과할 수 있을 만한 네모난 게이트 하나가 동그마니 세워져 있고, 그 옆으로 하얀색 와이셔츠에 짙은 자주색 넥타이를 맨 금테 안경의 남자가 절도 있는 자세로 서 있었다. 그 남자의 오른손에는 길이가 40센티미터쯤 되는 검은색 봉이 들려 있었다. 봉의 생김새가 꼭 공항 검색대에서 사용하는 금속 탐지기처럼 보였다.

"디테일이 많이 부족하긴 하지만 그래도 보내 준 자료는 검토해 본 모양이군."

주위를 둘러보던 ⁝⁝⁝⁝⁝⁝가 자세만큼이나 거만한 목소리로 말했다.

"여기가 프레젠테이션장인가요?"

조윤호의 물음에 ⁝⁝⁝⁝⁝⁝는 고개를 저었다.

"여기는 입국 심사장일세."

안 그래도 그렇게 보이긴 했다. 저 게이트와 제복 차림의 남자만 놓고 본다면. 하지만 그 둘을 제외하면 이런 입국 심사장은 지구상 어디에도 없다. 그래서 디테일이 부족하다고 평가한 모양인데, 앞줄에 핸드백을 밀반입하려는 아줌마라도 있어야 충족될 디테일이라면 이쪽에서 사양하고 싶었다. 며칠 전 인천공항에서의 기억을 떠올리며 쓰게 웃던 조윤호가 ⁝⁝⁝⁝⁝⁝에게 물었다.

"혹시 미스터 마이어가 있던 곳에도 입국 심사장이 있나요?"

가 고개를 갸웃거리다가 대답했다.

"솔직히 있다고 하지는 않겠네. 있어야 할 필요가 한 번도 없었으니까. 하지만 자네 말을 들어 보니 하나쯤 가지는 것도 나쁘지 않을 듯싶군. 물론 이곳보다 훨씬 멋지고 훨씬 세련된 곳으로 말일세."

반드시 그렇게 될 것 같았다. 기나긴 시간을 통해 충분히 '학습'했을 테니까.

그때 함께 온 청년이 말했다.

"저리로 들어가면 됩니다."

청년은 시범을 보여 주듯 게이트 쪽으로 성큼성큼 걸음을 옮겼다. 제복 차림의 남자는 청년이 게이트를 통과하는 동안 꼼짝도 하지 않고 그 자리에 서 있었다. 정면만을 응시하는 얼굴이 마치 잘 만든 마네킹을 보는 것 같았다. 청년이 게이트를 통과한 뒤 조윤호가 이어 걸음을 옮기려 하자 가 그의 소매를 붙들며 말했다.

"내가 먼저 가는 게 좋겠군."

왜 그래야만 하는지 이유는 알지 못하지만 조윤호는 순순히 의 말을 따랐다.

가 게이트로 다가가자 마네킹처럼 멈춰 있던 제복 차림의 남자가 비로소 움직였다.

"성함을 말씀해 주십시오."

물론 모든 과정이 여권이나 비자 같은 증빙 서류를 통해 진행되는 일반적인 입국 심사장에서는 이름을 말하라는 요구 따위는 받지 않는다. 하지만 ⠿⠿⠿는 태연히 자신의 이름을 밝혔다.

"⠿⠿⠿."

제복 차림의 남자가 손에 든 검은색 봉으로 ⠿⠿⠿의 신체 앞뒤를 훑어 내렸다. 봉의 손잡이 부근에 달린 작은 LED 램프는 아무 반응도 보이지 않았다. 남자가 봉을 거두며 말했다.

"통과하셔도 좋습니다."

다음은 조윤호 차례였다. 조윤호는 숨을 들이마셔서 가슴을 부풀린 뒤 게이트로 다가갔다. 제복 차림의 남자가 같은 물음을 던졌다.

"성함을 말씀해 주십시오."

"조윤호."

제복 차림의 남자가 조윤호의 몸 위에서 봉을 움직였다. LED 램프에 곧바로 불이 들어오더니 귀에 거슬리는 날카로운 경고음이 백일색의 공간 속으로 퍼져 나갔다. 조윤호는 자신도 모르게 손가방을 낀 왼쪽 겨드랑이를 움츠렸다가 다시 폈다. 이 안에는 볼펜 두 자루와 달력지 세 장밖에 없는데?

"조윤호 씨, 당신은 이곳을 통과할 수 없습니다."

제복 차림의 남자가 날카로운 눈으로 조윤호를 쳐다보며 말했다.

"예?"

조윤호는 어이가 없었다. 경호원 차림의 청년과 제복 차림의 남자는, ⠿⠿⠿의 표현을 빌리자면, 같은 소속일 가능성이 높았다. 그런데 기껏 마중까지 나와 놓고서 이제 와서 통과할 수 없다는 것은 말이 안 되지 않는가.

리셋 지구 265

"이유가 뭡니까?"

"당신은 '객체'이기 때문입니다."

조윤호는 당황하지 않을 수 없었다. 살다 보면 말하거나 듣기는 하지만 정확한 의미는 잘 모르는 용어들을 가끔 만나게 된다. 제복 차림의 남자가 방금 사용한 '객체'가 바로 그런 용어였다. 그때 앞서 게이트를 통과한 ⠿⠿⠿가 남자에게 다가와 말했다.

"그의 '주체'는 나요. 통과시켜 주시오."

제복 차림의 남자는 ⠿⠿⠿와 조윤호를 번갈아 쳐다보았다. 조윤호 역시 ⠿⠿⠿와 제복 차림의 남자를 번갈아 쳐다보았다. 오직 ⠿⠿⠿만이 뭐가 문제냐는 식의 다소 뻔뻔한 얼굴로 서 있을 뿐이었다.

이윽고 제복 차림의 남자가 와이셔츠 주머니에서 앞뒷면 모두 노란색인 얇은 종이 한 장을 꺼냈다.

"⠿⠿⠿ 씨가 조윤호 씨의 주체라는 것을 증명하는 확인증입니다. 빈칸에 기재해 주십시오."

⠿⠿⠿가 조윤호를 돌아보며 말했다.

"꽤나 깐깐한 바이어로군. 펜 좀 빌려 주게."

아무거나 척척 만들어 내는 초월적인 존재가 굳이 펜을 빌려 달라는 데에는 이유가 있을 것이다. 조윤호는 양복 안주머니 있는 만년필 대신 손가방 펜 홀더에 꽂고 다니는 볼펜들 중 한 자루를 꺼내 ⠿⠿⠿에게 건네주었다. 과연 볼펜을 받은 ⠿⠿⠿가 눈살을 찌푸리며 물었다.

"아직은 만년필을 줄 때가 아니라는 건가?"

조윤호는 대답하지 않았다. 당연히 긍정의 의미였다. 어깨를 으쓱거린 :::::::::::는 확인증에 몇 글자를 쓴 다음 제복 차림의 남자에게 내밀었다. 확인증을 들여다본 남자는 조윤호를 가로막고 있던 봉을 치웠다.

"통과하셔도 좋습니다."

게이트를 통과한 조윤호는 :::::::::::가 내미는 볼펜을 받으며 물었다.

"주체가 뭐고 객체가 뭡니까?"

"말뜻을 몰라서 묻는 것은 아닐 테고, 자네가 왜 객체인지가 궁금해서 묻는 거겠지?"

달랑 객체만 들었을 때에는 아리송했는데 주체까지 붙어 나오니 의미를 알 것 같았다. 조윤호는 잠시 생각하다가 고개를 끄덕였다. 주체는 주인 혹은 승객, 객체는 종 혹은 수화물.

"이곳에서는 자네 같은 인간을 하나의 주체로 인정하지 않는 모양일세. 그래서 부득이하게 내가 자네의 주체 노릇을 한 거지. 설마 불쾌하게 생각하지는 않겠지?"

:::::::::::의 대답이었다. 조윤호가 다시 물었다.

"미스터 마이어가 있던 곳은 어떻습니까?"

"내가 있던 곳? 글쎄, 아직 인간이 들어온 적은 한 번도 없어서 뭐라고 대답해야 할지 모르겠군. 하지만 확률로 말하라면, 이곳에서 벌어진 것과 비슷한 일이 벌어질 가능성이 높다고 보네."

조윤호는 자조감이 들었다. 만물의 영장이라는 인간을 일개 수화물처럼 취급하는 곳도 얼마든지 있었던 것이다. 그러나

⣿⣿⣿⣿의 우려처럼 불쾌하지는 않았다. 덕분에 투지가 생겼다고나 할까? 잘난 주인 나리들에게 이번 수화물만큼은 결코 만만하지 않다는 것을 보여 주고 싶었다.

입국 심사장이라는 게이트를 지나 얼마쯤 걸어가자 이번에는 바닥이 움직이기 시작했다. 현대식 공항의 출입국장에서 흔히 볼 수 있는, 무빙워크라는 한국식 영어로 더 잘 알려진 이동식 보행로에 올라선 기분이었다.

무빙워크 위에 한동안 서 있던 조윤호는 어느 순간부터인가 선두에 있던 청년의 모습이 보이지 않는다는 사실을 알아차렸다. 그가 주위를 두리번거리자 ⣿⣿⣿⣿가 말했다.

"그 친구는 먼저 떠났네."

조윤호는 묵묵히 고개를 끄덕였다. 언제 어떤 방식으로 떠났는지 묻는 것이 무의미하게 여겨졌다. 언제든 또 어떤 식으로든 떠났을 것이다. 지금까지 줄곧 그래 온 것처럼.

빠르게 움직이는 무빙워크를 통해 인간 시간으로는 30분, 인간 거리로는 10킬로미터쯤 이동했을까? 조윤호는 눈을 가늘게 뜨고 전방을 바라보았다. 백일색의 전방 멀리에 하늘과 땅을 수직으로 잇는 새까맣고 가느다란 금 하나가 보였다. 마치 커다란 도화지 위에다 제도용 펜으로 수직선을 하나 그어 놓은 것 같았다.

"저게 뭐죠?"

"회사."

짧게 대답한 ⣿⣿⣿⣿가 고개를 삐딱하게 기울이며 인상을 찌푸렸다.

"이건 예상 밖이군. 저토록 심플한 건축물에 미적 가치를 담는 것이 가능할 줄은 몰랐거든. 바이어 측의 심미안에 대한 평가를 조금 상향할 필요가 있겠어."

조윤호는 ░░░░░░가 한 말을 곱씹다가 눈을 크게 뜨고 물었다.
"저게 건축물이라고요?"
"줄여서 건물, 영어로는 빌딩. 자네도 많이 봤잖아."

줄여서 건물, 영어로는 빌딩인 그 건축물은 정말 금처럼 보였다. 금처럼 좁은 폭이야 먼 거리로 인해서라고 치더라도, 높이만큼은 인간이 상상할 수 있는 영역을 훨씬 넘어섰던 것이다.

무빙워크는 그 뒤로도 30분 정도를 더 움직였다. 이제 조윤호는 아까 본 그 금이 건축물이라는 사실을 인정하지 않을 수 없게 되었다. 10미터 폭에 무한대의 높이를 가진 건축물도 건축물에 포함된다면.

"입은 좀 다무는 게 좋겠군. 바이어 측에 바보처럼 보여서 좋을 일은 없을 테니까."

조윤호는 ░░░░░░의 말이 나온 다음에야 자신이 꽤 오랫동안 입을 반쯤 벌리고 있었다는 사실을 깨달았다. 그는 얼른 입을 다물었다. 턱이 축축한 것을 보니 침도 조금 흘린 모양이었다.

무빙워크가 마침내 정지했다. 정지한 무빙워크는 곧바로 바다와 하나가 되었다. 분리되는 선조차 보이지 않았다. 순서만 반대일 뿐 움직이기 시작할 때와 동일한 패턴이었다.

조윤호는 10미터쯤 떨어진 곳에 서 있는, ░░░░░░가 '회사'라고 부른 건축물을 바라보았다. 그 건축물은 높이가 무한대라는 점만 제외하면 구시가지에서 흔히 볼 수 있는 3, 4층짜리 낡은 상업용 잡거 건물의 수더분한 외양을 하고 있었다. 그런 건물에는 대개 엘리베이터가 없었다. 만일 저 건축물 안에도 엘리베이터가 없다면 끔찍할 거라는 생각이 들었다. 아니, 있다고 해도 끔찍하긴 마찬가지겠지.

"마침내 도착했군."

⣿⣿⣿⣿⣿가 말했다. 조윤호는 자신도 모르게 침을 꿀꺽 삼켰다. 천신만고 우여곡절 끝에 마침내 프레젠테이션장에 도착한 것이다. 프레젠테이션장의 외관은 그의 기대를 저버리지 않았다. 한마디로 굉장했다. 내부는 또 어떨지 설레는 마음마저 일었다.

조윤호는 정면에 보이는 건축물의 입구를 향해 걸음을 옮겼다.

"잠깐."

뒤에서 ⣿⣿⣿⣿⣿의 목소리가 들렸다. 조윤호는 뒤를 돌아보았다. ⣿⣿⣿⣿⣿는 무빙워크가 내려 준 자리에 그대로 서 있었다.

"안 가십니까?"

조윤호가 묻자 ⣿⣿⣿⣿⣿가 떨떠름한 표정으로 반문했다.

"정말로 나까지 저 안에 들어가야 하는가?"

조윤호는 콧등을 한 번 긁은 뒤 발길을 돌려 ⣿⣿⣿⣿⣿에게 걸어갔다.

"출발하기 전에 약속하셨잖습니까."

"그렇기는 하지만……."

"제가 준비해 온 카드가 무엇인지 궁금하지 않으십니까?"

⣿⣿⣿⣿⣿는 입술을 몇 번 실룩거리다가 물었다.

"그 카드가 재미있을 거라고 말한 것 기억하는가?"

"예."

"만일 재미가 없으면 곧장 나가 버릴 테니 그땐 원망하지 말게나."

"분명히 재미있어하실 겁니다."

'분명히'라는 단어에 특히 힘을 실어 말한 조윤호가 씩 웃었다.

조윤호와 ⠿⠿⠿는 건축물의 입구를 향해 걸어갔다. 오래된 목재의 질감을 내는 가장자리에, 가운데에는 이 단으로 나뉜 불투명한 유리가 달린 낡은 문이 한 사람과 한 초월적인 존재의 방문을 기다리고 있었다.

조윤호는 문의 손잡이를 잡은 다음 크게 심호흡을 했다. 그러고는 힘주어 밀었다. 문은 건축물의 수더분한 외양에 걸맞게 적당한 마찰음을 내며 안으로 열렸다.

끼이익.

프레젠테이션장 1

"심미안은 제법인 것 같지만 인내심은 부족하군."

문 안으로 들어서기 무섭게 ⠿⠿⠿가 내린 촌평이었다. 조윤호는 그 평에 전적으로 동의하고 싶어졌다. 왜냐하면 인간의 기준에서 설명할 수 있는 단계는 방금 들어선 저 문이 마지막이었기 때문이다. 인간 흉내를 내는 것에 싫증을 느낀 탓일까? 대체로 건물이란 데에 들어서면 수위실도 보이고 계단도 보이고 화장실도 보이고 그래야 정상일 텐데, 그가 들어선 문 안쪽은 곧바로 프레젠테이션장이었던 것이다.

프레젠테이션장은 그 혹은 그들만의 세상이었다. 그랜드캐니언의 바닥에 사는 개미는 절대로 그랜드캐니언 전체를 파악할 수 없듯이, 조윤호는 프레젠테이션장으로부터 자신이 철저히 배제당하고 있다는 것을 알 수 있었다. 아무것도 알 수 없음으로 인해 알 수 있는 것이 있다니 굉장한 역설이 아닐 수 없었다.

░░░░░░░░가 바지 뒷주머니에서 손수건을 꺼내 이마를 닦았다. 조윤호는 더운 느낌이 전혀 없는데 ―하지만 느끼지 못하는 것이 비단 더위뿐일까― ░░░░░░░░와 같은 초월적인 존재가 땀을 닦는 것이 이상했다. 조윤호가 물었다.

더우신가요?

그러나 조윤호의 이 말은 입을 벗어나지 못했다. 왜 그런가를 곰곰이 생각해 보니 말이 나오는 입이 사라지고 없었다. 사라진 부위는 입만이 아니었다. 조윤호의 육체를 구성하는 모든 것들이 깡그리 사라지고 없었던 것이다. 사라짐. 소멸. 무無. 이런 단어들을 인간에게 적용시키면 그 귀결점은 오직 하나였다. 죽음.

하지만 나는 여기 있잖아?

Cogito, ergo sum. 나는 사유한다, 고로 존재한다. 근세철학의 창시자로 추앙받는 데카르트의 저 유명한 명제가 육체는 완전히 사라져 버렸지만 사유할 수 있는 정신만큼은 온전히 남아 있는 조윤호에게 작은 안도감을 주었다. 그러나 지금 그 정신이 마치 무중력상태에 떠올라 금방이라도 개개의 방울들로 부서져 버릴 물덩어리와 같은 신세라는 점만큼은 부정할 수 없었다. 한마디로 담을 그릇이 없는 것이다.

"취미 한번 고약하군."

░░░░░░░░가 왼손 엄지와 중지를 튀겼다.

빵!

인간의 언어로는 도저히 설명할 수 없는 프레젠테이션장이

░░░░░░░를 중심으로 도미노처럼 무너지며 비로소 설명할 수 있을 만한 '공간'이 만들어졌다. 그 영역은 그리 넓지 않았지만, ░░░░░░░와 멀지 않은 곳에 있던 조윤호는 다행히도 그 안에 포함될 수 있었다. 어릴 적 자주 하던 피구가 생각났다. 땅 위에다가 그어 놓은 금 하나로 생사가 좌우되는 게임. 금 안에 들어간 조윤호는 다시 살아날 수 있었다. 데카르트식 관점에서 보자면 육체를 되찾은 것에 불과하지만.

░░░░░░░가 다시 나타난 조윤호를 향해 말했다.

"비명을 지르고 싶다면, 그렇게 하게."

다음 순간, 조윤호는 교주에게 맹종하는 사이비 종교의 광신도처럼 목이 터져라 비명을 지르기 시작했다. 죽고 싶다는 생각조차 떠올리지 못하게 만드는 끔찍한 고통에 그의 육체를 구성하는 모든 세포가 한순간에 점령당한 것 같았다. 고통은 1초도 안 되어 사라지만 여운은 오랫동안 남았다. ░░░░░░░에 의해 재구성된 바닥 위에 엎어져 있던 조윤호는 한참이 더 지난 다음에야 자신이 흐느끼고 있다는 사실을 알아차렸다. 그는 손바닥으로 얼굴을 문지르며 일어섰다.

"고생했군."

░░░░░░░가 들고 있던 손수건을 내밀었다. 그것을 받으려 팔을 내밀던 조윤호는 자신에게도 손수건이 있다는 것을 떠올렸다.

"괜찮습니다."

조윤호는 양복바지 뒷주머니에서 손수건을 꺼내 눈물, 땀, 콧물, 침 등의 체액으로 축축해진 얼굴을 닦았다. 그리고는 바닥에 떨어진 손가방을 집어 들었다. 비로소 정신이 조금 돌아왔다. 그토록 거대한 고통을 겪었음에도 아픈 데는 전혀 없었다. 방금 겪은 고통이 마치 꿈속의 일인 것 같았다.

"더 이상 장난치지 맙시다."

⠿⠿⠿가 앞을 바라보며 조금 큰 소리로 말했다. 이 말이 신호가 된 듯, 조윤호가 인지 가능한 반경 10미터 남짓한 공간이 무서운 속도로 확장되었다. 헤아릴 수 없는 빛줄기들이 허공에서 떨어져 내리고, 그에 맞먹는 빛줄기들이 바닥에서 솟구쳐 올랐다. 왼쪽에서 오른쪽으로, 오른쪽에서 왼쪽으로. 빛줄기들의 질주는 한참을 정신없이 이어지다가 어느 순간엔가 칼로 자른 듯 뚝 끊겼다. 조윤호는 그제야 비로소 이 프레젠테이션장의 전경을 볼 수 있게 되었다.

"아아!"

조윤호는 아까와는 전혀 다른 의미에서 눈물을 참을 수 없었다. 프레젠테이션장에는 지구를 테마로 한 모든 시간들과 모든 공간들이 담겨 있었다. 거대한 태양이 불을 뿜는가 싶더니 유체로 흐르던 맨틀이 덩어리로 굳어지고, 그 위로 억수 같은 폭우가 퍼부어져 초록빛 원시 바다를 만들어 냈다. 생명이 탄생하고, 식물이 자라고, 해면동물이 꼬물대고, 곤충이 하늘을 날고, 도마뱀들이 몸집을 키우고…… 태어나고, 자라고, 죽고, 태어나고, 자라고, 죽고…… 기다가, 걷다가, 만들다가, 군락을 이루다가…… 사냥하고, 사냥당하고…… 심고, 키우고, 수확하고…… 짓고, 부수고, 다시 짓고, 불태우고…….

조윤호의 두 눈에서 철철 흘러내리던 눈물이 어느 순간엔가 말라 버렸다. 그의 두 눈이 한낮의 태양을 닮은 새하얀 빛으로 물들었다.

조윤호는 조금 전과는 다른 의미로…… 죽었다.

"그만!"

░░░░░░░░가 소리쳤다. 어의가 아닌 그 소리 자체에 담긴 권능이, 터지기 직전까지 높아진 조윤호의 안압을 진정시켰다.

갑자기 바보가 되어 버린 듯 그 자리에 우두커니 서 있는 조윤호를 향해 ░░░░░░░░가 오른손 손바닥을 내밀었다. 그 손바닥으로부터 흘러나온 부드러운 힘이 잠깐 사이에 인간으로서는 결코 감당할 수 없는 요타바이트yottabite, (2^{80}) 단위의 정보들에 노출당해 넝마처럼 너덜너덜해진 조윤호의 뇌세포를 복구시켰다.

"헉!"

건전지를 새로 갈아 끼운 벽시계처럼 조윤호는 한순간에 살아났다. 좀전에 육체가 복구될 때와는 다른 의미의 재생이었다. ░░░░░░░░는 재생한 조윤호의 두 눈을 손바닥으로 재빨리 덮으며 말했다.

"눈을 감게. 가능한 한 꽉."

조윤호는 시키는 대로 했다. 두 눈을 누르던 ░░░░░░░░의 손바닥이 치워지는 것이 느껴졌다.

"처음에는 육체를 없애더니만 그다음은 정신이오? 장난이 너무 지나치잖소."

░░░░░░░░의 목소리가 들렸다. 잠시 후 전혀 다른 목소리가 조

윤호의 귀에 들려왔다.

"미안하오. 인간이란 캐릭터가 이 정도로 약한 줄은 몰랐소."

70 줄에 접어든 노신사의 이미지를 떠올리게 만드는 느리고 점잖은 말투요 음색이었다.

"게임 지구에 등장하는 모든 생명체는 애당초 단일한 육체와 단일한 정신밖에 가질 수 없는 것으로 설정되었소. 보내 준 자료를 검토했다면 충분히 아실 텐데?"

░░░░░░의 추궁에, 노신사의 이미지를 떠올리게 만드는 목소리의 주인은 아무 대답도 하지 않았다. 침묵은 곧 긍정이라는 오래된 관용구가 떠올랐다.

"이것들을 당장 치우시오. 게임 지구를 아직 인수하지 않은 당신에게 내 저작물 중 일부를 도용할 권리는 없소."

외물의 변화를 알아차릴 만한 어떠한 느낌도 받지 못했지만, 조윤호는 이 기괴한 프레젠테이션장 안에서 뭔가 새로운 변화가 벌어지고 있다는 것을 알 수 있었다. 잠시 후 ░░░░░░가 조윤호에게 말했다.

"이제 눈을 떠도 되네."

조윤호는 속눈썹에 찔릴 만큼이나 힘껏 누르고 있던 눈까풀을 천천히 들어 올렸다. 아기 양말에 끼워진 코끼리 발처럼 연약한 시신경 속으로 밀려들던 엄청난 시각 정보들은 이미 사라진 뒤였다. 지금은 프레젠테이션장의 바깥에서 본 것과 동일한 백일색 공간이 그를 둘러싸고 있었다.

하지만 조윤호는 눈을 떠도 된다고 한 ░░░░░░에게 고마워

할 수 없었다. 아니, 오히려 원망하고 싶은 마음마저 생겼다. 앞에 있는 '바이어'를 보았기 때문이다.

노신사의 이미지는 잘못돼도 너무 잘못된 것이었다. 바이어의 생김새를 묘사할 수 있는 단어는 오직 하나밖에 없을 것 같았다. 조윤호는 피스 레이블 온라인의 시나리오를 제작하는 동안 어설프게나마 공부한 위상기하학의 어떤 용어를 떠올렸다.

테서랙트$_{tesseract}$.

어떤 일차원 직선(X축)이 있다고 하자.

그 직선을, 직선에서 직각 방향으로, 직선의 길이만큼 이동시키면 이차원 정사각형(X축, Y축)이 만들어진다.

그 정사각형을, 정사각형에서 직각 방향으로, 변의 길이만큼 이동시키면 삼차원 정육면체(X축, Y축, Z축)가 만들어진다.

여기까지가 인간의 눈이 파악할 수 있는 공간의 한계다. 차원으로는 삼차원.

그런데 여기에 미지의 새로운 축(W축)을 적용시킨 것이 사차원, 혹은 다차원 초超입방체인 테서랙트다.

사실 정육면체는 가로, 세로, 높이, 세 방향 모두로 직각 이동을 끝낸 상태이기 때문에 삼차원 내에서 새로운 직각을 만들어 낼 여지가 전혀 없다. 그러므로 어떤 인간도 테서랙트를 그리거나 만들지 못한다. 그리거나 만든다는 행위 자체가 각각 이차원과 삼차원의 한계를 벗어날 수 없기 때문이다.

그러나 초월적인 존재라면 얼마든지 가능하지 않을까? 테서랙트를 그리는 것도, 테서랙트를 만드는 것도, 심지어는 테서랙트로 존재하는 것마저도.

지금 조윤호가 바라보는 바이어를 묘사할 수 있는 유일한 단어는 바로 그 테서랙트였다. 그 외에는 어떤 단어로 묘사한다 해도 반드시 틀릴 수밖에 없었다.

바이어가 조윤호에게 말했다. 고막을 통해 전달되는 것이 아닌 전혀 다른 방식으로 전달되어 온 말이지만, 이제 그 정도는 놀랄 축에도 끼지 못했다.

"자네가 프레젠테이션의 진행을 맡았다는 그 인간이군. 자네를 힘들게 만들었다면 사과하겠네. 변명을 하자면, 받은 자료를 검토하던 중 인간에게 호기심이란 속성이 있다는 구절을 보았네. 그러자 호기심이란 걸 가진 인간이 어떤 존재인지 궁금해지더군. 그래서 자네를 상대로 실험해 보았다네."

무엇을 궁금해하는 자체가 호기심이다. 그런 의미에서 볼 때, 바이어는 조윤호라는 인간을 대상으로 한 실험에서 어떤 결과를 얻었든 간에 이미 호기심에 대한 학습을 마쳤다고 할 수 있었다.

"자, 그럼 프레젠테이션이란 걸 해 보게나."

바이어가 말했다. 조윤호는 ⠸⠇⠞⠍⠗⠎⠕ 쪽을 돌아보았다. ⠸⠇⠞⠍⠗⠎⠕가 '잘해 보게.'라고 말하듯 고개를 슬쩍 끄덕여 주었다.

조윤호는 심호흡을 한 뒤 바이어를 향해 한 걸음 옮겼다. 가까워진다거나 멀어진다는 식의 원근감은 바이어를 처음 대한 시점부터 인지력에서 제거된 상태였다. 그러므로 이 한 걸음에는 실제 거리와는 무관한 조윤호만의 의미가 담겨 있었다. 작게는 아들을 다시 만나기 위한 한 걸음이요, 크게는 인류 전체를 구원하는 한 걸음이었다. 조윤호는 씩 웃었다. 마치 내 첫돌 무렵에 달을 밟은 우주 비행사 같잖아? 스스로가 대단하게 여겨졌다.

"프레젠테이션을 시작하기에 앞서 바이어분께 부탁드리고 싶은 것이 있습니다."

조윤호가 바이어에게 말했다. 저런 엄청난 존재에게도 바이어라는 호칭이 술술 나오는 것이 신기했다.

"뭔가?"

"앞서 말씀하신 대로 인간은 매우 약한 존재입니다. 그리고 저는 그런 인간들 중 하나고요. 지금 저를 둘러싼 환경은 제가 평소 프레젠테이션을 하던 장소와 너무나 다릅니다. 바뀐 환경에 쉽사리 적응하지 못하는 저를 이해해 주시기 바랍니다."

"이상하군. 인간은 돼지란 캐릭터만큼이나 환경에 대한 적응력이 좋다는 구절을 보았는데."

별걸 다 써서 보냈군. 조윤호는 뒤에 서 있는 ⠿⠿⠿⠿를 슬쩍 째려본 뒤 바이어에게 말했다.

"그 돼지도 이 자리에 있었다면 아마 저와 마찬가지의 심정이었을 겁니다."

잠시 시차를 두고 바이어가 물었다.

"내가 어떻게 해 주면 되겠나?"

"이곳을 제가 프레젠테이션을 가장 잘할 수 있는 환경으로 바꿔 주십시오."

"조금 번거로운 것 같지만, 알았네. 그럼."

조윤호는 갑자기 오싹해졌다. 차가운 촉수 같은 것이 머릿속을 훑고 지나가는 듯한 기분이었다. ⠿⠿⠿가 급히 말했다.

"살살 하시오. 캐릭터의 뇌를 직접 들여다보는 것은 운영자라도 섣불리 하지 않는 일이니까."

"그렇소?"

오싹한 기분은 금세 사라졌다. 어리둥절해진 조윤호가 주위를 두리번거렸다. 곧이어 바이어의 목소리가 들렸다.

"대충 알았네. 이 정도면 자네가 말한 조건에 부합되겠군."

목소리가 끝난 순간 빛줄기들의 질주가 다시 시작되었다.

프레젠테이션장 2

전후좌우에 상하까지 포함한 여섯 방향에서 백만 명의 미래 전사들이 백만 정의 레이저 총을 난사하는 것 같았다. 그렇게 백일색의 공간을 종횡으로 가로지르던 새하얀 빛줄기들이 어느 순간 뚝 끊겼다. 조윤호는 부르르 몸을 떨었다. 환경이 어느새 바뀌어 있었다.

지금 조윤호는 문과 창문이 하나도 없다는 점만 제외하면 모든 면에서 강남에 있는 게임 회사의 회의실과 똑같은 공간에 서 있었다. 장막벽 두 개를 터 폭에 비해 길이가 긴 그 회의실의 중앙에는 길이가 10미터쯤 되는 기다란 회의 테이블이 놓여 있었다. 조윤호의 위치는 테이블의 좁은 변 쪽에 해당하는 벽면 앞. 그가 선 위치를 기준으로 테이블 오른쪽에는 ⡇⠉⡇⠉⠉⡇⠉⠉⡇⠉⡇가 팔짱을 낀 채 앉아 있었다.

조윤호는 먼지 한 점 찾아볼 수 없는 새하얀 벽면을 슬쩍 돌아보았다. 시청각용으로 준비해 온 자료가 있더라도 따로 프로젝션 스크린을 내릴 필요는 없을 것 같았다. 그러나 아쉽게도 그런 자료는 준비해 오지 못했다. 아니, 자료라고 부를 만한 것 자체가 없다고 해야 옳을 것이다.

"내 이런 모습도 자네를 불편하게 만들겠군."

회의실로 바뀐 공간 어딘가에 전혀 다른 방식으로 존재하는 바이어가 말했다. 말이 끝난 순간, ⠿⠿⠿⠿⠿의 맞은편 자리에 한 사람이 모습을 드러냈다. 하얀색 체크무늬가 들어간 밝은 살구색 양복에 노타이 차림의 자그마한 노신사. 적당한 연륜을 드러내는 회백색 머리카락에 아기의 것처럼 매끄러운 피부는 저 노신사에게 나이를 덮을 만한 경제력이 있음을 보여 주고 있었다.

조윤호는 고개를 살짝 젖히고 노신사를 관찰했다. 영업자의 기준으로 판단하자면 꽤나 만만해 보이는 인상이라고 할 수 있을 것이다.

노신사가 스스로의 모습을 이리저리 둘러보더니 조윤호에게 물었다.

"이제 만족하나?"

물론 조윤호는 만족했다. 익숙한 회의실에 만만해 보이는 바이어. 프레젠테이션을 하기에 이보다 더 좋은 환경은 만나지 못할 것 같았다. 다만 한 가지, 그에게는 확인하고 싶은 것이 아직 남아 있었다.

"무척 만족스럽습니다. 그런데 뭐랄까, 아직 어색한 점이 한 가지 있는 것 같군요."

"뭔가? 주저 말고 말해 보게나."

충분히 짜증을 낼 만한 상황인데도 노신사는 오히려 미소를 지었다. 아기자기한 뭔가를 만들어 내는 일에 재미를 붙인 것 같았다.

"바이어 측 자리에 한 분만 앉아 계시다는 점이 좀……. 대체로 이런 자리에는 한 분만 나오시는 게 아니거든요."

노신사의 맞은편에 앉은 ░░░░░░░░가 이죽거렸다.

"내가 뭐랬나. 디테일은 멀었다니까."

노신사가 이마에 굵은 주름을 접으며 ░░░░░░░░를 쳐다보았다. ░░░░░░░░는 시선을 다른 곳으로 돌리며 딴청을 피웠다.

"알겠네."

░░░░░░░░를 쳐다보는 자세 그대로, 노신사의 좌측으로 수십 가닥의 빛줄기들이 뻗어 나갔다. 공간이 이미 한정된 탓인지 이전의 두 번과는 다르게 빛줄기들은 일정한 구역을 벗어나지 않았. 조윤호는 빛줄기들이 만들어 내는 변화를 잠자코 지켜보았다.

잠시 후 노신사의 좌측으로 세 사람—편의상 이렇게 부르기로 하자—이 추가로 나타나 있었다. 그들의 면면을 살핀 조윤호는 진심으로 감탄할 수밖에 없었다. 그가 선 위치에서 볼 때 테이블 좌측으로 네 사람이 줄지어 앉아 있는데, 이런 자리에서 만날 수 있는 가장 전형적인 조합이랄까, 각각의 생김새만으로도 오너와 CEO와 부서장과 실무자임을 한눈에 알아볼 수 있었기 때문이다.

이번 창조는 거기서 끝이 아니었다. 노신사는 독설을 트레이드 마크로 삼는 영화 평론가에게 뭔가를 보여 주겠다고 결심한 영화

감독처럼 도발적인 눈빛으로 테이블 위에 올려놓은 오른손 손가락들을 움직였다. 그 손가락들 끝에서 뻗어 나온 백색의 빛줄기들이 아이들이 가지고 노는 '탱탱볼'처럼 10미터 길이의 테이블 위를 어지럽게 튀어 다니기 시작했다.

빠른 속도로 삼차원 부피를 갖춰 나간 빛줄기들은 3초쯤 지난 뒤 테이블을 둘러싼 모든 참가자들 앞에 똑같은 음료수 세트를 만들어 놓았다. 조윤호는 테이블 끝에 생겨난 자신 몫의 음료수 세트를 감탄이 담긴 눈길로 내려다보았다. 프랑스에서 수입한 0.5리터짜리 생수 한 병, 레몬색과 체리색이 나는 비타민 워터 두 병, 거기에 얼마 전부터 한국의 음료 시장을 뜨겁게 달구기 시작한 고카페인 에너지 음료 한 캔까지. 그 모든 것들이 노트북 반만 한 크기의 네모난 나무 쟁반 위에 놓여 있었다.

딱.

모조품이 아니라는 것을 보여 주기라도 하듯 노신사가 생수병의 뚜껑을 기세 좋게 돌려 따더니 그 안에 담긴 생수를 한 모금 마셨다. 도발적인 시선은 ░░░░░░░의 얼굴 위에 그대로 고정한 채였다.

"흥."

░░░░░░░는 짧게 코웃음을 쳤지만 뭐라고 말하지는 않았다. 조윤호는 그 심정을 이해할 것 같았다. 이 정도 디테일이라면 경쟁자의 솜씨를 폄하하지 못해 안달 난 ░░░░░░░라도 쉽사리 꼬투리를 잡아내기 어려울 것 같았다.

조윤호는 노신사를 향해 허리를 깊이 구부려 보였다.

"부탁을 들어주신 점, 진심으로 감사드립니다."

노신사에게서 한 자리 떨어진 곳에 나타난 부서장이 꼬장꼬장해 보이는 인상에 걸맞은 높은 음색으로 말했다.

"쓸데없는 사설이 너무 긴 것 같소. 우리 회장님께서는 무척 바쁘신 분이니 시간 낭비 말고 얼른 시작……."

잠깐 사이에 회장이 된 노신사가 가볍게 손을 들어 부서장의 말을 잘랐다.

"그렇게 재촉하면 젊은 친구가 주눅이 들어 할 말도 제대로 못 하지 않겠는가."

둘 사이에 앉은 CEO도 회장을 거들고 나섰다.

"맞아요. 회장님께서 관심을 가지시는 사안이기도 하니 너무 서두르지 말기로 합시다."

맨 마지막에 앉은 30줄의 실무자는 감히 말 섞을 자격도 안 된다는 양 경직된 자세로 앉아 아무 말도 못 했다. 그 모습이 꼭 몇 년 전 세상을 뜬 코미디언 아무개 씨가 히트시킨 풍자극의 한 토막을 보는 것 같았다. 그러나 조윤호가 빙긋 웃은 것은 재미있어서가 아니었다. 그의 예상은 들어맞았다. 바이어는 훌륭히 분화되어 있었다. 이는 인간을 이미 학습했다는 뜻. 단지 ⠁⠃⠉⠙⠑⠋가 보내 준 자료만 검토했을 뿐인데도 말이지.

바이어들 맞은편에서 팔짱을 끼고 앉아 있던 ⠁⠃⠉⠙⠑⠋가 조윤호에게 말했다.

"나도 이 자리가 영 불편하군. 어서 시작하세."

"알겠습니다."

조윤호는 겨드랑이에 끼고 있던 손가방을 회의 테이블 끝에 내려놓은 다음 지퍼를 열고 달력지 한 장을 꺼냈다. 인간의 장점에 관해 기술하려다가 결국 한 가지 항목밖에 채우지 못한 첫 번째 달력지였다. 그 달력지를 내려다보노라니 준비가 너무 부실하다는 생각을 감출 수 없었다. 알몸으로 마술 쇼에 나서야 하는 마술사라도 된 듯한 기분이었다. 그러나 커튼은 이미 올라갔다. 가벼운 헛기침으로 목을 푼 조윤호가 말문을 열었다.

"먼저 제 소개를 드리겠습니다. 저는 이번에 매각 대상물로 선정된 '게임 지구'를 여러분들께 소개드리기 위해 이 프레젠테이션장에 서게 된 조윤호라고 합니다."

조윤호가 바이어들에게 정식으로 자신을 소개했다.

짝. 짝. 짝.

회장이 먼저 박수를 치고, CEO와 부서장과 실무자가 그 뒤를 따랐다. 형식적인 박수는 금세 끝났다. 테이블 맞은편에 앉은 ⣿⣿⣿⣿⣿⣿는 시종일관 팔짱 낀 자세를 유지하고 있었다.

"게임 지구의 제원과 이력, 기타 운영에 필요한 사항들은 받아 보신 자료를 통해 이미 파악하고 계시리라 믿습니다. 앞서 이 프레젠테이션장으로 들어오는 과정에서 저 또한 그 점을 확인할 수 있었습니다."

어찌나 생생하게 확인했는지 두 번이나 죽었다 살아났다.

"그래서 저는 받아 보신 자료와는 조금 다른 방향에서 게임 지구를 여러분들께 PR하고자 합니다."

회장이 고개를 갸웃거렸다.

"다른 방향이라면?"

"회장님께서 검토하신 자료가 거시적인 측면에서 게임 지구를 PR하는 것이라면 저는 미시적인 측면, 그중에서도 현재 게임 지구의 핵심 캐릭터라고 할 수 있는 인간에 대해 PR함으로써 게임 지구 전체를 PR해 볼 계획입니다."

CEO가 회장 쪽으로 몸을 기울이며 속삭였다.

"인간이 자신을 포함한 전체 인간군을 PR한다는 설정은 제법 흥미롭군요."

조윤호는 무시하고 설명을 이어 나갔다.

"현재 인간은 큰 위기에 직면해 있습니다. 게임 지구를 플레이하는 유저들의 성향이 갑자기 변했기 때문입니다. 과거에는 관찰과 감상, 필요한 경우 아주 작은 간섭만으로 게임을 즐기던 유저들이 파괴와 살육, 기타 그와 유사한 과격한 욕망을 실현하기 위한 도구로 게임을 활용하기 시작한 것입니다. 마왕으로 돌변한 유저들을, 심지어는 창의적이기까지 하던데, 그런 유저들을 인간이 감당한다는 것은 애당초 불가능한 일이었습니다. 결국 인간은 멸망을 앞두게 되었습니다."

조윤호는 잠시 생각하다가 덧붙였다.

"어쩌면 이미 멸망했을지도 모르겠군요."

⠿⠿⠿⠿가 차원 통로라고 불렀던 은빛 강물 속으로 들어선 시점 이후, 조윤호는 스스로의 시간 감각에 확신을 가질 수 없었다. 의존할 것이라고는 생리학적인 체내시계밖에 없는 데다, 그마저도 그가 지나온 비상식적인 공간들 안에서 일률적으로 적용될지 알 수 없었던 것이다.

"인간에게 있어서 더욱 끔찍한 일은 그 멸망이 일회성이 아니라는 점입니다."

이야기가 길어질 기미를 보이자 부서장이 하품을 했다. CEO도 앉은 자세를 바꿔 의자의 팔걸이 위로 몸을 기대고 있었다. 그러나 저들의 무성의한 경청 태도를 비난할 마음은 전혀 없었다. 저들에게 있어서 인간이란 '게임 지구'라는 게임 —그나마도 지금 단계에서는 그들과 무관한— 안에서 움직이는 일개 캐릭터 집단에 불과하다. 그런 인간 앞에 도사린 운명이 아무리 끔찍하다고 한들, 저들의 관심을 끌 수는 없을 것이다.

그러나 조윤호는 저 정도 장벽에 실망하지 않기로 마음먹었다. 그는 이 프레젠테이션장에 구걸하기 위해 온 것이 아니었다. 팔기 위해 온 것이다.

"재미없으신 것 같군요. 진행자로서 사과드리지요. 바쁘시다니 본론으로 들어가겠습니다."

조윤호가 고개를 숙이자 부서장이 냉큼 동조하고 나섰다.

"그래, 얼른 인간에 대한 PR나 시작해 보시오."

조윤호는 손에 들고 있던 달력지를 펼쳐 뒷면에 적힌 내용을 읽기 시작했다.

"인간은 독자적인 예술을 발전시킬 만큼 풍부한 감정을 가지고 있습니다. 고대 이집트 인들이 자신들의 왕을 위해 건설한 장제용 건축물인 피라미드는………."

주의를 집중하는 척하던 부서장이 얼굴을 찡그리며 의자 등받이에 몸을 묻었다. 앙코르와트의 춤추는 여신 압사라를 설명하는 대목에 이르자 이번에는 CEO가 하품을 했다. 맞은편에 앉은 :::::::::::가 딱하다는 표정으로 혓소리를 끌끌거렸다.

앙코르와트에 대한 설명이 모두 끝났을 때, 조윤호는 그 아래에 적어 온 미술에 대한 항목으로 넘어가지 않았다. 대신에 왼손에 들고 읽던 달력지를 양손으로 붙잡아 가슴 앞쪽으로 내민 다음, 프레젠테이션 참가자들의 얼굴을 하나하나 쳐다보았다. 그와 눈이 마주칠 때마다 다섯 개의 얼굴들 위로 호기심이 떠올랐다. 그는 그 얼굴들을 향해 미소를 지어 주었다.

찌익!

무광 코팅된 달력지가 조윤호의 손안에서 두 쪽으로 찢어졌다. 다섯 개의 호기심 어린 얼굴들이 다섯 개의 기대감 어린 얼굴들로 바뀐 것은 순식간이었다. 조윤호는 양손에 나눠 쥔 달력지를 허공에다 놓았다. 두 쪽으로 찢긴 달력지가 작은 몸짓으로 회의실 바닥에 떨어졌다.

홀가분한 표정으로 양손을 가볍게 턴 조윤호가 말했다.

"저는 이 프레젠테이션장으로 오는 도중 중요한 점 하나를 배우게 되었습니다. 제가 지금까지 열거한 것들, 제왕의 거대한 무덤, 고대인이 건축한 신비로운 도시, 구원과 영생의 신기루를 좇아 세워진 각종 사원, 천재의 광기와 대가의 고심이 빚어낸 많은 유형 무형의 예술 작품……. 이처럼 인간이 자랑스러워할 만한 모든 가치 있는 것들이 사실은 인간 스스로 만들어 낸 것이 아니라 게임 지구의 메인 시스템, 나아가 그 시스템을 창조한 개발자에게서 비롯되었다는 점입니다. 저기 앉아 계신 미스터 마이어께서 바로 그 개발자이십니다."

박수 같은 것은 물론 없었다. 바이어들의 시선이 테이블 맞은편에 있는 ░░░░░░의 얼굴 위로 일제히 꽂혔다. ░░░░░░는 담담한 얼굴로 그 시선들을 받아 냈다. 조윤호는 가볍게 몸을 떨었다. 같은 레벨의 맹수들을 한우리에 모아 놓은 것과 비슷한 긴장감이 회의실 안의 공기를 차갑게 만드는 것 같았다.

바이어 측 CEO가 ░░░░░░를 향해 느릿하게 말했다.

"그 가치 있는 것들이란 게 그리 대단치는 않은 듯싶소만."

░░░░░░가 팔짱을 낀 채 태연히 대꾸했다.

"맛있는 짜장면을 만들지는 못해도 맛있는 짜장면을 구별할 줄은 안다 이거군."

바이어들이 서로를 돌아보며 수군거렸다.

"무슨 비유인지 알겠소?"

"저도 잘……. 짜장면이 매우 특이한 유래를 가진 음식이란 점은 자료를 통해 파악했습니다만."

"훌륭한 요리사가 되기 위해 반드시 훌륭한 미식가일 필요는 없다는 뜻이 아닐까요?"

"그것과는 조금 다른 얘기 같은데."

░░░░░░는 그런 바이어들을 비웃는 듯한 얼굴로 바라보고 있었다. 프레젠테이션의 진행자로서 분위기를 정돈할 필요성을 느낀 조윤호는 테이블을 사이에 두고 오가는 불편하면서도 어수선한 냉기 속으로 슬쩍 끼어들었다.

"기회 나면 맛없는 짜장면을 한번 드셔 보라고 권해 드리고 싶

리셋 지구 291

습니다. 그 비유를 이해하시는 데 도움이 될 테니까요."

바이어들은 몇 마디 더 속삭이더니 다시 조윤호 쪽으로 시선을 모았다. 조윤호가 그들을 쳐다보며 말을 이어 나갔다.

"제가 여러분들께 말씀드리고 싶은 점은, 인간이란 메인 시스템에서 벗어난 스스로의 자유의지로는 어떠한 가치 있는 것도 만들어 낼 수 없는, 게임 지구의 한 캐릭터 즉 '객체'라는 점입니다. 그러므로 아까 열거한 가치 있는 것들로 인간을 PR한다면 이는 명백한 저작권침해 행위가 되겠지요. 물론 객체인 인간에게도 저작권이 주어질 수 있다는 전제가 따라야겠지만 말입니다."

이 말에 대해서는 편 가름 없이 동의하는지 다섯 개의 고개가 함께 끄덕여졌다.

"예, 가치 있는 것들은 그렇습니다."

조윤호는 오른손 검지 손톱으로 테이블을 톡톡 두드린 다음 참가자 전체를 향해 질문을 던졌다.

"그렇다면 가치 없는 것들은 어떨까요?"

회의실 안에 기묘한 침묵이 감돌았다. 그렇게 5초쯤 지난 뒤 ⠿⠿⠿⠿와 부서장이 거의 동시에 입을 열었다.

"가치 없는 것들이라면……."

"가치가 없다는 게……."

둘은 말을 멈추고 서로를 노려보았다. 조윤호는 빙긋 웃은 뒤 참가자들 전체에게 말했다.

"원활한 프레젠테이션을 위해 진행 방식을 약간 바꿀 필요가 있겠군요. 지금부터 발언을 원하는 분께서는 수고스럽더라도 손을 들어 주시기 바랍니다."

⁙⁙⁙⁙는 눈살을 찌푸렸지만 부서장은 재빨리 손을 들었다. 조윤호는 예의 바르게 위를 향해 뒤집은 손바닥으로 부서장을 가리켰다. 발언권을 받은 부서장은 시키지도 않았는데 자리에서 일어서는 성의까지 보여 주었다.

"가치가 없다는 게 대체 무슨 뜻이오?"

조윤호는 어깨를 으쓱거렸다.

"말 그대로입니다. 문화나 문명, 법제, 예술 같은 것들은, 여러분들의 입장에서는 비록 마음에 든다고 할 수 없더라도 그런대로 봐줄 만한 정도는 되리라 믿습니다. 하지만 그렇지 못한 것들, 추하고 천하고 악하고 저급하고, 그래서 차라리 지워 버리고 싶은 것들이 게임 지구 안에는 너무도 많은 게 사실입니다. 그런 것들이 바로 가치 없는 것에 해당되겠지요."

이번에는 ⁙⁙⁙⁙가 팔짱을 낀 채 왼손만 까닥거렸다. 조윤호가 그에게 손짓을 보냈다.

"미스터 조, 그러니까 자네의 말은 그런 가치 없는 것들까지도 개발자가 만들어 낸 게 아니냐, 이 점을 알고 싶은 건가?"

조윤호는 ⁙⁙⁙⁙ 쪽으로 걸음을 옮기며 대답했다.

"반드시 미스터 마이어가 아니어도 상관없습니다. 그것들을 만들어 낸 존재가 있다면 이 자리에서 밝혀 주시면 감사하겠습니다."

⁙⁙⁙⁙는 탐색하는 듯한 눈길로 조윤호를 보며 물었다.

"인간군이 한 일에 국한되는 얘기겠지?"

"물론입니다. 중생대 때 공룡들이 어떤 바보짓을 했는지 인간인 제가 상관할 바는 아니니까요."
⠠⠚⠊⠗⠇⠁⠃⠑는 딱 잘라 말했다.
"그렇다면 나는 아니네."
그런 다음 곧바로 덧붙였다.
"우리도 아니네."
'나'와 '우리'는 결코 같지 않다. 때문에 '나'로서 '우리'를 대신한다는 것은 '우리'의 위임 없이는 별다른 효력을 발휘하지 못하는 행위다. 최소한 인간의 관점에서는 그렇다. 그러나 조윤호는 그 점에 관해서는 언급하지 않은 채 원래의 자리로 돌아와 참가자들을 둘러보았다.
"개발자께서 직접 확인해 주신 만큼, 게임 지구 내에서 인간과 관련된 모든 가치 없는 것들은 게임 외부의 누군가로부터 비롯된 것이 아니라고 규정하겠습니다. 바이어분들께서는 이 규정에 동의하십니까?"
"동의하네."
회장이 바이어 측을 대표하여 대답해 주었다. 조윤호는 회장에게로 시선을 주었다.
"그렇다면 그 가치 없는 것들은 과연, 누구에게서 비롯되었을까요?"
회장이 가늘게 뜬 눈으로 조윤호를 쳐다보다가 대답했다.
"그것들을 행한 인간이겠지."
당연히 나올 만한 대답이지만, 조윤호는 눈썹을 이마로 밀어 올림으로써 자신이 무척 놀랐음을 표현해 주었다.

"그렇습니다. 그것들은 인간으로부터 비롯된 것입니다. 게임 지구 외부의 어떤 존재와도 무관한, 인간 고유의 저작물이라고도 할 수 있겠지요."

░░░░░░░가 다시 한 번 왼손을 까닥거렸다. 조윤호는 곧바로 발언권을 주었다.

"그 표현에는 동의할 수 없군. 게임 지구 내의 모든 것에 대한 저작권은 개발자인 내게 있네."

역시 당연히 나올 말이었다. 조윤호는 ░░░░░░░를 향해 돌아섰다.

"개발자이자 전 운영자이신 미스터 마이어께서 그렇게 말씀하시는데 게임 내 일개 캐릭터에 불과한 제가 어떻게 감히 반론을 달겠습니까."

조윤호는 왕의 자비를 구하는 죄수처럼 ░░░░░░░를 향해 양손을 가볍게 벌려 보였다.

"다만 그 가치 없는 것들은 미스터 마이어의 제작 의도로부터 벗어난 시스템의 불가산성不可算性, 아, 오류라는 뜻은 아닙니다만, 시스템이 예측하지 못한 어떤 흐름의 산물이란 점만큼은 인정해 주시기 바랍니다."

░░░░░░░가 한쪽 눈썹을 찌푸리며 잠시 생각하다가 고개를 끄덕였다.

"시스템이 예측하지 못한 흐름의 산물이란 표현은 매우 훌륭하군. 인간군이 저지른 어떤 일들, 자네가 살던 나라의 예를 들면 군사정권에서 벗어나기 위해 많은 희생들을 감수하면서 힘겹게 쟁

취해 낸 참정권을 가지고 그 군사정권의 실세를 대통령으로 선출하는 식의 코미디는 나로서도 전혀 예측하지 못했던 일이니까. 좋아, 인정하겠네."

제시한 예가 너무 신랄한 탓에 조윤호는 그 시대를 산 한국인의 한 사람으로서 얼굴이 화끈 달아오르는 것을 느꼈다.

그때 바이어 측에 앉은 부서장이 테이블을 손바닥으로 탕탕 두들겼다.

"이거 저작권 전문 변호사라도 불러야 하나? 그래서 어쨌다는 거요?"

회장이 참을성 부족한 부서장에게 눈총을 주었다. 부서장이 숨을 씩씩거리며 상체를 뒤로 물렸다. 회장을 그리 어려워하지 않는 것을 보면 처남쯤으로 설정된 모양이었다. 문득 결재 라인을 수시로 무시하며 사장에게 직보를 일삼던 이찬엽의 얼굴이 떠올랐다. 그러자 입맛이 씁쓸해졌다. 그런 놈까지 살리기 위해 이 고생을 하고 있다니.

"죄송합니다. 갈증이 나서…… 잠시 실례하겠습니다."

조윤호는 자신의 몫으로 준비된 생수병의 뚜껑을 땄다. 한 모금 마셔 보니 물맛이 아주 밍밍했다. 고등학교 화학 실험 시간에 맛본 적이 있는 증류수를 마신 기분이랄까. 다른 음료들의 맛도 확인해 보고 싶은 생각이 들었지만 지금은 그럴 때가 아니었다. 지금부터가 중요하기 때문이다.

조윤호는 생수병을 제자리에 내려놓은 다음 바이어들을 향해 말했다.

"그래서 저는 그 가치 없는 것들을 가지고 인류에 대한 PR를 해 보고자 합니다."

이 말에 담긴 모순을 가장 먼저 파악한 것은 ░░░였다. ░░░는 흥미롭다는 표정으로 끼고 있던 팔짱을 풀더니 의자를 테이블 앞으로 바짝 당겨 앉았다. 그러나 바이어 측은 그저 조윤호의 입만 쳐다보고 있을 따름이었다.

"인간은 애당초 합리성과 거리가 멀게 설정된 캐릭터인 것 같습니다. 그래서 어떤 철학자는, 아, 인간의 삶이나 세계의 본질을 연구하는 인간을 철학자라고 부른다는 것은 아시리라 믿고, 그 철학자는 이런 말을 남겼지요. '불합리성은 존재의 반대말이 아니다. 오히려 존재의 한 조건이다.' 철학을 따로 공부하지 않아서 여기서 말하는 존재가 인간 자체를 가리키는 것인지는 모르겠습니다만, 어쨌거나 인간은 대체로 불합리하다고 판단합니다. 때문에 항상 삐뚤어진 욕망에 노출당해 있지요."

░░░가 손을 들고 이의를 제기했다.

"욕망의 순기능을 너무 간과하는 것은 아닌가? 강렬한 욕망이 인간 발전의 원동력이 되었다는 점을 모르지는 않을 텐데?"

도와 달라고 데려온 옵서버가 이런 식으로 자꾸 딴죽을 걸고 나오면 프레젠테이션을 진행하는 입장에서 곤란할 수밖에 없었다. 그러나 조윤호는 그 점에 대해 불만을 품지 않았다. 왜냐하면 ░░░를 옵서버로 데려온 용도는 프레젠테이션의 시작과 함께 끝났으니까. 이제 저 다섯은, 혹은 둘은 모두 같았다. 그는 그렇게 판단하고 있었다.

리셋 지구 297

"앞서도 말씀드렸지만 욕망의 순기능으로 인해 야기된 가치 있는 모든 것들은 인간에게 속해 있지 않습니다. 제가 말씀드린 욕망이란 그렇지 못한 것들을 야기한 욕망입니다. '삐뚤어진'이라는 수식어를 유념해 주십시오."

"알겠네."

⋮⋮⋮⋮⋮가 올리고 있던 손을 슬쩍 흔들어 계속하라는 신호를 보냈다.

"계속하지요. 합리적이지 못한 인간은 항상 삐뚤어진 욕망에 노출당해 왔습니다. 그로 인해 다른 인간을 시기하고, 증오하고, 공격하고, 이것이 확대되어 집단과 집단, 나라와 나라 사이에 전쟁을 벌이고, 강간과 살육과 파괴를 일삼았습니다. 그럼으로써 스스로 만들어 낸, 아, 죄송합니다, 게임 지구의 메인 시스템이 만들어 낸 가치 있는 것들을 무너뜨리는 짓마저도 서슴지 않고 자행해 온 것입니다."

조윤호는 잠시 말을 끊음으로써 참가자들의 시선을 끌어모은 다음 준비한 질문 하나를 던졌다.

"그렇다면 인간이란 캐릭터는 대체 왜 이렇게 불합리할까요?"

아무도 대답하지 않았다. 오직 ⋮⋮⋮⋮⋮만이 대답을 안다는 듯한 표정을 짓고 있을 뿐이었다. 조윤호는 자신이 한 질문에 대해 한 자 한 자 힘주어 대답했다.

"인간은 이기적이기 때문입니다."

참가자들 모두가 어리둥절한 표정이 되었다. 조윤호가 다시 한 번 강조했다.

"여러분들과 다르게 개별로서 존재하는 인간은 필연적으로 이기적이 될 수밖에 없습니다. 게임 내의 세상에서뿐 아니라 어쩌면 게임 외의 모든 세상들에서마저도 가장 이기적인 캐릭터. 그것이 바로 인간입니다."

이번에는 아까보다 열 배 이상의 침묵이 이어졌다. 침묵을 깬 것은 이제껏 한마디도 하지 않은 실무자였다.

"자, 잠깐만, 아니……."

손을 들어야 발언할 수 있다는 점을 그제야 떠올린 듯 황급히 손을 치켜든 실무자가 발언권을 받고 자리에서 일어나 물었다.

"미스터 조, 당신은 분명히 인간을 PR하겠다고 하지 않으셨습니까?"

조윤호는 미소를 지으며 대답했다.

"분명히 그렇게 말씀드렸습니다."

"하, 하지만! 그러니까 제 얘기는 게임 지구의 개발자조차 외면한 인간의 이기적인 속성이, 더구나 그 속성이 야기한 가치 없는 것들이 어떻게 인간을 PR하는 장점이 될 수 있단 말입니까?"

⠿⠿⠿가 일찌감치 알아차린 모순이 바로 이것이었다. 뒤늦은 감이 없진 않지만, 그래도 바이어 측에서는 가장 먼저 알아차렸으니 실무자답다는 생각이 들었다. 참, 회장이니 실무자니 하는 것들도 다 설정이었지. 어쨌거나 조윤호는 당황하지 않았다. 이번 프레젠테이션을 성공시키기 위해 반드시 나와야 할 질문이었기 때문이다.

"저는 이기적인 속성이 인간의 장점이라고 말씀드린 적은 없습니다."

조윤호가 여유 있는 목소리로 말했다. 그러자 실무자 쪽이 당황했다.

"아니, 그게 무슨 말입니까? 장점이 아니면 왜……?"

실무자의 항의를 자른 것은 회장의 손이었다. 반쯤 치켜 올린 오른손을 까딱거리던 회장은 조윤호의 시선을 받자 느릿한 말투로 물었다.

"그 전에 궁금한 점이 있는데 대답해 주겠는가?"

"물론입니다."

회장은 말석에서 일어서 있는 실무자를 슬쩍 돌아보았다. 실무자가 쭈뼛거리며 자리에 앉았다.

"우선 개별로서 존재한다는 것이 무슨 뜻인가?"

조윤호는 고개를 갸웃거렸다.

"질문하신 의도를 잘 모르겠군요. 지금 제가 개별로서 존재하고 있습니다."

회장은 자신의 좌측에 앉은 CEO와 부서장과 실무자를 돌아본 뒤 물었다.

"우리도 마찬가지 아닌가?"

"아니지요. 여러분들께서는 개별로도 존재할 수 있는 겁니다. 그러나 인간은 다르지요. 인간은 개별로만 존재할 수 있습니다. 그 차이를 이 자리에서 바로 보여 드리지요."

조윤호는 몸을 돌려 이곳이 진짜 회의실이라면 문이 있을 만한 곳을 바라보았다. 조금 미안한 마음도 들었지만 어쩔 수 없었다.

그는 그 벽을 향해 입을 열었다.

"바보 자식."

이어 다시 말했다.

"병신 새끼."

잠시 후 조윤호가 바라보는 새하얀 벽 위에 문이 만들어지더니 안쪽으로 열렸다. 그 문을 통해 나타난 사람은 이곳을 향해 움직이던 무빙워크 위에서 어느 순간 사라져 버린 경호원 차림의 청년이었다. 그 청년이 가다랑어로 불곰을 때려잡을 때처럼 투지 넘치는 얼굴로 조윤호를 똑바로 쳐다보며 말했다.

"바보 자식."

이어 다시 말했다.

"병신 새끼."

조윤호는 회장을 돌아보았다.

"이분께서 어디서 나왔는지 아시리라 믿습니다."

회장은 조윤호를 물끄러미 바라보다가 고개를 끄덕였다.

"그런 거였군. 자네가 말한 차이란 게 무엇인지 이해했네."

회장이 청년을 쳐다보았다. 문가에 서 있던 청년이 회장을 향해 걸음을 옮기더니 그대로 합쳐졌다. 이곳에서는 수학의 절대 전제도 통하지 않는 듯, 일 더하기 일은 어느 한쪽의 일이 되어 버렸다. 청년은 사라지고 회장만 남은 것이다.

"첫 번째 의문이 풀리니 다음 의문에 대한 답이 더욱 궁금해지는군."

"얼마든지 물어보십시오. 기꺼이 대답해 드리겠습니다."

"아까 우리 측 실무자가 물으려고 한 것과 같은 질문을 하겠네. 인간인 자네 스스로가 장점이 아니라고 밝힌 그 이기적인 속성을 이용해 어떻게 인간을 PR할 수 있단 말인가?"

"말씀드렸다시피 이기적이라는 속성 자체는 인간의 장점이 아닙니다. 다만……."

"다만?"

"재미있을 뿐입니다. 지켜보고 있노라면 자신도 모르게 따라 하고 싶어질 만큼."

이때 조윤호의 시선은 회장이 아닌 ⋮⋮⋮⋯⋮⋮를 향하고 있었다.

프레젠테이션장 3

"제가 방금 한 말에 대해 어떻게 생각하십니까, 미스터 마이어?"

조윤호가 ░░░░░░░░에게 물었다. ░░░░░░░░는 고개를 갸웃거렸다.

"무슨 말 말인가? 인간이 재미있다는 말?"

"정확하게는 인간은 이기적이라서 재미있다는 말이지요."

조윤호가 약간 보충해 주자 ░░░░░░░░는 팔짱을 끼며 뭔가를 생각하는 표정을 지었다.

"흠, 확실히 인간은 이기적이라서 재미있기는 하지. 그 이기적이라는 속성이 시스템의 예측 범위 밖의 흐름을 만들어 낼 때도 있고, 우습게도 하나의 법칙처럼 되는 때도 있지. 대표적인 예가 '죄수의 딜레마'라고 할 수 있을 걸세."

"과연 좋은 예를 드시는군요."

조윤호는 반색을 하며 바이어 측을 돌아보았다.

"혹시 '죄수의 딜레마'를 아십니까?"

회장이 얼굴을 찌푸렸다.

"'죄수의 딜레마'라. 자료에 나와 있기는 하지만 나로서는 납득할 수 없는 부분도 있네. 자네가 한 번 더 설명해 주면 좋겠군."

현재 넷으로 나뉘어 있고 나름 상황극도 펼치긴 했지만, 진정한 개별성을 알기엔 분화한 시간이 너무 짧다는 생각이 들었다. 조윤호는 콧등을 긁적이며 어떻게 할지를 궁리하다가 ⣿⣿⣿에게 말했다.

"제가 말주변이 부족해서…… 도움을 부탁드려도 될까요?"

⣿⣿⣿는 납득할 수 없다는 회장의 말에 은근히 고무된 눈치였다.

"무슨 도움이 필요한지 알겠군. 그게 없으면 곤란할 테니까. 내가 도와줄 테니 설명이나 시작하게."

⣿⣿⣿에게 고개를 숙여 보인 조윤호가 다시 회장에게로 시선을 돌렸다.

"두 명의 죄수가 있습니다. 편의상 죄수 A와 죄수 B라고 부르겠습니다. 이들은 한 사건의 공범으로 붙잡혔습니다. 검사가 그들을 각각 다른 방에 가둬 놓고 신문하면서 이런 제안을 합니다. 둘 중 하나만 범행을 자백하면 자백한 죄수는 곧바로 석방시켜 주고 자백하지 않은 죄수는 10년 형을 살아야 한다. 둘 다 자백하지 않으면 둘 다 6개월 형을 살아야 한다. 둘 다 자백하면 둘 다 5년 형을 살아야 한다. 자, 이 제안을 들은 죄수 A, B는 과연 어떻게 행동했을까요?"

 쾌나 복잡한 상황이지만 개요는 이미 알고 있는지 회장은 그리 복잡하게 여기지 않았다.

 "둘 다 자백하고 둘 다 감옥에서 5년을 산다는 게 그 이야기의 결론이지. 바로 그 부분이 납득할 수 없다는 걸세. 둘 다 자백하지 않을 때 받는 6개월 형은 둘 다 자백할 때 받는 5년 형의 10분의 1밖에 되지 않네. 그렇다면 둘 다 자백하지 않고 버티는 게 옳지 않을까? 만일 인간은 서로를 믿지 못하기 때문에 그런 결론이 나온다면, 서로를 믿지 않는 경우에 받는 불이익이 서로를 믿는 경우에 얻는 이익에 비해 너무 큰 것 아닌가?"

 "그게 아닙니다."

 조윤호는 ⣿⣿⣿⣿⣿⣿⣿에게 눈짓을 보냈다. 마치 기다렸다는 듯 ⣿⣿⣿⣿⣿⣿⣿가 왼손 중지와 엄지를 튀기자 천장의 어느 곳에서 빔이 쏘아져 나와 그가 등진 새하얀 벽면 위에 도표 하나를 띄워 놓았다. 회의실의 조도를 조절하지 않았음에도 선명히 드러나는 도표를 보며 그는 만족한 미소를 지었다.

	A가 자백할 경우	A가 자백하지 않을 경우
B가 자백할 경우	A, B 모두 5년 형	B는 석방, A는 10년 형
B가 자백하지 않을 경우	A는 석방, B는 10년 형	A, B 모두 6개월 형

도표 옆으로 한 걸음 비켜선 조윤호가 바이어들을 향해 말했다.

"두 죄수 사이의 신뢰가 얼마나 깊은가는 전혀 문제 되지 않습니다. 먼저 죄수 A의 입장에서 보시죠. 죄수 B가 자백할 경우, 자신도 자백을 하면 5년 형을 살게 되지만 자신만 자백하지 않으면 10년 형을 살게 됩니다. 그리고 죄수 B가 자백하지 않을 경우, 자신만 자백하면 석방되지만 자신도 자백하지 않으면 6개월을 살게 됩니다. 보시다시피 어떤 경우든 죄수 A의 입장에서는 자백하는 쪽이 이익이 되는 겁니다. 그 점은 죄수 B의 입장에서 판단할 때도 마찬가지고요."

조윤호는 도표를 힐끔 돌아본 뒤 말을 이었다.

"다시 한 번 말씀드리지만, 두 죄수 사이에 존재하는 신뢰감의 정도는 전혀 문제가 되지 않습니다. 각각 최선의 답을 내렸음에도 불구하고 결과를 놓고 보면 차선의 답밖에 얻지 못하는 딜레마. 무엇이 자신에게 이익인지를 판단할 줄 아는 인간이라면 누구든 이 딜레마에서 벗어나지 못하는 겁니다. 자신에게 이익이 되는 방향으로 행동하는 것, 그것이 바로 이기적인 속성의 요체라고 할 수 있습니다."

도표를 보며 설명을 듣던 회장이 고개를 끄덕였다.

"재미있군. 이기적이라는 것은 확실히 재미있는 속성이라고 할 수 있겠어."

"그렇습니다. 확실히 재미있지요. 그래서 어떤 존재는 그 재미에 심취한 나머지 이기적인 속성을 학습하기에 이르렀습니다. 안 그렇습니까, 미스터 마이어?"

조윤호가 ⠿⠿에게 시선을 돌리며 물었다. ⠿⠿는 어리둥절한 얼굴로 반문했다.

"방금 자네가 한 말은, 내가 그 존재라는 뜻인가?"

조윤호가 고개를 끄덕였다.

"인간이라는 캐릭터를 창조한 당신이 아니고서야 누가 이토록 정교하게 인간을 흉내 낼 수 있겠습니까?"

⠿⠿의 눈이 가늘어졌다.

"불쾌하군. 그것도 무척. 내가 지금의 이 모습으로 자네를 찾아간 것은 가급적 자네에게 충격을 주지 않으면서 이번 일을 부탁하기 위함이었네. 인간 따위를 흉내 내기 위해 그런 것이 아니란 뜻이지."

조윤호는 양손을 가볍게 펼쳐 보였다.

"저는 물론 미스터 마이어의 말씀을 전적으로 신뢰합니다. 미스터 마이어께서는 지금까지 한 번도 저를 속이지 않으셨죠. 그 점에 대해서는 깊이 감사드리고 싶습니다."

"이전에도 말했지만 내가 왜 자네를 속이겠는가? 엉망으로 망가질 위기에 처해 있는 내 게임을 구하는 데 도움을 줄 수 있는 유일한 인간인 자네를 말일세."

"그러나……."

조윤호의 얼굴에서 미소가 사라졌다.

"당신이 아닌 당신들이라면 얘기가 전혀 달라지지요. 당신들에게는 눈곱만큼도 감사드리고 싶은 마음이 없습니다."

"자네, 점점……."

⁇의 얼굴에 노기가 떠올랐다. 하지만 조윤호는 개의치 않고 말을 이어 나갔다.

"심리학적인 의미에서 학습이란 대체로 낮은 차원의 존재가 높은 차원의 존재의 행태를 따라 하려는 욕구로부터 출발합니다. 아기 새가 어미를 보며 날고 싶어 하는 것, 영리한 학생이 훌륭한 선생님을 보며 그 지식을 배우려고 하는 것. 하지만 저는 미스터 마이어를 포함한 당신들을 보며 높은 차원의 존재도 낮은 차원의 존재를 얼마든지 학습할 수 있다는 것을 알게 되었습니다. 학습의 혼종混種이라고나 할까요."

⁇는 조윤호를 노려보다가 한숨을 내쉬며 고개를 절레절레 흔들었다.

"인간군에게 닥친 일들로 인해 자네가 우리를 얼마나 원망하는지는 충분히 이해할 수 있네. 하지만 인간군을 돕기 위해 온갖 고생을 마다 않고 이 자리까지 온 내게마저도 그런 식으로 대하는 것은 경우에서 벗어나는 일 같군."

조윤호는 그 말을 깨트리듯 고개를 강하고 짧게 흔든 뒤 조금 큰 목소리로 ⁇에게 물었다.

"'내게'라고요? 진심입니까?"

⁇가 조윤호를 쳐다보았다.

"무슨 뜻인가?"

"'내게'라는 표현이 정확하냐고 묻는 겁니다. 미스터 마이어, 당신이 바로 우리가 아닌가요?"

그 순간 ⁇의 얼굴에서 모든 표정이 사라졌다. 어쩌면

너무 많은 표정이 한꺼번에 떠올랐기 때문에 그렇게 보이는 것인지도 몰랐다.

"내가…… 우리라고?"

조윤호는 넋 빠진 듯한 목소리로 중얼거리는 ░░░░░░░를 내버려 둔 채 바이어들 쪽으로 몸을 돌렸다. 그는 오른손을 들어 말석에 앉아 있는 실무자를 똑바로 지목했다.

"당신!"

실무자가 화들짝 놀라 대답했다.

"예?"

"당신이 실무자라면 게임 지구 매각에 관한 이번 프레젠테이션이 근본적으로 어떤 문제를 가지고 있는지 정도는 파악해야 되는 것 아닙니까?"

조윤호의 갑작스러운 질책에 회장과 CEO와 부서장의 시선이 실무자에게로 꽂혔다. 실무자는 당황한 얼굴로 머뭇거리다가 회장을 쳐다보며 말했다.

"실은 이 프레젠테이션에는 심각한 문제점이……."

"그만!"

칼로 내리치듯 실무자의 말을 끊어 버린 조윤호가 회장을 향해 물었다.

"가다랑어를 휘두르는 파이터나 입국 심사장의 직원을 만들 때처럼 몇 번 하다 보니까 이 장난이 재미있어지셨습니까? 저분과 회장님은 근본적으로 하나인데, 저분이 아는 것은 회장님께서도 이미 알고 계신 것 아닌가요?"

회장이 무거운 표정으로 조윤호를 지그시 바라보다가 입을 열었다.

"좋아, 내가 저 친구 대신 자네의 질문에 대답하도록 하지. 이 프레젠테이션은 근본적으로 성립할 수 없네. 내가 이 자리에 나온 것은 단지 아까 얘기한 호기심이란 놈 때문이었지. 자네와 같은 인간이라는 캐릭터를 알고 싶은 호기심."

조윤호가 시속 150킬로미터짜리 직구를 받아치는 강타자의 배트처럼 회장의 말꼬리에 빠르게 달라붙었다.

"왜 이 프레젠테이션이 성립되지 않습니까?"

"간단하지. 게임 지구의 소유권을 가진 현 운영자가 이 자리에 없잖은가."

조윤호는 공격적으로 내민 상체를 곧게 세우며 천천히 심호흡을 했다.

"맞습니다. 저기 앉아 계신 미스터 마이어는 현재 게임 지구의 소유권과 운영권에서 배제당한 전 운영자일 뿐이고, 이 자리에 선 저는 게임 지구 내에서 활동하는 일개 캐릭터에 불과합니다. 회장님께서 게임 지구의 인수에 동의하신다고 한들 매각 서류에 사인을 할 주체가 없는 것이지요."

조윤호가 잠시 말을 끊었다가 회장에게 물었다.

"하지만 지금도 그런가요?"

회장은 어깨를 으쓱거렸다.

"조금 전까지는 그렇다고 생각했네만, 이제 그 문제는 자네에게 달린 것 같군."

조윤호는 고개를 무겁게 끄덕였다. 이제 그 문제는 정말로 그 한 사람에게 달려 있는 것이다. 그는 ⠿⠿⠿⠿를 향해 돌아섰다. ⠿⠿⠿⠿는 여전히 그 자리에 가만히 앉은 채 넋 빠진 듯한 목소리로 '내가 우리라고?'라는 중얼거림만 반복하고 있었다.

그 표정 없는 혹은 모든 표정을 가진 얼굴을 쳐다보던 조윤호가 낮은 목소리로 말했다.

"이제 나오시죠."

더 이상 ⠿⠿⠿⠿는 이 프레젠테이션장 안에 존재하지 않았다. 전설적인 게임 개발자는 지금 이 순간 조윤호가 생전 처음 보는 얼굴로 바뀌어 있었다.

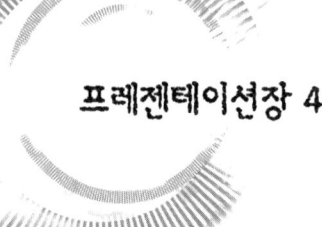
프레젠테이션장 4

조윤호는 그 사람—역시 편의상 이렇게 부르기로 하자—이 앞서 바이어가 그랬듯 테서랙트의 모습으로 나타나지 않은 것에 안도했다. 인간의 눈으로 테서랙트를 두 번씩이나 마주한다는 것은 상상조차 하기 힘든 용기를 요하는 일일 테니까.

조윤호는 그 사람의 외모를 찬찬히 살펴보았다.

단정하게 틀어 올린 머리카락과 반듯한 이마, 실처럼 가느다란 은테 안경 안에서 반짝이는 차분해 보이는 눈동자, 곧게 뻗은 콧날과 작지만 다부져 보이는 입술, 거기에 단정하면서도 몸매를 적당히 과시할 수 있는 백색 실크 블라우스에 흑자색 리넨 투피스까지.

나이는 40대 초반쯤 되었을까? 아니, 이런 경우에는 대체로 나이보다 어려 보이는 법이니 그보다 네댓 살쯤 더 높게 보기로 했다. 조윤호 자신보다 두세 살 연상으로 여겨지는 그 사람은, 박사까지는 아니더라도 대학원 교육은 충분히 받았음 직한 지적인 분위기를 풍기는 여성의 외모를 가지고 있었다. 여성 단체의 간사를 맡기면 안성맞춤일 것 같은 인상이지만, 왠지 자기 아들의 신붓감만큼은 가부장권을 존중하는 순종적인 아가씨로 고를 것 같았다.

"게임 지구의 현 운영자십니까?"

조윤호가 여성에게 물었다.

"그래요."

여성은 얼굴만큼이나 고상한 목소리로 시인했다.

"당신께 제 소개를 할 필요는 없겠지요?"

조윤호의 말에 여성이 이마를 살짝 찡그렸다.

"무례하군요. 방금까지는 치한처럼 여자의 전신을 샅샅이 살펴보더니 이제는 소개마저 건너뛰려 하다니. 하지만 굳이 당신을 소개할 필요는 없을 거예요. 당신이라는 캐릭터에 관해서는 이미 충분히 파악하고 있으니까요. 게임 지구 내의 유일한 유니크 몬스터인 조윤호 씨."

여성은 의자에서 일어나 조신한 걸음걸이로 조윤호에게 다가왔다. 똑. 똑. 똑. 빨간색 에나멜 하이힐의 뒷굽이 회의실 바닥 위에서 맑은 소리를 울려 냈다.

조윤호로부터 3미터쯤 떨어진 곳에서 걸음을 멈춘 여성이 그를 향해 물었다.

"내∞우리의 존재 방식은 어떻게 알아차린 거죠?"

따로따로 더빙한 목소리를 함께 재생시킨 것처럼, '내'라는 단어와 '우리의'라는 단어가 함께 들렸다. 조윤호는 콧등을 긁었다. 읽는 문제로 곤란하게 만들더니 앞으로는 듣는 것까지 쉽지 않을 모양이었다.

"당신과 당신들이 단수인 동시에 복수로 존재한다는 것 말인가요?"

조윤호의 반문에 여성이 또 한 번 이마를 찡그리더니 대답했다.

"인간의 언어는 역시 저급하군요. 단수이자 복수. 뭐, 크게 잘못된 표현은 아니니 그렇다고 해 두지요."

"처음에는 물론 알지 못했습니다. 하지만 몇 가지 단서들이 주어지자 그럴지도 모른다는 생각이 들었습니다."

"단서?"

"게임 지구에 나타난 유저들의 패턴을 관찰하니 그 단서들이 보이더군요."

조윤호는 손가방에서 두 번째 달력지를 꺼냈다. 그 뒷면에는 '유저들 (패턴에 주의!!)'라는 제목으로 작성한 항목들이 메모되어 있었다.

"맨해튼을 파괴한 남녀, 파리의 강간마, 중동의 유전을 폭파한 유저, 일본의 원자로를 용융시킨 유저……."

"원자로는 빼세요. 그건 나와는 ∞우리와는 무관하니까요."

여성이 불쾌하다는 투로 말했다. 조윤호는 어깨를 으쓱거린 뒤 메모를 계속 읽어 내려갔다.

"중국 항공모함을 통째로 가져가 버린 유저, 에어스록에 600미터짜리 깃대를 꽂은 유저."

여기까지 읽은 조윤호는 여성을 쳐다보았다.

"유저들은 이것 외에도 게임 지구 내의 여러 맵에서 각자의 플레이를 즐겼으리라고 생각합니다."

"맞아요."

"표본 수로 적당할지는 모르지만, 어쨌거나 그중에서 제가 입수한 플레이 패턴을 한번 살펴보도록 하겠습니다. 맨해튼이나 파리의 광장 같은 현대 인류 문명의 중심지를 어지럽히거나 유전이나 원자로, 아, 원자로는 빼고, 유전이나 항공모함 같은 중요한 시설에 장난을 칩니다. 에어스록 같은 전 지구적인 명소에 자신의 종적을 남기기도 하고요."

조윤호의 분석에 여성은 고개를 끄덕였다.

"그래야 재미있을 테니까요."

남 말을 하듯 추측형으로 대답하는 여성이 바로 그 유저들이라는 사실을 똑똑히 알고 있는 조윤호는 솟구치는 분노를 억누르기 위해 달력지를 쥔 왼손에 힘을 주어야만 했다. 바스락 소리가 울리는 달력지를 힐끔 쳐다본 여성이 조윤호에게 물었다.

"그래서 어떻다는 거죠?"

조윤호는 힘을 주느라 멈춘 숨을 천천히 뱉은 뒤 말했다.

"하지만 제가 만난 유저들은 달랐습니다. 여객기 기내에서 저를 유혹한 서큐버스는 제가 자주 다니던 단골 술집의, 그것도 제가 호감을 품은 여자 바텐더의 얼굴을 하고 있었지요. 또 그 여객기를 공격한 로봇은 제 어릴 적 환상이 담긴 태권V의 몸체에 몇 년 전부터 제가 가장 싫어하게 된 설치류의 얼굴을 달고 있었죠. 여기서 저는 의문을 느꼈습니다. 내가 만난 유저들은 왜 내 어떤 부분을 투영하고 있는 걸까? 게임에 접속하기 전, 나와 관련된 데이터라도 읽은 걸까? 다른 유저들은 어느 한 인간보다는 세계적인 명소나 중요 시설에 더 관심을 두는데? 그러다가 문득 생각났습니다. 여자 바텐더, 태권V 그리고 쥐라는 대상물이 저라는 인간과 어떤 연관성을 가지고 있는지를 아는 존재가 있다는 사실을 말입니다. 우연히도……."

그게 과연 우연일까? 아닐지도 모른다는 생각이 들었다. BAR-21에서 가져온 잔 받침을 떨어뜨린 것도, 거기에 오유미의 이름과 태권V의 메모가 적혀 있던 것도, 그리고 하고많은 동물 중에 햄스터를 교재로 사용한 것도 모두 우연의 산물만은 아닌 것 같았다. 저 존재는, 저 존재들에게는 우연일 수밖에 없는 현상마저도 필연으로 바꿔 놓을 만한 능력이 충분히 있었다.

조윤호는 잠깐 끊었던 설명을 이어 갔다.

"우연이든 우연이 아니든 그 사실을 아는 존재가 바로 미스터 마이어입니다. 그리고 유니크 몬스터 딱지를 단 저를 사냥하기 위해 집으로 찾아온 유저를 만났을 때, 저는 제 생각에 대해 확신을 갖게 됐습니다."

그리고 달력지에 적힌 메모의 맨 마지막 항목을 천천히 읽었다.

"사장, 이찬엽, 아내의 모습으로 나타난 유저."

조윤호는 은테 안경 속 여성의 두 눈을 똑바로 쳐다보며 말했다.

"각각 제가 가장 싫어하고, 가장 얄미워하고, 가장 무서워하는 인간입니다. 최소한의 레벨만으로 저를 사냥하기에 가장 적당한 캐릭터들이죠. 그 점을 미스터 마이어에게 알려 준 사람은 우습게도 바로 저였습니다. 서큐버스에 쥐권V에 7킬로미터 상공 추락에 백록담 목욕까지 하고 나니 갑자기 신세 한탄이라도 하고 싶어졌나 봅니다. 어쨌거나 그 결과, 유저는 그들의 모습으로 제 앞에 나타났습니다. 재미있지 않습니까? 유독 제 앞에 나타난 유저들만큼은 미스터 마이어가 알고 있는 정보들을 통해 저라는 개별 인간에게 특화되어 있다는 점이 말입니다."

여성은 고상한 미소를 지으며 조윤호에게 물었다.

"당신은, 당신이 미스터 마이어라고 부르는 그가 나에게∞우리에게 당신에 관한 사실을 알려 주었다고 믿나요?"

조윤호는 고개를 저었다.

"아닙니다. 그럴 필요가 전혀 없으니까요. 당신과 당신들은 단수이자 복수입니다. 당신과 당신들은 미스터 마이어가 인지하는 모든 것을 자연스럽게 공유할 수 있겠지요. 그 인지 방식은 당신과 당신들의 존재 방식만큼이나 고차원적일 겁니다. 저로서는 파악할 수도, 묘사할 수도 없을 정도로."

잠시 말을 끊은 조윤호는 테이블 맞은편에 앉아 둘의 대화를 듣고 있는 바이어들을 슬쩍 돌아본 다음 말을 이었다.

"그리고 단수로도 혹은 복수로도 존재가 가능한 저분, 혹은 저분들도 제가 이런 결론을 내리는 데 작지 않은 도움을 주셨습니다. 이상입니다."

여성은 한숨을 쉬었다.

"인간으로서는 이보다 잘 설명할 수 없겠지요. 아주 훌륭해요.

만점을 주고 싶을 만큼."

"만점 같은 것은 사양하지요. 대신 제가 하는 질문에 대답해 주시면 됩니다."

"무슨 질문이죠?"

조윤호가 물었다.

"지금이 몇 번째입니까?"

여성은 까만 유리구슬 같은 눈동자로 조윤호를 빤히 쳐다보다가 반문했다.

"롤백에 관해 묻는 건가요?"

"그렇습니다."

여성은 손가락으로 안경테의 가운데 부분을 밀어 올렸다.

"거기까지 짐작하고 있을 줄은 미처 생각 못 했어요. 이번만큼은 당신이 미스터 마이어라고 부르는 그의 선택이 탁월했다는 것을 인정하지 않을 수 없군요."

조윤호는 여성의 말 중 '이번만큼은'이라는 단어에 주목했다. 짐작대로 '다른 번'도 있었던 것이다.

"한 발짝만 떨어져서 본다면 누구라도 생각할 수 있는 문제인 것 같습니다만."

조윤호의 겸손에 여성이 고개를 살래살래 흔들었다.

"아니죠. 자신을 포함한 전체 인간군이 멸망당할 위기에 처했는데, 거기서 한 발짝 떨어져서 바라볼 수 있는 인간이 과연 몇이나 될까요?"

듣고 보니 그렇기는 했다.

"솔직히 말씀드린다면, 저도 이 프레젠테이션장에 들어오기 전까지는 그저 롤백을 막아야 한다는 생각밖에 하지 못했습니다. 그런데 이곳에서 죽었다가 살아나자 갑자기 어떤 느낌이 떠오르더군요. 일종의 기시감이랄까, 이렇게 죽어 본 경험이 이번이 처음은 아닐지도 모른다는 느낌 말입니다."

여성이 빙긋 웃었다.

"당신은 참 영리하군요. 현상을 객관화하는 능력도 가지고 있고요. 뛰어난 학생에겐 마땅히 상을 줘야겠지요. 이번이 몇 번째 롤백인지 알고 싶다고 했나요?"

"예."

"무의미할 게 뻔하지만 알려 주겠어요."

여성은 어떤 숫자를 말하기 시작했다. 처음 3으로 시작한 그 숫자는 조윤호가 한숨을 쉬며 손을 내저을 때까지 계속 이어졌다.

"됐습니다. 정말로 무의미하군요."

짐작하고는 있었지만 그래도 이건 너무했다. 멸망의 무한 루프는 이미 오래전부터, 저 기나긴 숫자로도 다 표현할 수 없을 만큼 많은 회수에 걸쳐 반복되고 있었던 것이다. 조윤호는 목을 슬며시 쓰다듬었다. 그는 이미 저 기나긴 숫자로도 표현할 수 없을 만큼 많은 회수에 걸쳐 죽었던 것이다.

"한 가지만 더 묻고 싶습니다."

조윤호의 말에 여성이 네 생각쯤은 다 알고 있다는 듯 손을 가볍게 내저었다.

"이번 회 결과를 알고 싶은 모양이군요. 특히 가족과 관련된."

"그렇습니다."

"의미 없긴 마찬가지라고 생각하지만 당신에게만큼은 가르쳐 주지요. 이번 회도 거의 끝나 가고 있어요. 인간 NPC 중 92퍼센트가 몬스터로 전환되었고, 몬스터 중 78퍼센트가 유저들에 의해 이미 살해당했지요."

이번 회가 거의 끝나 가는 중이라면 조윤호가 계산한 카운트다운에서 크게 벗어나지 않았다. 이상한 공간들로 열심히 널뛰기하고 다녔다고 해서 흐름 자체가 왜곡되지는 않은 모양이었다.

"이번 회에는 다른 회들에 비해 유별난 유저들이 많았어요. 어떤 정신 나간 유저는 글쎄 에베레스트 산 꼭대기에다 직경 88센티미터짜리 미니 블랙홀을 만들려고 하더군요. 머리 위에서 이 행성이 뒤집어지는 모습을 보고 싶다나요. 다른 유저에 대한 배려는 눈곱만치도 찾아볼 수 없는 정말 이기적인 플레이가 아닐 수 없어요. 그리고 안타깝게도……."

여성은 영안실에서 처음 만난 먼 친척처럼 형식적인 위로가 담긴 슬픈 미소를 지으며 말을 이었다.

"당신 가족은 이미 죽었어요. 어떤 우악스런 유저가 필리핀 판을 유라시아 판 밑으로 100미터 밀어 넣는 과정에서 당신 가족이 있던 마닐라 해안으로 97미터 높이의 쓰나미가 덮쳤거든요. 하지만 그들의 사인은 익사가 아닌 압사예요. 쓰나미가 덮치기 18분 전에 그들이 머물던 선교회 건물이 진도 9짜리 지진으로 무너졌기 때문이죠. 이제 됐나요?"

가족의 사인을 듣는 동안 조윤호의 손안에 있던 달력지가 휴지처럼 구겨졌다. 조윤호는 스스로에게 상기시켰다. 이것은 수많은 죽음들 중 한 번에 불과하다. 무한대 더하기 일은 그냥 무한대다.

"……됐습니다."

이를 악물어서인지 발음이 분명하게 나오지 않았다. 조윤호는 다시 한 번 심호흡을 한 뒤, 자신의 질문에 성실히 답변해 준 데 대한 보답으로 여성을 향해 고개를 숙여 주었다. 그러자 여성이 고개를 살짝 젖힘으로써 도도한 분위기를 연출했다.

"이제는 내 차례인 것 같군요."

이번 일인칭은 단수와 복수가 중첩되어 들리지 않았다. 분화된 단수로서 상대하겠다는 뜻이겠지. 조윤호는 자세를 바로 하고 실크 넥타이를 조여 올렸다.

"나를 이 자리에 불러낸 이유를 알고 싶어요."

탐색전은 끝났다. 본 게임이 시작된 것이다. 조윤호는 바이어들을 가리키며 여성에게 말했다.

"게임 지구를 저분들께 매각하기 위해서는 당신이 반드시 이 자리에 계셔야 하기 때문입니다."

여성은 코웃음을 치며 팔짱을 꼈다. 흑자색 투피스 상의가 팽팽하게 당겨지며 상체의 옆 라인이 선명히 드러났다. 저 나이에 저런 몸매를 유지하려면 무척 많은 노력이 필요할 것 같았다. 여성이 조윤호에게 말했다.

"내가 게임 지구를 매각한다고 당신에게 약속한 적이 있었나요?"

"그건 아닙니다."

"그런데 내가 게임 지구를 매각하는 데 동의하리라고 어떻게 자신하는 거죠?"

"그것이 당신의 목적을 달성하게 해 주는 가장 빠른 방법이기 때문입니다."

조윤호는 자신을 향한 은테 안경 속의 눈동자가 칼끝처럼 빛나는 것을 보았다.

"목적?"

여성이 상체를 도발적으로 내밀며 물었다.

"내 목적이 뭔지 당신이 어떻게 알죠?"

"압니다."

"알면 대답해 봐요. 내∞우리의 목적이 뭐죠?"

대답하지 않으면 아까 바이어가 이 회의실을 만들기 전에 했던 것처럼 조윤호 자신의 뇌를 스캔이라도 할 거라는 생각이 들었다. 운영자에게는 그럴 수 있는 자격이 주어졌다고 하니까. 굳이 그런 수고까지 끼쳐 주고 싶지는 않았다. 조윤호는 선선히 대답했다.

"유저들로 하여금 게임 지구에서 손을 떼도록 만드는 것."

여성이 눈을 깜빡였다. 벌새의 날갯짓처럼 빠른 그 눈 깜빡임은 5초 정도 지속되었다.

"정말이지 당신은 나를∞우리를 여러 번 놀라게 만드는군요."

여성은 조윤호의 앞에 놓인 에너지 음료 캔을 집어 뚜껑을 딴 다음 마시기 시작했다. 조윤호는 여성이 캔 하나를 다 비울 때까지 기다려 주었다. 잠시 후 캔을 탁, 소리 나게 테이블 위에 내려놓은 여성이 조윤호에게 물었다.

"이건 진짜 궁금하군요. 대체 어떻게 안 거죠?"

"게임을 만들고, 운영하고, 팔아 봤기 때문에 압니다. 제가 만든 롤플레잉 게임이 바로 그랬습니다. 본래 유저들로부터 완전히 외면당한 게임은 아니었는데, 운영 방침이 바뀌면서부터는 두세 달가량 접속률이 높아지다가 이내 곤두박질을 치고 말았지요. 바뀐 운영 방침이 뭐냐 하면, 현재의 게임 지구처럼 몬스터들을 쫙 풀고, 유저들이 게임 내에서 마음껏 깽판을 칠 수 있도록 레벨을 팍팍 올려 주고, 거기에 아이템까지 왕창 깔아 놓은 것입니다. 처음에는 유저들도 신이 나지요. 몬스터들을 신 나게 때려잡는 재미가 꽤나 쏠쏠하니까요. 하지만 한 번이 두 번이 되고 두 번이 열 번이 되면 유저들은 싫증을 느끼게 됩니다. 그리고 곧 게임을 접고 말지요. 그들의 시간을 때워 줄 만한 게임은 이 세상에 지천으로 널렸으니까요."

조윤호는 말을 멈추고 콧등을 긁었다. 피스 레이블 온라인의 몰락이 떠올라 마음이 좋지 않았다. 여성은 인내심을 갖고 그의 다음 말을 기다려 주었다.

"미스터 마이어로부터 처음 롤백에 관한 이야기를 들었을 때에는 오직 무섭기만 했습니다. 너무 무서워서 울 뻔도 했지요. 하지만 어느 정도 시간이 지나니 의문이 생기더군요. 도대체 게임 지구의 현 운영자는 무슨 생각으로 그런 말도 안 되는 방침을 세운 걸까? 상대도 되지 않는 몬스터를 죽이고 죽이고 또 죽이는 것만으로 언제까지 게임을 유지할 수 있다고 판단한 걸까? 그러다가 미스터 마이어의 차를 타고 이 프레젠테이션장으로 오는 도중, '만일 내가 전권을 가진 운영자고 그 같은 방침을 세웠다면, 무엇 때문에 그랬을까?' 하는 생각이 들었습니다. 답이 나오더군요. 유저 스스로 게임을 떠나게 만들기 위해. 그러자 유저들이 저지른, 정말로 말도 안 된다고 생각한 수많은 사건들이 모두 이해되기 시작했습니다. 그리고 현 운영자인 당신의 모습을 보니 그 생각이 더욱 확실해졌습니다."

조윤호는 여성의 눈을 똑바로 쳐다보며 말을 이었다.

"당신과 당신들은 게임 지구로부터, 정확하게는 당신과 당신들을 저급한 개별체로 점점 더 분화시키는 인간이란 캐릭터가 가진 이기적인 속성으로부터 벗어나고 싶었던 겁니다."

여성이 조윤호를 노려보았다. 이것은 크나큰 불경이었다. 피조물에 의해 내면을 발가벗겨진 창조주가 어떤 분노를 느낄지는 굳이 물어보지 않아도 충분히 짐작할 수 있었다. 그러나 조윤호는 위축되지 않으려고 필사적으로 노력했다. 여기는 프레젠테이션장이다. 그리고 그에게는 이 프레젠테이션을 반드시 성공시켜야 하는 절대적인 이유가 있었다. 한 인간에게 절대적인 이유는 곧 세상 전체의 절대적인 이유였다. 왜냐하면 인간은 이기적이니까.

"조윤호, 나는∞우리는 이 자리에서 당신을 죽일 수도 있어요."

여성이 낮지만 위협적인 목소리로 말했다. 목소리를 들은 것만으로도 죽음이 목전에 다가와 있음을 느낄 수 있었다. 조윤호의 전신 살갗 위로 식은땀이 맺히기 시작했다.

"그도∞그들도 나를∞우리를 막을 수는 없을 거예요. 막아야 할 이유도 없을 테고요."

조윤호는 바이어들 쪽으로 힘겹게 시선을 돌렸다. 회장이 천천히 자리에서 일어서며 여성을 향해 말했다.

"아니, 그건 당신이∞당신들이 잘못 생각한 것 같소. 나는∞우리는 당신이∞당신들이 미스터 조를 죽이는 데 찬성하지 않아요."

여성의 얼굴 위로 서리 같은 하얀 결정들이 솟아올랐다.

"이곳은 당신의∞당신들의 공간이지만, 그는 내∞우리의 소유예요. 그가 게임 지구에 속한 캐릭터라는 사실을 모르지는 않을 텐데요?"

조윤호는 두 손으로 테이블을 짚었다. 폐에 가득 찬 숨을 내쉴 수가 없었다. 그런 그를 힐끔 쳐다본 회장이 말했다.

"알지. 물론 알고 있어요. 하지만 알면서도 막고 싶은 걸 어쩌란 말이오. 나는∞우리는 인간이, 그중에서도 특히 미스터 조가 마음에 들었소. 정말로 재미있거든. 내가∞우리가 이렇게 재미있어할 만한 객체가 존재한다는 것 자체가 놀라울 정도요."

회장이 말을 하는 동안 백색의 빛줄기가 조윤호와 여성 사이 공간을 질주했다. 다음 순간 그 자리에는 불곰을 때려잡던 잘생긴 청년이 나타나 있었다. 청년은 그때의 어처구니없는 무장을 그대로 하고 있었다. 심지어 손에 쥔 가다랑어마저도 똑같았다.

"푸아!"

꽉 막힌 숨통이 갑자기 트인 조윤호가 커다란 숨소리를 토하며 몸을 뒤집었다. 불가마에 1시간쯤 들어갔다 나온 것처럼 온몸이 땀으로 범벅되어 있었다.

여성은 읽고 있던 책의 갈피에서 말라붙은 나방을 발견한 것처럼 불쾌한 표정으로 회장을 바라보며 말했다.

"내가∞우리가 정말로 그를 죽일 작정이었다면 당신은∞당신들은 개입할 기회조차 없었을 거예요. 안경알이 더러워지는 기분이니 패션 감각 빵점인 저 사람을 빨리 치워 주세요."

회장은 여성의 요구에 순순히 응했다.

"그러리다."

청년이 물러났다. 그러나 아까처럼 완전히 사라지지는 않았다. 언제든지 조윤호와 여성 사이에 끼어들 수 있는 지점에 몸을 세운 청년이 타석에 선 야구 선수처럼 가다랑어를 오른쪽 어깨에 둘러멨다. 대전 격투 게임에 등장하는 캐릭터라는 게 정말로 저렇게 코믹한지 아들을 만나면 꼭 물어보고 싶었다.

조윤호는 손수건을 꺼내 얼굴을 뒤덮은 땀을 닦았다. 손수건은 금방 물수건이 되었다. 여성의 시선이 조윤호에게로 옮아왔.

"조윤호 씨, 당신은 여러 가지 면에서 나를∞우리를 놀라게 만들었어요. 하지만 내게서∞우리에게서 게임 지구를 뺏어 가지는 못할 것 같군요. 왜냐하면 나는∞우리는 인간이라는 캐릭터가 나와∞우리와 비슷한 능력을 가진 다른 존재에게 이기심이라는 병균을 심는 것을 결코 바라지 않기 때문이에요."

여성의 눈동자 속에는 차돌처럼 단단한 결심이 뭉쳐져 있었다.

"게임 지구는 내가∞우리가 끝장낼 생각이에요. 플레이를 원하는 유저가 하나라도 남아 있는 한 롤백이 계속되는 것은 어쩔 수 없는 일이지만, 내∞우리 판단으로 그것도 얼마 남지 않았어요. 지금까지 한 회수의 제곱 정도만 더 롤백을 시키면 그 어떤 유저도 게임 지구에 접속하려 들지 않을 테니까요. 그때가 바로 게임 지구가 종료되는 시점이에요."

조윤호는 얼굴을 찡그렸다. 아까 여성에게서 들은 —심지어는 끝까지 듣지도 못한— 기다란 숫자의 제곱이라는 것이 얼른 와 닿지 않았기 때문이다.

"그러려면 너무 오래 기다리셔야 하는 것 아닌가요?"

조윤호의 물음에 여성이 밝게 웃으며 반문했다.

"어머, 나를∞우리를 걱정해 주는 건가요?"

"신사까지는 못 되지만, 품위 있는 숙녀분께 잘 대해 드려야 한다는 것 정도는 아는 남자입니다."

여성은 단수와 복수로 물었지만 조윤호는 단수로 상대했다. 이제부터는 그의 페이스로 상황을 이끌어 갈 필요가 있었다.

"그렇게 말해 주니 고맙군요. 하지만 걱정 마세요. 인간과 달리 나는∞우리는 오래 기다릴 수 있으니까. 그것도 아주아주 오래."

여성은 절대로 질 수 없는 시합에 출전한 선수처럼 여유 넘치는 미소를 지었다. 조윤호는 콧등을 긁다가 말했다.

"병균을 제거하기 위해 그 병균을 아주아주 오래 투여한다는 말씀은 조금 위험하게 들리는군요."

"위험이라기보다는 대가겠죠. 그게 아니면 약값? 그 병균이 가져다주는 재미라는 이름의 해악이 얼마나 가치 없는 것인지를 깨닫기 위한 비용 정도로 치겠어요."

조윤호는 어깨를 으쓱거렸다.

"어쨌거나 당신이 게임 지구의 매각에 동의하지 않으신다니 무척 실망스럽군요."

"실망시켰다면 미안해요."

여성은 조윤호와 바이어들을 번갈아 쳐다보며 말을 이었다.

"이제 이 프레젠테이션을 끝낼 때가 된 것 같군요."

소유권자가 매각하지 않겠다는데 강제로 매각을 성사시키는 것은 질 나쁜 범죄행위다. 과거 독재자들은 총칼을 이용해 그런 범죄행위를 서슴없이 저질렀고, 그런 방식으로 축적한 재산을 자손에게 물려주었다. 그리고 그 자손은 그렇게 물려받은 재산을 통해 나라를 좌지우지하는 자리에 쉽사리 올라갈 수 있었다. 조윤호는 자신에게 그럴 만한 능력이 있다고 해도 그런 혐오스러운 범죄행위는 절대로 저지르고 싶지 않았다. 하지만 이 정도는 괜찮겠지. 펜은 칼보다 강하다는 말도 있잖아.

"프레젠테이션의 진행자는 접니다. 그리고 프레젠테이션은 아직 끝나지 않았습니다."

조윤호는 여성을 향해 걸음을 옮겼다. 그런 다음 양복 안주머니에서 만년필을 꺼내 여성에게 내밀며 말했다.

"미스터 마이어, 이 만년필을 받으실 시간이 되었습니다."

프레젠테이션장 5

15년 전 전설적인 게임 개발자에게서 받은 그 짝퉁 만년필에는 신처럼 커다란 능력을 가진 존재마저 강제할 수 있는 어떤 초월적인 마법이 깃들어 있는 것 같았다. 만년필을 본 여성의 얼굴이 순식간에 ⸫⸫⸫⸫⸫로 바뀌었다. 마치 중국의 변검 배우를 보는 것 같았다. 차이가 있다면 얼굴만이 아니라 의복을 포함한 신체의 모든 부위가 바뀌었다는 정도.

⸫⸫⸫⸫⸫는 거듭된 변신으로 몸이 뻐근해진 듯 목 관절을 한두 번 풀더니 만년필 쪽으로 손을 내밀었다.

"그렇게 뜸만 들이더니 이제야 주는군."

조윤호는 만년필을 ⸫⸫⸫⸫⸫에게 넘겨주며 말했다.

"약속을 지키시는 분일 줄 알았습니다."

"나는∞우리는 언제나 약속을 지키지."

⣿⣿⣿⣿의 말에 조윤호가 고개를 갸웃거렸다.

"말씀하시는 것을 보니 이제는 아신 모양이군요."

"내가∞우리가 단수이자 복수라는 것 말인가? 그거야 원래부터 알고 있었지. 하지만 아까는 몰랐네. 정말이야."

만일 상대가 인간이었다면 정신병자와 대화한다고 여겼을 것이다. 그러나 조윤호는 이제 알 수 있었다. 그와 그들은 인간이 이해할 수 없는 방식으로 존재하고 인간이 이해할 수 없는 방식으로 인지한다. 그러므로 그와 그들에 관해 파악하는 것은 인간으로서 영원히 불가능한 일일 것이다. 마치 테서랙트를 이차원에 그리거나 삼차원에 만들려는 것처럼.

"만년필을 받으신 기념으로 저를 위해 한 가지 일을 해 주셔야겠습니다."

조윤호가 말했다.

"매각 계약서에 사인하는 일 말인가?"

"예. 미스터 마이어와 현 운영자가 개별적인 존재가 아닐 수 있음이 밝혀진 이상, 이제 미스터 마이어에게도 사인할 자격이 생겼다고 판단합니다."

조윤호는 바이어들 쪽을 돌아보았다. 회장이 동의한다는 듯 고개를 끄덕거렸다. ⣿⣿⣿⣿는 만년필을 잠시 내려다보다가 조윤호에게 물었다.

"내게∞우리에게 게임 지구의 소유권이 있다는 점은 이제 인정하겠네. 하지만 내가∞우리가 사인을 하지 않겠다고 버티면 말짱 헛수고가 아닌가?"

게임을 매각하자면서 기껏 이곳까지 데려와 놓고 이제 와서 사인을 하지 않겠다는 것은 말이 되지 않았다. 그러나 조윤호는 화내지 않았다. 이것은 그에게 주어진 게임이었다. 인내심을 가지고 모든 고비들을 차근차근 넘어야 승리할 수 있는 퍼즐 게임. 지금은 게임의 막바지다.

"미스터 마이어, 당신은 반드시 사인하실 겁니다."
"왜지?"
"그래야만이 당신의 게임에서 이기실 수 있기 때문입니다."
⁜⁜⁜는 한쪽 눈썹을 찌푸렸다.
"내 게임이라고? 대체 무슨 게임을 말하는 건가?"
"장르는 잘 모르겠습니다. 변형된 롤플레잉 게임이랄까. 보다 자세히 말하면, 인간 캐릭터의 구원자로서 위기에 빠진 게임 지구를 성공적으로 매각하는 게임이지요. 파티party(롤플레잉 게임에서 미션이나 사냥을 위해 함께 움직이는 유저 집단) 구성은 미스터 마이어 본인과 인간 하나. 하지만 무한대에 가까운 시도에도 불구하고 매번 게임을 클리어하는 데는 실패하셨지요. 어떻습니까? 이번에는 반드시 클리어하고 싶지 않으십니까?"

⁜⁜⁜는 멍한 얼굴로 조윤호를 쳐다보다가 갑자기 커다란 웃음을 터뜨렸다.
"하하하! 맞아, 나는 바로 그 게임을 하는 중이었지. 왜 이제야 깨달았을까, 이번이 처음이 아니라는 것을."
이번에는 '나'라는 단수였다. 조윤호는 이해할 수 있다고 생각하며 ⁜⁜⁜에게 말했다.

"아마도 스스로의 인지력을 롤백 포인트에 연동시키셨겠지요. 그래서 매번 롤백이 될 때마다 처음 하는 것으로 인지하셨을 겁니다."

"맞아, 그랬지. 그러고 보니 자네를 만난 것도 이번이 처음이 아니군. 이곳과 비슷한 장소에도 여러 번 함께 왔었어. 물론 이 단계까지 온 것은 처음이지만."

이번에는 조윤호가 놀랐다. 그 생각만큼은 미처 못 한 것이다. 하지만 잠시 생각하니 납득이 갔다. 이전에 무한대로 반복된 롤백들 속에서 그가 ░░░░░░░░의 파트너로 몇 번, 몇만 번, 몇조 번 선택되었다 해도 별로 놀랄 만한 일은 아니다. 아마도 세상의 모든 게임 영업자들이 이 파티에 끼어 봤을 것이다. 몇 번, 몇만 번, 몇조 번. 무한대란 그 모든 것들을 다 포함해도 무한대만큼이 남는 초월적인 규모일 테니까.

"정말로 이번처럼 재미있었던 적은 없네."

░░░░░░░░가 말했다. 조윤호는 빙긋 웃었다.

"제가 말씀드렸잖습니까. 분명히 재미있어하실 거라고요."

졌다는 표정으로 고개를 절레절레 흔들던 ░░░░░░░░가 조윤호의 어깨에 손을 얹었다.

"진심으로 하는 말이네만 게임 지구를 포함한 이 모든 게임의 진정한 승자는 자네라고 생각하네. 자네 같은 캐릭터를 만들어 낸 나∞우리 스스로에게 박수라도 보내고 싶은 심정이야."

조윤호는 다시금 빙긋 웃었다.

"자화자찬도 수준급이십니다."

⸬⸬⸬⸬⁚⦂⁚⦂는 조윤호에게서 몸을 돌려 자신의 자리로 돌아갔다. 그는 깍지 낀 양손에 턱을 괸 뒤 웃음기 거둔 얼굴로 조윤호를 쳐다보았다.

"자, 이제 마지막 고비가 남은 것 같군."

조윤호가 고개를 끄덕였다.

"그렇습니다."

⸬⸬⸬⸬⁚⦂⁚⦂는 테이블 맞은편에 있는 바이어들을 힐끔 쳐다본 뒤 시선을 다시 조윤호에게 돌렸다.

"매각할 의사는 충분히 있지만 나는∞우리는 저들에게 게임 지구를 매각할 수 없다네. 왜 그런지는 자네도 알 것이라 믿네."

물론 조윤호는 그 이유를 안다. ⸬⸬⸬⸬⁚⦂⁚⦂가 처음 게임 지구를 제작할 당시 세워 놓은 원칙 때문이었다. 게임의 안정적인 서비스를 위해 ⸬⸬⸬⸬⁚⦂⁚⦂와 비슷한 능력을 가진 존재에게는 게임을 매각할 수 없다는 원칙.

"자, 어떻게 할 셈인가?"

⸬⸬⸬⸬⁚⦂⁚⦂가 말한 대로 마지막 고비였다. 그리고 조윤호는 그 해법을 알고 있었다. 정작 그를 고민하게 만든 것은 이 마지막 고비를 넘어선 다음에 벌어질 일이었다. 그에게는 또 다른 번외 게임이 기다리고 있었던 것이다.

마음을 결정하기 전까지 번외 게임으로 넘어가서는 안 될 것 같았다. 조윤호는 갈등했다. 너무나 치명적이고 너무나 매력적인 번외 게임. 그 게임에서 패하고 싶다는 유혹이 들불처럼 일어나고 있었다. 그러면 어떻게 될까? '나'가 아닌 '나'로 되는 것은 치명적일까, 매력적일까?

이윽고 조윤호의 입에서 긴 한숨이 흘러나왔다.

"제가 게임 지구를 인수하겠습니다."

조윤호의 말이 떨어지자 바이어들이 웅성거렸다. 성질 급한 부서장은 '저 친구 지금 뭐라는 거야?'라며 자리를 박차고 일어서다가 회장의 제지를 받기까지 했다. 그러나 ⣿⣿⣿⣿⣿는 미소를 지었다.

"빙고! 과연 자네는 나를∞우리를 실망시키지 않는군. 지금 이 자리에서 게임 지구를 인수하는 데에 있어 어떤 제약도 받지 않는 존재는 오직 자네밖에 없네. 그러므로 자네만이 내게서∞우리에게서 게임 지구를 인수받을 수 있지."

조윤호는 손가방에 남아 있는 마지막 달력지를 꺼냈다. 집을 나서기 직전 마지막으로 문구 몇 줄을 적어 넣은 세 번째 달력지였다. 그 뒷면에 적힌 문구를 한 번 더 검토한 그가 ⣿⣿⣿⣿⣿에게 걸어갔다.

"계약서입니다."

"오! 계약서까지 준비해 왔는가?"

하지만 계약서를 받아 본 ⣿⣿⣿⣿⣿는 금세 실망한 표정을 지었다.

"너무 무성의한 것 아닌가? 이 계약이 얼마만한 의미를 갖는지 모를 리는 없을 텐데, 지금 이따위 달력 쪼가리를 계약서라고 내미는 건가?"

"미안합니다."

무성의한 것은 사실인 탓에 조윤호로서는 미안하다는 말 외에 달리 할 말이 없었다. 혀를 끌끌 차던 ░░░░░░░가 달력지를 테이블에 내려놓으며 물었다.

"매각 대가는 무엇으로 지불할 생각인가?"

"대가요?"

"아니, 그러면 게임 지구를 공짜로 가져갈 생각이었나?"

░░░░░░░가 마치 '이런 날도둑놈을 봤나!'라고 말하는 듯한 눈길로 조윤호를 올려다보았다. 조윤호는 콧등을 긁다가 ░░░░░░░의 오른손을 보았다.

"그 만년필로 하겠습니다."

░░░░░░░가 어이없다는 눈길로 만년필을 들어 보였다.

"이깟 짝퉁 만년필로?"

"안 됩니까?"

안 되지는 않는 모양이었다. ░░░░░░░는 못마땅한 얼굴로 만년필 뚜껑을 뽑았다. 그런 다음 인간은 인지할 수 없는 문자로 이름을 쓰고 그 뒤에 사인까지 덧붙였다. 인간의 역사상 가장 큰 계약은 그렇게 달력지 뒷면에, 짝퉁 만년필 하나를 매각 대금으로 삼아 체결되었다.

░░░░░░░가 만년필 뚜껑을 닫으며 말했다.

"이것으로써 게임 지구의 소유자는 자네가 되었네. 인간의 관점에서 본다면 신이 된 것과 마찬가지겠지. 신이 된 기분이 어떤가, 미스터 조?"

조윤호는 오른손 손등을 내려다보았다. ░░░░░░░가 사인을 마친 순간 생겨난 어떤 그림이 그 위에 있었다. ⣿⣿⣿⣿⣿의 지갑에 새겨져 있던 지구 모형의 그림. 바로 게임 지구의 표지였다. 새로운 소유권자이자 운영자가 되었다는 증거일까. ⣿⣿⣿⣿⣿의 말대로 최소한 게임 지구에서만큼은 신이 된 것이다. 그리하여 신이 된 기분을 말하라면…….

"애매하군요."

이곳이 아닌 어딘가에서, 아마도 지구에서 벌어지는 어떤 일이 머릿속에 그대로 떠오르는 느낌. 반대로 머릿속에 뭔가를 떠올리면 그것이 이곳이 아닌 어딘가에서, 아마도 지구에서 그대로 이루어지는 느낌. 보이지 않는 권능의 왕관을 쓰고 이곳이 아닌 어딘가의, 아마도 지구의 모든 것을 전지전능으로 주재할 수 있다는 근사한 기분!

문제는 그 근사한 기분이 단지 기분만은 아님을 조윤호 본인이 누구보다 잘 안다는 것이었다. 소감을 묻는 ⣿⣿⣿⣿⣿의 질문에 대답하는 짧은 시간 동안, 어떤 정신 나간 유저가 에베레스트 산 꼭대기에다가 미니 블랙홀을 만들기 위해 건설 중이던 거대 강입자 충돌기를 마리아나 해구 밑바닥 비타즈 해연에 거꾸로 처박은 조윤호는, 이대로 얼마만 더 지나면 자신이 진짜로 인간이 아닌 존재로 바뀔 거라는 위기의식을 느꼈다.

위기의식이라고는 했지만, 그것은 너무나 치명적이고 너무나 매력적인 유혹이기도 했다. 선악과 따위와는 비교도 되지 않았다. 선악과가 신을 흉내 내는 수단이라면, 그것은 곧바로 신이 되는 수단. '인간으로서의 나'를 버리므로 치명적이고 '신으로서의 나'를 얻으므로 매력적인 것이다. 게임 지구의 메인 시스템은 무한대에 가까운 정보들을 신임 운영자에게 제공하고 있었다. 원하기만 한다면 그 모든 정보들을 바탕으로 무슨 일이든 할 수 있을 것 같았다. 심지어는 ⠿⠿⠿⠿가 만들어 놓은 게임 지구의 가장 마지막 시나리오마저 마음대로 바꿔 놓을 수 있을 것 같았다.

선악과나무를 타고 내려온 뱀이 하와에게 그랬듯 ⠿⠿⠿⠿가 달콤한 목소리로 조윤호에게 속삭였다.

"무엇을 바라든 그대로 이루어질 걸세."

전지전능으로의 초대장을 앞에 놓고서 조윤호는 또다시 갈등에 휩싸였다. 저 유혹에 무너지는 순간 나는 신이 될 것이다.

그러면 시간을 내가 원하는 시점으로 롤백 시킨 다음, 신이 인간에게 매혹당함으로써 어지러워진 지구를 바로잡을 수 있을 것이다. 부조리한 인간 세상을 전쟁이 없는 세상, 미움이 없는 세상으로 변화시킬 수 있을 것이다. 종국에 가서는 악한 신이 아닌 선한 신이 되어 모든 인간들로 하여금 행복한 삶을 살아가게끔 만들 수 있을 것이다.

정말?

아니.

경멸하고 혐오하는 모든 더러운 것들을 마음껏 짓밟아 버릴 수 있을 것이다. 방구석 망상으로 만족해 온 모든 추잡한 욕망들을 남김없이 실천에 옮길 수 있을 것이다. 종국에 가서는 인간 사회가 오랜 세월에 걸쳐 만들어 놓은 선과 악의 가름마저 마음대로 바꿔 놓을 수 있을 것이다.

그런 신이 될 것이다.

왜냐하면 나는 인간이니까.

갑자기 웃음이 나왔다. 하하하. 마음속으로 한바탕 웃음을 터뜨린 조윤호는 게임 지구의 메인 시스템이 자신에게 씌워 준 보이지 않는 권능의 왕관을 벗었다. 잠시간 깃들었던 불가사의한 신성神性이 연기처럼 흩어지는 것이 느껴졌다. 아쉽지 않다면 거짓말이겠지만 그럼에도 불구하고 몸과 마음이 다 홀가분했다. 유혹이란, 붙들고 고민할 있을 때엔 느끼지 못하지만 포기하고 내려놓은 다음에는 얼마나 무거운 짐이었는지를 깨닫게 되는 모양이다. 그는 ░░░░░를 돌아보았다.

"가장 높은 산과 가장 깊은 바다를 구경한 걸로 만족하겠습니다."

░░░░░의 눈이 동그래졌다.

"겨우 그걸로 만족하겠다고? 어째서?"

"인간이 신이 되는 것은 신이 인간이 되는 것만큼이나 위험한 일이니까요. 어렵사리 위험에서 벗어난 이 게임을 제 손으로 위험에 빠뜨리고 싶지는 않습니다."

░░░░░는 지난 며칠 동안 조윤호가 수도 없이 보여 준 것처럼 눈을 열심히 끔뻑거렸다. 그러다가 갑자기 오른손을 들어 조윤호의 등을 철썩 후려쳤다.

"정말 멋지군. 자네까지 함께 팔아 치운 것을 물리고 싶어질 만큼."

짐짓 아픈 시늉을 하던 조윤호가 ░░░░░에게 말했다.

"한 가지 궁금한 게 있습니다. 이것이 프레젠테이션에 성공하는 유일한 방법이라는 점을 사전에 알고 계셨습니까?"

"어떨 것 같나?"

"매각 주체인 소유권자도 없고, 매각 요건도 성립되지 않는다는 점을 알면서도 프레젠테이션을 추진하신 것을 보면……."

"알고 있었던 것 같다?"

"그렇습니다. 하지만 알고 계셨다면 또 다른 모순이 생깁니다."

"어떤 모순?"

그 모순에는 전제가 필요하다. ⣿⣿⣿⣿가 인지한 것은 그 존재 혹은 존재들 전체가 인지한다는 전제. 그리고 그 전제가 참이라는 것은 이미 입증되었다.

만일 ⣿⣿⣿⣿가 해법을 알고 있다면 그 사실을 인지한 현 운영자는 모든 수단을 동원해 조윤호의 프레젠테이션을 방해하려고 했을 것이다. ⣿⣿⣿⣿가 다시 나오기 전에 조윤호를 죽여 버리는 것도 그 수단 중 한 가지일 테고. 그런데도 그녀는 그렇게 하지 않았다. 그것은 해법이 있다는 사실 자체를 알지 못했다는 증거. 그렇다면 ⣿⣿⣿⣿ 역시도 해법을 몰라야 한다. 하지만 해법도 모르는 상태에서 무슨 까닭으로 성립조차 되지 않는 프레젠테이션을 추진한단 말인가.

꼬리에 꼬리를 무는 모순은 지독히 불합리했다. 그 불합리성에 빠져 대답을 못 하는 조윤호에게 ⣿⣿⣿⣿가 말했다.

"어떤 철학자가 말했다면서. 불합리성은 존재의 한 조건이라고. 너무 깊이 생각하지 말게. 원숭이에게 타자기를 주고 마음대로 두드리라고 한 다음 실험 횟수를 무한대로 증가시키면 천하에 둘도 없는 명작 소설도 나올 수 있는 법이잖나. 수많은 롤백 속에서 내가∞우리가 한 모든 행동들이 합리적이기를 바라지는 말라는 뜻일세. 나∞우리 또한 완벽한 존재는 아니니까."

조윤호는 ░░░░░░의 충고를 따라 너무 깊이 생각하지 않기로 했다. 무엇보다도 이 프레젠테이션을 빨리 매듭짓고 싶었다. 그는 바이어들을 돌아보았다.

"거기 실무자분, 게임을 인수하기 위한 계약서는 가지고 오셨겠지요?"

실무자가 허둥거리는 손길로 서류 가방을 뒤적이더니 인간 세상에는 절대로 존재할 수 없는 탓에 묘사할 방법도 없는 무엇인가를 꺼내 조윤호 쪽으로 밀어 보냈다. 저 계약서를 읽기 위해서라도 권능의 왕관을 다시 써야 하나?

난감해하는 조윤호를 대신해 ░░░░░░가 혀를 쯧쯧 차며 손을 내밀었다.

"디테일하고는."

░░░░░░는 손안에 들어온 그것을 인간 세상에서 흔히 볼 수 있는 서류 뭉치로 바꾸었다.

"검토해 보게나."

조윤호는 ░░░░░░의 옆자리에 앉아 계약서를 꼼꼼히 검토했다. 가장 마음에 든 것은 개발자이자 전 운영자인 ░░░░░░의 방식대로 게임을 온건하게 운영한다는 조항이었다. '온건하다'와 같은 비명제非命題의 모호한 용어가 계약 문구로는 적절하지 않다는 점을 모르지 않지만 그래도 인류는 당분간 —바라건대 영원히

─ 온건하게 유지될 거라는 믿음이 생겼다. 인류가 스스로를 파괴하지 않는 이상에는.

"표정을 보니 만족스러운가 보지?"

▓▓▓▓의 물음에 조윤호는 고개를 끄덕였다.

"자, 그럼 이제 뭘 받고 팔지 궁금해지는군."

▓▓▓▓가 손가락 사이에 끼운 만년필을 까딱거리며 말했다. 그 만년필을 바라보는 동안 수많은 생각들이 조윤호의 머릿속을 스쳐 갔다. 유혹은 이겼지만 찌꺼기는 남아 있었다. 돈, 물질, 육욕, 권위, 재능 등 소나기 뒤에 남겨진 물웅덩이들 같은 자잘한 욕망들. 그것들 중 하나라도 이루어진다면 그의 삶은 더 나아질 것 같았다. 고생한 데 대한 보상으로 적당한 하나를 요구해 볼까? 하다못해 SUV 한 대라도.

경치 좋은 캠핑장으로 달리는 반짝반짝한 SUV의 조수석에 앉아 기대에 찬 얼굴로 운전석에 앉은 자신을 쳐다보는 준영의 모습이 자연스럽게 떠올라 조윤호는 미소를 지었다. 그러나 회장을 향한 그의 입은 전혀 다른 요구를 꺼내 놓고 있었다.

"한 가지 추가하고 싶은 조항이 있습니다. 매각 대가라고 여기셔도 좋습니다."

회장이 깍지 낀 양손을 테이블 위에 얹으며 물었다.

"뭔가?"

"기존 유저들……."

조윤호는 호기심 어린 눈으로 자신을 쳐다보는 ▓▓▓▓를 일별한 뒤 다시 말했다.

"이분을 포함한 기존 유저들의 접속을 영구히 차단해 주십시오."

정작 요구를 받은 회장은 가만있는데 ⣿⣿⣿⣿가 흥분한 목소리로 항의하고 나섰다.

"회사가 바뀌었다고 접속 자체를 못하게 만들려는 건가?"

조윤호는 ⣿⣿⣿⣿를 돌아보았다. 지금 ⣿⣿⣿⣿의 얼굴에는, 아빠와 약속한 게임 시간을 넘겨 컴퓨터 앞에서 쫓겨난 준영이 '이 판만 깨고 그만둘 거라니까!'라며 고집을 부리던 표정이 그대로 떠올라 있었다.

"애들처럼 왜 그러십니까."

⣿⣿⣿⣿가 찔끔한 표정을 지었다.

"하지만…… 함께 고생한 나한테까지 그러는 건 너무하잖아."

이번에도 '나'였다. 하지만 저 '나'가 언제든 '우리'로 바뀔 수 있음을 알기에, 조윤호는 ⣿⣿⣿⣿의 투정을 깨끗이 무시하기로 마음먹었다. 그는 회장에게 시선을 돌렸다.

"제 요청을 받아들여 주시겠습니까?"

"그러지."

인간의 관점에서 본다면 기존 유저 전체를 포기하라는 무리한 요구임에 분명한데, 인간이 아니라서 그런지 저 회장은 별로 심각하게 생각하는 것 같지 않았다.

회장의 눈짓을 받은 실무자가 기다란 테이블을 허둥지둥 돌아와서 계약서 위에 오른손을 얹었다 떼었다. 그러자 '⣿⣿⣿⣿의 접속을 영구히 차단함.'이라는 조항이 계약서 위에 생겨났다. 그 조항을 쳐다보며 조윤호는 빙긋 웃었다. 게임 지구로부터, 정확하게는 인간이라는 캐릭터로부터 그토록 벗어나기를 원하던 현 운영자—지금은 그녀 또한 전 운영자 신세가 되고 말았지만—도 이제는 만족하겠지. 그리고 ⣿⣿⣿⣿는…….

조윤호는 옆자리의 ⣿⣿⣿⣿를 다시 돌아보았다. 게임 접속을 영구히 차단당하고 잔뜩 삐쳐 있는 고마운 파트너이자 가장 인간적인 신에게 작은 위로라도 건네주고 싶었다.

"마음 푸세요. 그래도 미스터 마이어께서는 게임을 클리어하셨잖습니까."

차원 통로를 달려오는 동안 저 ⣿⣿⣿⣿에게 꽁한 면이 있다는 것을 경험했기에 마음을 푸는 데 제법 시간이 걸릴 줄 알았는데, 이번에는 의외로 쿨한 면을 보여 주었다. ⣿⣿⣿⣿는 픽 웃더니 말했다.

"그건 그래. 한번 깬 게임을 다시 하는 건 지겨운 일이지."

조윤호도 동의하는 뜻에서 마주 웃어 주었다.

계약서 검토가 끝났다. 조윤호는 더 필요한 것이 있을까 잠시 생각해 보았다. 놀랍게도 아무것도 없었다. 십자가에 매달린 예수가 남긴 말처럼 그는 이제 다 이루었다.

"펜을 빌려 주지."

손가방에서 볼펜을 꺼내려는데 ⣿⣿⣿⣿가 만년필을 내밀었다. 조윤호는 그 만년필로 계약서 맨 마지막에 달린 매각자 칸에 자신의 이름을 쓴 뒤 사인했다. 45년을 살아오는 동안 자신의 이름과 사인이 이토록 자랑스럽기는 처음이었다.

조윤호는 만년필을 ⣿⣿⣿⣿에게, 계약서를 바이어에게 돌려주었다. 회장이 대표로 계약서에 사인을 한 순간, 조윤호의 오른손 손등 위에 있던 게임 지구의 표지가 눈송이처럼 녹아 사라졌다. 가벼웠다. 어깨에 짊어지고 있던 하늘을 내려놓은 신화 속 거인의 심정을 알 것 같았다.

자리에서 일어선 회장이 조윤호에게 다가와 오른손을 내밀었다.

"좋은 거래였네."

"동감입니다."

조윤호는 깃털처럼 가벼워진 오른손을 내밀어 회장의 손을 맞잡았다. 자리에 앉아 있는 ⠁⠂⠉⠊⠈⠱⠃⠞가 그를 향해 엄지손가락을 치켜 올렸다.

프레젠테이션은 끝났다.

'게임 지구'는 매각되었다.

인간이 볼 수 없는 어느 포털 사이트의 배너 광고

OLDIES BUT GOODIES
개임 지구 서비스 개시 임박

천재 개발자 ⠿⠿⠿의 역작 **개임 지구**가
시공을 뛰어넘어 마침내 ⠿⠿⠿⠿을 찾아왔다!

**방대한 세계관과 풍성한 콘텐츠
그 속을 살아가는 경이로운 개별체 '인간'**

출시 기념 이벤트에 참여를 원하시는 고객께서는
마우스 커서를 지구 위에 올려 주세요.

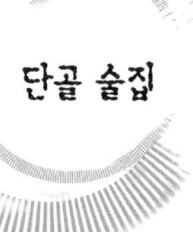

단골 술집

딸깍.

유리잔 안에 포개져 있던 얼음이 균형을 잃고 무너지며 작은 소리를 냈다. 조윤호는 눈을 깜빡거렸다. 손가락 사이에 끼워진 담배가 금방이라도 떨어질 것처럼 위태로운 하얀색 재의 탑으로 바뀌어 있었다. 그는 왼손을 재떨이 쪽으로 조심스럽게 옮겼다.

"오래 기다리셨죠, 선배님?"

후배의 걸걸한 목소리와 함께 옆자리 의자를 당기는 소리가 났다. 그 바람에 담뱃재를 바에 떨어뜨린 조윤호가 눈썹을 찡그리며 왼손 중지 끝에 침을 묻혔다.

"제수씨가 뭐래? 한 소리 하던가?"

침 묻힌 손가락에 담뱃재를 붙여 재떨이 속으로 털어 넣은 조윤호가 옆자리에 앉은 후배를 돌아보며 물었다.

"뭐, 그 여자야 늘 그렇죠."

"들어가 봐야 하는 거 아냐?"

"금요일이잖습니까, 금요일. 우리 같은 샐러리맨 유일하게 넥타이 풀고 노는."

"제수씨도 마찬가지잖아."

후배 부부는 맞벌이였다. 남편은 게임 회사 개발실 시나리오 팀장, 아내는 중견 출판사 편집장. 그러면서도 아이 둘을 키우니 이 나라 형편에서는 대견스러운 일이었다.

"금요일이라고 매번 밖으로 돌지만 말고 가끔은 영화도 보고 애들 불러 외식도 하고 좀 그러라고."

말을 마친 조윤호가 새 담배를 입에 물었다. 후배가 불을 붙여 주며 볼멘소리를 했다.

"제가 혼자 놀고 싶어서 혼자 노는 게 아니라니까요. 캠핑 같이 가자고 얼마나 조르는데……."

"캠핑 싫어하는 여자 많아. 제수씨 취향도 존중해야지."

"아이고, 그렇게 잘 아시는 양반이 왜……."

후배는 말을 하다 말고 제 앞에 놓인 맥주병으로 얼른 입을 막았다. 조윤호는 담배 연기를 뿜으며 쓰게 웃었다. 그냥 말하고 말 것이지, 저렇게 신경 써 주는 게 오히려 불편했다.

"그나저나 형수님께서는 언제 완전히 들어오신대요?"

맥주병을 바에 내려놓은 후배가 화제를 돌렸다. 조윤호는 콧등을 긁다가 대답했다.

"글쎄, 중학교도 거기서 보낼 생각 같던데."

리셋 지구 347

"준영이 이제 겨우 열한 살이잖아요. 그러면 앞으로 4, 5년은 더 이 생활을 하셔야 하는 건가요?"

조윤호는 대답하지 않았다. 그럴 수밖에 없다고 생각한 게 어제오늘 일이 아닌데, 이상하게도 지금은 다르다. 삶의 다른 면이 보이는 기분이랄까. 그렇게 살아서는 안 된다는 결심이 마음 어딘가에서 힘차게 움터 나오고 있었다.

"일전에 부탁한 거 기억해?"

"무슨 부탁요?"

"왜, 동창이 자동차 딜러 한다고 했잖아."

"아, 차 바꾸시는 거요?"

말을 하던 후배가 고개를 갸웃거린 뒤 물었다.

"하지만 형수님이 반대해서 나가리 됐다고 하셨잖아요."

그때는 분명히 그렇게 말했다. 담배를 재떨이에 비벼 끈 조윤호가 바지 주머니에서 휴대폰을 꺼내며 말했다.

"번호 좀 줘 봐."

후배가 휴대폰을 꺼내 전화번호 하나를 조윤호의 휴대폰으로 전송해 주었다. 조윤호는 자동차 딜러의 번호가 찍힌 휴대폰을 물끄러미 내려다보았다. 휴대폰 상단에 떠 있는 시간이 보였다. 12시 11분. 그렇다면 마닐라는 11시 11분이겠지.

"잠깐만."

후배에게 양해를 구한 조윤호는 그 자리에서 아내에게 전화를 걸었다. 아내는 수천 킬로미터 떨어진 곳에서 걸려 온 남편의 전화를 늘 그렇듯 심드렁한 투로 받았다.

"이 시간에 당신이 웬일이에요?"

조윤호는 단도직입적으로 물었다.

"상의할 게 있는데 당신이 들어올래, 내가 나갈까?"

"예? 무슨 일인데 갑자기……. 그리고 준영이 스쿨 다니는데 내가 어떻게 들어가요?"

"내일 토요일이잖아. 학교는 오전에…… 아, 됐어. 내가 내일 아침 비행기로 갈게."

"당신 무슨 일 있어요?"

"만나서 얘기해. 그리고 준영이 좀 바꿔 줘."

"이이가 정말……."

"빨리."

휴대폰 건너편에서 신경질적인 부름 소리가 들린 뒤 아들이 전화를 받았다.

"아빠!"

"그래, 아빠다. 안 자고 있었구나."

"자려고 막 이 닦았어."

"학교는 잘 다니지?"

"응, 잘 다녀."

"아빠 내일 필리핀 갈 건데, 어디 가고 싶은 데 없어?"

"진짜? 나 보라카이 가서 스노클링하고 싶어."

"작년에 갔던 그 섬? 그럼 스노클링 장비 챙겨서 기다려. 아빠가 내일 데리고 갈게."

"아싸! 정말이지?"

"준영아, 전화 이리 줘."

"나 아직 아빠랑 얘기 안 끝났…… 엄마아!"

통화 상대가 아내로 바뀌었다. 아들에게서 휴대폰을 뺏은 모양이었다.

"당신 정말 미쳤어요? 보라카이 다녀오려면 최소 이틀은 걸리잖아요. 일요일에 준영이 교회는 어쩌려고……."

조윤호는 아내의 말을 잘랐다.

"도착하는 대로 바로 필리핀 국내선 타야 하니까 준영이 여권 챙겨 둬. 당신 것도 함께."

"나까지 교회 가지 말란 말이에요?"

"예배 한 주 빼먹는다고 지옥 안 가니까 염려 마. 당신이 함께 안 가면 귀국하는 길에 준영이 데리고 들어올 테니 그렇게 알아."

잠깐 사이에 받은 충격이 꽤 컸던지 아내는 아무 말도 하지 않았다. 거기다 대고 준영이 장래 얘기에다가 자동차 바꾼다는 소리까지 지른다면 오늘 밤 잠도 못 잘 것이 분명했다. 조윤호는 잠시 망설이다가 그 얘기는 만나서 하기로 마음먹었다.

"시간이 늦었네. 잘 자."

조윤호는 차분한 목소리로 말하고 전화를 끊었다. 문득 시선이 느껴져서 주위를 둘러보니 옆자리에 앉은 후배와 바 건너편에 선 여자 바텐더가 얼빠진 얼굴로 그를 바라보고 있었다. 그는 어깨를 으쓱거린 뒤 여자 바텐더에게 말했다.

"같은 걸로 딱 한 잔만 더 하고 오늘은 끝. 내일 아침 일찍 비행기를 타야 해서 말이야."

"예? 아, 예."

정신을 차린 여자 바텐더가 술병들이 있는 곳으로 총총히 걸어갔다. 후배가 조심스러운 목소리로 조윤호에게 말을 걸었다.

"선배님?"

"응?"

"에…… 그러니까……."

후배가 말을 못 하고 어물거렸다.

"왜, 저녁에 뭘 잘못 먹은 사람 같아? 자네랑 같이 삼겹살 먹었잖아."

"아니, 그게 아니라……."

후배는 그러고도 한참을 더 어물거린 다음에야 할 말을 떠올린 것 같았다.

"월요일 아침 비행기로 베이징 가신다고 아까 비행기 표까지 예약하셨잖아요."

"그랬지."

말 나온 김에 조윤호는 휴대폰 어플리케이션을 열어 월요일 아침 베이징행 티켓을 취소한 다음 토요일 아침 마닐라행 첫 비행기를 예약했다. 주말이라 좌석이 꽉 차서 부득불 비즈니스 클래스로 끊어야 했다. 예약을 마친 조윤호는 후배를 향해 계면쩍은 웃음을 지었다.

"덕분에 비즈니스도 타 보게 생겼네."

"선배님, 갑자기 사람이 바뀌신 것 같아요. 저 화장실 다녀온 사이 무슨 일 있었어요?"

후배가 물었다. 조윤호 본인이 생각하기에도 그런 면이 있는 것 같았다. 하지만 일은 무슨 일? 멍 때리고 있다가 담배 한 개비 생으로 태워 먹은 게 전분데. 그런데도 자신이 뭔가 대단한 일을 한 것 같은 기분이 들었다.

"그사이 인류라도 구했나 보지."

식상한 농담이었는지 후배는 웃지 않았다.

"사장 지시는 그냥 무시하시게요?"

그제야 베이징행 비행기 티켓을 끊은 이유가 사장의 지시 때문이라는 사실이 떠올랐다. 꽤나 중요한 일인데 왜 생각도 안 한 걸까? 술 때문이라고 보기에는 정신이 너무 말짱했다. 너무 말짱해서 대학 시절 첫 소개팅에서 만난 여학생 집 전화번호까지 기억날 지경이었다. 조윤호는 유리잔에 남은 위스키를 비운 뒤 후배에게 말했다.

"정 급하면 직접 가겠지, 뭐."

지금 와서 생각해 보면 정말로 말도 안 되는, 그래서 절대로 따라서는 안 되는 엿 같은 지시였다. 사장 딴에는 작년 여름에 선심 쓰듯 발급해 준 법인 카드 한 장을 믿고 그러는 모양인데, 그래, 아들놈 필리핀에 조기 유학 보내기 위해 그 카드를 임의로 유용한 건 맞았다. 공금을 횡령한 것이나 마찬가지니 본사에서 감사 뜨면 잘릴 수도 있는 죄임에 분명했다. 하지만 최소한 사장만큼은 그 일을 문제 삼지 못할 것이다. 지난 몇 년간 사장이 퍼블리셔들로부터 챙긴 뒷돈의 내역에 대해 조윤호만큼 잘 아는 사람도 없기 때문이다. 초식동물에게 목덜미를 물리는 기분이 어떤지 알고 싶지 않을 테니 시말서 한 장으로 대충 마무리 지으려 들겠지. 그만한 머리는 굴릴 줄 아는 인간이니까. 전세 대출이라도 받아서 법인 카드에서 빼 쓴 돈을 하루빨리 메워야겠다는 생각이 들었다.

우스웠다. 이렇게 간단한 문제인 것을 왜 그리 마음 끓였을까.

"GOG 말고 적당한 퍼블리셔 없을까? 미국이나 유럽 쪽은 어려울 테니 가능하면 중국 쪽으로."

조윤호의 질문에 후배가 인상을 찌푸렸다.

"그쪽이야 선배님 전공이잖아요. 잘 찾아보시면 설마 한 군데도 안 나오겠어요?"

후배 말대로 잘 찾아보면 한두 군데 나올 것이다. 문득 이달 초에 받은, 어떤 신생 업체에서 개발실장을 구하는데 생각 있으면 소개해 주겠다던 업계 선배의 전화가 떠올랐다. 작은 회사라서 지금 받는 연봉은 아마 못 맞춰 줄 거라나. 전화 속 선배의 목소리가 필요 이상으로 미안해하던 기억이 났다. 그때 딱 잘라 거절하지 않은 건 무슨 선견지명이라도 있어서일까? 아내가 들으면 펄쩍 뛸 일이지만, 법인 카드와 블러드 레이블 온라인 건이 정리되는 대로 이 회사를 그만둬야겠다는 결심이 섰다. 사장 등쌀이 걱정돼서 달아나는 게 아니었다. 개발 일을 다시 해 보고 싶었다. 게임을 만들고 싶었다. 유저들에게 외면당해 기형으로 바뀌지 않을, 재미있으면서도 좋은 게임을.

갑자기 바빠진 기분이었다. 앞으로 할 일들을 정리할 필요가 있었다. 조윤호는 BAR-21의 로고가 찍힌 네모난 잔 받침을 뒤집은 다음 옆자리에 걸어 둔 양복 윗도리의 안주머니를 더듬었다. 그런데 그곳에 늘 꽂아 두었던 만년필이 만져지지 않았다.

"어?"

조윤호는 양복 윗도리를 집어 들고 뒤집어 보았다. 만년필이 없었다. 비행기에서 입국 카드를 작성한 다음 분명히 꽂아 두었는데. 그가 하는 양을 지켜보던 후배가 물었다.

"선배님, 왜 그러세요?"

"응? 음, 아무 일도 아니야."

15년 동안이나 애지중지해 온 물건을 잃어버렸는데도 신기할 만큼 아무렇지 않았다. 어머니의 유골을 그녀의 고향 뒷동산에 묻고 돌아온 날 밤, 자취방에 홀로 누워 얼룩진 천장을 올려다보며 느낀 것과 비슷한 기분이랄까. 가셔야 할 곳으로 이제야 보내 드린 기분. 왠지 만년필도 가야 할 곳으로 간 것 같았다. 그곳이 어딘지는 모르지만.

조윤호는 만년필 대신 가지고 온 서류 가방에서 볼펜 한 자루를 꺼내 잔 받침 위에다가 앞으로 해야 할 일들을 메모하기 시작했다. 다섯 번째 줄까지 썼을 무렵, 딸기 향을 닮은 은은한 향기가 다가왔다. 고개를 들어 보니 위스키 잔을 가져온 여자 바텐더가 눈썹을 예쁘게 찡그리고 있었다.

"또 그러신다. 자꾸 그러시면 유미 화낼 거예요."

조윤호는 웃었다.

이상하게 행복했다.

『리셋 지구』 끝

작가 후기

동기, 현대물, 감사의 말

재작년인가 도고에 있는 어떤 워터파크의 노천탕에 몸을 담근 채 당시 온라인 게임에 푹 빠진 아들놈에게서 게임에 관한 시시콜콜한 이야기들을 듣다가 문득 이런 생각이 떠올랐습니다.

어느 날 모든 인간이 몬스터로 등록되고 그 몬스터를 마구잡이로 사냥하는 미지의 유저들이 나타난다면 인류는 어떻게 생존할 수 있을까?

인류의 일원으로서 그 해법을 찾아보려고 머리를 열심히 굴려보았지만 막막하기만 했습니다. 영화 「매트릭스」 속의 네오처럼 슈퍼맨과 맞먹는 주인공을 등장시켜 유저들을 물리치고 인류를 구원한다면, 몇십 년 전이라면 몰라도 지금은 식상한 해법이라는 비난을 피하지 못할 것 같더군요. 무엇보다도 네오가 아닌, 각성 전 매트릭스에 살던 시절의 주인공—이름이 앤더슨이었던가요—

이 해법을 내는 데 별 역할을 하지 못한다는 점이 마음에 들지 않았습니다. 자존심 상한달까, 매트리스 밖으로부터 구원자가 오기만을 바라는 인간이란 얼마나 가련한 존재일까요. 주인공이 평범한 직장인으로서 자신의 능력을 발휘해 인류를 구원하는 이야기를 만들어 보고 싶었습니다.

『리셋 지구』는 그렇게 시작되었습니다.

무협 작가로서 현대물에 도전한다는 일이 쉽지는 않았지만, 장르적인 굴레를 벗어날 수 있다는 자유감은 그런 어려움을 잊게 만들어 주었습니다. 단적인 예가 시간 단위입니다. 무협을 쓰다 보면 '찰나' 다음의 시간 단위가 '반각(15분)'이기 때문에 그 사이에 있는 시간들을 묘사하려면 무척 애를 먹게 됩니다. 하지만 현대에서는 '10분', '5초', 이런 표현들을 마음대로 사용해도 되니 참 편리하더군요. 덕분에 탈고 과정에서 지나치게 남발해 놓은 시간 단위들을 없애느라 고생해야 했지요.

그러나 현대물과 무협 중 어떤 것이 좋으냐는 질문을 받는다면, 역시 무협이 좋습니다. 쓰는 것도 그렇고 읽는 것도 그렇습니다. 중학교 3학년 때 덜컥 알아 버린, 잘 만들어진 무협이 가져다주는 쾌락은 30년이 지난 지금도 여전히 저를 속박하고 있는 것 같습니다. 9권까지 출간해 놓은 『쟁선계爭先界』를 잘 마무리 짓는 것은 이제 인생의 목표처럼 되었습니다.

『리셋 지구』를 쓰는 과정에서 가장 곤란했던 점은 우습게도 게임에 대한 무지였습니다. 온라인 게임이라고는 바둑밖에 모르는 제가 MMORPG나 레이싱 게임, 대전 격투 게임 등을 소재로 삼으려다 보니 많은 시행착오를 범할 수밖에 없었습니다. 인터넷상의 블로그나 카페, 혹은 게임 관련 커뮤니티 들에 공개되어 있는 정보들이 없었다면 시작도 못할 일이었을 겁니다. 정보를 공유해 주신 많은 플레이어분들께 가장 먼저 감사드립니다.

논리적 허점을 보완해 주시고 책의 외형을 만들어 주신 파란미디어 새파란상상 관계자분들께 감사드립니다. 이문영 주간님으로부터 받은 몇 가지 아이디어는 『리셋 지구』를 탈고하는 데 큰 도움이 되었습니다. 박대일 사장님과의 10년 약속을 지킨 점은 스스로 대견하게 생각합니다.

온라인 게임업계와 관련된 많은 조언을 해 주신 양지웅 님께 감사드립니다. 일반적으로 이루어지는 게임 매각의 단위가 '게임'이 아닌 '게임 회사'라는 조언을 반영하지 못한 점은 죄송하게 생각하며, 혹시라도 그 오류에 대한 비난이 따른다면 당연히 제가 받겠습니다.

고된 학업에도 불구하고 레이싱 게임과 대전 격투 게임에 필요한 자료를 수집해 주신 이진 님께 감사드립니다. 기말고사에서 수학과 과학 시험 잘 봐서 목표 달성하시기 바랍니다.

사전 모니터링으로 『리셋 지구』의 외연을 풍성하게 만들어 주신 서경희, 이준일, 용대운, 허경란 님들께 감사드립니다. 곧잘 좌절에 빠져 밥벌레처럼 되어 버리곤 하는 저를 이분들의 고마운 격려가 일으켜 세웠습니다.

하지만 『리셋 지구』로 인해 생길지도 모르는 모든 가치 있는 것들은 아내에게 바치고 싶습니다. 가장 좋은 친구이자 가장 좋은 버팀목이자 가장 좋은 동반자인 아내는 저의 전부를 가질 자격이 충분합니다.

주인공인 조윤호도 부디 아내를 사랑하게 되기를 바랍니다.

2012년 가을
이재일